Kerstin Waas

Der Farbensammler

Historischer Kriminalroman

D1695966

Impressum:

Titelbild: © Irene Hohe
Cover-Design: © Irene Hohe/Alba Di Miceli

© Alle Rechte beim Tierbuchverlag Irene Hohe
www.tierbuchverlag.de

TIERBUCHVERLAG Irene Hohe

1. Auflage September 2015

ISBN: 978-3-944464-33-6

Books on Demand, Norderstedt

FÜR PAPA, DEN BESTEN

„O beatissime lector, lava manus tuas et sic librum adprehende, leniter folia turna, longe a littera digito pone. Quia qui nescit scribere, putat hoc esse nullum laborem. O quam gravis est scriptura: oculos gravat, renes frangit, simul et omnia membra contristat. Tria digita scribunt, totus corpus laborat ..."

„O glücklichster Leser wasche Deine Hände und fasse so das Buch an, drehe die Blätter sanft, halte die Finger weit ab von den Buchstaben. Der, der nicht weiß, zu schreiben, glaubt nicht, dass dies eine Arbeit sei. O wie schwer ist das Schreiben: es trübt die Augen, quetscht die Nieren und bringt zugleich allen Gliedern Qual. Drei Finger schreiben, der ganze Körper leidet ..."
Notiz eines Schreibers im 8. Jahrhundert

Prolog

Castell im November 1452

Der Winter kam ungewöhnlich früh in diesem Jahr. Reif verwandelte den Waldboden in einen harschen Teppich. Darauf stampften eisenbeschlagene Hufe in einem Takt, dessen Folge nichts Gutes verheißen konnte. Er verbreitete Furcht unter den Tieren des Waldes. Sie flüchteten eilig in ihre Höhlen und Nester, als könnten sie das nahe Ereignis ahnen.

Edle Jagdpferde schüttelten unwillig die langen Mähnen. Ihre Reiter aber hielten die Zügel fest in den behandschuhten Händen und zwangen sie stillzustehen.

Zum Zeichen ihres Protestes sperrten einige der Rösser ihre Mäuler auf und zeigten die großen, gelben Zähne. Der heiße Atem der temperamentvollen Tiere stieg mit jedem ungeduldigen Schnauben hoch hinauf in die Luft.

Nur ein Pferd stand ganz ruhig inmitten der aufgeregten Herde. Der Wind strich an seinen sehnigen Beinen mit den steinharten Gelenken entlang und fing sich in seinem seidigen Schweif. Den sanft gerundeten Hals wölbte es entspannt, die fein geschwungenen Ohren hingen scheinbar teilnahmslos seitlich herab. Das linke Ohr aber war, fast unsichtbar, nach hinten gerichtet.

Zwischen den jaulenden, bellenden und geifernden Jagdhunden seines Herrn wartete es geduldig auf dessen Zeichen, bereit, schon im nächsten Augenblick loszugaloppieren. Es strahlte diese Ruhe aus, die sonst nur von einem wilden Tier ausgeht, das irgendwo in Deckung sitzt und auf den rechten Moment wartet, seine Beute zu schlagen.

Im Sattel, den Eigenschaften seines Pferdes nicht unähnlich, saß der ältere Sohn des Grafen Wilhelm II. zu Castell. Seine Geschicke würden eines Tages die unsichere Zukunft der Grafschaft lenken.

Doch wer vermochte schon zu sagen, was das Schicksal für den jungen Edelmann bereithielt?

Die Unruhe der übrigen Tiere hatte sich längst schon auf die ganze Jagdgesellschaft übertragen. Jeder, vom einfachen Küchenjungen, über die altgedienten Treiber, bis zu dem mitgereisten Priester, alle warteten sie auf den erlösenden Klang des Hornes. Voll und dumpf würde es den ersehnten Beginn der Hatz verkünden. Doch noch wartete die ganze Meute vergeblich auf das Zeichen.

Eine ganze Weile saß der Adelige schon aufrecht, fast steif, im Sattel seines Pferdes, die krallenartigen Finger hielten angespannt die Zügel fest, während das Ross unter ihm tänzelte und scheute.

Doch irgendetwas, das er nicht benennen konnte, hielt ihn davon ab, das Horn zu blasen. Unsicher schaute der Graf über seine Schulter nach seinem Weib.

Die Gräfin, die oben auf dem Proviantwagen saß, fing seinen Blick auf. Eine feingezeichnete Augenbraue hob sich fragend. Der Graf zuckte mit den Schultern.

Alle Augen waren nun auf ihn gerichtet. Obwohl ihm seine innere Stimme das Gegenteil riet, hob er das schwere Instrument an seinen Mund und befeuchtete sich mit der Zungenspitze die spröden Lippen. Bisher hatte er den Beginn einer Jagd und die magischen Momente kurz davor stets herbeigesehnt, doch heute war alles anders. Am liebsten hätte er nach einem Vorwand gesucht, um nach Hause reiten zu können. Aber das ging natürlich nicht.

Er hörte das Räuspern seines Sohnes, dessen Pferd dem seinen am nächsten war.

Er spürte den irritierten Blick seines Älteren auf seinem Gesicht ruhen. Der Junge versuchte, den Grund seines Zögerns zu erraten.

Endlich, weil er keinen Vorwand für den Aufschub fand, blies er das Horn so kraftvoll, wie es seine Familie und seine Männer von ihm erwarteten.

Kaum schwoll der Laut an, brachen sie in stürmischen Jubel aus.

Die Rösser galoppierten los und nicht nur eines trat übermütig mit der Hinterhand aus. Nur um ein Haar verfehlte das Pferd eines Jägers einen der Treiber. Der Mann war neu und wusste noch nicht, dass man sich besser von den Hufen der Tiere fernhielt, wenn einem sein Leben lieb war. Er wurde kreidebleich, aber niemand achtete auf ihn. Die Männer mussten sich ohnehin schon alle Mühe geben, den Berittenen zu folgen, und so war keine Zeit, sich um den Unerfahrenen zu kümmern.

Die Meute stürmte in wildem Galopp bis zum Waldrand, dort parierten sie ihre Pferde durch und brachten sie erst mit einiger Mühe zum Stehen. Die berittenen Jäger riefen die Hunde zu sich heran und gaben ihnen das Kommando, sich abzulegen. Die dressierten Jagdhunde gehorchten aufs Wort.

Der Jagdführer richtete ein paar kurze Worte an die Treiber. Er mahnte sie, wachsam zu sein und zusammenzubleiben. Er wollte keinen der Männer verlieren, die sich nun mit Stöcken und Steinen bewaffnet, lärmend auf den Weg hinein ins Dickicht machten.

Ihre Aufgabe war es, das Wild aufzuscheuchen und aus der Deckung zu treiben. Es war keine ungefährliche Arbeit, die die Treiber mit ihren Hunden zu verrichten hatten. Schließlich hatten sich die hohen Herren auf ihren Rössern an diesem blassen Wintertag zur Sauhatz eingefunden. Gerade die schweren, gedrungenen Keiler hatten sich in der Vergangenheit als äußerst unerschrocken und wehrhaft erwiesen. Aber auch die Sauen scheuten einen Angriff auf die Menschen nicht, wenn sie ihre Frischlinge mit sich führten. Die Jagd auf diese Kolosse, die bis zum dreifachen Gewicht eines erwachsenen Mannes wogen, hatte schon unzähligen Menschen das Leben gekostet. Daran dachten die tapferen Männer aber nicht, als sie sich ihren Weg durchs Unterholz bahnten. Laut rufend versuchten sie, die Schweine aufzuspüren.

3

Niemand hätte zu sagen vermocht, ob es wirklich das Gebrüll der Männer oder doch der strenge Geruch nach Schweiß war, den sie verströmten, der eines der Tiere aus seinem Versteck trieb.

Die Sau rannte aus dem Unterholz und die Hunde fingen aufgeregt an zu kläffen.

Sie hatten Fährte aufgenommen und folgten dem flüchtenden Tier auf dem Fuße.

Eine ganze Weile hetzten die Saufinder das Tier quer durch den Wald. Panisch versuchte es, seine Verfolger durch wildes Hakenschlagen abzuschütteln.

Doch es waren zu viele der mutigen Hunde, die sich an seine Fersen geheftet hatten.

Erst als dem Wildschwein die Luft auszugehen drohte, konnten die Männer es einholen. Sie sprangen herbei und versuchten, das müde gewordene Tier in die Enge zu treiben. Sie bildeten einen großen Kreis um ihr Opfer, den sie immer enger zogen. Die Jagdhunde stimmten ein schauriges Geheul an, das den Jägern ihren Erfolg anzeigte. Die Treiber schüttelten drohend ihre Stöcke, um dem Tier zusätzlich Angst zu machen.

Dann ging alles ganz schnell: Die Männer vernahmen die Hufschläge eines Pferdes, das offensichtlich in einem Höllentempo in ihre Richtung raste. Das konnte nur einer der bewaffneten Jäger sein, der heranpreschte, um das Wildschwein so schnell wie möglich zu erlegen.

Das Hufgetrappel wurde rasch lauter und wurde eins mit dem trockenen Knacken der Zweige, die unter den Hufen des Pferdes brachen.

Die Treiber wollten gerade den Rückzug antreten und ihren Kreis um die Beute öffnen, da vernahmen sie einen dumpfen Schlag. Dann nichts mehr. Kein Laut drang mehr an ihre Ohren.

Verwirrt blickten sie einander an, doch auf allen Gesichtern stand die gleiche Ratlosigkeit. Was mochte nur passiert sein, fragen sie sich. Angestrengt horchten sie in den Wald hinein. Doch da war kein Geräusch mehr, das an ihre Ohren gelangte.

Sogar die Sau verharrte regungslos in ihrer Mitte. Endlich

vernahmen sie das Schnauben eines Pferdes. Es gab doch noch Leben um sie herum.

Das Wildschwein nutzte die Gunst der Stunde und floh.

Doch niemand achtete darauf, jeder der Beteiligten spürte, dass etwas Schreckliches geschehen sein musste.

Einer der Jagdhunde fing zu winseln an und trabte in die Richtung, aus der das Schnauben gekommen war.

Zögerlich folgten ihm die Treiber. Es war ein massiger, schwerer Hund, eigens für die Sauhatz gezüchtet. Das sonst so unerschrockene und zur Kaltblütigkeit erzogene Tier setzte sich auf seine Hinterläufe und fing fürchterlich an zu heulen.

Die Vordersten konnten bald schon erkennen, wessen Pferd es war, das da reiterlos im Wald stand.

Als die Männer den Gestürzten erkannten, der totengleich neben seinem Pferd lag, hätte nicht viel gefehlt, und sie hätten in das Klagelied des Hundes mit eingestimmt.

Die scharfe Klinge des edelsteinbesetzten Sauspießes glänzte im hellen Tageslicht.

Noch im Sterben hielt der Reiter die neue Waffe fest umklammert.

Sie hatte ihm kein Glück gebracht.

1

Farbenspiele

Der untergehende Vollmond tauchte die dick eingeschneite Winterlandschaft mit seinen letzten Strahlen in ein silbriges Licht. Alles Leben hatte sich vor der klirrend kalten Nacht in Sicherheit gebracht, nur ein einzelner Mönch bahnte sich seinen Weg durch die mondhelle Nacht. Sein einziger Begleiter war der eisige Nordwind, der ihm schreckliche Lieder von Tod und Verderben ins Ohr raunte.

Der harsche Wind schüttelte die Schneeflocken von den Bäumen wie eine Horde winziger Tiere. Schneekristalle flogen hoch, stoben auseinander, wirbelten nach links und drehten sich nach rechts, wurden zur Erde geschleudert, wilde und zugleich kunstvolle Mosaike bildend. Sofort flogen sie aber wieder hoch, und während ihres Fluges funkelten sie im Mondlicht wie unzählige, kleine Edelsteine. Die Kristalle, von denen keines aussah wie das andere, glichen einem Regen aus glitzernden Diamanten. Dieses Glitzern und Leuchten war alles, was der junge Mönch Auberlin, außer einem kleinen Stück Weg vor sich, ausmachen konnte. Zu seinem Bedauern konnte er sich in dieser winterweißen Umgebung nicht einmal auf die seltene Gabe verlassen, die ihm innewohnte: Die Farben um sich herum sah er wie die anderen Menschen auch, aber die Genauigkeit, mit der er sogar die feinsten Farbunterschiede erkennen und vor allem in seinem Gedächtnis bewahren konnte, war etwas ganz Besonderes.

Für ihn waren Blätter nicht bloß grün, sie waren auch nicht nur hell- oder dunkelgrün. Sie waren grün wie frisches Moos, grün wie Gras, silbrig-grün, erbsengrün oder grün wie Dicke Bohnen.

Auberlin bewahrte diese Farben und all die Farben aller Dinge, die er sah, in seinem Kopf und konnte so bei jedem Gegenstand, bei jedem Gewächs, ja von allem um ihn herum sagen, ob er es schon einmal gesehen hatte oder nicht.

Bisher hatte er nur ein einziges Mal mit jemandem über diese Fähigkeit gesprochen.

„Wie gelingt es dir nur, jede Miniatur und jede Initiale geradezu auf das Vollkommenste zu kopieren, möchte ich wissen", wunderte sich sein Lehrmeister nicht nur einmal über Auberlins Talent. Bruder Simon pflegte, sich nach diesem Ausspruch noch die wenigen ihm verbliebenen Haare zu raufen. Ihm selbst war es zeit seines Lebens versagt geblieben, seine Arbeiten als Buchmaler so makellos und meisterhaft auszuführen. Schließlich weihte Auberlin den Lehrer in sein Geheimnis ein, um dem ungeliebten Aufheben um seine eigene Person ein Ende zu bereiten.

„Wie meinst du das, du hast alle Farben in deinem Kopf?", lautete Bruder Simons nächste Frage.

Wortreich versuchte Auberlin seinem Lehrer und Mentor begreiflich zu machen, wie es in seinem Kopf aussah.

Wie man auf einem großen Gemälde jederzeit nachsehen konnte, in welcher Farbe dessen Einzelheiten gemalt waren, so konnte Auberlin seine Erinnerungen gleich einem Bild abrufen. Die Zeitspanne, die vergangen war, seit sein Gedächtnis das Bild aufbewahrte, spielte dabei keine Rolle. Er vergaß keine Farben.

Damals, in Auberlins Zuhause in einem Straßburger Kloster, war Bruder Simon zu dem Schluss gekommen, es müsse sich bei diesem außerordentlichen Talent um eine Gabe Gottes handeln. Eine Begabung, um als Miniaturmaler zu Gottes Ehren die Heilige Schrift und andere, religiöse Kodizes vervielfachen und mit Buchmalereien versehen zu können.

Der junge Auberlin dachte da ein wenig anders, aber der Respekt vor dem älteren Mönch gebot ihm, seine Meinung, in diesen Fall jedenfalls, für sich zu behalten, auch wenn es ihm schwerfiel.

Nur zu gerne hätte Auberlin gewusst, ob seine Gabe ein Erbe seiner Familie war. Leider konnte er niemanden danach fragen, denn seine Eltern hatten ihn als kleinen Jungen in dem Kloster zurückgelassen. Die Mönche dort berichteten ihm später von dem Versprechen, das die Eheleute dem Sohn und den Mönchen gegeben hatten: Sie wollten ihn wieder abholen, sobald der Familie keine Gefahr mehr drohte. Worin diese Gefahr bestanden hatte, fand Auberlin nie heraus.

Die Mönche waren allesamt gut zu ihm und später, als er größer war, scherzte Auberlin oft, wie glücklich er darüber sei, mit so vielen Vätern aufwachsen zu dürfen. Trotzdem gelang es ihm nie ganz, sich mit dem Fortbleiben seiner Eltern abzufinden.

Auch jetzt dachte er an seinen Vater, als er müde und erschöpft stehen blieb, um für einen Moment den wolkenverhangenen Nachthimmel über sich zu betrachten. Sein Vater wäre niemals allein, zu Fuß und frierend, um diese Zeit in einer eiskalten Winternacht unterwegs gewesen. Sein Vater wäre auf einem seiner herrlichen Jagdpferde geritten, an die sich Auberlin noch gut erinnern konnte. In kostbares Tuch gehüllt wäre der Adelige auf seinem stolzen Ross durch die Nacht gejagt, die Hufe des Pferdes hätten den Schnee tüchtig aufgewirbelt. Der Adelsmann hatte ausgesehen wie ein Graf oder gar ein Fürst, zumindest in den Augen des kleinen Buben, der Auberlin damals war.

Ehe ihn die Wehmut packen konnte, zwang er sich, an etwas anderes zu denken. Er fragte sich, wie lange er schon unterwegs war, denn alleine in dieser kalten Nacht kam ihm die Zeit endlos lang vor. Sobald es draußen zu dämmern begann, hatte er sich auf den Weg gemacht, der ihn von dem fremden Kloster weg hinauf zum Schlossberg führte.

Die Nacht hatte ihre schwarze Hand noch über die Welt gehalten, als Auberlin über den menschenleeren Klosterhof geschlichen war. Mit einer kleinen Laterne in der rechten Hand hatte er die Klosterpforte mit der Linken geschlossen.

Auberlin hoffte, der Sonnenaufgang würde nicht mehr lange auf sich warten lassen.

Denn falls er sich noch auf dem richtigen Weg befand und seine Schätzung stimmte, müsste er sein Ziel bald nach dem Sonnenaufgang erreichen.

Seine Lungen brannten von dem anstrengenden Marsch durch den tiefen Schnee und die erschöpften Glieder verlangten nach einer Pause. Aber er zwang sich, weiterzugehen und darauf zu achten, vorsichtig einen Fuß vor den anderen zu setzen. Die Angst vor einem Sturz saß ihm tief im Nacken. Ein gebrochenes Bein könnte seinen Tod bedeuten. Ein hungriger Wolf würde ihn vielleicht finden, schneller noch, als er erfrieren würde.

Trotz der Kälte fing er in seinem wollenem Mönchsgewand zu schwitzen an. Auberlin wischte sich ein paar Schweißtropfen von der Stirn und strich dabei über die dunkelblonden Stoppeln auf seiner Kopfhaut. Hasenhaare nannte er sie wegen ihrer Farbe.

Die nachwachsenden Stoppeln juckten höllisch. Auberlin sehnte den nächsten Badetag im Kloster herbei. Von Abtei zu Abtei verschieden, aber ungefähr alle fünfzehn Tage, badeten die Mönche und befreiten sich gegenseitig von den sprießenden Bartstoppeln. Das Tragen eines Bartes war ihnen nämlich nicht gestattet. Außerdem schoren sie an diesem Tag ihre Tonsur, jene kreisförmig kahlrasierte Stelle auf dem Kopf nach, die Auberlin gerade arg zusetzte.

Um die Angst und Müdigkeit zu vergessen, lenkte Auberlin seine Gedanken auf die Ereignisse der letzten Zeit.

Erst vor drei Tagen, erinnerte er sich, hatte ihn das traurige Geläut einer Totenglocke aus dem noch unruhigen Schlaf nach der Vigil gerissen. Schon beim ersten Glockenschlag war er hellwach gewesen und brauchte niemanden zu fragen, wem ihr Geläut gegolten hatte. Er hatte sofort gewusst:

Die Gräfin, Friedrichs Mutter war tot. Ihretwegen war er hier. Gestorben war sie an einer schrecklichen Krankheit, deren Namen niemand kannte und die niemand hatte heilen können. Das Leiden der Adligen war der Grund, warum Auberlin vor ungefähr zwei Wochen in die Grafschaft gekommen war und im Kloster um Unterkunft gebeten hatte.

Seit dem Abschied von seinen Eltern hatte Auberlin sein ganzes, bisheriges Leben in einem Benediktinerkloster in Straßburg verbracht. Dort hatten sich er und der nahezu gleichaltrige Grafensohn Friedrich, kennengelernt.

Als Friedrich vor wenigen Wochen die Nachricht erreichte, seine Mutter liege im Sterben, zögerte Auberlin keine Sekunde, den Freund in dessen Heimat zu begleiten. Die tiefe Freundschaft zwischen ihnen war für Auberlin Grund genug, dem Grafensohn auf seinem traurigen Ritt zu folgen.

Es war Friedrichs dringlichster Wunsch, die Mutter noch einmal zu sehen.

Friedrich hatte von ihrem Abt zwei Pferde und das Versprechen bekommen, die Klostergemeinschaft würde für die kranke Mutter beten.

Sie waren keine geübten Reiter, und so hatte es einige Tage gedauert, bis sie schließlich Friedrichs Heimat, die fränkische Grafschaft Castell erreichten.

Seit Auberlins Reitpferd den ersten Huf auf die Brücke gesetzt hatte, die sich über den Burggraben spannte, hatte Auberlin die angespannte Stille im Innenhof des stattlichen Grafensitzes spüren können.

In dieser Sekunde hatte er die Entscheidung getroffen, die Gastfreundschaft der Mönche in einer nahegelegenen Benediktinerabtei in Anspruch zu nehmen. Damit widersetzte er sich zwar dem Wunsch Friedrichs, der ihn lieber bei sich auf der Burg gehabt hätte, aber darauf wollte er keine Rücksicht nehmen.

Irgendwo in der Dunkelheit schrie eine Eule und riss Auberlin aus seinen Erinnerungen an die vergangenen Tage. Ihr schauriger Ruf lenkte seine Gedanken wieder auf die Dinge, die der bevorstehende Morgen bringen würde.

Friedrich hatte ihn für den heutigen Tag um eine dringende Unterredung gebeten. Auberlin war gespannt darauf, worüber Friedrich mit ihm sprechen wollte. Es musste wichtig sein, weil das Gespräch heute, am Tag der Beisetzung, stattfinden sollte.

Schritt für Schritt stapfte er der Morgendämmerung entgegen, während er versuchte, den Grund für Friedrichs Eile zu erraten. Er erschrak, als er über eine zugeschneite Baumwurzel stolperte. Sein Herz trommelte wild, um ein Haar wäre er hingefallen.

Sein Straucheln lenkte ihn von seinen Grübeleien ab, und so sah sich Auberlin um und war froh, als er die Burg in einiger Entfernung auf einem bewaldeten Hügel ausmachen konnte. Viel konnte er noch nicht erkennen, aber ihre Umrisse zeichneten sich schon deutlich am fahlen Himmel ab. Endlich wurde es hell.

Nur ein kurzes Stück des Weges weiter, konnte er den ausgetretenen Pfad erkennen, den er schon von seinen Besuchen in den letzten Tagen kannte.

Noch einige hundert Schritte bergauf, dann hatte er es geschafft.

Diesen steilen Pfad musste jeder beschreiten, der zum Stammsitz derer zu Castell hinaufwollte. Einen anderen Weg gab es nicht. Seine Knie zitterten vor Anstrengung.

Das schwere Tor stand offen, es war unbewacht. Keine Menschenseele war zu sehen. Kein Hund bellte, kein Kind schrie, niemand eilte zu dieser frühen Stunde geschäftig über den Hof. Wieder lag eine eigentümliche Stille über dem düsteren Bau, es schien, als trauere die ganze Burg um ihre Herrin. Tatsächlich aber waren es nicht viele, die den Tod der Gräfin aufrichtig bedauerten.

Auberlin schritt quer über den verlassenen Vorhof, geradewegs auf die Hauptburg zu.

Nur noch wenige Schritte trennten ihn von der dunklen Pforte aus dicken Eichenholzbohlen, als sie sich von innen öffnete. Eine blasse und übernächtigte Gestalt erschien als Schatten im Türrahmen. Auberlin musste zweimal hinsehen, ehe er den Freund ohne dessen Mönchskutte erkannte. Der Grafensohn trug an diesem Morgen ein Gewand in den Farben der Casteller: Rot und Silber.

Auberlin starrte ihn mit offenem Mund an, so erstaunt war er über den ungewohnten Aufzug Friedrichs.

„Mach den Mund wieder zu, lieber Freund, sonst holst du dir eine dicke Erkältung." Friedrich wollte die Situation mit einem Scherz herunterspielen. Auberlin aber war zu verblüfft, um überhaupt etwas sagen zu können. Noch nie zuvor hatte er seinen Mitbruder ohne dessen Mönchsgewand gesehen.

„Vater hat mir deutlich zu verstehen gegeben, dass meine Tage als Ordensbruder gezählt sind", vertraute er ihm leise an.

Auf Auberlins fragenden Blick antwortete er mit ehrlichem Bedauern in der Stimme: „Seit Leonhards Tod bleibe doch nur noch ich, um die Nachfolge unseres Vaters anzutreten."

Auberlin erkannte, es war nicht nur die Trauer um die Mutter, die den Freund so blass machte und müde aussehen ließ. Friedrich haderte mit seinem Schicksal, das ihn so plötzlich aus seiner vertrauten Welt herausgerissen hatte.

„Aber jetzt komm rein, Auberlin, sonst holst du dir wirklich noch den Tod in dieser lausigen Kälte." Die Sorge ließ Friedrichs Stimme schwanken. „Warum hast du denn keinen der Mönche gebeten, dich zu begleiten? Nicht ausdenken, wenn du dich verlaufen hättest!"

Auberlin schwieg. Natürlich war es töricht gewesen, allein durch die Dunkelheit zu laufen, das wusste er selbst. Aber nie hätte er sich getraut, einen der fremden Brüder zu bitten, ihn zu dieser nachtschlafenden Zeit zu begleiten. Außerdem brannte er darauf, den Grund für ihre Zusammenkunft zu erfahren. Auberlin blickte einen Moment lang zerknirscht zu Boden. „Nun bin ich ja hier, Friedrich. Und an mir ist noch alles dran." Zum Beweis zeigte er zuerst seine Beine vor und schüttelte dann die Hände vor Friedrichs Gesicht.

Friedrich lachte lauter als gewöhnlich: „Ich bin wirklich froh über deine Anwesenheit", wurde er aber sogleich wieder ernst.

Zusammen machten sie sich auf den Weg zu Friedrichs Kammer, wo sie ungestört miteinander reden konnten. Weil die Burg nur schlecht beheizt werden konnte, war die Luft darin klamm und kühl. Auberlin sehnte sich nach einem prasselnden Feuer und sollte nicht enttäuscht werden.

Die Kammer des Grafensohnes war zwar mit auffallend einfachen und alten Möbeln ausgestattet, aber dafür loderten die Flammen in dem Kamin in einer Ecke des Raumes hoch.

Ein schmales Bett, daneben eine dunkle Truhe, ein kleiner Tisch mit zwei Stühlen davor, mehr Ausstattung gab es nicht in dem kargen Raum. Für unnützen Putz und Gepränge hatte, die verblichene Gräfin einmal ausgenommen, niemand der Burgherren etwas übrig, wusste Auberlin aus früheren Erzählungen Friedrichs. Es hätte es ihn nicht gewundert, wenn die kostbare, geschliffene Karaffe aus Glas aus der Mitgift der Gräfin stammte. Zur Hälfte war sie noch gefüllt mit herrlich duftendem, heiß dampfendem Wein. Friedrichs leichtes Wanken und seine glasigen Augen erklärten den Verbleib der anderen Hälfte.

Also schwankt seine Stimme gar nicht aus Sorge um mein Wohlergehen, stellte Auberlin amüsiert fest.

Mit etwas mehr Schwung als notwendig schenkte er einen Becher für Auberlin voll und reichte ihm diesen ungeschickt. Rubinrot schwappte der Wein beinahe über.

Nachdem er den ersten Schluck gekostet hatte, schloss Auberlin genießerisch einen Moment lang die Augen. Dann trank er gleich noch einmal und ließ sich dabei den edlen Wein auf der Zunge zergehen. Der Wein aus den Casteller Lagen schmeckte ganz anders als der, den die beiden von ihrem Heimatkloster kannten. Kräftig und voll war er im Geschmack, dabei aber gar nicht sauer.

„Ein edles Tröpfchen, Friedrich, fürwahr", bemerkte er erfreut.

Friedrich nickte. „Vom Weinbau versteht man hier allemal etwas!"

Der hohe Alkoholgehalt des Weines erklärte sich Auberlin schon nach dem dritten Schluck selbst.

Ganz anders als das verdünnte Zeug in Straßburg, dachte er im Stillen.

An dieser Stelle wurden seine Überlegungen aber von Friedrichs Stimme unterbrochen, der sich inzwischen auf der breiten Fensterbank niedergelassen hatte.

„Nun höre mir zu, Auberlin", eröffnete er das Gespräch. „Seltsame Dinge geschehen hier", flüsterte er geheimnisvoll.

13

Friedrich unterstrich diesen Satz zwar mit einer ausladenden Armbewegung, aber Auberlin konnte ihm trotzdem nicht folgen. Was meinte Friedrich? Die Kammer? Die Burg? Oder das ganze Land?

Abwartend schaute Auberlin von seinem Stuhl aus zu Friedrich hoch.

„Denk' nur zuerst an den Tod meines älteren Bruders, Leonhard. Ausgerechnet er, ein begnadeter und mutiger Reiter, stürzt auf der Jagd von seinem Ross zu Tode, scheinbar ohne Grund. Es gab keinen tief hängenden Ast, der ihn hätte treffen können und im Boden war kein Loch, kein Fuchsbau, nichts, worüber das Pferd hätte stolpern können. So bezeugen es alle, die zur Jagdgesellschaft gehörten."

Friedrichs Augen wurden feucht, als er an seinen toten Bruder dachte, der ihm seit ihren Kindertagen ein großes Vorbild gewesen war.

„Vater muss es das Herz gebrochen haben, als sein geliebter Sohn und Nachfolger starb", fügte er noch leise hinzu und rang dabei um seine Fassung.

Für kurze Zeit starrte er trübsinnig ins Leere. Gleich darauf aber straffte er seine Schultern und sprach weiter: „Keine Woche nach Leonhards Tod verschwindet Engelhart, ein Ritter meines Vaters, plötzlich und ohne Grund auf Nimmerwiedersehen. Er verließ die Burg, um an irgendwelchen Festlichkeiten in der Bischofsstadt Würzburg teilzunehmen und kehrte nicht mehr zurück. Es heißt, mein Vater habe große Stücke auf ihn gehalten. Er hat sich sogar Hoffnungen auf die Hand meiner Schwester Veronica gemacht. Von Standeswegen wäre diese Verbindung zwar unmöglich gewesen, aber vor dir, mein Freund, muss ich kein Geheimnis daraus machen, dass mein Vater dringend Geld braucht. Und dieses Geld hätte eine Ehe mit jenem Ritter, der einer reichen Familie entstammt, wie ich hörte, bringen können."

Auberlin folgte den Ausführungen gespannt, aber er konnte keinen Zusammenhang zwischen dem schrecklichen Unfall des Bruders und dem Verschwinden dieses Engelharts erkennen,

14

zumal noch nicht geklärt war, was dem jungen Ritter zugestoßen war.

„Und nicht einen Monat später wird meine Mutter schwer krank", knüpfte Friedrich den Faden weiter, „und stirbt kurze Zeit darauf. Sie, deren Gesundheit so robust war, wie die eines guten Pferdes, wie mein Vater stets zu scherzen beliebte." Erwartungsvoll schaute er zu Auberlin hinunter.

Der verspürte ein unheilvolles Ziehen im Magen, als ihm klar wurde, worauf Friedrich hinauswollte: Er glaubte nicht an einen tragischen Reitunfall, er glaubte nicht daran, dass der Ritter einfach so verschwunden war, und er glaubte schon gar nicht, dass die Gräfin an den Folgen einer natürlichen, von Gott geschickten Krankheit, gestorben war. Auberlin schwieg erst einmal eine ganze Weile. Er wusste nicht, was er von den Theorien des Freundes halten sollte.

Friedrich dagegen kippte den Wein in seinem Becher in einem Satz hinunter. Er war offensichtlich froh darüber, ausgesprochen zu haben, was ihn umtrieb.

Auberlin knetete seine Finger, während er über das Gehörte nachdachte. Eine Eigenart an ihm, die ihm selbst noch nie aufgefallen war.

„Wir haben drei merkwürdige Unglücksfälle innerhalb weniger Wochen! Auberlin, da steckt mehr dahinter, sage ich dir!" Friedrich schien sich seiner Sache sehr sicher zu sein.

Auberlin aber mochte lieber nicht über die schrecklichen Möglichkeiten nachdenken, die sich aus Friedrichs Ausführungen ergaben.

„Friedrich, du bist verwirrt und traurig, weil du vor kurzem deinen Bruder und deine Mutter verloren hast, das verstehe ich." Auberlin wählte seine Worte mit Bedacht. Er wollte nicht vorschnell über Friedrichs Ängste urteilen, aber sich dessen Meinung anzuschließen fiel ihm schwer.

„Du meinst also, ich sehe Gespenster? Ist es das, was du mir sagen willst?"

Auberlin hob beschwichtigend die Hände. „Aber nein, das würde ich nie behaupten wollen! Aber mir fehlt der rechte

Beweis für deine Zweifel", versuchte er seine Bedenken zu erklären. „Verstehst du, ich finde keinen Grund dafür, warum da jemand die Finger im Spiel haben sollte", fügte er noch leise hinzu.

„Den habe ich auch noch nicht herausfinden können, Auberlin", räumte Friedrich ein. „Aber ich bin mir sicher, sobald wir den Grund dafür kennen, warum die drei Menschen sterben mussten, werden wir wissen, wen wir dafür zur Verantwortung ziehen können."

„Hast du gerade ‚wir' gesagt?", fragte Auberlin erschrocken.

Friedrich nickte schnell. „Aber natürlich, mein Freund! Ich kann doch schlecht selbst herumgehen und die Menschen befragen, was sie von meiner Theorie halten!"

In diesem Punkt hatte Friedrich natürlich Recht. Einem Mitglied der gräflichen Familie würde gewiss niemand etwas über die dunklen Geheimnisse der Grafschaft erzählen.

Auberlin, der an das Gute im Menschen glaubte, und im Allgemeinen sein ruhiges und beschauliches Leben sehr schätzte, wollte zuerst nicht in Friedrichs Ermittlungen hineingezogen werden. Je länger er aber über die Sache nachdachte, umso mehr war er davon überzeugt, handeln zu müssen. Die Freundespflicht gebot ihm, Friedrich zu helfen. Würden auch Gräfin Richildis und Leonhard davon nicht mehr lebendig werden, so konnte Auberlin im besten Fall beweisen, dass es gar keinen Mörder gab. Auberlin konnte sich allerdings noch überhaupt nicht vorstellen, wie er das anstellen sollte.

2

Beerenrot

Draußen war während ihrer langen Unterredung endgültig einer dieser trübseligen Wintertage angebrochen, an denen sich das Tageslicht kaum gegen das bedrückende Grau der Schneewolken durchsetzen kann. Nachdem Auberlin sein Wort gegeben hatte, nach den Hintergründen der Todesfälle zu suchen, trennten sich die beiden.

Friedrich suchte seinen Vater auf, um mit ihm zusammen die letzten Vorbereitungen für das anstehende Begräbnis zu treffen.

Auberlin wollte den Beginn der Beisetzung auch nicht tatenlos abwarten. Er verließ die Burg und machte sich auf den Weg zu der kleinen Burgkapelle, in der die Gräfin in ihrem Sarg ruhte.

Seit ihrem letzten Atemzug hielten die Bediensteten der Burg unablässig die Totenwache für ihre Herrin. Tag um Tag, Stunde und Stunde murmelten sie unablässig an ihrem Sarg leise Gebete.

Auberlin kniete in einer der hinteren Bankreihen auf dem kalten Steinboden nieder und sah sich verstohlen um. Neben dem Gesinde waren es fast nur die Mönche aus dem nahen Kloster, die sich in der Kapelle versammelt hatten. Pflichtschuldig leierten sie die Gebete herunter.

Die Gleichgültigkeit, mit der sie ihre Worte an Gott richteten, machte ihn traurig. Auberlin schien es, als wären sie sich der Inhalte und der Bedeutung ihrer Worte gar nicht bewusst. Sie erfüllten nur den Auftrag, den sie von ihrem Abt bekommen hatten. Womöglich waren sie mit ihren Gedanken ganz woanders, und was aus der Seele der Gräfin Richildis wurde, schien sie nicht weiter zu kümmern.

Dieselbe Teilnahmslosigkeit stand den Mitgliedern der Trauergemeinde, die sich in der Zwischenzeit auf dem Friedhof versammelt hatte, in die Gesichter geschrieben. Frierend warteten sie auf die Ankunft des Grafen. Mit ihm würden die

Sargträger kommen und die Beisetzungszeremonie konnte endlich beginnen.

Früh hatten die Menschen aus den umliegenden Dörfern ihre Häuser verlassen, um die Burg rechtzeitig zu erreichen. Jetzt, am Ende eines langen Winters, waren die Lebensmittelvorräte knapp. Die Menge erhoffte sich einen reichlichen Leichenschmaus zu Ehren der Gräfin. Hungernd malten sie sich die Köstlichkeiten aus, die ihnen ihr Landesherr später auftischen würde. Mit knurrenden Mägen lauschten sie den schaurigen Schreien der Krähen, die in den umliegenden Wäldern nach Nahrung suchten.

Endlich öffnete sich die Tür der Kapelle und der Sarg wurde von vier kräftigen Männern herausgetragen. Sie stellten ihn neben die offene Grabstelle, wo bereits die gräfliche Familie wartete. Über dem Grabmal hatte gestern den ganzen Tag lang ein Feuer gebrannt, sonst wäre es unmöglich gewesen, tief genug in die gefrorene Erde zu graben. Graf Wilhelm gab die schlechten Wetterverhältnisse als Grund an, warum er keine Boten zu den umliegenden Adelshäusern geschickt hatte, um vom Tod seiner Gemahlin zu berichten. In Wahrheit aber fehlte es ihm an Geld und Ausstattung, um den Leichenschmaus noch üppiger zu gestalten, als er ohnehin schon ausfallen würde.

Doch obwohl niemand die Kunde von Richildis' Tod verbreitet hatte, drängten sich viele Menschen dicht an dicht um ihr Grab.

Um sie herum spielte der Wind seine unbarmherzigen Spiele mit ein paar dürren Ästen und Zweigen, die er sich eigens dafür von den nackten Bäumen schüttelte.

Statt den Worten des Hofpredigers zu lauschen, der die Beisetzungszeremonie abhielt, folgten drei oder vier Kinder aus den vorderen Reihen den wirbelnden kleinen Hölzern mit ihren Blicken. Ihren Kleidern nach waren es Kinder der einfachen Bauern, die das Land derer zu Castell bestellten.

Die Kleinen staunten nicht schlecht, als plötzlich ein Kätzchen zwischen den schiefen Grabsteinen hervorgesprungen kam und mit seiner pelzigen Pfote nach einem Zweig hangelte.

Die kleine Maria, Tochter der verwitweten Näherin Hanne, zupfte ihre Mutter am Rock und deutete vergnügt glucksend auf das verspielte Tierchen.

Die Mutter aber rückte wortlos den Kopf des Kindes zurück zu der Stelle, von der der Hofprediger gerade einen Segen über dem Sarg sprach.

Eine Katze auf dem Friedhof, dachte Hanne, *da wird die Hebamme auch nicht weit sein.*

Sie war mit ihren Gedanken noch ganz bei dem grässlichen Schicksal der Hebamme des Dorfes, die sich gleichzeitig als Kräuterheilerin verdingte, als der Prediger endlich das letzte Amen über dem offenen Grab sprach.

Kurz darauf strömten die Trauergäste geschlossen zur Burg hinauf, wobei sie sich alle Mühe gaben, ihre Eile dabei zu verbergen. Sie alle hatten ihre Christenpflicht, der Gräfin das letzte Geleit zu geben, erfüllt. Deshalb waren sie hier. Aus reinem Pflichtgefühl waren sie den beschwerlichen Weg heraufgekommen. Viele Bewohner der Grafschaft hatten ihre Herrin nicht einmal gekannt. Sie wussten nicht, woher sie gekommen war, ehe sie den Grafen geheiratet hatte. Es interessierte die Menschen nicht. Gräfin Richildis hatte nichts mit ihnen gemein, die Adelige teilte ihre Sorgen und Nöte nicht. Niemand hatte je etwas Gutes von ihr gehört. Ihrer Verschwendungssucht sei der schlechte Stand der Grafschaft zuzuschreiben, erzählte man sich hinter vorgehaltener Hand.

Aus purem Desinteresse liefen sie alle am Sarg vorbei, ohne innezuhalten. Nur die kleine Maria drehte sich noch einmal um, weil sie nachschauen wollte, ob das Kätzchen noch da war. Aber das lustige Tier war längst verschwunden. Der Blick der kleinen Maria fiel stattdessen auf das Gesicht einer Frau, die zufrieden zum Sarg hinunterblickte und sich keine Mühe gab, diesen Ausdruck zu verbergen.

Die Vertreter der Kirche folgten den Mitgliedern der Adelsfamilie auf dem Fuße. Ihnen folgten die Bauern und Handwerker, die verschüchtert wirkten, dicht auf den Fersen. Fast keiner von den Trauergästen war jemals zuvor in der Burg gewesen. Sie wünschten es sich auch nicht, denn gar zu oft verhieß es nichts Gutes, wenn der Graf nach einem von ihnen rief. Entsprechend schweigsam saßen die Gäste auf ihren Stühlen und Bänken und schaute sich verstohlen um. Nur das Geräusch unruhig scharrender Füße war zu hören.

Der große Raum war in Auberlins Erinnerung schmucklos, grau und kalt. An diesem Tag aber spendeten unzählige Kerzen von den Wänden ihr warmes Licht.

Doch damit nicht genug: Auf den Tischen lagen schwere, weiße Tischdecken aus feinstem Tuch, die mit dem Wappen des Grafen zu Castell bestickt waren. Der Anblick des geschmückten Saales hielt ihn so lange gefangen, bis aus einer Tür zwei Mägde heraustraten, die einen rötlich glänzenden Kupferkessel in ihren Händen trugen. Köstlicher Fischgeruch verbreitete sich in der Halle.

Auberlins Magen zog sich vor Verlangen zusammen. Er liebte Fisch. Er war nicht wählerisch, was seine Speisen betraf, das konnte er sich als Mönch gar nicht leisten. Doch wann immer es möglich war, zog er Fisch dem Fleisch vor. Schon manches Mal war er deshalb von seinen Brüdern ausgelacht worden. Sie waren der Meinung, er nehme es allzu genau mit der Benedikt-Regel, die das Fleisch von vierfüßigen Tieren nur den Schwachen und Kranken erlaubte. Die Klöster hielten sich schon lange nicht mehr daran. Auberlin nahm es ihnen nicht übel, wenn sie sich über ihn lustig machten. Er wusste, sie meinten es nicht böse mit ihren Spötteleien und gönnte ihnen das Vergnügen. Ihm ging es aber allein um den Geschmack, mit der Regel hatte das nichts zu tun. Er glaubte an Gott und den heiligen Benedikt, dem sein Heimatkloster geweiht war, ohne Zweifel, aber er war nicht aus freien Stücken ins Kloster gegangen, sondern weil es seine Eltern seiner Zeit wohl für die einzige Lösung gehalten hatten, ihn vor einem schlimmen Schicksal zu bewahren.

Die beiden Mägde schleppten den schweren Kessel mit der dampfenden Fischsuppe an ihm vorbei. Sämig wogte sie im Kessel hin und her. Die Suppe war nicht weißlich grau, wie die, die er kannte, sondern von einem appetitlichen Gelb.

Wie Löwenzahnblüten, dachte Auberlin und hatte diese Farbe klar vor Augen.

Als Novize war er oft von ihrem Bruder Infirmarius, der mit der Krankenpflege betraut war, hinausgeschickt worden, um Röhrleinskraut zu pflücken. So nannten sie das Gewächs, das der Infirmarius im Ganzen destillierte. Dieses Destillat entwässerte stark und half den Mönchen, wenn sie Schwierigkeiten hatten, Harn zu lassen.

Auberlin war neugierig, wie die Suppe schmecken würde. Er mochte die Arbeit in der Küche und hatte schon viele Stunden damit zugebracht, dem Küchenmeister in Straßburg bei der Arbeit zuzusehen. Der Bruder Küchenmeister dort hatte den Fischsud mit Wein und Pfeffer versetzt, glaubte sich Auberlin zu erinnern. Sogar Lebkuchen hatte er hineingetan, zumindest, wenn hohe Gäste im Kloster zu Besuch waren.

Die Mägde hatten mittlerweile angefangen, die Suppe in die Tonschüsseln zu verteilen, die auf den Tischen standen. Die Dorfbewohner beobachten die Küchenmädchen misstrauisch, denn in ihren Häusern und Hütten aß die ganze Familie aus einem Topf.

Auberlin schaute ihnen beim Essen zu, während er wartete, bis er an der Reihe war.

Einige schenkten den bereitliegenden Löffeln erst gar keine Beachtung. Stattdessen tunkten sie das Brot, das zur Suppe gereicht wurde, in ihre Schüsseln und bissen große Brocken davon ab.

Das helle und feine Brot hatte mit den dunklen, harten Laiben, die sie für gewöhnlich im Gemeinschaftsofen auf ihrem Dorfplatz buken, wenig gemein. Ihr Brot wurde aus grob geschrotetem, dunklem Roggenmehl gebacken. Von dem Mahlstein der Mühle blieben oft kleine Steinchen im Teig, die im Lauf der Zeit die Zähne der Menschen ruinierten. Nicht wenige von ihnen aßen zum ersten Mal so feines, weiches Brot.

Die Mägde waren in der Zwischenzeit bei Auberlin angekommen und schöpften seine Schüssel großzügig voll. Der dünne, zierliche Auberlin weckte oft den Mutterinstinkt bei

Mägden und anderen Frauenzimmern, was seinem großen Appetit sehr gelegen kam. Er dankte ihr und konzentrierte sich auf den Geschmack der Suppe. Sie schmeckte genauso wunderbar, wie sie duftete. Er probierte, die einzelnen Zutaten herauszuschmecken, da erschien ihm plötzlich das runde Gesicht des Küchenmeisters in seinem Kopf, der ihm von einem kostbaren, fremden Gewürz erzählte, das Safran genannt wurde. Es wurde aus Blumen hergestellt, deren Name Auberlin nicht einfallen wollte. Diese Blume wuchs nur in fernen Ländern und das machte die Beschaffung des edlen Gewürzes so schwierig und teuer. Dieser Safran würde Speisen gelb färben, hatte ihm der Küchenmeister einmal erzählt und schließlich hatte er den drängenden Bitten Auberlins nachgegeben, ihn wenigstens einmal an der winzigen Dose riechen zu lassen, in der er das edle Gewürz aufbewahrte. *Das musste es sein*, überlegte Auberlin, *was die Suppe so gelb färbte.*

Hastig löffelte er seine Schüssel leer. Er nahm sich vor, die Köchin der Burg bei nächster Gelegenheit zu befragen, ob er mit seiner Vermutung, sie habe die Suppe mit Safran gewürzt, richtig lag. Die alte, gutmütige Köchin würde sich sicherlich über sein Interesse an ihren Künsten freuen.

In diesem Moment aber plagten die arme Agnes ganz andere Sorgen. Seit Tagesanbruch werkelte sie schon in der Küche herum. Sie scheuchte die Mägde tüchtig umher, damit alle Gänge zur rechten Zeit fertig und angerichtet sein würden. Die Hitze des Herdfeuers und die harte Arbeit ließen sie tüchtig schwitzen.

Um das Feuer in Gang zu halten, galt es für die Küchenhilfen, stets ein wachsames Auge auf die Glut zu haben. Um den Braten gleichmäßig gar werden zu lassen, musste die Temperatur immer die gleiche sein.

Eine junge und kräftige Magd lief wieder und wieder hinaus zum Brunnen, um frisches Wasser zu holen. Eine andere rührte seit Stunden in den Suppen und den Soßen, von deren Dampf ihr Gesicht schon puterrot war.

Agnes wurde von ihren Untergebenen gleichermaßen gemocht, respektiert und gefürchtet. Sie geizte nicht mit Beschimpfungen, aber sie sparte auch nicht mit Lob.

Mitten in dem geschäftigen Treiben hatte sich Katharina, Agnes' Tochter, eine ruhige Stelle nahe dem Herd gesucht, wo sie mit solcher Hingabe Walnüsse halbierte und die bittere Haut von den Nüssen zupfte, als ob ihr Leben davon abhinge. Agnes betrachtete das Mädchen, das an der Schwelle zur Frau stand, voller Liebe.

Als ob Katharina den mütterlichen Blick gespürte hätte, blickte sie von den Nüssen auf und schaute über ihre Schulter zur Mutter. „Liebe Mutter, macht es dir denn gar nichts aus, dass du bei der Beerdigung von Gräfin Richildis nicht dabei warst?"

Die alte Köchin verzog erst keine Miene, aber dann lächelte sie doch: „Nun, Katharina, ich denke, die Gräfin findet auch ohne mich ins Jenseits. Mich hat bestimmt niemand vermisst, es waren ja genug Leute da. Und gutes Essen hat sie schließlich immer geschätzt, die Gräfin, nicht wahr? Hat uns alle auf Trab gehalten mit ihren Wünschen." Agnes trat einen Schritt näher zu ihrer Tochter, grinste maliziös und zeigte dabei ihre beachtlichen Zahnlücken. „Gerade heute wollen wir sie nicht enttäuschen, gell? Könnt mir vorstellen, sie hat einen Weg gefunden, wie sie uns selbst nach ihrem Tod noch aufs Korn nehmen kann. Nur ob von oben oder von unten? Das wüsste ich nur allzu gerne ..."

Katharinas dicke Zöpfe flogen um ihre Schultern, als sie empört den Kopf schüttelte. „Was du wieder redest, Mutter, unsere liebe Gräfin ist bestimmt schon im Paradies angekommen, und schaut von dort wohlwollend auf uns herunter."

„Mein liebes Kind, so groß deine Begabung fürs Kochen ist, so klein ist deine Menschenkenntnis. Aber nun genug geschwatzt. Ich schaue jetzt mal nach meinen Soßen." Das Gespräch war für Agnes beendet und sie schlurfte zu den stattlichen Kupferkesseln hinüber, die rötlich über der Glut schimmerten.

Katharina, fertig mit den Walnüssen, folgte ihrer Mutter neugierig.

Ordentliche Festmähler waren auf der Casteller Burg in der letzten Zeit selten geworden, und so war der jungen Katharina jeder Anlass recht, ihre Kochkunst zu erweitern. Sie nahm die drei Kessel nacheinander in Augenschein und musterte ihren Inhalt gründlich. „Herrje, du hast gleich drei ganz verschiedene Soßen gekocht?", rief sie erstaunt aus.

„Die drei liebsten Soßen der Gräfin. Die Brigitta ist schuld! Sie hat mir so lange zugeredet, bis ich schließlich nachgegeben habe", lächelte Agnes säuerlich, wobei es ihr nicht ganz gelang, ihren Stolz zu verbergen.

Brigitta war die erste Kammerdienerin der Gräfin und deren engste Vertraute gewesen.

Die Tochter hörte schon nicht mehr zu. Sie hatte ihre Nase tief in den vordersten Kessel gesteckt und beschnüffelte prüfend den Inhalt: „Lass mich raten, Mutter. Ich kann Weintrauben riechen, und noch anderes Obst. Können es Äpfel sein? Pfeffer kitzelt außerdem in meiner Nase." Katharina wandte sich schnell ab und nieste. „Es ist eine Agraz, die da so herrlich köchelt, habe ich Recht?"

Agnes nickte.

„Was ist die Grundlage dafür? Wasser?", fuhr Katharina fragend fort.

Die erfahrene Agnes schüttelte den Kopf. „Aber Kind, wo denkst du hin? Die Grundlage ist selbstverständlich Wein. Mit Wasser könntest du den feinen Gaumen der Herrschaft keine Freude machen."

Katharina nahm ungefragt einen Löffel und kostete mit geschlossenen Augen. „Schmecken kann ich den Wein. Hm, göttlich."

Agnes riss erschrocken die Augen auf. „Aber Kind, du sollst nicht den Namen Gottes für eine Speise gebrauchen! Was fällt dir bloß ein?"

„Hat Gott uns nicht alle Zutaten für unsere Speisen geschenkt? Er wird gewollt haben, dass wir etwas Gutes aus seinen Gaben machen", schoss die Tochter wortgewandt zurück.

Agnes fiel nichts ein, was sie darauf hätte erwidern können, und so lenkte sie die Aufmerksamkeit der Tochter auf die zweite Sauce. Es handelte sich um eine Codiment, eine würzige Soße, hergestellt aus einem kräftigen Rotwein und Zwiebeln. Auch hier schmeckte Katharina die Zutaten heraus. Beim dritten Kessel aber musste sie passen.

Die Sauerkirschen, die mit Honig aufgekocht und mit Nelken gewürzt wurden, konnte sie nicht mehr herausschmecken. Sie bettelte so lange bei Agnes, bis sie ihr das Versprechen abgenommen hatte, ihr bei nächster Gelegenheit zu zeigen, wie diese Weichselkirschen-Soße gemacht wurde.

Damit war der Moment der Vertrautheit zwischen Mutter und Tochter zu Ende. Es gab noch viel zu tun an diesem Tag für die beiden Frauen. Agnes konzentrierte sich wieder auf das Geschehen um sie herum.

Zwei der Küchenjungen mussten ermahnt werden, nur ja vorsichtig mit dem Spanferkel zu sein, damit es ohne Schaden zu nehmen, von dem Bratspieß herunter, hinauf auf die silberne Platte käme. Der fertige Braten musste als noch ganzes Schweinchen in die Halle getragen werden. Das Vorhaben gelang.

Während die Küchenmädchen noch die leeren Suppenschüsseln aus der Halle räumten, schickte Agnes schon die Küchenjungen mit dem nächsten Gang los. Zwei von ihnen hatten das Spanferkel geschultert, die anderen zwei trugen den zarten Rehbraten auf einer dicken Holzplatte hinterher.

Drei junge Mägde, die schon bereitstanden, scheuchte Agnes jetzt mit den Soßenschüsseln hinaus in die Halle zu den wartenden Gästen.

Agnes nutzte die Verschnaufpause, in dem sie auf einem Schemel nahe der Tür Platz nahm. Dort war es am kühlsten in der Küche.

Die unerträgliche Hitze, ihr Alter und ihre Leibesfülle machten es ihr zunehmend schwer, in der Küche zu arbeiten. Seufzend wischte sie sich den Schweiß von der rosigen Stirn.

In der Zwischenzeit war Friedrich in die Küche getreten und zog sich einen Stuhl heran, um sich neben sie zu setzen.

Er schaute den Flammen im Ofen dabei zu, wie sie gleichmäßig vor sich hin flackerten. Das Feuer ließ sein blondes Haar rötlich schimmern.

Agnes beobachtete Friedrich. „Das Kloster steht dir gut, mein Junge", meinte sie, nachdem sie ihm lange in das offene Gesicht geschaut hatte.

Friedrich nickte und sagte jungenhaft: „Was mir jetzt noch fehlt, um mich wieder vollkommen zuhause zu fühlen, ist dein Nusspudding, liebe Agnes. Wie lange musste ich auf ihn verzichten?"

„Du wolltest es so, Friedrich, du wolltest fort von hier und von meinem Pudding. Aber es scheint mir eine gute Entscheidung gewesen zu sein. Du wirkst längst nicht mehr so angespannt, so unruhig, ja, so gehetzt wie ein Kaninchen, wie früher. Selbst jetzt nicht, in diesen schrecklichen Tagen, in denen dein lieber Bruder und deine Mutter umgekommen sind."

Friedrich blieb eine Weile still.

Das Feuer knackte im Ofen, der Wind strich heulend um die Burg und ab und zu drangen Gelächter und Geklapper aus der Halle herüber. Es war wie früher, Friedrich hatte viel Zeit bei Agnes in der Küche verbracht. Stets hatte sie ein offenes Ohr für seine großen und kleinen Sorgen gehabt. Immer war es ihr gelungen, ihn zu trösten. Mit süßen Leckereien hatte sie dabei nicht gegeizt. Gott hat jedem Menschen bestimmte Stärken, aber auch einige Schwächen mit auf den Weg gegeben und daran gibt es nichts auszusetzen, hatte sie oft gesagt.

Jetzt schauten die beiden der jungen Katharina zu, wie sie die gehackten Nüsse mit geübtem Schwung in einen runden Kupfertopf kippte. Sie gab Milch, Zucker und eine zerteilte Semmel dazu und rührte bedächtig in der süßen Masse.

„Liebe Agnes, du hast Recht. In den Orden einzutreten, war die beste Entscheidung, die ich je getroffen habe. Ich tauge nicht fürs Grafenamt, zumindest nicht so, wie Vater es gerne hätte.

Und nun wird er doch mit mir vorlieb nehmen müssen, dabei wollte ich nie sein Nachfolger werden."

Agnes musste sich redlich anstrengen, um verstehen zu können, was Friedrich gesagt hatte, so leise hatte er gesprochen.

Katharina steckte sich ungeniert einen Löffel mit Pudding in den Mund und kostete mit geschlossenen Augen. Sie schien mit dem Ergebnis zufrieden und nahm den Topf vom Herd. Sie stützte ihre schlanken Arme auf dem Tisch ab und wartete, bis die Masse abkühlte. Mit gerunzelter Stirn beobachtete sie den Pudding, als hätte sie Angst, er könnte sich vor ihren Augen in Luft auflösen.

Agnes dagegen schickte sich an, aufzustehen, aber Friedrich legte ihr seine Hand auf den dicken Unterarm, um sie daran zu hindern.

„Möchtest du mir irgendetwas sagen, liebe Agnes? Ich sehe dir an, etwas bedrückt dich."

Agnes Augen weiteten sich. „Hat man dir im Kloster das Hellsehen beigebracht?"

„Ich bin hier bei dir in der Küche großgeworden, erinnerst du dich?"

Eine Armlänge von ihnen entfernt schlug Katharina ein Ei in den Topf, das klatschend in die Puddingmasse fiel.

„Es gibt da tatsächlich noch etwas, was dir wohl noch niemand erzählt hat, Friedrich."

Katharina schlug das zweite Ei auf und gab es in die Masse.

„Es ist eigentlich nicht meine Sache, dir davon zu erzählen, aber ich finde, du hast ein Recht darauf, zu erfahren, welche Pläne dein Vater hatte."

Friedrich legte den Kopf schief und wartete neugierig, was ihm die Köchin zu erzählen hatte.

„Dein Vater konnte sich lange nicht damit abfinden, dass du dein Leben gottgeweiht hast und er dachte, du würdest nie zurückkommen. Also konzentrierte er sich ganz darauf, Leonhard auf seine Nachfolge vorzubereiten. Und der Junge machte sich gut." Ein Lächeln stahl sich auf ihr Gesicht. Jeder hatte Leonard geliebt.

27

„Nach seinem Tod brach für deinen Vater eine Welt zusammen, wir dachten alle, er stürzt sich dem Sarg hinterher, als er in die Erde gelassen wurde", fuhr sie fort.

„Dass ich nicht dabei sein konnte, tut mir sehr leid. Als Vaters Bote endlich Straßburg erreichte, war Leonhards Beerdigung längst vorüber." Friedrich klang für einen Moment unheimlich traurig.

Agnes nickte verständnisvoll, ehe sie weiter von dem Grafen erzählte: „Er konnte sich nicht vorstellen, dass du dein Kloster verlassen und nach Hause kommen würdest. Ehrlich gesagt, er war der Meinung, das Kloster hätte dich so weltfremd gemacht, dass er nicht sicher war, ob du als sein Nachfolger taugen würdest." Die alte Köchin konnte in Friedrichs Mienenspiel kein Wort von dem erraten, was er dachte.

„Weiter, Agnes", war alles, was er herausbrachte.

„Der Graf fasste also den Plan, deine Schwester Veronica so zu verheiraten, dass die Nachfolge in jedem Fall gesichert wäre. Notfalls unter ihrem Stand."

„Weiter, Agnes", presste Friedrich hervor. Obwohl er wusste, was die Köchin ihm gleich erzählen würde, wollte er es nicht aus ihrem Mund hören.

„Er trug sich mit dem Gedanken, deine Schwester Engelhart, einem seiner Ritter, zur Frau zu geben. Ausgerechnet ihm, dem Sohn einer reichen Würzburger Adelsfamilie, er hatte sich regelrecht hier eingenistet. Wohl nicht hell genug im Kopf, um in die Fußstapfen seines Vaters zu treten, hatte er es sich anscheinend in den Kopf gesetzt, es hier auf der Burg zu etwas bringen zu wollen. Doch wie sollte er hier Fuß fassen können, haben wir uns alle gefragt? Für einen, wie ihn, gab es doch hier keinen Platz. Aber zu unser aller Erstaunen schien dein Vater einen Narren an dem aufgeblasenen Tölpel gefressen zu haben. Zuerst sah der Graf es nicht gerne, wenn Engelhart mit seinen Rittern unterwegs war, aber schließlich änderte er seine Meinung. Engelharts Name war in aller Munde. Ich glaube immer noch, es war die Gräfin, die dem Wichtigtuer die Stange gehalten hat. Gott alleine weiß warum."

Friedrich, der bis dahin schweigend zugehört hatte, schaute die alte Köchin verständnislos an: „Aber es muss doch einen Grund geben, warum dieser Engelhart so einen guten Stand bei meiner Mutter hatte. Deiner Beschreibung nach kann sie ihn doch wohl kaum um seiner selbst willen gemocht haben."

Agnes schürzte nachdenklich die Lippen und schaute ihrer Tochter dabei zu, wie sie Ei um Ei in den Topf schlug.

„Der einzige Grund, den ich mir denken kann, war ihr Verlangen nach verschiedenen Luxusgütern. Sie war nie zufrieden, mit dem, was die Natur hier hergab und was die Menschen erwirtschaften konnten. Sie wollte immer ausgefallenere Speisen, immer noch besser und exotischer als alles, was bisher da war. Engelharts Vater ist ja ein reicher und adeliger Kaufmann, der weit herumkommt in der Welt, der konnte ihr natürlich so manches besorgen."

Der Grafensohn wiegte seinen Kopf hin und her. „Ich kann mir nicht vorstellen, dass es nur der Prunk und der Protz waren. Ich meine, da steckt noch mehr dahinter. Und ich werde herausfinden, was."

Katharina ließ in diesem Augenblick ein großes Stück Butter in den Pudding fallen. Versonnen schaute sie der Butter zu, wie sie langsam in der heißen Puddingmasse zerschmolz. Das leise Platschen war gleichzeitig das Ende des Gesprächs gewesen. Als sie wieder aufschaute, war Friedrich aus der Küche verschwunden und Agnes wandte sich wieder ihren Aufgaben zu.

Sie schob ihre Tochter sanft beiseite und schöpfte den kochenden Pudding aus dem Kessel in die Schüsseln, die sie zuvor schon in der Küche bereitgestellt hatte. Agnes zog tief den Duft des Puddings in ihre dicke Nase. Er roch nach Nüssen, süßer Milch und Kindheit, ganz so, wie es sein sollte.

Die Gäste in der Halle dagegen dachten noch gar nicht an eine Nachspeise. Sie waren noch mit der Hauptspeise und dem schweren Wein, von dem sie reichlich tranken, beschäftigt. Die Dorfbewohner genossen jeden Bissen Fleisch, den sie hastig zerkauten. Auf ihrem kargen Speisezettel war Fleisch, mit Ausnahme von Geflügel, nicht oft zu finden. Geschlachtet wurde nur einmal im Jahr, im November oder im Dezember. Frisches Fleisch bekamen die Menschen aber selbst zur Schlachtzeit nicht viel. Der größte Teil wurde gepökelt oder zu Dörrfleisch verarbeitet und musste bis nach Ostern vorhalten. Hier aber, an der gräflichen Tafel gab es so viel davon, wie jeder essen konnte und sie waren mit dem Vorsatz hergekommen, genau das zu tun. Sie häuften ihre Teller mit den größten Stücken voll und übergossen die Scheiben mit den dicken Soßen. Die seltene Gelegenheit, sich so satt zu essen, bis ihre Bäuche zu platzen drohten, wollten sie sich nicht entgehen lassen.

Einzig der Graf rührte kaum etwas von den Köstlichkeiten an. Er schnitt mit seinem Jagdmesser winzige Stücke von dem zarten Wildbret ab und schob sie sich in den Mund. Auf jedem Bissen kaute er endlos lange herum. Umso mehr sprach er aber dem schweren Wein zu, als wollte er den Tod seiner Gemahlin wenigstens für ein paar Stunden vergessen, und er war auf dem besten Weg dazu.

Von seinem Platz zwischen den Mönchen, die die ganze linke Seite der Tafel einnahmen, konnte Auberlin den Grafen unbemerkt beobachten. Er war zum ersten Mal auf die beachtliche Menge Alkohols aufmerksam geworden, die der Graf trank, weil er seinen wunderschönen Glasbecher bedenklich schief hielt, als er ihn zum Munde führte.

Ein schwaches Licht fiel durch das Bleiglasfenster hinter dem Grafen und brach sich in seinem schweren Kristallbecher. Der Wein schwappte durch die ungeschickte Bewegung des Grafen hoch und funkelte dabei herrlich samtig in dem Glas.

Auberlin erinnerte das Rot des Weines an das dunkelrote Kleid seiner Mutter, das sie getragen hatte, als er sie zum letzten Mal gesehen hatte. Ihr Kleid hatte geleuchtet wie die süßen Himbeeren, die er jeden Sommer im Wald gepflückt hatte. Bei jeder ihrer Bewegungen hatten die Falten des langen Rockes einmal so hell wie frisches Blut geschimmert, um in der nächsten Sekunde so satt und prall wie Pflaumen auf dem Baum auszusehen. So sehr er sich auch anstrengte, es wollte Auberlin nicht mehr gelingen, sich das Gesicht seiner Mutter vorzustellen, und er schämte sich sehr dafür. Nur die Farbe ihres Seidenkleides sah er so deutlich vor sich, als hätte sie sich erst gestern mit dem Versprechen, ihn bald zu holen, von ihm verabschiedet.

Auberlin nahm selbst einen großen Schluck Wein und zwang sich dazu, sich wieder auf das Geschehen um ihn herum zu konzentrieren.

Die ersten Tropfen des edlen Weines fielen aus dem Becher des Grafen auf das weiße Tischtuch, so schief hielt er es. Auberlin hörte, wie Friedrich sich leise räusperte, um seinen Vater auf dessen Missgeschick aufmerksam zu machen. Der aber starrte schweigend in sein Glas und bemerkte nichts von den Bemühungen seines Sohnes.

Nachdem er seinen gläsernen Becher zum vierten Mal innerhalb kurzer Zeit geleert hatte, hatte der Graf sichtlich Schwierigkeiten, weitere Stücke von dem zarten Stück Rehrücken abzuschneiden, das durch eine wohlmeinende Magd auf seinem Teller gelandet war.

In der Zwischenzeit hatten Friedrich und Veronica ihre Teller leer gegessen und freuten sich auf den von ihnen so heißgeliebten Nusspudding. Auberlin schaute der blassen Veronica eine ganze Weile zu und was er sah, stimmte ihn traurig. Genauso wie bei ihrem Bruder konnte er auch in ihrem schmalen Gesicht keine Spur von Traurigkeit finden. Von Friedrich wusste Auberlin, dass es ihm in seiner Kindheit an Mutterliebe gefehlt hatte, aber ob sich die Gräfin ihrer Tochter gegenüber auch so kühl verhalten hatte, hatte Friedrich nie erwähnt.

Während Auberlin sich fragte, wie seine Mutter wohl gewesen wäre, wären sie nicht getrennt worden, trank der Graf abermals sein Glas leer. Er fing an zu schielen und sein bestickter Ärmel hing unbemerkt in die Soße. Endlich, aber erst, nachdem fast alle im Saal den Fauxpas des angetrunkenen Grafen bemerkt hatten, erbarmte sich eine der Mägde und nahm ihrem Brotherrn den Teller weg.

Das Klappern der Löffel und Messer wurde immer leiser in der Halle. Selbst die besten Esser unter den Dorfbewohnern mussten aufgeben. Zufrieden nagten sie die letzten Reste ihrer Mahlzeit von den Knochen und widmeten ihre ganze Aufmerksamkeit nun dem Wein, der in gebrannten Tonkrügen auf den Tischen stand.

Die Zungen der Dorfbewohner lockerten sich von Krug zu Krug. So starken Wein waren sie nicht gewöhnt, tranken sie doch das ganze Jahr über nur das essigsaure Gesöff, das sie selber herstellten. Baldwin, der Dorfschmied, der zusammen mit seinem Weib Anna am Ende der Tafel saß, wunderte sich lautstark über den Wohlgeschmack des Weines, obwohl dieser doch kaum gewürzt zu sein schien. Auberlin lächelte vergnügt in sich hinein, als er das hörte, er selbst war genauso erstaunt gewesen, als er vor kurzem zum ersten Mal den Wein des Grafen probiert hatte.

Der unverdünnte Wein stieg den Besuchern des Trauermahls langsam zu Kopf. Ihre Gespräche wurden ausgelassener, mancher lachte leise und die Witze wurden derber.

Obwohl er sich im Grunde seines Herzens dafür schämte, wusste Auberlin, er durfte die Gelegenheit, sich unter den Dorfleuten umzuhören, sie auszuhorchen, nicht ungenutzt verstreichen lassen. Er beruhigte sein Gewissen damit, er tue es für ein höheres Ziel, nämlich den Mörder der Gräfin zu finden, falls es den tatsächlich gab. Mit einem leeren Zinnbecher in der Hand schlenderte er zu den Handwerkern und Bauern hinüber. Auberlin überlegte noch, unter welchem Vorwand er sich zu ihnen setzen konnte, als ihn eine der Frauen des Dorfes anlachte: „Haben dir deine heiligen Brüder wohl den Wein leergemacht? Saufen könnt ihr allesamt, das weiß jeder!"

Alle am Tisch fielen in ihr Lachen ein und warteten gar nicht erst auf eine Antwort des Mönches. Mit einem dümmlichen Lächeln auf den Lippen ließ sich Auberlin am Ende einer Bank nieder. Ohne ihn weiter zu beachten, was Auberlin gar nicht ungelegen kam, setzten sie ihr Gespräch fort. Schweigend hörte er zu, bis schließlich Anna, die ebenso zierliche wie herrische

Frau eines Bauern, das Wort an ihn richtete: „Bist wohl nicht oft unter den einfachen Bauern, he?", eröffnete sie, direkt, aber nicht unfreundlich, wie es ihre Art war, das Gespräch.

„Eher selten, das gebe ich zu. Meine Arbeit im Kloster lässt mir kaum Zeit, es zu verlassen, auch wenn ich gerne mehr von der Welt draußen sehen würde."

Anna lachte meckernd. „Bin sicher, hinter den Klostermauern hast du ein einfacheres Los als das, das wir hier haben. Hast ein Dach über dem Kopf, genug zu essen und zu trinken, wie ich meine, und musst dir um das Morgen keine Sorgen machen."

Auberlin wiegte bedächtig den Kopf hin und her. „Du hast Recht, liebe Frau, mein Leben verläuft in geordneten Bahnen und es ist mir vorgegeben, wie ich meine Tage verbringe." Er lächelte einfältig. „Aber eintönig ist es trotzdem nicht."

„Langweilig oder nicht, mir wäre es gleich, könnte ich nur jeden Tag ein Festmahl wie dieses hier essen", mischte sich Annas Tischnachbar ein. Wo sonst nur Misstrauen und Sorgen herrschten, hatten die üppige Mahlzeit und der Wein heute Trägheit und Zufriedenheit in sein Gesicht gezaubert.

„Aber einem, der es nur zu gerne gemütlich hatte, ist's jetzt nicht mehr gegönnt", murmelte Annas Nachbar selbstgefällig. „Manchmal gibt's doch noch eine Gerechtigkeit auf der Welt."

Anna fuhr erschrocken auf. „Pass auf, was du sagst. Jeder weiß, von wem du redest. Am Ende fällt es noch auf dich zurück."

Auberlin bemühte sich, sein Interesse an Engelhart nicht anmerken zu lassen. Sonst würden ihm die beiden nichts mehr erzählen, dachte er. Mit strenger Miene schaute er dem Mann in die Augen: „Versündigst du dich gerade gegen deine verblichene Herrin?"

„Gegen die Gräfin? Nein, nein, möge sie in Frieden ruhen", beeilte sich der Schmied zu versichern. „Von Engelhart, dem Ritter des Grafen rede ich. Ein elendiger Nichtsnutz und Taugenichts war er, wenn du mich fragst. Er saß dem Grafen wie ein Floh im Pelz, festgebissen hat er sich oben auf der Burg." Speicheltropfen flogen über den Tisch, so sehr ereiferte sich Baldwin.

Seine Banknachbarin schlug ihm unter den Tisch hart gegen das Schienbein, um ihn zum Schweigen zu bringen.

„Lass mich, Anna. Haben wir nicht alle lange genug gelitten unter dem Hund? Jedes Jahr hat er zu viel von uns verlangt, wenn er die Pacht für den Grafen eingetrieben hat. Von dem wenigen, was wir haben, hat er gelebt wie die Made im Speck. Ich hoffe, er kommt nie wieder zurück." Der Mann spuckte kräftig aus, um seinen Worten Nachdruck zu verleihen.

Anna war blass geworden. Sie schien zu fürchten, Auberlin könnte dem Grafen von dem Hass der Dorfleute auf den Ritter erzählen.

Auberlin aber lächelte sie beschwichtigend an. „Auch ich habe noch nichts Gutes von dem Verschwundenen gehört. Gibt es nur Schlechtes über ihn zu berichten?"

Anna schnaubte. „Du bist wirklich durch und durch ein Diener Gottes, wenn du in dem Engelhart Gutes zu finden hoffst. Nein, auch wenn ich länger nachdenke, mir will nichts einfallen, was es zu seinem Vorteil zu sagen gäbe."

Auberlin beschloss, sich zurückzuziehen. Fürs Erste hatte er genug gehört. Engelhart war bei den Dorfbewohnern alles andere als beliebt gewesen. Er hatte ihr Geld gestohlen, obwohl er, Sohn eines reichen Kaufmanns, das gar nicht nötig gehabt hätte. Musste er deshalb sterben?

Mittlerweile hatten die Mägde die leeren Platten und Schüsseln abgeräumt. Die Lautstärke in der Halle war zusammen mit dem Alkoholspiegel der Gäste stark angestiegen. Auberlin saß schweigend zwischen den Dorfbewohnern auf seinem Platz und betrachtete seine schlanken Hände mit den zierlichen Fingern, die fast aussahen wie die einer Frau. Er richtete seine volle Aufmerksamkeit auf seine Hände und knetete seine Finger, was er immer tat, wenn seine Gedanken weit weg waren, weil er über etwas Wichtiges nachdachte.

Einen der Dorfbewohner als Mörder des Ritters konnte er sich kaum vorstellen. In dem kleinen Dorf wäre es ein äußerst schwieriges Unterfangen, eine Leiche verschwinden zu lassen.

Außerdem wäre es praktisch unmöglich, ein so großes Geheimnis innerhalb der Dorfgemeinschaft für sich zu behalten.

Auberlin erschrak, als der süß duftende und dampfende Pudding aufgetragen wurde.

Lachend und schwatzend kratzten sie den letzten Gang des Mahls bis zum letzten Rest aus den irdenen Schüsseln.

Die Wortfetzen und das Gelächter der Menschen flogen und surrten durch den Saal wie ein Schwarm Honigbienen, sodass sich eine dunkel gekleidete Gestalt in ihrem Schutz unbemerkt davonstehlen konnte, um sich zu der Treppe zu schleichen, die hinauf zu den gräflichen Schlafkammern führte.

3

Zimtbraun

Langsam kehrte wieder Ruhe auf der Burg ein.

Berold, der Torwächter, geleitete die letzten Gäste, sattgegessen und zufrieden, zum Tor. Nur die ganz Hartgesottenen, die sich noch nicht von den Weinkrügen trennen wollten, schubste Berold schließlich zum Burgtor auf den ausgetretenen Weg hinaus, der zum Dorf hinunterführte. Zurück in ihr kleines Dorf, in ihre Holzhütten, zu ihrem Vieh und zu ihrer Arbeit.

Der Wind war in den letzten Stunden merklich abgeflaut und an manchen Stellen schaffte es sogar hier und da ein schwacher Sonnenstrahl, durch die dicke Wolkendecke zu gelangen.

Vom Alkohol tüchtig aufgewärmt, kam ihnen die Luft nicht ganz so kalt vor, obwohl ihr Atem noch immer sichtbar vor ihren Nasen gefror. Irgendwo in der Menge kam das Gerücht auf, die Gräfin wäre gestorben, ohne ein letztes Mal die Beichte abgelegt zu haben.

Die ungeheuerliche Nachricht verbreitete sich wie ein Lauffeuer. Niemals, so dachten seine Untertanen, hätte der Graf so etwas zugelassen, würde doch die Seele der Gräfin ohne die Vergebung ihrer Sünden für lange, lange Zeit im Fegefeuer geröstet werden.

Andererseits aber hatte niemand einen Priester am Sterbebett gesehen. Konnte es also wirklich wahr sein? Gräfin Richildis hatte die Welt verlassen, ohne vorher zu beichten?

Das Sterbesakrament hatte sie schon vor einigen Tagen erhalten, wussten die Menschen von den Bediensteten der Burg, die sich nach getaner Arbeit gerne den ein oder anderen Krug Bier in der Dorfschenke einzuverleiben pflegten. Zu diesem Zeitpunkt hatte es schon sehr schlecht um sie gestanden. Krämpfe hatten die Todkranke geschüttelt, sie hatte wirr geredet und kaum mehr ein Auge zugetan.

Das Schlimmste für die eitle Richildis war aber der Umstand, dass sie innerhalb weniger Tage erblindet war. All die Spiegel in ihrer Kammer waren nun nutzlos. Es gab keine Möglichkeit mehr für sie, die eigene Schönheit zu bewundern. Andererseits war es wohl ein Segen für ihre gepeinigte Seele, ihren äußerlichen Verfall nicht mit ansehen zu müssen. In den letzten Tagen waren die Krämpfe stärker geworden und es kam kein klares Wort mehr aus ihrem Mund, so stark klapperten ihre Zähne.

All diese grausigen Einzelheiten hatten die Menschen von einem jungen Kammermädchen erfahren, das tagelang, mit immer neuem, frischen Wasser treppauf und treppab gelaufen war, damit die glühende Haut der Patientin ohne Unterlass gekühlt werden konnte. Das arme Ding lief so lange ohne Pause, bis schließlich Friedrich auf sie aufmerksam geworden war. Er hieß sie in dem Sterbezimmer Platz nehmen und auszuruhen. So ergab sich reichlich Gelegenheit, die Kranke zu betrachten.

Das einfache Mädchen genoss die Aufmerksamkeit, die ihm auf dem Rückweg von den anderen Dorfleuten geschenkt wurde. Zum Bedauern der Menschen konnte aber auch sie nicht sagen, ob es noch zu einer Beichte gekommen war. Viel zu oft und zu lange war sie unterwegs, hinaus zum Brunnen, gewesen.

„Erzähl, Mädchen, hatte die Gräfin Schaum vor dem Mund? Hat sich ihr ganzer Leib aufgebäumt unter den Schmerzen?"

Neugierig umringten ein paar Frauen das Mädchen, aber es schüttelte den Kopf. „Geschäumt hat sie nicht, aber gezittert am ganzen Körper. Die Umstehenden konnten sie kaum ruhig halten, so sehr hat sie sich gewunden." Das Mädchen kaute auf seiner Unterlippe, was es immer tat, wenn es nachdachte. „Die Herrin hatte die Augen ganz weit aufgerissen und sie schaute sich panisch in der Kammer um. Ich glaube, sie wollte nicht begreifen, dass sie blind war. Es war schrecklich anzusehen!" Das gutherzige Mädchen rang die Hände vor Mitleid und Entsetzen.

„Na, na, Kindchen, spar dir dein Mitleid für die, die es verdienen. Keiner von uns weiß, wie es einmal zu Ende gehen wird", unterbrach eine ältere Frau den Bericht.

Das Mädchen errötete ob der Zurechtweisung und senkte den Kopf. Verstohlen wischte sie sich eine Träne mit dem Zipfel ihres Umhangs aus dem Augenwinkel. Die Erinnerung an den Anblick der Sterbenden erschütterte sie noch immer. „Aber ist es denn nicht unsere Christenpflicht, Mitleid zu haben?", weinte das Mädchen kaum hörbar vor sich hin.

„Christenpflicht oder nicht! Wir sind hier nicht in der Kirche! Keinen Deut hat sich die Hochwohlgeborene da oben um uns geschert", versetzte die Els, die Frau des Küfers harsch.

„Ganz anders Leonhard, Gott sei seiner Seele gnädig", mischte sich Hans, der Sohn des Bäckers ein. „Könnt ihr euch noch an seinen letzten Namenstag erinnern? Anfang November war es, wir hatten die Ernte schon eingefahren und uns auf den nahen Wintereinbruch vorbereitet. Die Ernte war gut, die Kornkammern voll und das Vieh war fett. Ich habe den Geschmack des saftigen Ochsenfleisches, den er zum Dank für uns hat schlachten lassen, noch auf der Zunge."

„Vergiss die knusprige Haut des Ochsen nicht. Mir läuft schon wieder das Wasser im Munde zusammen, wenn ich mir vorstelle, wie wir den Ochsen Stunde um Stunde auf dem Spieß gebraten haben. Ein Spieß, so dick, mit dem hätte man Burgtore rammen können", schwelgte nun auch Hans' Frau in ihren Erinnerungen.

So sangen die Menschen Loblieder auf den toten Grafensohn. Sie waren sich einig, mit seinem Heldenmut, seinem wachen Geist, seinem Schneid und seinem Sinn für Gerechtigkeit wäre er ein würdiger Nachfolger von Graf Wilhelm geworden. Lustige und rühmende Anekdoten aus dem kurzen Leben Leonhards wechselten einander ab, bis sie das Dorf erreichten, sich verabschiedeten und nach und nach in ihren Hütten verschwanden.

Zur gleichen Zeit wurden oben auf der Burg die Reste und Spuren des Leichenschmauses beseitigt. Der Graf befahl einer Handvoll seiner Männer, das frische Grab seiner Gemahlin zuzuschaufeln. Er selbst schloss sich in seiner Kammer ein. Nun gab es nichts mehr, was in aller Eile erledigt werden musste.

Die Mägde räumten die leergegessenen Platten in die Burgküche. Dort warteten schon die schweren Holzzuber, in denen das Geschirr gespült wurde. Die Jagdhunde des Grafen rauften sich um die abgenagten Knochen. Lediglich Fleck, der schwarz-weiße Hund Leonhards, der seinen Herrn auf Schritt und Tritt begleitet hatte, beteiligte sich nicht an der Balgerei unter den Hunden, sondern lag traurig in einer Ecke des großen Raumes, seinen Kopf auf die Pfoten gelegt. Dann und wann winselte er kummervoll.

In der Zwischenzeit hatten sich Auberlin und Friedrich ebenfalls in der Küche eingefunden. Die beiden saßen auf einer dunklen Holzbank in der Nähe des Feuers und hingen ihren Gedanken nach. Es wollte Auberlin das Herz brechen, als er auf den traurigen Anblick des Hundes in der Ecke aufmerksam wurde. Er lockte das Tier zu sich und kraulte es hinter den Ohren. Dankbar leckte der Hund die Hand des jungen Mönches.

„Bist du froh, Friedrich, dass nun alles vorbei ist?", wollte Auberlin wissen.

Während Friedrich über seine Antwort nachdachte, holte Auberlin einen besonders großen Knochen für Fleck aus dem Knocheneimer.

„Froh bin ich nur darüber, wieder allein zu sein. Ich gönne den Menschen die Abwechslung von ihrem harten Leben und das Schmausen von Herzen, aber ich finde, der Anlass passt nicht so recht zum fröhlich sein."

Auberlin zuckte mit den Schultern und reichte dem Hund den Knochen.

Fleck beschnüffelte die ihm angebotene Köstlichkeit erst ausgiebig, bevor er sie vorsichtig aus Auberlins Fingern nahm.

„Deine Mutter ist vor ihren Schöpfer getreten und hat ihren Platz an seiner Tafel eingenommen. Das ist doch ein Grund zur Freude!", versuchte Auberlin den Freund zu trösten.

Der aber schüttelte langsam den Kopf. „Wissen wir denn wirklich, was nach unserem Ableben mit uns geschieht?", zweifelte Friedrich.

„So etwas darfst du nicht einmal denken, Friedrich! Und das weißt du ...", warf Auberlin erschrocken ein.

Friedrich hob beschwichtigend die Hand. Er wollte gerade zu einer Erwiderung ansetzen, als ein schriller Schrei durch die ganze Burg hallte.

Ein Schrei, so schrecklich, als sei jemand des Leibhaftigen persönlich ansichtig geworden.

Fleck war als Erster auf den Beinen. Er ließ den Knochen fallen und jagte zu der Tür, aus deren Richtung der Schrei gekommen war.

Ihm folgte das Burggesinde samt Auberlin und Friedrich. Ihr kleiner Disput war mit einem Mal vergessen.

So schnell sie konnten, stürmten die Burgbewohner die Treppe hinauf. Oben angekommen schwenkten sie in einem wilden Haufen nach links. Der Schrei war aus dem Zimmer der ersten Kammerzofe der Gräfin gekommen, dem Mädchen namens Brigitta. Die Menschen blieben abrupt stehen, als ein dumpfes, furchterregendes Stöhnen aus der kleinen Kammer drang, dem ein unheilvolles Poltern folgte.

Friedrich drängte sich an der Menschentraube vorbei und schob rücksichtslos jeden zur Seite, der ihm im Weg stand. Er stürzte in die Kammer und fand Brigitta, leblos und totenbleich, auf dem Boden liegend. Er kniete sich zu der Bewusstlosen und fühlte ihren Puls. Ihr Herz schlug noch. Es raste zwar wie das eines aufgeschreckten Vogels, aber äußerlich schien sie immerhin unverletzt zu sein.

Auberlin war hinter Friedrich getreten und legte dem Grafensohn eine Hand auf die Schulter, um auf sich aufmerksam zu machen.

Friedrich wendete seinen Kopf und sah zu Auberlin auf. Der Schreck stand ihm deutlich ins Gesicht geschrieben. „Was glaubst du, ist hier passiert?"

„Vielleicht hat das arme Kind einen Schwächeanfall erlitten?"

„Ja, das ist gut möglich, Brigitta war, soweit ich weiß, die engste Vertraute meiner Mutter. Es würde mich also nicht wundern, wenn die Trauer sie überwältigt hätte ..."

Für einen Moment lang war es still in der Kammer.

„Ein Schwächeanfall erklärt aber den schrecklichen Schrei nicht", wandte Auberlin ein. Ratlos schaute er auf die Bewusstlose hinunter. Ihre Haut hatte die Farbe von feinem Zimt, der Auberlin an sein geliebtes Weihnachtsfest denken ließ. Ehe Auberlin merkte, wie ihm geschah, zog in seiner Fantasie eine kleine Wolke, die herrlich nach dem weihnachtlichen Gewürz duftete, durch seine Nase. Er zwang das freudige und festliche Gefühl, das er mit Weihnachten verband, zu verdrängen und schaute wieder zu dem Mädchen hinunter.

Brigittas rabenschwarzes Haar umrahmte das rundliche Kindergesicht. Friedrich tätschelte so lange das Gesicht des Mädchens, bis sich ihre Augen öffnen wollten.

Ihre kohlschwarzen Wimpern hoben und senkten sich wie Flügel über ihren Augen, und als sie wieder ganz bei Bewusstsein war, entspannten sich die verkrampften Finger ihrer rechten Hand. Ein zerknittertes Blatt Pergament mit ausgefransten Rändern fiel heraus und glitt zu Boden. Friedrich griff danach, las die wenigen Worte, die darauf standen, und reichte es an Auberlin weiter. Er selbst kümmerte sich wieder um die Ohnmächtige. Auberlin strich es mit einem geübten Handgriff glatt. Tausendmal hatte er diese Handbewegung schon ausgeführt, im Skriptorium seines Heimatkloster, wenn er wieder einmal sein Federmesser verlegt hatte. Er liebte seine Arbeit, für die er großes Geschick und Talent bewies, und ging förmlich in den alten Handschriften auf, die er kopierte. Seine größte Leidenschaft galt aber den Miniaturen, die er hin und wieder für prächtige Handschriften anfertigen durfte. Sein älterer Mitbruder Simon war ein großer Künstler auf diesem Gebiet. Simon musste zu seinem Bedauern hinnehmen, das sich sein Augenlicht von Jahr zu Jahr verschlechterte und so hatte er sich zu seiner Aufgabe gemacht, den jungen Auberlin zu unterrichten, sodass dieser einmal in seine Fußstapfen treten konnte. Seit ihm Auberlin von seiner Gabe des Farbbewahrens erzählt hatte, ging Simon vollkommen in seiner Eigenschaft als Lehrer auf.

‚Also könnte man dich einen Farbensammler nennen', hatte Bruder Simon damals zusammengefasst, nachdem Auberlin ihm seine besondere Fähigkeit geschildert hatte.

Jetzt drehte Auberlin das Blatt mit geübtem Auge in seinen Händen hin und her, um es von allen Seiten zu besehen. Es handelte sich um hochwertiges Pergament, denn von den ausgefransten Rändern, die beim Herausreißen aus einer größeren Seite entstanden waren, wies das Blatt keine Unregelmäßigkeiten auf. Manchmal fand man knotige Stellen oder winzige Löcher und Risse, wenn das Tier, von dem die verwendete Haut stammte, Narben oder kleinere Verletzungen hatte.

Diese Sorte Pergament war teuer und Auberlin wurde flau im Magen, als er die Worte las, die darauf geschrieben waren. Jetzt erkannte er die Herkunft der einzelnen Seite:

Es war eine Buchseite, herausgerissen aus einer heiligen Bibel. Seine Augen weiteten sich entsetzt, als er wieder und wieder die Botschaft las:

Kommt ihr aber ein Schaden daraus
sie
so soll erlassen Seele um Seele,

Auge um Auge, Zahn um Zahn,

Hand um Hand, Fuß um Fuß,

Brand um Brand, Wunde um Wunde,

Beule um Beule

Jemand hatte das Wort ‚er' mit einer rotbraunen Tinte, vermutlich einer Tinte aus Schlehen, durchgestrichen und es durch das Wörtchen ‚sie' ersetzt.

Das Blatt rutschte aus seiner Hand und segelte unbehelligt zu Boden. Der Schreck saß ihm in allen Gliedern.

Friedrich schien zu ahnen, dass der Fund nichts Gutes bedeutete, und scheuchte das Gesinde hinaus.

Murrend traten sie den Rückzug an, während Brigitta langsam wieder zu sich kam.

Noch beim Hinausgehen machten die Bediensteten lange Hälse, weil sie wissen wollten, warum der junge Mönch fast so blass wie das Kammermädchen geworden war.

Brigittas leicht gebräunte Haut war weiß wie Schnee, die Lippen blutleer und bläulich. Auberlin hatte die junge Frau schon einige Male gesehen, seit er sich in der Grafschaft aufhielt, aber jetzt bemerkte er zum ersten Mal den kreisrunden, dunkelbraunen Leberfleck auf ihrer linken Wange, nah unter dem Auge. Gemessen an ihrer Blässe wirkte der Fleck fast schwarz. So schwarz wie ihr glänzendes Haar, von dem sich ein paar Strähnen bei ihrem Sturz aus ihrer bestickten Haube gelöst hatten und jetzt lose auf ihre Schultern fielen. Ihr Haar, fand Auberlin, glich weniger den seidigen Vorhängen, die sonst die Köpfe der Frauen zierten, sondern es hatte etwas Metallisches, Lebendiges an sich, wie es sich blauschwarz an ihren Hals schmiegte. Blauschwarz traf es auch nicht, überlegte er, ihr Haar hatte fast schon die Farbe von dunklen Weintrauben, wenn sie violett, prall und saftig, auf die kurz bevorstehende Lese warteten.

„Was tut Ihr hier in meiner Kammer?", riss ihn ihre zittrige Stimme aus seinen Gedanken.

„Brigitta beruhige dich, du bist eine ganze Weile ohnmächtig gewesen. Atme tief durch und komme wieder zu dir!" Friedrich legte ihr besänftigend seine Hand auf die Schulter und zwang sie so mit sanftem Druck, noch ein wenig liegen zu bleiben.

Auberlin fiel auf, wie zierlich der Oberarm und die Schultern der sonst so robust und kräftig wirkenden Kammerzofe in

Wirklichkeit waren. Im nächsten Moment ging ihm auf, es war die Lebensfreude, die sie sonst ausstrahlte, die sie so stark erscheinen ließ.

Im Augenblick war sie allerdings nur ein kleines Häufchen Elend. „Wo ist das Blatt? Die Nachricht? Oder habe ich davon nur geträumt?" Hoffnung blitzte in ihren pfefferkuchenfarbenen Augen auf. Auberlin fühlte sich in die Klosterküche seiner Kindheit zurückversetzt. Vor seinem inneren Auge sah er den schwitzenden Bruder Küchenmeister, wie der ein Brett mit kleinen, köstlichen Pfefferkuchen aus dem glühend heißen Backofen fischte, um seine Köstlichkeiten mit Rosenwasser zu besprengen, auf dass sie knusprig werden würden. Später würde er sie nochmal herausholen und umdrehen müssen, um diese Prozedur auf der anderen Seite der Pfefferkuchen zu wiederholen. Zimt, Muskat und Nelken, wenn er sich richtig erinnerte, gaben dem süßen Gebäck die wunderbar bräunliche, appetitliche Farbe.

Er wurde rot, als er den fragenden Blick der Zofe auf seinem Gesicht bemerkte. Wie lange mochte sie ihn schon beobachten? Wie lange hatte wohl sein Ausflug in die Kindheit gedauert?

Inzwischen hatte Friedrich die unheilvolle Botschaft an sich genommen und überflogen. Er hielt sie zwischen den Fingernägeln seines Daumens und des Zeigefingers seiner rechten Hand. Den Arm streckte er vom Körper ab, so, als ob von dem Blatte eine unbekannte Gefahr ausgehen würde.

Mitleidig sah Auberlin auf sie hinab. *Zuerst hat sie ihre Herrin und Freundin verloren, musste mit ansehen, wie sie qualvoll starb und jetzt folgt schon der nächste Schlag*, überlegte Auberlin. *Oder hat sie gar etwas mit dem Tod der Gräfin zu tun?* schoss es ihm durch den Kopf. Auberlin rief sich sogleich zur Vernunft. *Soweit hat mich Friedrichs Mordtheorie schon gebracht!*

Der Blick der jungen Kammerzofe fiel auf das Blatt, das Friedrich noch immer in spitzen Fingern hielt. Sie griff danach, als ob sie sich vergewissern wollte, dass sie nicht geträumt hatte. Als sie die Zeilen noch einmal las, verzerrte sich ihr Gesicht zu einer hässlichen Fratze und sie zerknüllte das Blatt wütend und warf es in die Ecke. Dann sprang sie auf und warf sich bäuchlings aufs Bett. Sie zitterte am ganzen Körper und begann zu weinen.

Unsicher, ob es schicklich war, setzte sich Auberlin neben sie und strich ihr ungelenk über den Rücken, um sie zu trösten. „Liebe Brigitta, ich weiß, du bist ganz außer dir und aufgeregt. Aber ich muss dich trotzdem bitten, uns genau zu erzählen, wie du das Stück Pergament gefunden hast. Jede noch so kleine Einzelheit, die dir unwichtig erscheint, könnte uns helfen, den zu finden, der dich so erschreckt hat."

Brigitta weinte noch eine Weile vor sich hin, ehe sie sich schließlich aufsetzte, nach ihrem Taschentuch griff, um sich zu schnäuzen und dann anfing zu erzählen:

„Das Trauermahl war vorbei und für mich gibt es auf der Burg nicht mehr viel zu tun, seit meine Herrin nicht mehr da ist. Ich wollte mich in meine Kammer zurückziehen, um alleine zu sein, nach all dem Trubel in den letzten Tagen. Also bin ich zu meiner Schlafkammer gegangen, um mich auszuruhen. Ich habe die Tür aufgemacht und bin zu meiner Waschschüssel gegangen, um mich frisch zu machen nach dem Mahl. Alles war wie immer, ich habe niemanden gesehen. Da fand ich dieses Ding vorne an die Schüssel gelehnt ...", sie zeigte auf das Pergament in der Ecke und fuhr fort: „Ich habe mir zuerst nichts dabei gedacht, habe es genommen und gelesen", schloss sie ihren Bericht. „Ja, ich kann lesen, meine Herrin hat es mir beigebracht", schob sie noch ein, als sie den ungläubigen Blick der Männer bemerkte.

In der Kammer blieb es für eine Weile still.

„Kennst du auch den Ursprung der Worte?", erkundigte sich Auberlin.

„Ja, es sind Worte aus der Heiligen Schrift. Sie kamen einmal in einer Predigt dran, daher kenne ich die Worte", antwortete sie.

„Was glaubst du, warum dir jemand diese Nachricht geschickt hat, Brigitta?", fragte Auberlin.

Die Antwort bestand aus einem Schulterzucken.

„Denkst du, es wollte dich jemand absichtlich erschrecken?", mischte sich Friedrich ein.

45

„Was sollte dieser Zettel wohl sonst bedeuten?", blaffte Brigitta den Grafensohn an. „Wie eine Einladung zum nächsten Gottesdienst schaut es nicht gerade aus."

Friedrich hob besänftigend die Hände. „Du hast recht, Brigitta, irgendjemand will dir einen gehörigen Schrecken einjagen, eine andere Möglichkeit sehe ich auch nicht."

Die nächste Frage kam von Auberlin: „Fällt dir jemand ein, der dir Übles wollen könnte? Bitte denk nach, du musst uns helfen ..."

„Nein, beim besten Willen fällt mir niemand ein."

Auberlin kratzte sich verlegen am Ohr: „Hast du in letzter Zeit jemanden erzürnt?"

Brigitta sah ihn lange an.

Er wusste nicht, ob sie seine Frage bloß nicht verstanden hatte, oder ob sie erst ein wenig Zeit brauchte, sich eine Antwort zurechtzulegen.

Plötzlich aber schien sie sich entschieden zu haben, was sie am besten antworten sollte: „Ich habe niemandem etwas getan. Ich habe gar nichts Böses getan." Eine Spur von leisem Trotz hatte sich in ihre Stimme geschlichen, doch dann traten ihr die Tränen in die Augen. Der feuchte Schleier in ihren Augen wurde immer dichter, bis sich eine wässrige Träne aus ihnen löste und über ihr Gesicht lief.

Auberlin verfolgte den Lauf der Träne aus ihrem Augenwinkel, vorbei an ihren sanft geschwungenen Nasenflügel, bis sie sich endlich auf der Höhe ihres Mundwinkels auflöste, um dort eins zu werden mit ihrer zarten Haut.

Friedrich war unbemerkt an ihn herangetreten. „Komm, Auberlin, wir wollen das arme Kind für eine Weile alleine lassen. Der Täter wird schon längst das Weite gesucht haben."

Auberlin nickte zwar, aber irgendetwas in dem Raum fühlte sich ganz und gar nicht richtig an, fand er. Beim Hinausgehen schaute er sich noch einmal verstohlen im Zimmer um. Doch es wollte ihm einfach nicht einfallen, woran er sich so störte. Einen Augenblick lang überlegte er, Friedrich um Rat zu fragen. Vielleicht war seinem scharfsinnigen Freund auch etwas seltsam vorgekommen? Am Ende aber entschied er sich dagegen. Solange er nicht einmal einen Anhaltspunkt hatte, wollte er den Grafensohn nicht behelligen.

4

Pfefferminzgrün

Für diesen Tag hatte Auberlin genug gesehen, erlebt und gehört. Außerdem schmerzten seine Füße nach dem langen Fußmarsch, zurück von der Burg ins Kloster. *Natürlich*, dachte er, während er versuchte, auf seiner Pritsche im Dormitorium der Mönche einzuschlafen. *Was tue ich denn schon für meinen Leib? Meinen Geist fordere ich täglich, ich studiere und lerne, ich konzentriere mich und denke nach, aber was tut mein Körper? Die meiste Zeit des Tages verbringe ich sitzend, ja kauernd auf meinem Scherenstuhl und male und zeichne. Ach, ich kann meine geliebten Farben schier sehen, wenn ich an sie denke! Königliches Karmesinrot, sattes Berggrün und mystisches Indigoblau!*

Auberlin vermisste seine Arbeit als Buchmaler und überhaupt seine Heimat schrecklich. Das Herz schwer von Sehnsucht und Heimweh schlief er schließlich ein. Es war nicht nur die körperliche Anstrengung seines langen Marsches, die ihn so erschöpft hatte, es waren auch die unheimlichen Ereignisse auf der Burg, die er nicht einordnen konnte.

Auberlin durchlebte eine unruhige Nacht und deshalb zierten am nächsten Morgen beim Frühmahl dunkle Ringe unter den Augen sein Gesicht. Seine wasserblauen Augen wirkten beinahe gräulich, so matt waren sie. Man hatte den Eindruck, der junge Mönch würde die Welt an diesem Morgen durch einen dünnen Schleier betrachten.

Leberecht, der Kellermeister, beobachtete ihn verstohlen von seinem Platz aus. Der wohlbeleibte Mönch hatte den jungen, aufgeschlossenen Auberlin gleich bei dessen Ankunft in der Abtei ins Herz geschlossen. Auberlin war dazugekommen, als Leberecht gerade eine Gemüselieferung aus Würzburg erhalten hatte. Der junge Auberlin hatte sich nicht gescheut, den Speisemeister mit allerlei Fragen zu den Gemüsesorten aufzuhalten. Leberecht mochte es, wenn die Mönche ihren Sinn

48

für die handfesten Dinge des Lebens nicht verloren, wie er es ausdrückte, mit all zu viel Frömmigkeit dagegen konnte er nichts anfangen.

Auberlin fühlte sich übernächtigt und krank. Er betete darum, sich keine Erkältung geholt zu haben. Das hätte ihm gerade noch gefehlt. Voller Sorge bekräftigte er sein Versprechen, das er sich in der Nacht selbst gegeben hatte: mehr für seine Gesundheit zu tun.

Der heiße Getreidebrei aber tat ihm gut und er fühlte, wie sich die Wärme angenehm in seinen Gliedern ausbreitete. Die Energie kehrte mit jedem Löffel des dicken Haferbreis, den der großzügige Koch sogar ein kleines bisschen gesalzen hatte, zurück zu Auberlin und so verwarf er sein Gelöbnis sofort.

Seine Gedanken waren schon wieder zu den Ereignissen auf der Burg hinauf gewandert. Spätestens seit sie die Botschaft gefunden hatten, war sich auch Auberlin sicher, dass der Tod von den Zweien und das Verschwinden von diesem Engelhart irgendwie miteinander verknüpft sein mussten. Trotzdem wusste er noch nicht, wie sich Friedrich und er weiter verhalten sollten. Was konnten sie tun, um herauszufinden, wer für diese Taten verantwortlich war?

Gleich nach dem Frühmahl tat Auberlin, was er immer machte, wenn er für ein Problem eine Lösung suchte: Er suchte den nächsten Ort auf, an dem ein offenes Feuer loderte. Diesmal fand er ihn in der Klosterbibliothek.

Leise öffnete er die reich verzierte, eisenbeschlagene Tür, die vom Kreuzgang ab dorthin führte. Er dankte im Stillen Gott für die Großzügigkeit des Abtes, denn der hatte ihm für die Dauer seines Besuches freien Zugang zu allen Räumen, die auch den anderen Mönchen offen standen, gewährt.

„Seid gegrüßt, Bruder Auberlin! Was führt dich denn in die Stille meiner Bibliothek? Solltest du dich gar nach Arbeit sehnen?" Bruder Gotthelf, der im Kloster das Amt des Bibliothekars, des Armarius, innehatte, war, ohne dass Auberlin ihn bemerkt hätte, von hinten an ihn herangetreten.

Er war von hagerer Gestalt, besaß eine beeindruckende Intelligenz und verfügte über eine natürliche Autorität, sodass es manchen von den Brüdern wunderte, dass er sich noch nie zur Wahl für das Amt des Abtes gestellt hatte. Über eines verfügte Gotthelf aber nicht, und das war ein mitteilsames Wesen, und deshalb wagte keiner der Mönche, in dazu zu befragen. Hinter vorgehaltener Hand nannten ihn die jüngeren Mönche den Eremiten, aber dahinter steckte eine gehörige Portion Respekt.

„Seid gegrüßt, Bruder Gotthelf! Ihr habt recht, ich vermisse meine Arbeit sehr, aber heute bin ich aus einem anderen Grund hier."

Der Armarius hob fragend eine ergraute Augenbraue.

„Wenn du nichts dagegen hast, würde ich nur gerne eine Weile hier am Feuer sitzen und den Duft der Bücher einatmen, Bruder Armarius", erklärte Auberlin verlegen, ob der seltsamen Bitte.

Der Bibliothekar lächelte. Sein ohnehin recht faltiges Gesicht sah dabei aus wie ein Blatt zerknittertes Pergament.

Auberlin hätte am liebsten laut aufgestöhnt. Musste ihn denn alles an die schreckliche Geschichte erinnern?

Gotthelf aber bedeutete ihm, auf der hölzernen Bank, die nahe am Feuer stand, Platz zu nehmen. „Solange du willst, Bruder Auberlin." Mit diesen Worten entfernte sich der hagere Mönch, um sich wieder seiner Arbeit zuzuwenden, die im Moment darin bestand, den Einband eines sehr kostbaren Buches zu reparieren.

Zu jeder anderen Zeit hätte Auberlin darum gebeten, bei dieser schwierigen Arbeit zusehen zu dürfen. Doch jetzt war er bereits vollkommen in den Anblick der tanzenden Flammen versunken. Er betrachtete das metallisch bläuliche Glühen an der Stelle, an der die Flammen aus dem Holz zu wachsen schienen. Von dem silbrigen Blau gingen sie in ein kaltes, unnahbares, helles Gelb über, so, wie manchmal die Morgensonne an kalten Tagen leuchtete. Der kühle Schein wandelte sich aber an der Flammenspitze zu einem satten und warmen Orange, gemütlich und behaglich.

Auberlin meinte, man müsse die züngelnden Flammen anfassen und streicheln können. Einmal, als kleines Kind, hatte er es ausprobiert. Seither wusste er, wie sehr der erste Anschein der Dinge trügen konnte.

Auberlin betrachtete das knisternde Feuer schon eine ganze Weile. Er beobachtete die vielen, kleinen Zungen des Feuers. Sie änderten stetig die Richtung, schossen hoch empor und erstarben gleich darauf wieder. Das Feuer hatte ihn mit seinem prächtigen Farbenspiel vollkommen in seinen Bann gezogen, ja, er hatte darüber vergessen, warum er in die Bibliothek gekommen war. Wahrscheinlich brauchte sein Gehirn diese Momente der Ruhe, um die zahlreichen Denkansätze, die es zu verarbeiten galt, zu sortieren. Statt sich mit den Ereignissen in Castell zu beschäftigen, dachte er über die verschiedenen Arten von Feuer nach. Auberlin hatte einmal gesehen, wie eine Scheune voller trockenem Stroh auf dem Klostergelände in Straßburg abgebrannt war. Aus allen Ritzen waren die Flammen hochgeschlagen, und bis die Mönche mit Löschkübeln am Brandort eintrafen, hatte es lichterloh gebrannt. Sie waren damals zu spät gekommen, keinen einzigen Bund Stroh hatten sie retten können.

Ganz klar sah er die hellen Flammen vor seinem inneren Auge.

Auberlin kehrte erst wieder in die Realität zurück, als er aus dem Augenwinkel heraus den Armarius bemerkte, der sich die klammen Finger am Feuer wärmte.

„Hast du eine Antwort auf deine Fragen gefunden?", fragte der Armarius, ohne Auberlin anzusehen.

Auberlin starrte weiter in die Flammen und schüttelte den Kopf. „Um ehrlich zu sein, ich habe noch nicht einmal angefangen, über die Fragen, die mir unter den Nägeln brennen, nachzudenken. Ich bin gänzlich in den Anblick des Feuers versunken."

Der ältere Mönch nickte wissend. „Seit allen Zeiten zieht es uns magisch an. Es verkörpert das Leben und den Tod. Ohne Feuer hätte der Mensch wohl nicht überlebt in allen Zeiten. Aber es bringt auch Unheil, Tod und Leid über die Menschen."

Auberlin nickte. „Du hast recht, Bruder Gotthelf, beides liegt in der Natur des Feuers. Gott allein herrscht aber über Leben und Tod, er herrscht sogar über die Naturgewalten. Also warum, frage ich mich, maßt sich dann der Mensch ebenfalls an, Herr über Leben und Tod zu spielen? Gott allein ist der Richter. Demnach wäre der Mensch ein verlängerter Gottesarm, wenn er tötet? So einfach kann es nicht sein."

Bruder Gotthelf dachte eine ganze Weile nach, ehe er antwortete: „Gott gibt gewiss niemandem den Auftrag, zu töten. Das Böse lebt unter uns, daran sollten wir nicht zweifeln. Unsere gottgegebene Intelligenz erlaubt es uns aber, das Böse von der Schwäche zu unterscheiden. Das Böse ist böse, weil es in seiner Natur liegt. Der Schwache aber kann schwach geworden sein, weil ihm großes Leid widerfahren ist."

Auberlin hörte dem weisen Mönch nur mit einem Ohr zu, denn er machte sich Gedanken darüber, wie die drei Unglücksfälle zusammenhängen konnten. Friedrichs Bruder hatte einen Jagdunfall? Denkbar, wäre nicht die Mutter vier Wochen später gestorben. War das Herz der Mutter gebrochen, weil ihr Sohn ums Leben gekommen war? Eher nicht, wenn man den Geschichten über die Gräfin Richildis Glauben schenkte. Konnte man an gebrochenem Herzen sterben? Auberlin hielt das für möglich. Gab es jemanden, der einen Nutzen daraus zog, wenn diese drei Menschen nicht mehr da waren? Auberlin fiel niemand ein. Existierte ein besonderes Band, das die drei verband? Auberlin kam zu keinem Ergebnis. Er brütete über all diesen Fragen und bemerkte dabei den Weggang des Bibliothekars nicht einmal. Er würde wohl zu keinem brauchbaren Ergebnis kommen und deshalb stand er auf, streckte seine steif gewordenen Glieder und erhob sich, um ein paar Scheite Holz nachzulegen. Er wartete, bis das Feuer wieder aufloderte, und erhob sich dann von der harten Bank, um die Bibliothek zu verlassen, auch wenn er noch nicht wusste, wie er den Tag sinnvoll nutzen könnte.

Doch der Zufall meinte es gut mit Auberlin, denn im Kreuzgang traf er auf Waldebert, den Bruder Krankenmeister.

Auberlin war auf die hellen, abgetretenen Steinfliesen des Kreuzganges hinausgetreten, Fliesen, auf denen schon Generationen von Mönchen vor ihm gegangen waren.

Die Sonne war jetzt aufgegangen und tauchte den Rosengarten der Abtei, der an den Kreuzgang angrenzte, in ein mystisches Licht.

Die Rosensträucher waren in eine dicke Eisschicht gehüllt. In Auberlins Augen hatten sich die Rosen wegen der Kälte in warme, aber durchsichtige Umhänge gehüllt.

Das Sonnenlicht spielte mit den vereisten Pflanzen, es hatte den Anschein, als ob die Sträucher aus glitzernden Edelsteinen gemacht seien.

Auberlin lehnte sich über die niedrige Steinmauer, die den Garten vom Kreuzgang trennte, und beobachtete das Schauspiel.

Er erschrak, als sich ein paar kräftige, verhornte Ellbogen neben ihn auf die Mauer stützten. Auberlins Miene erhellte sich aber sofort wieder, als er den Besitzer der Ellbogen erkannte.

Bruder Waldebert, groß und kräftig von Gestalt, leitete das kleine Krankenhaus des Klosters. Er kümmerte sich aber nicht nur um die kranken Mönche, sondern er pflegte auch die Bewohner der umliegenden Dörfer, wenn sie selbst nicht weiter wussten oder niemanden hatten, der sich um sie kümmerte. Der bescheidene Waldebert folgte nur dem Gebot der Nächstenliebe mit seinem Tun, erklärte er jedem, der ihn für seinen unermüdlichen Einsatz loben wollte.

Bei ihrem ersten Zusammentreffen hatte Auberlin den gutmütigen Waldebert völlig falsch eingeschätzt. Waldebert, ein bärtiger Riese, hinterließ bei den meisten Menschen einen gewaltigen Eindruck, wenn sie ihn zum ersten Mal sahen. Alles an ihm war groß, ja riesig. Hochgewachsen, breit und mächtig kam er daher. Seine großen Füße steckten immer in gewaltigen Stiefeln, weil er oft draußen unterwegs war. Wo ihm ein Schritt genügte, mussten seine Mitmenschen zwei machen. Seine großen, behaarten Hände sahen eher aus wie gefühllose Pranken, dabei konnte er ausgesprochen zärtlich und sanft mit ihnen umgehen, etwa, wenn er ein krankes Kind pflegte. Waldeberts

Kopf schließlich, der auf seinem massigen Hals thronte, war ebenfalls groß und rund, der lange, aber gepflegte Bart unterstrich das wilde Äußere des sanftmütigen Mannes noch zusätzlich.

Auberlin hatte seinen Irrtum schnell erkannt. Der Riese war einer der friedfertigsten und zartfühlendsten Menschen, die er kannte. Die zarte Seele Waldeberts fand ihren Ausgleich in einem sehr ausgeprägten, aber etwas derben und trockenen Humor.

„Na, Jungchen, Langeweile auf der Fernreise?", lautete Waldeberts Begrüßung. Auberlin grinste. „Guten Morgen, Bruder Waldebert. Fernreise! Pah! Ich wäre zum Meer gereist, wenn ich die Wahl gehabt hätte, aber nicht hierher, in eure beschauliche Grafschaft!"

Waldeberts Gesicht wurde ernst. „Ist sie denn im Moment so beschaulich, wie du denkst?", murmelte er nachdenklich.

Auberlins Augenbrauen hoben sich vor Überraschung. „Was meinst du, Waldebert?", stammelte er.

Der Riese lächelte gutmütig zu Auberlin hinunter. „Glaubst du denn, nur dir und dem Sohn des Grafen kommen bestimmte Ereignisse komisch vor? Die beiden Toten? Und der Ritter Engelhart löst sich einfach so in Luft auf?" Waldebert ahmte mit seinen Händen das Fliegen eines Vogels nach.

Auberlin war verblüfft. Er war bis zu diesem Moment tatsächlich der Meinung gewesen, nur er und Friedrich würden ihren schrecklichen Verdacht teilen.

„Magst du mich hinauf zum Trudberg begleiten, Auberlin? Ich muss meine Apotheke auffüllen und du könntest mir tragen helfen, wenn du möchtest." Waldeberts Stimme hatte wieder ihren normalen und ruhigen Klang.

„Ich komme gerne mit dir. Aber wo ist denn dieser Trudberg?" Auberlin war froh über etwas Ablenkung.

„Eigentlich ist es gar kein Berg, sondern eher ein Hügel und der liegt nur einen Steinwurf weit von der Casteller Burg entfernt. Die kleinen Höfe an seinem Fuß kannst du an einer Hand abzählen. Die Bauern, die dort leben, haben alle irgendwie mit der gräflichen Schäferei zu tun, die dort im größten Hof untergebracht ist. Außer diesen Bauern, den Schafen und jeder Menge Weinstöcke gibt es auf dem Trudberg aber noch eine Frau, die dort wohnt und hier in der Gegend als Heilerin gilt." Waldeberts Blick verfinsterte sich an dieser Stelle: „Oder als Hexe, kommt ganz drauf an, mit wem du redest."

Auberlins Neugier war geweckt. Er brannte darauf, diese Person kennenzulernen. „Nun denn, worauf warten wir noch, Bruder Waldebert?" Auberlins Augen leuchteten wie die eines Kindes, dem eine Leckerei versprochen wurde.

„Von mir aus können wir sofort losmarschieren, Jungchen!"

Auberlin grinste: „Würde es dir etwas ausmachen, mich nicht immer Jungchen zu nennen?", beschwerte er sich gespielt entrüstet.

„Warum denn nicht, Bruder Auberlin?", grinste Waldebert maliziös. „Du trägst doch sogar noch eine kindliche Zahnlücke mit dir herum." Waldebert wies mit seinem Zeigefinger auf den fehlenden Schneidezahn in Auberlins Unterkiefer.

Der Mönch legte seine Hand auf die Unterlippe und nuschelte spaßeshalber mit verkniffenem Gesicht: „Da bin ich mal auf ein Fensterbrett gestiegen, weil ich die Rückkehr meines Vaters nicht erwarten konnte. Kaum konnte ich seine Umrisse in weiter Ferne erkennen, bin ich von der Fensterbank gerutscht und habe mir an der Kante den Zahn ausgeschlagen. Obwohl ich noch ganz klein gewesen bin, scheint es schon ein neuer Zahn gewesen zu sein. Schade eigentlich, ein Milchzahn wäre besser gewesen." Auberlins Züge verdunkelten sich etwas bei der Erwähnung seines Vaters.

„Richtig groß bist du ja immer noch nicht geworden, Auberlin", neckte Waldebert den zierlichen Mönch, um ihn von der Erinnerung an den Vater abzulenken.

Auberlin lächelte ihn dafür dankbar an, er hatte Waldeberts Absicht, ihn von seinen trüben Gedanken abzubringen, obwohl er gar nicht wissen konnte, was es mit Auberlins Familie auf sich hatte, gleich durchschaut.

Waldebert war ein weiteres Mal vom Feingefühl des jungen Auberlins beeindruckt. *Dem Jungen kann man so leicht nichts vormachen*, dachte er. *Wenn einer herausfindet, was da oben auf der Burg passiert ist, dann er.*

Die beiden ungleichen Mönche machten sich schwatzend auf den Weg.

Verschneite Wiesen, Äcker und Waldstücke wechselten einander ab, bis sie schließlich den zugefrorenen Gründleinsbach überquerten, von dem aus es, nach Waldeberts Auskunft, nicht mehr weit war.

Am Ufer des Bächleins sah Auberlin ein Entenpaar, das traurig quakte. *Sie vermissen wohl das Wasser*, dachte Auberlin.

Schweigend passierten sie den Wald, bis Waldebert an einer kleinen Lichtung stehen blieb: „Im Winter gibt es für einen Pflanzenjäger wie mich im Wald und auf den Wiesen nicht viel zu holen, weil die Natur das einzig Richtige macht: Sie verschläft die kalte Jahreszeit. Aber trotzdem war heute schon jemand hier. Siehst du die vielen, frischen Fußspuren ringsum?"

Auberlin schaute nach unten und nickte. „Ja, die sehe ich. Bei der Kälte heute Morgen sind sie längst hart gefroren." Unbewusst zog er seinen Umhang enger um seinen Körper. Plötzlich stutzte er. „Was sind denn das für kleine Abdrücke zwischen den Menschenspuren? Sieh nur, Waldebert, sie sind überall. Hier und da und dort drüben."

„Katzenspuren", wisperte Waldebert geheimnisvoll.

„Mitten im Wald? Und so viele?", zweifelte Auberlin.

„So viele und noch viel mehr", brummte Waldebert. „Komm, Auberlin, diesen Spuren folgen wir jetzt, bis zu dem Ort, wo die Katzen wohnen."

Auberlin verstand gar nichts mehr. Dorthin, wo die Katzen wohnten? Seit wann lebten Katzen denn mitten im Wald? Weit ab von den menschlichen Behausungen, in denen sie die Mäuse vom Korn fernhalten sollten? Auberlin überlegte, ob sich Waldebert gerade einen Spaß mit ihm erlaubte. Eine Heilerin hatten sie doch aufsuchen wollen, oder etwa nicht?

Doch ehe Auberlin all diese Fragen stellen konnte, stapfte Waldebert schon an ihm vorbei, durch den Schnee. Auberlin beeilte sich, ihm zu folgen.

Vorsichtig kletterten die Mönche das letzte Stück des Berges hinauf, bis Auberlin die Umrisse eines Turmes vor sich erkennen konnte. *Ein Turm? Ganz allein hier auf dem Berg?* fragte er sich. Gespannt, was das alles bedeuten sollte, lief er hinter Waldebert her. Wenigstens acht Meter ragte der Turm in die Höhe, schätzte Auberlin. Er meinte, das Bauwerk schon einmal bei einer seiner Wanderungen zur Burg hinauf gesehen zu haben. Allerdings hatte er es für eine Ruine, für die Überreste eines längst verfallenen Gemäuers gehalten, und deshalb hatte er ihm keine Beachtung geschenkt.

Die vier kleinen Fenster konnten unmöglich viel Licht ins Innere lassen.

Eine stabile Eingangstür aus dicken Holzbohlen wurde von zwei Steinsäulen flankiert. Auberlin bemerkte die reich verzierten Eisenbeschläge der Tür erst, als Waldebert mit seiner Faust gegen das Holz hämmerte. Nichts regte und nichts bewegte sich. Waldebert trat ungeduldig auf der Stelle. Er wollte ein zweites Mal klopfen, da ertönte eine warme, volle Frauenstimme melodisch aus dem Nirgendwo: „So ungeduldig heute? Liegt wohl an der Kälte?"

Eine schlanke, mittelgroße Gestalt, bei der es sich augenscheinlich um eine Frau handelte, trat neben dem Turm hervor und hob grüßend die Hand.

Auberlins Hand, die er ebenfalls zum Gruß erhoben hatte, fiel ohne sein Zutun kraftlos hinab. Er konnte nichts dagegen tun. Mit offenem Mund starrte er die Frau an, die von Kopf bis Fuß in dünne und dicke Umhänge gehüllt war, welche sie wahllos übereinander gewickelt hatte. Sogar ihre Hände waren mit alten Lumpen verhüllt. Um den Kopf hatte sie sich mehrere Tücher gewickelt, doch der Blick auf das Gesicht, oder das, was einmal ihr Gesicht gewesen war, war frei geblieben. Ein Paar dunkelbraune Augen blickten wimpernlos durch ein dichtes Narbengeflecht spöttisch in Waldeberts Richtung. Die Narben wanden sich wie dicke, weißliche Maden über das Gesicht. Die wenige Haut, die nicht von Narben bedeckt war, sah aus wie altes Leder. Dort, wo einmal pralle, rote Lippen gewesen sein mussten, war nur noch eine längliche Öffnung, die den Blick auf ungewöhnlich gepflegte Zähne freigab. Darüber ragten die Reste der Nase wie ein verkohltes Gerippe aus dem Gesicht. Auberlin schauderte, aber es gelang ihm schließlich doch, den Blick von ihr abzuwenden. Der Schock über ihren Anblick hatte ihn tief getroffen. Er fühlte sich benommen und schwach. Insgeheim grollte er Waldebert, weil der ihn nicht auf ihren Anblick vorbereitet hatte.

Wer war sie überhaupt?

„Guten Morgen, liebe Barbara, heimliche Herrin des Waldes." Waldebert deutete eine höfliche Verbeugung an. Dabei war der Schalk in seinen Augen nicht zu übersehen. Die Frau kicherte, offensichtlich erfreut, Waldebert zu sehen.

Im nächsten Moment richtete sich ihr Blick auf Auberlin und wurde misstrauisch.

„Wen hast du mir denn da mitgebracht?" Sie vermied es offenbar, den Fremden direkt anzusprechen. Ohne eine Antwort abzuwarten, wandte sie sich zur Tür und winkte ihre Besucher hinein.

Anscheinend vertraut sie Waldebert, dachte Auberlin.

„Lass' uns erst hinein in die warme Stube, Barbara, dann stelle ich dir deinen Gast gleich vor. Für meinen Geschmack waren wir schon viel zu lange in der Kälte unterwegs." Um seine Worte zu unterstreichen, wies Waldebert auf eine Strähne seines Bartes, die in seiner Atemluft zu einem dünnen Eiszapfen gefroren war. Barbara grinste und winkte die beiden Mönche wortlos hinter sich her.

Zögerlich trat Auberlin hinter Waldebert in den Turm. Behagliche Wärme umfing die frierenden Besucher.

Die seltsame Frau humpelte leicht, als sie vor ihnen die Treppe hochstieg.

„Was ist denn mit dir passiert? Du hinkst ja, wie mir scheint." Besorgnis schwang in Waldeberts dröhnender Stimme mit.

Die Frau winkte ab. „Es ist nichts. Hab mir bloß vor kurzem den Fuß beim Kräutersammeln vertreten." Sie lachte meckernd auf.

Ein wenig gekünstelt, fand Auberlin.

„Die Begehrtesten unter ihnen wachsen an den unmöglichsten Stellen", fügte sie achselzuckend hinzu.

Nach den wenigen Stufen fanden sie sich in einem Raum wieder, wie Auberlin ihn noch nie gesehen hatte: Ein schwerer, medizinischer Geruch waberte durch den düsteren Raum, der nur von einem gemauerten Feuerbecken erhellt wurde. Das einzige Fenster war mit schweren Tüchern abgedeckt, sodass das Tageslicht nicht hereinkommen konnte. Auberlins Augen gewöhnten sich nur langsam an das spärliche Licht. Das Erste, was ihm auffiel, war ein seltsamer, würziger, fast harziger Geruch, der von irgendwo über ihm zu kommen schien.

Salbei, dachte er bei sich. Er schaute nach oben. Er hatte Recht, über seinem Kopf drehte sich träge ein beachtliches Bund getrockneten Salbeis in dem schwachen Luftzug hin und her. Gleich daneben konnte Auberlin Lavendel ausmachen.

Auberlin sah dunkle, rußgeschwärzte Wände. Dunkle Regale aus Holz säumten das Zimmer. Auf den Regalen waren unzählige, irdene Gefäße in verschiedenen Größen und Formen abgestellt worden. Zwischen den Bechern, Dosen und Kannen lagen überall kleine Lederbeutel herum. Auberlin trat naher und konnte ihm unbekannte Zeichen erkennen, die jemand in die Behälter geritzt hatte.

Wo bin ich da bloß hingeraten? überlegte er und wandte sich nach Waldebert um.

Plötzlich blieb sein Blick an einem Gegenstand hängen, der ihm das Blut in den Adern gefrieren ließ: Auf einem geschnitzten Schrein lag eine mumifizierte Hand, den Zeigefinger über den Mittelfinger gelegt, als wolle sie einen Fluch brechen. Auberlin hoffte, das ledrige Ding wäre nicht echt, doch insgeheim wusste er es besser.

Gänsehaut kroch seine Arme hoch.

„Tritt ruhig näher, fremder Mönch. Die tut dir nichts", spöttelte die praktisch lippenlose Bewohnerin des Turmes.

Auberlin regte sich keinen Zentimeter und fragte sich abermals, wohin ihn Waldebert da gebracht hatte.

„Der Henker hat mir die Glückshand überlassen, weil ich einst sein Weib von einem schweren Leiden befreit habe", fuhr die Heilerin unbekümmert fort, so, als ob sie über einen beliebigen, harmlosen Gegenstand sprechen würde.

Waldebert fasste Auberlin am Ellenbogen. „Das ist Barbara, Hebamme und Kräuterkundige. Von ihr bekomme ich die Kräuter, die nicht im Klostergarten zu finden sind, die ich aber für die Kranken brauche. Barbara stellt für mich einige Salben und Pillen her, die ich benötige." Ehe er weitersprach, lachte Waldebert kurz auf: „Verzeiht mir, dass ich euch erst jetzt miteinander bekanntmache, aber draußen war es mir viel zu kalt für diese Höflichkeiten."

Es wollte Auberlin nicht in den Kopf, wie Waldebert in dieser Umgebung so ungezwungen handeln konnte. Er selbst war immer noch wie betäubt, so sehr graute ihm beim Anblick dieser Hand. Zögernd wandte er seinen Kopf in Barbaras Richtung. Dabei entdeckte er noch etwas, das ihm seine Umgebung nicht weniger gruselig erscheinen ließ: Katzen! Überall zwischen den Regalen, vor dem Feuerbecken, unter dem Fenster saßen, oder lagen sie. Große und Kleine, Weiße, Schwarze und Gefleckte! Ungeniert starrten sie ihn, den Fremden, an. Ihre Augen blitzten in der Düsternis auf, jedes Mal, wenn der Schein des Feuers auf sie fiel.

„Außerdem werden meine Dienste als Hebamme sehr geschätzt", fügte die entstellte Frau selbstbewusst hinzu.

Als Auberlin nichts erwiderte, folgten ihre Blicke den seinen. „Du hast meine Kinder schon entdeckt, fremder Mönch. Das ist schön."

Auberlin gab einen unbestimmten Laut von sich, als er diesen Satz hörte, und erwiderte unbeholfen: „Mein Name ist Auberlin. Ich bin Gast in Waldeberts Kloster."

Barbara nickte, als ob sie schon gewusst hätte, mit wem sie es zu tun hatte.

Warum nennt sie mich dann fremder Mönch, überlegte er.

„Sieh dich ruhig weiter um, Auberlin." Barbara trat zurück und machte eine einladende Armbewegung.

Auberlin aber hatte genug gesehen, er wollte nur noch weg von diesem unheimlichen Ort. Unschlüssig verharrte er auf der Stelle.

Waldebert und die Kräuterfrau achteten nicht mehr auf ihn; sie standen vor einem der Regale und plauderten munter über dieses und jenes. So schnell würde er von hier nicht wegkommen, schwante ihm, als er die beiden bei ihrer angeregten Unterhaltung beobachtete. Seufzend folgte er Barbaras Einladung und ließ seinen Blick erneut umherschweifen. Er entdeckte einen Tisch, auf dem das Skelett eines großen Vogels stand, sorgsam gebleicht und anatomisch korrekt aufgebaut. Auberlin wunderte sich fast schon nicht mehr. Es passte an diesen Ort, fand er. Nach einer Weile gewann Auberlins Neugier doch die Oberhand. Er schlenderte herum, besah sich die Gefäße, bestaunte ein Körbchen seltsam geformter Steine und bewunderte schließlich eine anatomische Zeichnung an der Wand, die eine Schwangere darstellte. Ihre Organe und die Lage des ungeborenen Kindes waren präzise darauf festgehalten.

Selbst für sie als Hebamme muss es schwierig gewesen sein, an dieses Bild zu kommen, überlegte er.

Er wollte sie gerade danach fragen, da stand er plötzlich wieder vor den Regalen und Stellagen mit den seltsamen Schriftzeichen darauf. „Sag, Barbara, in was für einer Schrift hast du denn deine Behältnisse hier markiert? Ich kann mich nicht erinnern, solche Zeichen schon irgendwo einmal gesehen zu haben?"

Barbara wirkte verlegen. Beschämt senkte sie ihren Kopf.

Auberlin hätte sich ohrfeigen können. Die Kräuterfrau konnte natürlich weder lesen noch schreiben, das konnten nur ganz wenige Menschen und Frauen schon gar nicht.

Ihre Antwort war deshalb keine Überraschung mehr für ihn: „Ich kann nicht lesen, ich kann nicht schreiben, niemand hat es mir beigebracht. So habe ich selbst eine Methode erfunden, damit ich die Bestandteile für meine Medizin wiederfinden kann." Barbara erklärte ihm, wie es ihr gelang, Frauenmantel, Eisenkraut und Melisse zu unterscheiden. Auberlin verstand nicht ganz, nach welchem Prinzip sie Striche, Punkte und Kreise zusammensetzte, aber er war erst einmal froh, dass sie ihm seine Frage nicht übel genommen hatte. In Auberlins Welt, die aus Bibliotheken und Schreibstuben, aus Büchern und Handschriften bestand, war das Lesen und Schreiben etwas völlig Alltägliches. Bis jetzt hatte er nur wenig von der Welt außerhalb der engen Klostermauern kennengelernt. Zu wenig, um zu begreifen, wie normal es in der übrigen Welt war, des Lesens und Schreibens unkundig zu sein.

Barbara war an ihn herangetreten und reichte ihm einen dampfenden Becher. „Auberlin, trink einen Becher Tee mit uns."

Vorsichtig roch er an dem Gebräu. Etwas enttäuscht stellte er fest, dass es dabei tatsächlich nur um Pfefferminztee handelte. Er wusste nicht genau, was er erwartet hatte, aber etwas so Harmloses wie Tee eher nicht.

Dann sah er die Belustigung in Barbaras Augen. Es war ihm aber nicht peinlich, weil er spürte, sie erzielte mit ihrem Verhalten genau die Wirkung auf die Menschen, die sie erzielen wollte.

Mit dem ersten Schluck verbrannte er sich gehörig die Zunge. Während er in seinen Becher pustete, sah er Barbara dabei zu, wie sie ein paar getrocknete Blätter mit kundiger Hand mit ihrem Mörser zerkleinerte. Ein Geruch, der ihn an Suppe erinnerte, trat in Auberlins Nase. Schnüffelnd trat er an Barbara heran. Sie streckte ihm mit ihren vernarbten Händen die Schüssel entgegen. Auberlin bemerkte die vielen Schorfstellen an ihren Fingern. *Sie kratzt die Narben immer wieder auf, weil sie so höllisch jucken*, vermutete er. „Liebstöckel, Auberlin, für deine Ordensbrüder."

Auberlin sog den Duft in sich ein. Er empfand ihn als heimelig und warm, weil er ihn hauptsächlich aus der Klosterküche kannte.

„Liebstöckel befreit die Menschen von Halsschmerzen, wenn es nötig ist."

Das hatte er nicht gewusst. Er kannte die Pflanze nur als Speisewürze. Auberlin blickte erstaunt auf die wenigen, gefiederten Blätter, die noch übrig waren. Die meisten waren vom Mörser schon zermalmt worden.

Waldeberts tiefe Stimme unterbrach Auberlins Gedanken: „Es gibt zwei bewährte Methoden, wie dieses Kraut seine Heilwirkung entfalten kann: Die eine ist es, heißes Wasser durch seine Stängel zu trinken. Das ist der einfachste Weg, an die Öle der Pflanze zu kommen. Die andere Möglichkeit siehst du hier: Der Liebstöckel wird getrocknet und zerstoßen. Das Ergebnis wird dann in Wein eingelegt, zieht eine Weile darin und wird dann getrunken. Das ist die beliebteste Methode." Waldebert grinste.

Barbara stimmte in das Lachen mit ein. Goldene Pünktchen tanzten in ihren Augen, wenn sie lachte.

Für einen kurzen Moment sah Auberlin die schöne Frau, die sie einmal gewesen sein musste, wie eine zweite Hülle über ihrem Gesicht. Es machte ihn traurig, welch schreckliches Schicksal sie ertragen musste und er brannte darauf zu erfahren, wie es dazu gekommen war. Schnell wandte er sich ab und nippte weiter an seinem Becher, den Blick angestrengt auf das Getränk gerichtet.

Barbara und Waldebert hatten ihre Unterhaltung wieder aufgenommen und schenkten Auberlin keine Beachtung mehr.

Plötzlich hatte Auberlin eine Idee: Soweit er wusste, gab es keinen Arzt in der näheren Umgebung, niemand, der sich um die Kranken und Verletzten kümmerte, außer natürlich Waldebert.

Der Infirmarius war zwar kein ausgebildeter Arzt, und studiert hatte er schon gar nicht, aber das Wissen um die Krankenpflege, das in den Klöstern gesammelt und bewahrt wurde, kam der Ausbildung eines Mediziners sehr nahe.

Die Frauen aber, überlegte Auberlin, würden mit gewissen Leiden niemals zu ihm kommen. Für sie gab es Barbara. Zu ihr würden sie gehen, wenn sie an einem der zahlreichen Frauenleiden litten, die es gab. Hier würden sie sich geborgen und sicher fühlen, so tief im Wald, alleine mit ihrem Kräuterweib. Und erzählen würden sie, dachte Auberlin, berichten, was passierte, in ihrer kleinen Welt, ihre Hoffnungen und Träume mit der Kräuterkundigen teilen, ihr die Ängste und Sorgen anvertrauen. Konnte Barbara etwas wissen über die Todesfälle auf der Burg? Auberlins Herz klopfte schneller vor Aufregung. Ob sie ihm einen Hinweis geben konnte?

Noch wusste er nicht, wie er es anfangen sollte, ihr die richtigen Fragen zu stellen. Sie mochte zwar nicht schreiben können, aber sie war alles andere als dumm, sonst wäre es ihr niemals gelungen, eine Möglichkeit zu ersinnen, nach der sie ihre Pflanzen ordnen konnte.

Er hatte Glück, der Zufall kam ihm zu Hilfe. Während er nachdenklich seinen Becher in der Hand drehte, hörte er Waldebert flüstern: „Richildis soll erblindet sein, ehe sie gestorben ist. Was denkst du, was kann sie gehabt haben?"

Auberlin spitzte die Ohren und wartete gespannt auf Barbaras Antwort. Sie zuckte mit den Schultern und hob die Arme, die offenen Handflächen auf Waldebert gerichtet. Auberlin wurde schlecht von dem, was er sah. Die Innenseite ihrer rechten Hand war vom Ansatz ihres Zeigefingers bis zur Handwurzel verkohlt. Es sah aus, als ob sie eine glühende Stange angefasst hätte. Wie ein grausames Brandzeichen hob sich das tote Fleisch schwarz und lila von ihrer hellen Haut ab.

Auberlin wollte keinen Tee mehr, er konnte sich nicht vorstellen, an diesem Tag überhaupt noch etwas essen oder zu trinken zu können.

„Blind ist sie geworden, sagst du? Das muss schlimm sein für jemanden, der sein halbes Leben vor dem Spiegel verbracht hat." Der Spott sprach deutlich aus ihrer Stimme, dann wurde sie wieder ernst. „Ich kenne keine Krankheit, die einen blind macht und dann tötet. Hatte sie nicht die besten Ärzte an ihrem Krankenlager?"

Waldebert nickte. „Die hatte sie. Aber keiner konnte ihr helfen."

„Dann wird es Gottes Wille gewesen sein", meinte Barbara schulterzuckend. „Was denkst du über den Tod der Gräfin, Auberlin?", wandte sie sich an den jungen Mönch.

„Ich weiß nur, was die Leute reden. Ich habe nur gehört, sie muss aufs Schrecklichste gelitten haben, bevor Gott sie erlöst hat."

Keine Spur von Mitleid zeigte sich auf Barbaras Gesicht.

An der Stelle schaltete sich Waldebert, der soeben deutlich hörbar seinen Tee leer geschlürft hatte, ein: „Ich dachte, Gräfin Richildis hat dich kurz vor ihrem Tod rufen lassen?"

Barbara schüttelte den Kopf: „Nein, als ich sie zum letzten Mal gesehen habe, war sie wohlauf. Sie trauerte zwar um ihren Sohn, aber ansonsten schien sie mir vollkommen gesund."

„Vielleicht hättest du ihr sogar helfen können", gab Auberlin zu bedenken.

„Das werden wir nie mehr erfahren, Auberlin. Vielleicht stimmt es, was man sagt, die Toten soll man ruhen lassen?" Barbara schien das Thema leid zu sein.

Auberlin schüttelte den Kopf. „Möge sie in Frieden ruhen, aber wenn man ihre Krankheit benennen könnte und den Ursprung kennen würde, könnte man vielleicht anderen helfen."

„Du hast recht, das könnte man wahrscheinlich", pflichtete ihm Barbara bei.

„Barbara, wenn du etwas hörst, was mit ihrem Tod zu tun hat, würdest du es mich wissen lassen? Ich bin als Friedrichs Freund hier hergekommen, und ihm liegt viel daran, die Umstände ihres Todes aufzuklären. Jede kleine Einzelheit könnte wichtig sein!", bat er eindringlich.

Barbara lachte meckernd: „Ich bin wohl die Letzte, die dir weiterhelfen kann. Mir erzählt selten jemand etwas. Und die Adeligen schon gar nicht." Sie holte kurz Luft und sprach weiter: „Schau mich doch an! Glaubst du, ich habe das Entsetzen, das auch in deinen Augen zu lesen war, als du meiner ansichtig geworden bist, nicht gesehen? Die Menschen kommen doch nur zu mir, wenn sie meiner Hilfe bedürfen. Sonst spricht niemand mit mir. Hüte dich vor den Gezeichneten!"

5

Wollweiß

Mit allerlei Dingen bepackt, die Waldebert für seine Klosterapotheke brauchte, machten sich die beiden Mönche auf den Heimweg. Zumindest dachte Auberlin das, bis sie aus dem Schatten des Turmes heraustraten. Er legte sich schon die Worte zurecht, die er Bruder Waldebert gleich an den Kopf werfen wollte. So leicht würde der ihm nicht davonkommen! Ihn unvorbereitet zu dieser Hebamme mitzuschleppen, war kein feiner Zug gewesen. Mit keinem einzigen Wort hatte ihn Waldebert auf Barbaras Anblick vorbereitet. Er hatte es überhaupt nicht für notwendig gehalten, auch nur eine Silbe darüber zu verschwenden, wie schrecklich die arme Frau aussah. Dann wäre er ein bisschen weniger erschrocken.

Der Infirmarius aber ahnte wohl, dass Auberlin darauf wartete, bis er seinem Ärger Luft machen konnte. Mit ein paar fadenscheinigen Ausreden, er müsse ganz in der Nähe noch wichtige Erledigungen machen, die seine ganze Aufmerksamkeit erfordern würden, verabschiedete er sich von dem verdutzten Auberlin.

„Du kennst ja den Weg zum Kloster", meinte er und verschwand so wieselflink zwischen den Bäumen, wie Auberlin es ihm gar nicht zugetraut hätte.

Nun stand er allein auf der Wiese vor Barbaras Turm.

In der Zwischenzeit war die Sonne am Himmel hoch hinaufgeklettert.

Zuerst grollte er Bruder Waldebert noch viel mehr, weil der sich jetzt aus dem Staub gemacht hatte, dann aber zuckte er ergeben die Schultern.

Er konnte sich denken, warum Waldebert so plötzlich wegwollte: Er fürchtete sich vor Auberlins Vorwürfen und wollte ihnen aus dem Weg gehen. In gewisser Weise verstand Auberlin den friedliebenden Mönch. Er selbst ging Auseinandersetzungen auch am liebsten aus dem Weg.

Trotzdem wusste er nicht, was er jetzt tun wollte. Er stand eine ganze Weile unschlüssig da, bis sein Blick hinüber zum Schlossberg fiel. Ratlos stand er da und besah sich die Landschaft, die den Trudberg umgab. Der Schreck, den ihm Barbaras Anblick eingejagt hatte, saß ihm immer noch gehörig in den Knochen.

Am Fuße des Hügels entdeckte Auberlin einige Schafe, die zur gräflichen Schäferei gehören mussten, die dort angesiedelt war. Er konnte zwar sehen, welche Mühe sich die Tiere gaben, um die wenigen Grashalme zu finden, die sich unter der Schneedecke verbargen, aber er konnte sie nicht blöken hören, dazu waren sie zu weit weg. Er beobachtete die genügsamen Geschöpfe eine Zeit lang und versuchte dabei zu erraten, was Barbara zugestoßen sein könnte, bis ihn ein lautes Muhen zu seiner Linken von seinen Gedanken ablöste.

Auberlin wandte den Kopf in die Richtung, aus der die Geräusche kamen.

Auf der Straße unten im Tal, die zum Schloss führte, machte er einen mit Heu beladenen Ochsenkarren aus.

Futter für die Pferde des Grafen, vermutete Auberlin. Ohne es zu wissen, hatte er in dem Augenblick, in dem er die Ochsen hörte, großes Glück gehabt. Wäre sein Blick nämlich nicht nach links, sondern ein Stück weiter nach oben gewandert, wäre er direkt auf den großen Galgen gefallen, der auf dem Galgenberg thronte.

Der Galgenberg war von Barbaras Turm nur etwas mehr als einen Steinwurf entfernt, und dort balgten sich gerade drei Raben um die letzten Reste jenes Unglücklichen, der vor kurzem dort oben sein Ende gefunden hatte.

Jenes Schauspiel hätte Auberlin vermutlich endgültig den Tag vergällt.

Aber davon ahnte er nichts, als er, einer Eingebung folgend, beschloss, dem Karren zu folgen. Er würde nach Friedrich sehen, im Kloster gab es für ihn ohnehin nichts zu tun.

Vorsichtig machte er sich an den Abstieg. An manchen Stellen spürte er Eisplatten unter seinen dicken Sohlen. Schritt für Schritt tastete er sich hinunter und betrachtete dabei die unzähligen Pfotenabdrücke von Barbaras Katzen, die überall zu sehen waren.

Ach, wie beneide ich diese geschickten Kletterer. Flink und elegant wie Bergziegen können sie sich selbst auf diesem glatten Untergrund bewegen, während ich stolpere und wanke wie ein Besoffener auf dem Heimweg, ging es Auberlin durch den Kopf.

Endlich unten angekommen klopfte er sich den Schnee von den Stiefeln. Erleichtert darüber, wieder ebenen Boden unter seinen Füßen zu haben, wanderten seine Gedanken zurück zu Barbara.

Auf ebener Strecke hatte er endlich wieder Gelegenheit, sich über die jüngsten Ereignisse Gedanken zu machen. Jede Szene, die sich im Turm der Hebamme abgespielt hatte, zog noch einmal an seinem inneren Auge vorbei. Wort für Wort klangen die Gespräche in seinen Ohren nach.

Auberlin fühlte Mitleid mit der offensichtlich so klugen Frau, deren Stellung im Leben es ihr für alle Zeiten verweigerte, das Lesen und das Schreiben zu lernen.

An dieser Stelle meldete sich sein Unterbewusstsein.

Lesen und schreiben. Schreiben und lesen.

Bücher und Botschaft. Papier und Pergament.

Lesen.

Bücher.

Das Buch.

Auberlin jubelte leise. Ganz deutlich sah er jetzt vor sich, was er in Brigittas Zimmer nur als vages Gefühl gespürt hatte.

Zwischen den Kleiderschränken, die die ganze Wand gegenüber dem Bett einnahmen, klemmte ein kostbar aussehendes Buch.

Er hatte das Buch nur einmal ganz kurz gesehen, als er sich im Zimmer umgeschaut hatte, während Friedrich bei der Bewusstlosen am Boden kniete. Vor lauter Schreck wegen Brigittas Ohnmacht hatte er es gar nicht richtig wahrgenommen und sofort wieder vergessen. Aber jetzt war es ihm endlich wieder eingefallen, in aller Deutlichkeit konnte er das Buch vor sich sehen, doch war ein Buch ein allzu kostbarer Besitz für ein einfaches Kammermädchen. Jetzt galt es herauszufinden, was es damit auf sich hatte.

Auberlin hatte keinen rechten Plan, wie er sein Vorhaben bewerkstelligen konnte. Trotzdem wollte er nun unbedingt den Schlossberg hinauf, um das Buch aus Brigittas Kammer zu holen.

In seinem ganzen Leben war er noch nicht so viel gelaufen, wie seit dem Tag, an dem seine Füße zum ersten Mal die Castellsche Erde berührt hatten.

Vom Trudberg zum Schlossberg war es nicht besonders weit und so kündete die Glocke der Burgkapelle gerade erst die zwölfte Stunde, als er die Brücke über den Burggraben passierte. Zur gleichen Zeit versammelten sich die Mönche der Abtei zur Sext.

Sein Gewissen plagte ihn. So viele Gebete, die er versäumte, seit er nicht mehr zu Hause war.

Doch eine vertraute Stimme befreite ihn von seinem Selbsttadel: „Wer kommt denn da zu uns herauf? Lieber Auberlin, du bist ja völlig außer Atem, dabei bist du doch noch so jung!" Agnes schenkte ihm ihr schönstes, beinahe zahnloses Lächeln.

„Ach, Agnes, ein Schreiber bin ich nur!"

Ihr Lächeln wurde noch breiter: „Da habe ich aber was anderes gehört! Ein großer Künstler sollst du sein. Friedrich hat dich verraten." Die ältliche Frau lächelte gutmütig. Sie mochte die Menschen.

Auberlin errötete, er schätzte es nicht, ein Künstler genannt zu werden, weil er sich für keinen hielt. „Kannst du mir sagen, wo ich genau den finde?", fragte er, ohne noch einmal auf seine Begabung einzugehen.

Agnes nickte und winkte ihn näher zu sich heran. Erst, als er nur noch eine Armlänge vor ihr stand, fing sie flüsternd an, zu erzählen: „Der Friedrich ist bei seinem Vater in dessen Schreibstube. Zusammen mit Brigitta."

Auberlin machte große Augen.

„Mhm. Mit Brigitta", fuhr die Köchin gewichtig fort. „Das dumme Ding hat es sich in den Kopf gesetzt, die Grafschaft zu verlassen, nachdem Richildis nicht mehr ist."

„Wo will sie denn hin?"

„Das weiß ich nicht, aber das spielt auch keine Rolle. Der Herr würde sie nur fortlassen, wenn sie den Schleier nehmen würde." Agnes schüttelte den Kopf. „Pah, als ob ein Dasein als Nonne für das lebenslustige Ding infrage kommen würde."

Auch Auberlin grinste bei dieser Vorstellung und Agnes wäre nicht Agnes gewesen, wenn sie mit ihrer persönlichen Meinung lange hinter dem Berg hätte halten können.

„Das nun nutzlose Kammermädchen weiter durchzufüttern", meinte sie, „habe genau so wenig Sinn, wie einem lahmen Gaul die Füße zu beschlagen."

Sie macht überhaupt keinen Hehl aus ihrer offensichtlichen Lauscherei, dachte Auberlin verwundert. Er wollte sie darauf ansprechen, dann aber lachte er doch nur über ihren so praktischen und anschaulichen Vergleich. Auberlin konnte ihr nicht verdenken, dass sie gerade in diesen unruhigen Zeiten wissen wollte, was in der kleinen Welt um sie herum vorging.

Er erschrak, als er den leeren Korb bemerkte, den Agnes ihm auffordernd hinstreckte. Während er sich über den glücklichen Zufall freute, den die Zusammenkunft der Drei für ihn bedeutete, hatte Agnes augenscheinlich das Thema gewechselt. Kein einziges Wort hatte er von dem gehört, worüber sie zuletzt gesprochen hatte.

Fragend schaute sie ihn an und Auberlin versuchte verzweifelt, sich ihre Worte ins Gedächtnis zu rufen. Ohne Erfolg.

In dem Moment, als er zu einer Entschuldigung ansetzen wollte, lächelte die Köchin wieder: „Ihr Mönche seid manchmal ein komisches Volk. Ich schimpfe und schimpfe über die Hühner, denen es zu kalt ist zum Eierlegen, und du hörst mir gar nicht zu!" Sie versuchte gar nicht erst, wirklich böse auszusehen.

71

Auberlin setzte die Miene eines Buben auf, der gerade bei einem bösen Streich ertappt worden war.

Agnes gewährte ihm einen letzten Blick auf ihre Zahnlücken und ging fröhlich summend davon und Auberlin besann sich wieder auf sein Vorhaben. Nun brauchte er nur noch unentdeckt die Kammer der Reisewilligen zu erreichen. Dort würde er in aller Ruhe finden können, wonach er suchte. Die Schreibstube des Grafen lag ein ganzes Stück entfernt von den Schlafzimmern und er würde es gewiss hören, wenn sich jemand näherte.

Trotzdem war ihm mulmig zumute, als er durch die menschenleere Burg schlich. Langsam nahm das Leben in Castell wieder seinen gewohnten Lauf. Das bedeutete, das Burggesinde müsste mit den täglichen Verrichtungen beschäftigt sein, mutmaßte Auberlin.

Dieser Umstand kam ihm sehr zugute. Ohne einer Menschenseele begegnet zu sein, kam er an seinem Ziel an. Er legte sein Ohr flach an die Tür und lauschte. In dem Zimmer war es völlig still.

Vorsichtig drückte er die schwere Klinke hinunter und erschrak, als sie vernehmlich knarrte. Er wartete einen Augenblick, und erst, als sich nirgendwo etwas regte, betrat er den leeren Raum auf leisen Sohlen.

Drei schnelle Schritte genügten ihm, bis er vor dem Spalt zwischen den Schränken stand. Er jubelte innerlich. Da war es. Er wunderte sich über den wertvollen Fund.

Warum versteckt Brigitta eine so kostbare Bibel in ihrer Kammer?

Mit einer schnellen Bewegung zog er das Buch hervor, warf einen schnellen Blick auf den Einband und ließ es unter seiner Kutte verschwinden.

Lautlos machte er sich aus dem Staub.

Er durfte sein Glück nicht überstrapazieren und verließ deshalb so schnell wie möglich die Burg, ohne sich seine Beute genauer anzuschauen.

Auch jetzt ging alles gut. Zwar begegnete er im Hof einigen Dienstboten, die den Boden mit ihren Pickeln von Schnee und

Eis befreiten, aber niemand nahm Notiz von dem jungen Mönch, den sie als Friedrichs Freund und Beistand kannten.

Nun stand Auberlin ein langer Fußmarsch zurück ins Kloster bevor.

Immerhin kann ich diesmal sehen, wohin ich meine Stiefel setze, dachte er missmutig.

Nachdem er sich eine ganze Weile nur damit beschäftigte, möglichst viel Abstand zwischen sich und die Burg zu bringen, blieb er in einer kleinen Senke zum ersten Mal stehen. Von seinem strammen Marsch war ihm tüchtig warm geworden und dafür war er dankbar.

Vorsichtig drehte er sich um und blickte zur Burg hinauf. Der stattliche Bau aber war bereits aus seinem Sichtfeld verschwunden. Jetzt konnte er es wagen, sich seinen Fund genauer zu besehen. Mit angehaltenem Atem zog er ihn hervor und strich mit den Fingern beinahe zärtlich über den dicken, ledernen Einband. *Kalbsleder,* vermutete er. Als er mit dem Daumen prüfend über den Buchschnitt strich, meinte er, eine kleine Unregelmäßigkeit erspüren zu können. Beim Durchblättern machte sein Herz einen Satz. Es tat ihm in der Seele weh, aber seine Vermutung traf ins Schwarze: Jemand hatte eine Seite achtlos herausgerissen, was an den gezackten Rändern, die wie eine klaffende Wunde aussahen, unschwer zu erkennen war.

„Was für ein Frevel", stieß er durch die Zähne hervor. Obwohl er die Lösung schon zu kennen glaubte, vergewisserte er sich mittels der vorangehenden und der folgenden Seite, welche Seite in dem Buch fehlte.

Auberlin hatte sich nicht getäuscht: Die fehlende Seite war die, die sich vermutlich immer noch in Friedrichs Gewahrsam befand. Jene Stelle, die jemand für seine schändliche Nachricht missbraucht hatte.

Warum fand sich das Buch in Brigittas Kammer? Der Missetäter konnte es doch dort nicht einfach vergessen haben. Das war kaum vorstellbar.

Vorerst wurde er nicht recht schlau aus seinen Überlegungen. Hastig wickelte er die Bibel wieder in den Überwurf seines Habits ein, denn es war an der Zeit, weiterzugehen, wenn er die Abtei noch vor Einbruch der Dunkelheit erreichen wollte.

Nur zwei Möglichkeiten kamen für ihn in Betracht: Der Urheber der Botschaft hatte das Buch absichtlich in Brigittas Kammer versteckt, um den Verdacht auf sie zu lenken, falls es gefunden wurde. Was in seinen Ohren nicht besonders glaubwürdig klang.

Die zweite Möglichkeit erschien Auberlin noch unwahrscheinlicher. Brigitta könnte die Drohung gegen sich selbst eingefädelt haben, um von ihren Verstrickungen in die Morde abzulenken.

Ein Motiv hatte sie jedenfalls. Sie war immer von einer Hochzeit mit Engelhart ausgegangen. Leonhard als Thronfolger störte nur, immerhin galt eine Verheiratung der pferdenärrischen Veronica als unwahrscheinlich. Vielleicht erhoffte sie sich Hilfe seitens der Gräfin, nachdem Leonhard nicht mehr am Leben war.

Vielleicht haben Engelhart und Brigitta Leonhard zusammen auf dem Gewissen, überlegte Auberlin.

Eine Hochzeit würde es aber nie geben, wie sie später erfahren musste. In diesem Moment konnte sie den Tod ihres Geliebten beschlossen haben.

Lediglich darauf, warum die Gräfin ebenfalls sterben musste, konnte sich Auberlin keinen Reim machen.

Vorerst sollte er dazu keine Erklärung finden, weil er vor sich eine winkende und rufende Gestalt an der nächsten Wegbiegung entdeckte.

Auberlin wusste nicht, ob er sich freuen sollte, als er Bruder Waldebert erkannte, der offensichtlich auf ihn wartete. Schnell vergewisserte er sich, ob die Bibel sicher verwahrt und vor allem für Waldebert unsichtbar war, ehe er ausrief: „Sieh da, Bruder Waldebert, schon zurück von deinen dringlichen Erledigungen?"

Dunkelrot im Gesicht nahm Waldebert seine wollene Haube vom Kopf und drehte sie verlegen zwischen seinen mächtigen

Pranken. „Ach, Bruder Auberlin, ich hätte dir gleich reinen Wein einschenken sollen, damit du gewusst hättest, was dich dort auf dem Trudberg erwartet."

Auberlin nickte.

„Aber versteh' doch, ich wollte nur eine Chance für Barbara. Du solltest ihr unvoreingenommen gegenübertreten. Aber anscheinend war das auch nicht der richtige Weg ..." Waldebert wirkte kraft- und mutlos. Anscheinend hatte er schon mehrere Enttäuschungen einstecken müssen, wenn er Fremde zur Kräuterfrau geführt hatte.

Als Auberlin den zerknirschten Gesichtsausdruck sah, tat es ihm schon wieder leid, böse auf den gutmütigen Riesen zu sein.

Aufmunternd legte er ihm die Hand auf den Arm, der so dick war wie eine junge Birke, und drückte ihn sacht. „Verzeih' mir, Bruder Waldebert. Es steckte von dir keine schlechte Absicht dahinter. Ich bin nur furchtbar erschrocken und war deshalb wütend. Wir vergessen es, ja?"

Jetzt war es Waldebert, der zustimmend nickte.

„Trotzdem möchte ich aber wissen, was dieser armen Frau um Himmels willen zugestoßen ist."

Ein Geräusch, das klang wie das Schnauben eines Pferdes, drang aus Waldeberts Kehle. Er lachte. „Nenn' die Barbara besser niemals ‚eine arme Frau', wenn dir dein Leben lieb ist." Er gluckste immer noch vergnügt, als er neben Auberlin her stapfte.

Waldebert musste die Geschichte erst in seinem Kopf sortieren, ehe er anfing zu erzählen: „Es geschah vor ungefähr neun Jahren. Ich bekleidete mein Amt erst seit kurzem, seit mein Vorgänger und Lehrmeister gestorben war. Die Arbeit war mir nicht fremd. Schon Monate vor seinem Tod, Gott sei seiner Seele gnädig, habe ich all seine Tätigkeiten schon alleine verrichten müssen, weil seine Gelenke dick und steif waren. Ich bekam zu der Zeit nur ganz wenig von der Außenwelt mit, so viel gab es für mich zu tun. Barbara kannte ich nur vom Sehen. Mein Lehrmeister hatte mir zwar viel von ihr erzählt, aber er hielt nichts von ihr."

Auberlin winkte nachsichtig lächelnd ab: „Er hielt wohl von allen Frauen nicht viel."

Waldebert fuhr fort: „Eines Tages erzählte mir einer der Brüder von einem Feuer, das in der Nacht zuvor im Turm ausgebrochen war. Der Schäfer vom Trudberg hatte mit seinen Leuten versucht, das Feuer zu löschen. Aber sie waren zu spät gekommen. Als sie den Turm erreichten, brannte er schon lichterloh. Sie wagten es nicht mehr, hineinzugehen. Außer ein paar löchrigen Eimern, die sie im Ziegenstall der Kräuterfrau fanden, hatten sie nichts, um dem Feuer Einhalt zu gebieten. So blieb ihnen nichts anderes übrig, als zuzuschauen, wie der Turm bis auf seine Grundmauern abbrannte. Keiner von ihnen sah Barbara, niemand hörte sie. Die Schäfer warteten, bis das Feuer erloschen war, und machten sich dann auf die Suche nach ihr, aber sie konnten nirgendwo eine Spur von ihr entdecken. Sie durchsuchten die Gegend ringsum, aber sie hatten kein Glück. So glaubten sie, Barbara hatte ihren Tod in den Flammen gefunden. Der Schäfer und seine Helfer kannten die Kräuterkundige gut, oft hatte sie ihnen geholfen. Schließlich machte sich der Anführer mit einer Handvoll seiner Männer auf den Weg ins Kloster. Sie hatten das Gefühl, sie müssten jemandem Bericht erstatten von den schrecklichen Ereignissen. Mit rußgeschwärzten Gesichtern und Händen, die Kleider durchnässt von ihren Löschversuchen, klopften sie an die Klosterpforte. Bei einem Teller heißer Suppe erzählten sie dem Prior von ihrem schrecklichen Erlebnis. Nichts und niemanden haben sie sehen können, sagten sie. Nur das verheerende Feuer, dessen Flammen aus allen Fenstern des Turmes gekrochen waren. Hier und da knackte und krachte es, wenn das Feuer eines der Möbelstücke fraß. Das Schrecklichste aber, so beendeten sie ihren Bericht, das Schrecklichste seien die gellenden, verzweifelten Schreie von den Katzen der Hebamme gewesen. Um ihr Leben hätten die Biester geschrien, bis sie schließlich alle bei lebendigem Leib geröstet wurden."

Waldeberts Gesicht verzog sich zu einer hässlichen Fratze,

offensichtlich konnte er die grausige Szene deutlich vor sich sehen.

„Aber Barbara ist doch gar nicht verbrannt ", warf Auberlin verständnislos ein.

Waldebert wischte den Einwurf mit einer Handbewegung beiseite und fuhr fort: „Die Schäfer wussten keinen Rat. Im Dorf verbreitete sich das Gerücht, das grausige Geschrei der Katzen sei immer noch jede Nacht in der Stille des Waldes zu hören. Niemand wagte sich mehr in die Nähe der Turmruine, glaubten die Menschen doch, die Geister der Katzen spukten dort herum. Bald begannen wilde Pflanzen an den Steinen hochzuwachsen und die ganze Geschichte geriet in Vergessenheit. Die Dorfbewohner bedauerten es, niemanden mehr in ihrer Mitte zu wissen, zu dem sie gehen konnten, wenn ihnen etwas fehlte. Aber sie gewöhnten sich schnell an, zu uns ins Kloster zu kommen. So vergaßen sie auch Barbara schnell und das beschauliche Leben im Dorf ging wieder seinen gewohnten Gang."

Waldebert machte eine kurze Pause, um tief Luft zu holen. „Dann aber wendete sich das Blatt. Ein Schweinehirt trieb seine Tiere über den Anger in den Wald, um das Vieh nach den letzten Eicheln des Jahres suchen zu lassen. Er hörte ein lautes Hämmern, als er in einigem Abstand an dem verfallenen Turm vorbeikam, und schaute sich neugierig um. Er fürchtete sich, denn wer kannte die Schauergeschichten nicht, die seit dem Brand erzählt wurden."

Auberlin konnte sich gut in die Lage des Schweinehirten versetzen, er hätte sich vermutlich ebenfalls nicht alleine so nahe an eine Ruine herangewagt, in der angeblich Geister ihr Unwesen treiben sollten.

„Am Ende nahm der Hirte aber doch seinen Mut zusammen und lief hin zu dem Turm, um zu sehen, was dort los war. Hinter dürren Büschen versteckt, hielt er Ausschau nach dem, was dort passierte. Nach einer Weile, so erzählte er später, sei eine Gestalt aus dem Turm herausgekommen, die so hässlich war, dass nur die Hölle sie ausgespuckt haben konnte. Sogar die Schweine vergaß er bei diesem schrecklichen Anblick. Er warf den Stock, mit dem er die Tiere beisammenhielt, achtlos hinter das nächste Gebüsch und gab Fersengeld.

Zurück im Dorf erzählte er jedem, den er traf, von seinen Beobachtungen. Nachdem die Männer des Dorfes kurz darüber beraten hatten, was zu tun sei, zogen sie mit Stöcken und Mistgabeln bewaffnet, los. Es galt herauszufinden, wer oder was sich in dem alten Gemäuer herumtrieb.

Sie umzingelten die Ruine und forderten mit lauten Stimmen von dem Eindringling, sich zu zeigen. Barbara muss nicht schlecht erschrocken sein, als sie die wagemutigen Männer sah. Nach den Schilderungen der Dorfbewohner hat sie keinen Laut von sich gegeben, als sie schließlich aus dem Turm ins Licht trat. Den Bauern und Handwerkern war wohl das Herz in die Hose gerutscht, als sie die tot geglaubte Barbara sahen.

Im Nachhinein gaben sie an, das Kräuterweib erst an ihrer Stimme erkannt zu haben, als sie sagte: ‚Ich bin wieder da‘. Mehr sprach sie nicht.

Der Schreck saß den Männern so tief in den Gliedern, dass sie, ohne noch etwas zu sagen oder zu tun, den Rückzug antraten."

Auberlin bedachte ihn mit einem unzufriedenen Seitenblick. Er ahnte, dass die Geschichte noch nicht zu Ende war. Zu viele Fragen standen noch offen. Wo war Barbara gewesen? Hatte sie sich versteckt halten? War sie gefangen gehalten worden? Wie war es zu ihrer Rückkehr gekommen? Als Waldebert schließlich doch weiter redete, merkte Auberlin genau, wie sich der Mönch jedes seiner Worte genau zurechtlegte, ehe er sie aussprach.

„Zuerst wussten die Menschen nicht, wie sie nun mit Barbara umgehen sollten. Schließlich wählten sie zwei Frauen aus und schickten sie zu ihr, damit sie mit der Rückkehrerin sprechen sollten.

Barbara gab an, sie habe sich mit letzter Kraft aus dem brennenden Turm retten können. Das Letzte, an das sie sich erinnern konnte, war der Anblick der eigenen, verbrannten Hand. Die nahende Ohnmacht sei ihr wie eine Wohltat vorgekommen, so höllische Schmerzen musste sie leiden. Dann wurde es finster in ihrem Kopf.

Als sie erwachte, wusste sie nicht mehr, wer sie war und woher sie kam.

Sie erlangte ihr Bewusstsein erst auf dem Karren der Spielleute zurück. Die erzählten ihr, die Asche des Turms sei an manchen Stellen noch warm gewesen, als sie sie aufgelesen und mitgenommen hatten, um sie zu pflegen. Erst nach langer Zeit kehrte ihr Gedächtnis und damit die Erinnerung an jene Nacht zurück."

6

Tannengrün

Beim Eintreten in die Klosterkirche hatte Auberlin keinen Blick für die Tannenzweige, die jemand von außen an die Tür genagelt hatte. Um ein Haar wäre er zu spät zur Frühmesse gekommen. Als er durch das Kirchenschiff eilte, übersah er dabei die grünen Zweige, mit denen die Kirchenbänke geschmückt waren. Sie waren die Vorboten des nahenden Weihnachtsfestes. Endlich sitzend fiel ihm auf, wie wenig Licht die wenigen Wachskerzen an den Wänden spendeten. Auberlin konnte das Gesicht des Mönches, der neben ihn in den Chorstuhl glitt, nicht erkennen, so düster war es. Er nahm an der Messe teil, weil er hoffte, bei den vertrauten Klängen und Gebeten etwas Ordnung in seine verwirrten Gedanken zu bekommen. Zuviel Neues hatte er in den vergangenen Tagen erfahren, vieles davon konnte er nicht so recht begreifen und einordnen. Wie von selbst, ohne groß darüber nachdenken zu müssen, formten seine Lippen die bekannten Worte der Litanei, die aus den betenden Mündern der Mönche in seine Ohren drang.

Es riecht nach Weihrauch und schlechtem Atem, wie in jedem Kloster, dachte er bei sich.

Auberlin vermisste seine Heimat schmerzlich. Wie gerne würde er, wie zuhause, nach der Messe in sein Skriptorium gehen, um an kostbaren Miniaturen zu arbeiten, die eines Tages ein noch kostbareres Buch verzieren und seinen Inhalt veranschaulichen würden. Ungeduldig sehnte er das Ende des Gottesdienstes herbei. Sein schlechtes Gewissen regte sich, war es doch eine Sünde, mit dem Herzen nicht bei Gott zu sein.

Auberlin konnte aber an diesem Tag nichts dagegen tun. Voller Erleichterung stand er auf, gleich nach dem das letzte Amen gesprochen war. Er eilte aus der Kirche und machte sich auf den Weg zu den klösterlichen Stallungen. Es schneite wieder und Auberlin sah im Vorübergehen den dichten, fallenden

Schneeflocken zu, wie sie sich zu den anderen gesellten, die schon auf sie warteten. Vor dem Stalltrakt, in dem die Zugpferde und Reitponys des Klosters untergebracht waren, wartete schon ein junger Bruder mit einem gesattelten Pony am Zügel auf ihn. Bei dem fuchsfarbenen Tier schien es sich um ein älteres, gemütliches Exemplar zu handeln und darüber war Auberlin froh, weil er wusste, wie bescheiden seine Reitkünste waren.

Deswegen trat er auch, nachdem er es am Kopf gestreichelt hatte, an das Hinterteil des Ponys heran, zog vorsichtig den buschigen Schweif zur Seite und spähte dem dösenden Tier zwischen die Hinterbeine. Der Bruder Stallmeister machte große Augen und fragte sich, was Auberlin da trieb. Der errötete unter dem erstaunten Blick des anderen Mönches.

„Ich wollte nur mal schauen, ob es sich hierbei um einen Wallach handelt, denn ich habe gehört, das sind die bravsten Pferde. Das stimmt doch, oder?"

„Ja, das stimmt. Die Kastrierten sind lange nicht mehr so temperamentvoll wie Hengste und natürlich nicht so zickig wie Stuten", klärte er Auberlin auf und fügte dann noch gutmütig lächelnd hinzu, „Wenn du mich gefragt hättest, hättest du dir das Nachschauen aber sparen können, denn wir reiten hier nur Wallache. Stuten und Hengste werden in der Zucht eingesetzt."

„Dann danke ich dir sehr, Bruder", sprach Auberlin und nahm die Zügel in die Hand.

Auberlin ermahnte das Pony nur ja stillzustehen, bevor er sich ungeschickt in den Sattel schwang. Ohne Eile zockelte es mit ihm los und er schlug den Weg zur Burg ein. Er war dankbar für die Großzügigkeit des Abtes, der ihm das Tier bereitwillig ausgeliehen hatte und es sogar noch für ihn satteln ließ. Vom Rücken seines Reittieres aus sah die Welt viel weniger bedrohlich aus, als an dem Tag, als er sich zu Fuß auf den Weg gemacht hatte, um der Beerdigung beizuwohnen.

Seine Reise in die fränkische Grafschaft hätte wunderschön, interessant und lehrreich sein können, wenn nicht das Böse hier Einzug gehalten hätte, und er hatte sich sogar noch mit hineinziehen lassen.

Das Pony ließ sich bereitwillig lenken und machte ihm keine Schwierigkeiten. Seine dicke, buschige Mähne wippte lustig bei jedem Schritt und die Schneeflocken, die sich in seinen Haaren verfingen, wurden gleich wieder herausgeschüttelt.

Nach einem gemütlichen Ritt durch die hügelige Landschaft ritt er in den Innenhof der Burg. Berold, der Torwächter und Pferdenarr, begrüßte ihn und gab sich keine Mühe, sein spöttisches Grinsen zu verbergen, als er das struppige Tier sah.

Auberlin war sich zuerst nicht ganz sicher, ob Berolds Häme seinen bescheidenen Reitkünsten oder dem Pony galt. Der Torwächter aber machte sich tatsächlich über das Pony aus dem Kloster lustig, das mit den herrlichen Pferden, die in Castell gezüchtet wurden, nicht viel gemein hatte. Doch Auberlin war froh, dass es weder edel noch temperamentvoll war, sondern seine Aufgabe brav erfüllte. Zu Auberlins Verwunderung versprach der Alte trotzdem, das Pony zum Stall zu bringen und es gut zu versorgen. Offensicht war er froh, etwas zu tun zu haben, denn seit Richildis' Tod wollte der Graf niemanden mehr empfangen.

Umherziehende Spielleute machten seit dem Tod Leonhards einen großen Bogen um die Grafschaft, in der es im Moment keinen Grund für Frohsinn und ausgelassene Feste gab. Die fahrenden Händler erfuhren bereits unten im Dorf, dass sie mit dem Grafen derzeit kein Geschäft mit ihren erlesenen Waren machen würden, und machten sich erst gar nicht die Mühe, ihre Kutschen über den steilen Hügel hinauf zu lenken. Das Leben stand still auf der Casteller Burg, so, als ob die Burg den Atem angehalten hätte, um abzuwarten, was weiter passieren würde.

Einzig ein Schwarm hungriger Krähen bevölkerte den Innenhof der Burg. Es sah merkwürdig aus, wenn sie mit ihren großen Füßen durch den Schnee wanderten, fand Auberlin und lächelte. Überall wurden diese Vögel nur Totenvögel genannt und von den Menschen verjagt. Das schwarze Gefieder und das unheimliche Krächzen machte ihnen Angst. Auberlin dagegen fand die neugierigen Tiere drollig und war so gefesselt von ihrem

Anblick, dass er erschrak, als ihm jemand von hinten auf die Schulter klopfte.

„Wie froh bin ich, dich zu sehen, mein Freund! Immerhin warst du diesmal so vernünftig, zu Pferde heraufzukommen!" Friedrichs Lächeln zur Begrüßung wirkte echt. Außerdem war die Farbe in sein Gesicht zurückgekehrt.

Er sieht längst nicht mehr so traurig aus wie am Tag der Beisetzung, fand Auberlin.

Der Grafensohn hatte es offensichtlich eilig zurück in die warme Burg zu kommen, denn er wartete nicht, bis Auberlin etwas erwiderte, sondern zog den Freund am Ärmel mit sich hinein in die Empfangshalle, in der auch das Trauermahl stattgefunden hatte.

Auf dem Weg dorthin bemühte sich Auberlin, sein Erstaunen über die weltliche Tracht des Freundes zu verbergen, aber er wollte vorerst darauf verzichten, Friedrich nach dieser neuen Entwicklung zu fragen. Sie liefen durch die Burg, bis sie zu der Kammer gelangten, in der ihm Friedrich zum ersten Mal von seinem Verdacht erzählt hatte. Wieder schenkte ihnen Friedrich dampfend heißen Wein ein und die beiden prosteten sich wortlos zu.

Auberlin begann als Erster zu sprechen: „Wie geht es dir, Friedrich? Hast du Zeit gefunden, deine Mutter zu betrauern?"

Friedrich zuckte die Schultern. „Es macht mich schon traurig, dass sie gestorben ist. Am meisten schmerzt es mich aber, meinen Vater leiden zu sehen. Die Umstände ihres Todes machen mir Angst. Weißt du, meine Mutter war kein herzlicher, warmherziger Mensch. Ihr Augenmerk galt vor allem sich selbst, ihrer Schönheit und dem Glanz, mit dem sie sich so gerne umgab. Wenn sie sich für eines von uns Kindern interessierte, war es Leonhard. Meine Schwester Veronica und ich dagegen, wir waren eben da, gehörten zur Burg, aber in ihr Herz gehörten wir nicht." Friedrichs Stimme klang nüchtern, er schien sich mit der Herzenskälte seiner Mutter schon lange abgefunden zu haben.

„Damals, als ich den Wunsch geäußert hatte, fortan im Kloster leben zu wollen, machte sie keine Einwände. Mit dem tollkühnen, draufgängerischen Leonhard schien die Nachfolgefrage geregelt zu sein", fuhr er fort zu erzählen. „Aber mit unseren Familienverhältnissen kennst du dich ohnehin schon aus. Was gibt es zu berichten?"

Auberlin erzählte dem Grafensohn von seinem merkwürdigen Fund.

Friedrich konnte kaum glauben, was er hörte und wollte die Bibel auf der Stelle stehen. Auberlin musste ihn enttäuschen. Nachdem der lange Marsch mit Waldebert an seiner Seite geschafft war, hatte Auberlin nach einem Versteck für das kostbare Stück gesucht.

Weil ihm nichts Besseres eingefallen war, hatte er sich noch am Abend in die Klosterbibliothek geschlichen und sie unter eines der alten Bücherregale geschoben, so dass sie im Vorbeigehen nicht zu sehen war ...

Auberlin hatte noch mehr zu berichten: „Nun, Friedrich, ich habe gestern den Tag mit dem Infirmarius des Klosters verbracht. Wir sind durch den Wald marschiert, um Barbara, eine Kräuterfrau, die dort ganz alleine in einem halb verfallenen Turm lebt, aufzusuchen. Oben auf dem Trudberg lebt sie. Kennst du sie?"

Friedrich kniff nachdenklich die blauen Augen zusammen, dann aber, als ihm einfiel, von wem Auberlin sprach, erhellte sich sein Gesicht für einen Moment, um gleich darauf einen überraschten Ausdruck anzunehmen: „Die verrückte Barb meinst du? So wird das arme Ding hier genannt. Warum hat dich dieser Infirmarius bloß zu der geschleppt?"

„Das muss sie wohl sein", nickte Auberlin. Er erzählte Friedrich von seiner Begegnung mit der Kräuterfrau und allem, was er über sie erfahren und gehört hatte.

„Ich erinnere mich gut an diese schreckliche Geschichte, obwohl ich erst ungefähr zehn Jahre alt war, als es passierte. Barbara war oft zur Burg heraufgekommen, um ihre Kräuter und ihre Medizin anzubieten." Friedrichs Miene wurde weich und melancholisch zugleich. „Wunderschön hat sie ausgesehen, mit ihrem langen, dunkelroten Haar, das sie entgegen der Schicklichkeit oft offen trug. Bis zur Hüfte fielen ihre Strähnen hinunter. Ich kann mich noch gut an ihren stolzen Blick erinnern. Sie konnte so durchdringend starren, dass man Angst davon bekam." Friedrich lächelte wehmütig. „Damals hat es noch Spaß gemacht, hier auf der Burg zu leben. Ich wusste ja noch nichts darüber, was es bedeutet, der ältere Sohn eines Grafen, sprich dessen Nachfolger zu sein. Jedenfalls gab es nicht wenige Burschen, die ihr Glück bei der schönen Barbara versuchten, aber soweit ich weiß, waren sie alle gescheitert. Wir alle hier auf der Burg waren ehrlich entsetzt, als wir von ihrem schlimmen Schicksal erfuhren. Die Menschen vertrauten ihr und fühlten sich in ihren Händen gut versorgt. Es fiel ihnen allen schwer, sich mit ihrem Tod abzufinden. Als sie aber dann eines Tages aus dem Reich der Toten zurückkehrte, fürchteten die Menschen sie. Gerüchte gingen um, sie würde mit dem Teufel im Bunde stehen, hätte ihm ihre Seele versprochen, wenn sie noch einmal zurückgehen konnte. Abergläubische Narren." Friedrich schüttelte ärgerlich den Kopf. „Die Schäfer verbreiteten die Nachricht von ihrem Tod doch offensichtlich nur, weil sie es nicht besser wussten."

Also wusste Friedrich nicht mehr als er selbst.

„Wie geht es deinem Vater?", fragte Auberlin unvermittelt, um das Gespräch auf ein anderes Thema zu bringen.

„Er ist trübsinnig und verlässt kaum seine Kammer, geschweige denn die Burg", berichtete Friedrich traurig. „Während der Beerdigung war er zum letzten Mal an der frischen Luft. Ich denke, er grübelt, warum gerade er so viel Pech hat. Dabei stand vor ein paar Jahren noch alles zum Besten in der Grafschaft, aber jetzt scheint sich alles gegen uns verschworen zu haben." Trübsinnig fuhr sich Friedrich mit den Fingern durch sein blondes Haar. „Die Welt um ihn herum verändert sich. Geld wird immer wichtiger. Geld, mit dem man all das bezahlen kann, was meine Mutter haben wollte. Schöne Kleider, aufwendige

Möbel, kostbaren Schmuck und fremdländische Nahrungs-
mittel, umso ausgefallener, umso besser."

Friedrich machte eine kurze Pause, ehe er fortfuhr: „Hier in der
Grafschaft wächst aber kein Geld. Mein Vater besitzt Holz und
Wein, Schweine und Rinder, Weizen und Hafer, Grund und
Boden, aber kein Geld. In den vergangenen Jahren musste er
sogar einige Dörfer verkaufen, so schlimm ist es geworden.
Trotzdem liebte er meine Mutter. Es muss schrecklich für ihn
gewesen sein, sie so leiden zu sehen." Sein letzter Satz verlor sich
in einem Flüstern. Trotz aller Schwierigkeiten, die Vater und
Sohn miteinander hatten, schien ihm der Schmerz des Grafen
aufrichtig nahe zu gehen. „Du weißt ja, Veronica sollte den
Engelhart heiraten, damit er Geld in die gräfliche Schatulle
bringen sollte. Veronica aber wollte keinesfalls seine Frau
werden, habe ich gehört." Friedrich brach an der Stelle ab. Er
schluckte erst ein paar Mal, ehe er weiterredete: „Meinst du, die
bevorstehende Verlobung könnte etwas mit Engelharts
Verschwinden zu tun haben?"

Auberlin kratzte sich hinter dem linken Ohr. „Ich weiß nicht,
Friedrich. Wer könnte etwas dagegen gehabt haben? Veronica?
Aber deine Schwester wäre wohl nicht imstande gewesen,
Engelhart aus dem Weg zu räumen. Deine Mutter, die zu dem
Zeitpunkt noch lebte, wird diese Verbindung begrüßt haben,
hätte sie doch Geld gebracht. Es sei denn, Veronica hätte einen
Verehrer, der es für sie getan haben könnte."

„Veronica? Einen Verehrer?" Friedrich lachte. „Meine
Schwester interessiert sich doch nur für Pferde, das hat sie von
Vater." Friedrich grinste jungenhaft, und Auberlin bekam einen
Eindruck davon, wie sein Freund als kleiner Bub ausgesehen
haben musste. „Veronica würde einem Mann wahrscheinlich
übers Haar streichen und ‚brav' sagen, wenn er etwas zu ihrer
Zufriedenheit getan hätte." Friedrich wurde wieder ernst: „Nein,
Veronicas Herz kann niemand erobern." Er grinste „Es sei denn,
derjenige kann wiehern wie ein Gaul!"

Auberlin kicherte, befeuchtete mit der Zunge die Lippen und
sprach: „Schade, eine heimliche Liebe deiner Schwester wäre ein

erster Ansatz gewesen. Wir müssen weiter nachdenken. Lass uns die Dinge vom Zeitlichen her betrachten: zuerst die Geldschwierigkeiten deines Vaters. Dann stürzt dein Bruder zu Tode. Ein paar Tage später löst sich Engelhart scheinbar in Luft auf. Und nur ungefähr eine Woche später wird die Gräfin krank und stirbt schließlich nach drei für sie qualvollen Wochen. Drei Tage später, am Tage der Beerdigung, droht jemand dem Kammermädchen mit dem Tod."

Friedrich nickte nachdenklich. „Ich weiß, worauf du hinauswillst, Auberlin. Wir müssen die Dinge in Verbindung bringen und jemanden finden, der aus all dem einen Vorteil zieht."

Auberlin schürzte die Lippen: „Da steht uns noch einiges bevor, fürchte ich."

Die beiden Freunde saßen noch eine ganze Weile zusammen, aber niemand wollte ihnen einfallen, der für die schrecklichen Taten infrage käme. Die beiden hatten das Gefühl, ihnen würden noch so ziemlich alle Puzzleteile fehlen, um das Rätsel zu lösen. Schließlich rauchten ihre Köpfe und die Mägen begannen zu knurren. Sie mussten sich eingestehen, heute würden sie nicht mehr weiterkommen.

Friedrich war der Erste, der seinen Stuhl zurückschob: „Komm, Auberlin, wir sehen mal in der Küche nach, ob es dort etwas für uns zu essen gibt. Du kannst dir gar nicht vorstellen, wie hungrig ich bin."

„Oh doch, das kann ich wohl. Schließlich mussten wir im Kloster lange genug zusammen Hunger leiden", entgegnete Auberlin und dachte an ihre gemeinsame Zeit im Kloster zurück. Obwohl sie einem der vornehmsten und reichsten Konvente des Landes angehörten, beharrte der Abt das ganze Jahr über streng auf der Einhaltung der zahlreichen Fastentage und Fastenzeiten. So folgte er Friedrich bereitwillig in die mollig warme Burgküche. Dort würden sie nicht hungern müssen.

Das Feuer, von Agnes gehütet wie ein Kind, loderte munter vor sich hin und strahlte eine angenehme Hitze aus, die sich um jeden Besucher wie ein willkommener Mantel legte. Agnes und ihre Tochter werkelten zusammen an einem Holztisch, der zwar alt war und von zahlreichen Löchern des Holzwurmes verziert, dabei aber massiv genug, um noch mindestens weitere hundert Jahre seinen Dienst zu tun. Die beiden Frauen bearbeiteten mit bloßen Händen einen Teig, sie kneten und walkten, boxten und klopften ihn, ihre Gesichter rot von der Anstrengung.

Die beiden würden spielend mit jedem Kerl fertig werden! Von denen möchte ich jedenfalls nicht in die Mangel genommen werden! dachte Auberlin voller Anerkennung.

Katharina strich sich mit ihren mehligen Fingern schnell die Haare glatt, als sie den blonden und blauäugigen Grafensohn erblickte. Das weltliche Gewand Friedrichs nahm sie entweder gar nicht wahr, oder sie wunderte sich nicht darüber.

„Guten Morgen, meine Damen, wer wagte es, Euch zu erzürnen? Was hat der Schurke denn angestellt, dass ihr ihm so eine grobe Behandlung zukommen lasst?"

Die Köchin und ihre Tochter kicherten wie zwei kleine Mädchen über Friedrichs Scherz: „Ach, Friedrich, wir haben den täglichen Haferbrei, mit dem wir uns seit Wochen zufriedengeben, so satt. Die Kammern sind noch immer voll von gutem Korn, und den Mäusen gönnen wir das gute Getreide nicht."

Mit leuchtenden Augen betrachtete Agnes liebevoll ihr klebriges Werk.

Ihre Tochter hielt einen Moment inne und leckte sich mit ihrer Zungenspitze den Schweiß von der Oberlippe. „Ein Brot wollen wir backen, außen knusprig, innen weich, aus feinem Weizenmehl, mit allerlei Gewürzen versetzt, so dass es am Ende zu schade ist, um es in die Suppe zu tauchen", klärte Katharina die beiden Besucher auf und ihr Gesicht glühte dabei voller Vorfreude.

Friedrich beugte sich über den Tisch und beschnupperte, zur Belustigung der Frauen, ausgiebig den ruhenden Teig. Er zupfte ein kleines Stück davon ab und schob es sich in den Mund. „Herrlich fürwahr. Die große, weite Welt kann ich in eurem

Werk schmecken. Gewürze aus aller Herren Länder habt ihr zusammengetragen, um daraus ein köstlich' Brot zu backen." Friedrich seufzte übertrieben genüsslich und machte eine ausholende Bewegung mit seinem Arm, wohl um die beachtliche Größe des Universums zu zeigen.

Die Bediensteten, die sich mittlerweile rund um Friedrich scharten, bogen sich vor Lachen.

Es hätte ein friedlicher und freundlicher Morgen für die Bewohner der Burg werden können. Der Erste seit Leonhards Tod. Mit seinem Sturz hatte jene Unglücksserie begonnen, die sich über die Burg spannte wie eine zweite Haut. Eine Haut, die bis jetzt noch niemand hatte abstreifen können.

Doch schon im nächsten Augenblick fand die Beschaulichkeit ein jähes Ende.

„Was treibst du dich denn in der Küche herum? Der Platz ist dem nächsten Burgherrn nicht würdig! Komm' mit, wir müssen uns noch etwas ausdenken, wie die Armenspeisung am Weihnachtstag in diesem Jahr aussehen soll!" Mit diesem Befehl holte der trauernde Graf seinen Sohn aus der Küche. Seine Stimme grollte durch die Luft wie Donner.

Friedrich sah wie ein geprügelter Hund drein und schlich ohne ein weiteres Wort aus der Küche. Die rüde Behandlung durch seinen Vater vor den Untergegebenen musste ihm unendlich peinlich sein.

„Armer Bub", seufzte Agnes aus tiefstem Herzen.

Auberlin nickte ihr zu. Auch er fühlte sich mit einem Mal unbehaglich und wäre am liebsten in ein Mausloch gekrochen. Trotzdem entschied er sich dafür, noch zu bleiben, denn er rechnete fest damit, von den Bediensteten allerhand Interessantes erfahren zu können, falls es ihm gelänge, ihr Vertrauen zu gewinnen.

Schließlich wissen sie am besten, was um sie herum vor sich geht ..., dachte er.

Auberlin machte es sich auf einer einfachen Holzbank so bequem wie möglich, schließlich wusste er nicht, wann sein Freund zurückkehren würde und er wollte auf ihn warten.

Die fleißigen Seelen um ihn herum gingen wieder an ihre Arbeit und verrichteten sie schweigend. Die geruhsame, heitere Stimmung war verflogen.

Nur sein Vater kann es sich erlauben, so harsch mit Friedrich umzuspringen, ging es ihm durch den Kopf. *Nicht einmal von dem Klostervorstand ihres Heimatklosters hätte sich Friedrich diese Behandlung gefallen lassen.* Auberlin war ehrlich betroffen von der schroffen Art, mit der Graf Wilhelm seinen nun einzigen Sohn behandelte. Irgendwo in Auberlins Kopf klingelte etwas: *Sein einziger Sohn, der nie daran geglaubt hatte, seinem Vater ins Grafenamt zu folgen. Gab es jemanden, der Friedrich lieber auf dem Thron sehen würde, als Leonhard? Jemanden, der Engelhart die Einheirat in die gräfliche Familie nicht gönnte? Jemanden, der sich nur Friedrich als Nachfolger Wilhelms vorstellen konnte?*

Auberlin fiel niemand ein, der einen Vorteil davon haben würde, wenn ausgerechnet Friedrich die Nachfolge antreten musste. Weiter kam er jedoch mit seinen Überlegungen nicht, denn Katharina hielt ihm einen Korb, mit goldgelbem Gebäck darin, dicht unter die Nase. „Greif zu, Bruder Auberlin, die ‚krummen Krapfen' zählen zu meinen Spezialitäten. Sie sind nicht mehr ganz frisch und schon weicher, als sie sein sollen, aber der Geschmack ist noch derselbe", lockte sie.

Auberlin erinnerte sich an die würzigen Leckereien, die wie ein Hufeisen geformt waren. Er hatte sie schon auf den vollbeladenen Tischen beim Leichenschmaus gesehen, aber probiert hatte er keines. Der Appetit war ihm zwar seit dem Auftritt des Grafen gründlich vergangen, aber er wollte Katharina nicht kränken und schob sich einen Krapfen in den Mund.

„Herrlich, Katharina, diese Begabung hat dir Gott selbst geschickt, davon bin ich überzeugt", brachte er kauend hervor. Das Gebäck schmeckte ihm so gut, dass er gleich noch einmal zulangte. Sein Hunger war zurück.

Das Mädchen lachte zufrieden und setzte sich neben ihn auf die Bank. Ihren Korb stellte sie auf ihre Schenkel. „Ich bin auch ganz zufrieden mit dem Talent, das Gott mir geschenkt hat. Jeder muss wissen, wo sein Platz ist im Leben." Katharina griff sich nun auch eines ihrer Werke aus Käse, Mehl und Eiern. Nachdem sie ein Stück davon abgebissen hatte, sagte sie nachdenklich: „Ich meine, wenn ich an die Brigitta denke, das arme Ding, was hat es ihr schon gebracht, so hoch hinauszuwollen? Ihre Herrin ist dahin, und Engelhart, ihre Liebe verschwunden. Sie war sich immer zu fein, sich mit uns einfachem Gesinde abzugeben. Aber jetzt steht sie ganz alleine da." Das rosige Gesicht der jungen Köchin zeigte Mitleid.

Auberlin sah sie ernst an. „Da hast du sicher recht, Katharina, der Mensch sollte sich mit dem zufriedengeben, was Gott für ihn vorgesehen hat. Nach Höherem zu Streben ist nur einigen wenigen beschieden."

Katharina nickte eifrig und erwärmte sich zusehends für das Thema. „Eben, Bruder Auberlin, sie hat sich für etwas Besseres gehalten, weil sie dem Engelhart sein Bett gewärmt hat. Dabei wussten doch alle, dass er um die Hand von Veronica angehalten hat. Brigitta war krank vor Eifersucht." Dann lächelte sie bewundernd und sagte:

„Ein Temperament hat sie, das muss man zugeben. Wie eine Furie hat sie sich aufgeführt, als sie von der nahen Verlobung erfuhr. Genutzt hat es ihr allerdings gar nichts", meinte sie abschätzig und konnte die Genugtuung in ihrem Gesicht nicht verbergen.

Mit sich, der Welt, ihren Krapfen und Brigittas Pech zufrieden, schob sie sich ein letztes Gebäckstück in den Mund und erhob sich. Sie entfernte sich und ließ Auberlin mit ihrem Backwerk allein.

Er fühlte sich immer noch hungrig und aß die Schüssel leer bis auf den letzten Krümel. Dann stand er auf und ging zu Agnes hinüber, die gerade einen Laib aus dem Brotteig formte.

„Liebe Agnes, kannst du mir einen Beutel geben? Ich möchte ein wenig Essen für Friedrich einpacken. Ich hoffe, ihn nachher im Stall zu treffen, bevor ich mich wieder auf den Weg hinunter ins Kloster mache." Die Hoffnung, Friedrich in der Küche wiederzusehen, hatte er längst begraben.

Agnes nickte. Sie schlurfte auf ihren dicken, geschwollenen Beinen zur Vorratskammer und richtete Brot und Käse für den Grafensohn, der gar nicht mehr zum Speisen gekommen war, nachdem der alte Graf so plötzlich aufgetaucht war.

„Friedrich kann sich glücklich schätzen, einen Freund wie dich auf der Welt zu haben", sagte sie leise, als sie Auberlin den Beutel aus vergilbtem Leinen reichte.

7

Goldglanz

Bevor er sich aus der Küche verabschiedete, schnappte er dort noch ein paar Anekdoten aus dem Leben der Gräfin auf. Besonders bei den Frauenzimmern unter den Bediensteten waren die kleinen und großen Eskapaden der Gräfin ein sehr beliebtes Thema. Erst zierten sie sich, Auberlins geschickte Fragen nach Richildis zu beantworten, aber als eine anfing von der lebenslustigen Adeligen zu erzählen, wollten sich am Ende alle gegenseitig mit den gewagtesten Geschichten übertrumpfen.

Alle waren sich einig: Auch wenn es alles andere als einfach gewesen war, sich mit der Herrin gut zu stellen, langweilig wurde es nie, in ihrem Haushalt zu arbeiten.

Auberlin machte sich erst davon, als er sich endlich ein Bild vom Leben der Gräfin machen konnte. Die Bediensteten bemerkten seinen Weggang kaum, so tief waren sie in ihre gemeinsamen Erinnerungen versunken.

Während Auberlin in der Burg gewesen war, war der Himmel über der Grafschaft dunkler geworden, neue Schneewolken zogen wie träge Vögel über das Land hinweg. Auberlin konnte gut auf einen zweiten Ritt durch ein undurchsichtiges Schneetreiben verzichten und sein Pony dachte sicher genauso.

Verdrossen wegen des schlechten Wetters stapfte er quer über den Burghof, um sein Pony aus den Stallungen zu holen. Auf seinem Weg dorthin rief er sich Katharinas Worte noch einmal in sein Gedächtnis.

Liebte das Kammermädchen Engelhart wirklich? Wenn das Gerücht stimmte, kam die Zofe durchaus als Mörderin in Betracht.

Mitten auf dem verschneiten Innenhof blieb Auberlin plötzlich stehen. Er hatte eine Idee. Er musste das Kammermädchen jetzt gleich sprechen. Eilig lief er über den glatten Boden zurück zur Burg. Dort fragte er jeden, wo sich

Brigitta aufhalten könnte. Auberlin hatte Glück, denn der Kammerdiener hatte sie vor kurzem gesehen, als sie zur Burgkapelle ging. Er bedankte sich bei dem Mann und folgte der Zofe zur Kapelle. Den Weg dorthin kannte er noch vom Tag der Beisetzung.

Er fand sie kniend in einer der hinteren Kirchenbänke, ihre Lippen formten lautlos die Worte eines Gebets. Brigittas Fingerknöchel traten weiß hervor, so fest hielt sie die Perlen ihres silbernen Rosenkranzes umklammert. Wortlos kniete Auberlin in der Bank schräg hinter ihr nieder und sprach mit ruhiger, leiser Stimme das Vaterunser.

Während er betete, beobachtete er sie verstohlen. Seitdem sie seine Stimme gehört und wohl erkannt hatte, zitterten ihre Fingen und die Perlen darin klapperten leise.

Warum mag sie so angespannt sein? überlegte Auberlin und tat dabei so, als ob ihn ihre Anwesenheit gar nicht interessieren würde. Stur murmelte er Gebet für Gebet vor sich hin, bis Brigitta es nicht mehr aushielt. Mit dem Ausdruck eines gehetzten Kaninchens in den Augen wandte sie sich zu ihm um: „Nun, Mönch, hast du schon herausgefunden, wer mir den Zettel hinterlassen hat?", flüsterte sie aufgeregt. Auberlin schüttelte den Kopf, um sein Bedauern auszudrücken. Dann antwortete er, ebenso leise: „Leider nicht, Brigitta, Friedrich und ich, wir tappen immer noch im Dunklen."

Sie schnaubte. „Ihr seid mir eine schöne Hilfe. Ein Mörder geht um und ich muss mich fürchten, die Nächste zu sein." Sie bedachte den jungen Auberlin mit einem eindringlichen Blick aus ihren Lebkuchenaugen.

Sie ist wirklich ein attraktives Geschöpf. Die dunklen Augen, ihre zimtfarbene Haut, das rabenschwarze Haar, ihre dralle Figur, ja, sie verspricht einem Mann viel, ich könnte mir schon vorstellen, wie sie Engelhart um ihre zarten Finger gewickelt hat, dachte Auberlin bei sich.

„Du musst dich in Geduld üben, Brigitta, der Mörder wird sich alle Mühe geben, sich bedeckt zu halten. Gerade jetzt, da es sich auf der Burg schon herumgesprochen hat, dass wir die Todesfälle nicht für bloßes Unglück halten.

„Geduld?" Ihre Stimme wurde schrill. „Würdest du Geduld haben, wenn dir jemand ans Leder wollte?"

Auberlin schüttelte den Kopf. „Ich hätte sie genauso wenig, verzeih' mir meine unbedachten Worte. Ich habe gehört, du hast mit Engelhart auch deinen Beschützer verloren?", fragte er mit Unschuldsmiene.

Die Augen des Kammermädchens verengten sich, ihr Körper spannte sich, drückte Misstrauen aus. „Was willst du damit sagen? Warum sollte Engelhart mich schützen? Und wovor?"

Auberlin zuckte scheinbar gleichmütig die Schultern. „Ich weiß es nicht, Brigitta, aber ich habe gehört, euch beide habe ein ganz besonderes Band verbunden."

Auberlin wusste nicht, ob er sie mit seiner Anschuldigung in ihrer Ehre gekränkt hatte, oder ob sie ihr schlechtes Gewissen plagte, jedenfalls verließ sie ohne ein weiteres Wort die Kirchenbank. Das Kinn hochmütig nach oben gereckt, rauschte sie davon, ihre kleinen Füße klangen wie Trommelwirbel auf den hellen Steinfliesen des Kirchenbodens.

Nach ihrem bühnenreifen Abgang war sich Auberlin sicher, mit seiner Bemerkung ins Schwarze getroffen zu haben. *Die beste aller Schauspielerinnen ist sie nicht. Sie tut gut daran, ihren Unterhalt als Kammermädchen zu verdienen, bei den Gauklern wäre sie schon verhungert*, lachte Auberlin in sich hinein. Er bekreuzigte sich noch und verließ ebenfalls die kleine Kapelle, in der immer noch der Geruch von dem Weihrauch hing, den sie für die aufgebahrte Tote abgebrannt hatten. Auberlin mochte diesen Geruch nicht, manchmal bereitete er ihm sogar Kopfschmerzen.

Vor der Kapelle aber war die Luft wieder kühl und frisch. Auberlin sog sie tief ein, bis seine Lungen brannten. Er sah jetzt bestätigt, was ihm Katharina erzählt hatte. Brigitta und Engelhart hatten ein Verhältnis miteinander gehabt.

Zufrieden mit dem, was er herausgefunden hatte, schaute er hinauf in den weiten Himmel. Die Schneewolken waren weitergezogen, und er war froh darüber. *Hoffentlich bleibt das*

Wetter so, wenn ich mich gleich auf den Rückweg zum Kloster mache, betete er stumm.

Dass er den Leinenbeutel mit Agnes' Speisen darin immer noch in seiner Hand hielt, bemerkte er erst jetzt. Er würde die Sachen selbst verzehren müssen, denn er glaubte nicht mehr daran, Friedrich an diesem Tag noch einmal zu treffen.

Die zahlreichen Pferde im Stall, es mussten mindestens zwei Dutzend sein, begrüßten Auberlin mit leisem Schnauben. Diejenigen unter ihnen, die in Ständern angebunden waren, musste sich damit zufriedengeben, neugierig die Ohren zu spitzen, um erfahren zu können, wer in den Stall gekommen war.

Die Angebundenen konnte Auberlin als schwere Arbeitspferde, die sich ihr Futter als Lastenträger verdienen mussten, einordnen.

Die edlen Zuchtpferde des Grafen allerdings hatten ein leichteres Los. Sie waren, wie die Jagd- und Reitpferde der Grafenfamilie, in geräumigen Verschlägen und Pferchen untergebracht, die es ihnen erlaubten, die edlen Köpfe über die Gitter zu strecken, um zu sehen, wer die breite Stallgasse betreten hatte.

Auberlin war beeindruckt von ihrer Anmut. Die Augen der feurigen Rösser waren von besonderer Sanftheit, wie er fand. Sie schauten ausnahmslos freundlich in seine Richtung, die geschwungenen, zierlichen Ohren aufmerksam auf ihn gerichtet. Er blieb stehen und schaute sich um. Rappen, Braune, Füchse, Falben und Schimmel, alle Farben waren hier vertreten. Auberlin besah sich die Pferde, wählte eines aus, von dem er dachte, es würde ganz besonders friedfertig in seine Richtung blicken und trat dann vor die Box dieser schwarzen Stute. Zögerlich berührten seine Fingerspitzen die samtweichen Nüstern des Tieres.

Neugierig, aber vorsichtig erfühlte sie mit ihrer Oberlippe die Hand des jungen Mönches.

„He da, meine Schönheit, es tut mir leid, aber für dich habe ich keine Leckerei mitgebracht", flüsterte Auberlin liebevoll. „Lass dich anschauen, edles Tier."

Die Stute bewegte sich nicht.

Ob sie wohl spürt, dass sie mir nicht ganz geheuer ist? fragte er sich

Nur weil sie immer noch völlig ruhig dastand, traute er sich, noch näherzutreten, um den schlanken Leib der Stute bewundern zu können. Mit den Augen suchte er jeden Zentimeter der Rappstute ab, aber nirgendwo in ihrem Fell konnte er auch nur ein weißes Haar entdecken. Sie war vollkommen schwarz.

Obwohl die Stute ihr langes Winterfell trug, wirkte sie doch längst nicht so zottelig wie die Klosterponys und die meisten anderen Pferde zu dieser Jahreszeit.

„Du bist so schwarz wie ein Stück Holzkohle", sagte Auberlin zu dem Pferd, das daraufhin Hals und Mähne schüttelte.

„Nein? Nicht wie Kohle?", lachte Auberlin. Er verstummte gleich wieder, als ihm der metallische Glanz ihrer langen Mähne auffiel, die sich bei jeder Bewegung so lebendig bewegte, als ob sich dunkle Äste um den geschwungenen Hals legen würden. Auberlin beugte sich noch ein Stück vor und konnte in dem goldgelben Stroh ihre Hufe sehen. Sie glänzten wie die kleine Schwarze Madonna aus Marmor, die er erst gestern im Kloster bewundert hatte.

Auberlin war fasziniert von ihrem Fellglanz. Selbst in diesem schummrigen Licht schimmerte es wie schwarze Perlen. Er erschrak, als ihn eine laute Stimme aus seinen Überlegungen riss:

„Ein wahrhaft prächtiges Pferd, nicht wahr?" Die Stimme gehörte Berold, dem Torwächter, der unbemerkt an Auberlin herangetreten war. Auberlin war so tief in seine Gedanken versunken gewesen, dass er es nicht einmal bemerkt hatte.

„Sie ist, oder besser gesagt war, die Lieblingsstute unserer Herrin. Rea nannte sie sie, weiß der Himmel, was der Name bedeuten soll. Aber er passt trotzdem zu ihr, findest du nicht?"

Auberlin konnte nur nicken. Bis jetzt war er immer der festen Überzeugung gewesen, sein Vater habe die edelsten Pferde besessen, die es je gegeben hatte. Doch im Besitz seines Vaters hatte sich nie ein Ross wie Rea befunden.

„Sieh doch, Bruder Auberlin, hier haben wir ihre älteste Tochter: Lucinda heißt sie." Berold fasste Auberlin am Arm und zog ihn zu dem Pferd gegenüber. Die Begeisterung für die edlen Rösser des Grafen war ihm deutlich anzusehen. Seine Züge glätteten sich, die Sorgenfalte auf seiner Stirn war fast verschwunden, und sein Mund zog sich zu einem breiten Lächeln auseinander.

Die kastanienbraune Stute, zu der Berold ihn führte, war genauso schön wie die schwarze Rea. Das jüngere Tier besaß den gleichen feinen Kopf, denselben harmonischen Körperbau, sogar die Mähne war genauso beschaffen wie die ihrer Mutter. Auberlin traute seinen Augen kaum: Auch ihr rotbraunes Fell schimmerte, ja glühte fast, trotz des dämmrigen Lichts in den Stallungen.

„Sag mir, Berold, was sind das für Pferde, die hier in Castell gezüchtet werden? Ich habe gar manches edle Ross gesehen, aber so eines noch nie!"

So etwas wie Besitzerstolz trat in Berolds alte Augen. „Turkmenische Pferde sind es, Mönch, die Graf Wilhelm züchtet. Nirgendwo sonst im ganzen Land sind sie zu finden."

Noch bevor Auberlin die Frage aussprechen konnte, die ihm auf der Zunge lag, gab ihm Berold schon die Antwort darauf: „Der Himmel allein weiß, woher unser Graf sie hat. Eines Tages kam er mit einem Hengst und einer Stute heim. Ein paar Wochen später kam dann ein Bote zur Burg heraufgeritten; an die Zügel seines Rosses waren noch mehr Vertreter dieser fremdländischen Rasse gebunden." Die Augen des Alten glänzten und er lachte heiser: „Zuerst haben wir ihn noch verlacht, unseren Grafen, heimlich versteht sich, weil sie doch recht schmal sind, die Turkmenen, außerdem glaubten wir, der Graf sei einem Betrüger aufgesessen, der den Rössern das Fell gefärbt hatte. Egal welche Farbe sie haben, ihr Fell glänzt immer wie blankes Metall."

Auberlin staunte nicht schlecht bei diesen Worten. Er war zwar kein Pferdekenner, aber es wunderte ihn, noch nie von dieser Rasse gehört zu haben. Gebannt lauschte er dem weiteren Bericht: „Beim ersten Regen hieß sie uns der Graf hinauszuführen, traute der Sache selbst wohl nicht ganz, aber wie du siehst, das Leuchten ist echt. Und schnell sind sie wie der Wind", fuhr Berold beinahe ehrfürchtig fort. „Rennen können sie wie die Katzen, pfeilschnell und ohne müde zu werden." Ehrfürchtig strich der alte Torwächter der schönen Stute die Mähne glatt. Leise sprach er auf das Tier ein und kraulte es zärtlich an den Nüstern. Auberlin dagegen quälte eine interessante Frage, die er dem alten Berold unbedingt stellen musste. Weil ihm aber nichts einfiel, womit er das Gespräch unauffällig auf den verschwundenen Ritter lenken konnte, platzte er ohne Umschweife damit heraus: „Ritt Engelhart auch so ein wunderbares Pferd, als er die Burg zum letzten Mal verlassen hat?"

Berold blickte ihm überrascht ins Gesicht und nickte, missbilligend, fand Auberlin, bevor die Antwort kam.

Anscheinend gehört Berold auch nicht unbedingt zu Engelharts Freunden, notierte sich Auberlin im Gedächtnis.

„Jawohl, auch Ritter Engelhart besitzt so ein Ross. Oder besaß. Vom Wachturm aus konnte ich sehen, wie er die Schritte seiner Omineca noch zu so später Stunde hinaus in die eisige Winternacht gelenkt hat. Wohin er wollte, weiß ich nicht.

Mir tut es nur leid, dass die Stute nie mehr zurückgekommen ist. Hoffe, das Pferd ist nicht erfroren da draußen." Mit einer ausladenden Armbewegung deutete Berold an, dass er wohl die halbe Grafschaft mit ‚da draußen‘ meinte. Nach dieser Aussage war es keine Frage mehr, was Berold von Engelhart hielt.

Der junge Mönch blickte nachdenklich drein. „Berold, trug Engelhart irgendetwas bei sich, etwas Ungewöhnliches vielleicht sogar, als er durchs Tor hinausritt?"

„Etwas Ungewöhnliches? Eine Abschrift der Bibel vielleicht?" Der Alte lachte meckernd über seinen eigenen Scherz und Auberlin stimmte grinsend mit ein:

„Nein, ich meinte eher so etwas wie Waffen oder Gepäck. Sah er aus, als ob er länger fortbleiben wollte?"

Berold überlegt lange, bis er endlich antwortete: „Erst jetzt, wo du danach fragst, fällt mir etwas Komisches auf, nämlich dass er gar nichts dabei hatte. Nicht einmal sein Schwert ..."

„Wahrlich seltsam", murmelte Auberlin. „Hast du etwas mit ihm gesprochen?" Er hoffte, doch noch einen Hinweis auf Engelharts Ziel zu bekommen. Doch Berold verneinte: „Ich habe mit diesem überheblichen Dummkopf nur geredet, wenn es nicht anders ging", vertraute er Auberlin an.

Der wusste nicht, was er von der Abneigung aller, mit denen er bisher gesprochen hatte, gegenüber Engelhart halten sollte. *Es muss doch, von der Gräfin und Brigitta einmal abgesehen, noch mehr Menschen geben, die diesen Kerl gemocht haben,* vermutete Auberlin.

Mit seiner nächsten Frage wollte er Berold eine Antwort auf seine Vermutung entlocken. „Meinst du, Engelhart ist zu einer Frau geritten?" Auberlin mühte sich um eine Unschuldsmiene.

Berold schüttelte seinen Kopf. Er schien sich seiner Sache sicher zu sein: „Wer mit der rassigen Brigitta das Bett teilt, der braucht kein anderes Weib mehr." Belustigung, aber auch so etwas wie Neid blitzte in den trüben Augen des alten Mannes auf. Nachdenklich fügte er hinzu: „Brigitta stand in dieser Nacht auf der Brücke, als er weggeritten ist. Es sah so aus, als ob sie ihn daran hindern wollte, die Burg zu verlassen. Ich meine, sie hat sogar die Stute am Zügel gefasst. Genützt hat es aber nicht. Fort ist er trotzdem."

Auberlin glaubte, seinen Ohren nicht trauen zu können. Berold hatte sich zwar ausgiebig über die Dinge ausgelassen, die Engelhart bei sich gehabt hatte, oder eben nicht, aber die Tatsache, dass Brigitta ihn am Wegreiten zu hindern versuchte, erwähnte er nur beiläufig. Um Berold nicht zu verärgern, schluckte er eine entsprechende Bemerkung hinunter.

An dieser Stelle erschöpfte sich das Gespräch über den nächtlichen Ausflug des Ritters, weil Berold nun wirklich alles gesagt hatte, woran er sich erinnern konnte.

Auberlins letzte Zweifel an einer Liebschaft zwischen dem Ritter und der Zofe waren wie weggefegt. Aber auch eine zweite, oder dritte Frau, im Leben des Ritters, wenn man Veronica mitzählte, konnte nicht ausgeschlossen werden.

Seit Berold die Pferde aus der Zucht des Grafen mit Katzen verglichen hatte, spukte die Hebamme Barbara wieder in Auberlins Kopf herum.

Nie würde er das eigenartige Gefühl vergessen, das ihn beschlichen hatte, als er all die Katzen in der merkwürdigen Umgebung Barbaras sah. Mit denen diese Frau eine seltsame Einheit verband, eine Einigkeit, die so tief war, als würden sie zusammen ein schreckliches Geheimnis hüten.

„Ihr habt ja anscheinend keinen Mangel an schönen Frauen in eurer Grafschaft." Grinsend lehnte sich Auberlin an die staubige Holzwand, die zwei Pferde voneinander trennte. „Die Barbara vom Trudberg oben soll auch einst ein wunderschönes Mädchen gewesen sein, habe ich gehört."

Berold nickte versonnen und ein kleines, wehmütiges Lächeln huschte über sein Gesicht. „Ja, die rothaarige Barbara war sogar ein ganz besonders hübsches Kind. Was für ein Jammer, was aus ihr geworden ist." „Was über sie erzählt wird, kann ich immer noch nicht verstehen ...", begann Auberlin behutsam.

Berold schaute ihm interessiert in die Augen. Für Gerüchte aller Art war er immer zu haben.

„Ich habe gehört, es ist Unerklärliches geschehen in der Brandnacht", fuhr Auberlin fort. „Hat es nicht zuerst geheißen, Barbara sei in den Flammen umgekommen?"

Beim Gedanken an die Geschichten, die über ihre Hebamme erzählt wurden, verwandelte sich Berolds melancholisches Lächeln in ein amüsiertes Grinsen: „Ja, die schöne Barb gibt uns immer noch Rätsel auf. Der Schäfer und seine Helfer hatten keine Leiche gefunden damals, sonst weiß man nichts Genaues. Sie selbst hat ja behauptet, sie habe ihr Gedächtnis in dem Feuer verloren. Gut ein Jahr lang war sie verschwunden. Und dann, eines Tages ist sie einfach so zurückgekommen. Und in der ganzen Zeit hat sich nicht viel geändert."

„Wie meinst du das? Es hat sich nichts geändert?"

„Na", meinte Berold und lächelte wissend, „sofort nach ihrer Rückkehr stand der Mönch Waldebert wieder parat. Er und ein paar andere Mönche, die er dazu überredet hat, halfen ihr dabei, ihren Turm wieder bewohnbar zu machen."

Das Lächeln war in der Zwischenzeit aus dem Gesicht des Torwächters verschwunden. Auberlin sah ihm an, wie hin und hergerissen der Mann von all den Legenden war, die sich um jene Feuersbrunst rankten.

„Mir will einfach nicht in den Kopf, wie sie es geschafft hat, vor den Flammen zu fliehen". Berold schaute fragend zu Auberlin hinüber, so, als ob er von dem jungen Mönch eine Erklärung erwarten könnte. Doch natürlich wurde er enttäuscht.

„Sie könnte doch vom Gestank des Rauches geweckt worden sein", konnte Auberlin nur mutmaßen.

Berold schob nachdenklich die Unterlippe vor und nickte. „Wir werden es wohl nie erfahren", meinte er. Mit gesenkter Stimme berichtete er von den Bewohnern der Grafschaft, die allesamt glaubten, Barbara wäre zwar in dem Feuer umgekommen, dann aber sei es ihr dank ihren Hexenkräften gelungen, von den Toten zurückzukehren. Als Berold daraufhin Auberlins empörte Miene sah, lachte er nur.

„Du kannst von der Geschichte halten, was du willst, Bruder Auberlin, aber so ganz mit rechten Dingen kann es damals nicht zugegangen sein, lass dir das gesagt sein."

Ohne auf Berolds Anspielungen einzugehen, bat Auberlin den alten Mann, ihm von den mageren Tatsachen, die wirklich bekannt waren aus jener Nacht, zu erzählen.

„Die schöne Barbara lebte mit ihren Eltern sehr einsam in dem alten Turm auf dem Trudberg. Eines Tages brachen ihre Eltern - ihr Vater war der letzte Gerber in Castell - nach Würzburg auf, um dort ihre Lederwaren und Felle zu verkaufen." An dieser Stelle machte der Torwächter eine Pause und schluckte schwer. „Die beiden kehrten nie mehr zurück, sind vermutlich überfallen worden, die armen Seelen. Ich kannte ihren Vater gut, er kam oft zur Burg herauf, um seine Arbeiten zu verkaufen. Oft saßen wir im Wachturm bei einem guten Schluck Branntwein zusammen, ehe er sich auf den Heimweg machte. Ein feiner Kerl".

„Haben die Gerbersleute ihre Tochter denn alleine zurückgelassen?", fragte Auberlin.

Berold nickte. „Barbara, ihr einziges Kind, war daheimgeblieben, um das Feuer in Gang zu halten und stetig Wasser zu holen, damit sie die Felle wässern konnte."

„Was ist dann passiert, nachdem die Eltern nicht mehr zurückkehrten?", warf Auberlin ein.

„Anfangs glaubte Barbara fest daran, dass ihre Eltern eines Tages zurückkommen würden. Sie führte das Geschäft des Vaters fort, so gut sie konnte. Aber auch später, als sie die Hoffnung auf ein Wiedersehen mit ihren Eltern längst begraben musste, weigerte sich das sture Ding beharrlich, den Turm und die Gerberei zu verlassen."

Auberlin glaubte, einen Anflug von Bewunderung aus Berolds Stimme herauszuhören.

„So blieb sie allein dort oben und kümmerte sich um all die Katzen, die einst ihrer Mutter gehört hatten", fuhr er fort und schüttelte anschließend missbilligend den Kopf: „Dabei hätte sie gar nicht alleine bleiben müssen, schön, wie sie war!" Berold konnte nicht verstehen, warum sich eine alleinstehende Frau nicht verheiraten wollte. Schließlich wurden die Weiber zum Heiraten geboren, war seine Meinung.

„Konnte sie denn von ihrer Arbeit als Gerberin leben?", wollte Auberlin wissen.

Abermals schüttelte Berold den Kopf: „Nein, und das musste sie auch nicht. Sie war zwar schon als Kind sehr fleißig, aber für diesen schweren Beruf bedarf es der Kraft eines Mannes. Gottlob war ihre Mutter eine gute Hebamme und hat ihr alles über diesen Beruf beigebracht, was sie wissen musste."

Vielleicht hatte Barbara die merkwürdige Einrichtung ihres Heims schon von der Mutter übernommen, dachte Auberlin. Er unterließ es aber, den Torwächter danach zu fragen. Dem schien Barbara sowieso nicht ganz geheuer zu sein. Stattdessen fragte Auberlin ihn nach der Brandursache. Die Antwort war nur ein ratloses Schulterzucken. Danach gab es nichts mehr über die Brandnacht zu sagen und Auberlin begann nachdenklich die weichen Nüstern der Stute zu kraulen, die sich das gerne gefallen ließ.

Bis die Stille von einem leisen Kratzen und Klacken unterbrochen wurde, war das Malmen der Pferdekiefer das einzige Geräusch in den Stallungen. Auberlin wandte sich neugierig zu der offenen Stalltür um, aus deren Richtung die Laute kamen.

Dort entdeckte er Fleck, der mit hängenden Ohren und eingezogener Rute näherkam. Alle Trauer dieser Welt spiegelte sich in seinen schwarzen Knopfaugen.

Es waren die Krallen des Hundes gewesen, die das Scharren auf dem Boden verursacht hatten.

„Oh, Fleck, suchst du etwa nach Leonhard? Armer Hund." Auberlin beugte sich zu dem schwarz-weißen Jagdhund hinunter und streichelte dessen weiches Fell.

„Dabei müsste er es doch besser wissen", brummte Berold. Der Hund und die Stute hier, Lucinda, waren schließlich dabei, als es passierte."

Auberlin schaute ihn fragend an.

„Lucinda hier ist Leonhards Pferd. Von ihr ist er in den Tod gestürzt. Er setzte einer Wildsau hinterher, die die Treiber aufgescheucht hatten. Herr und Hund verfolgten die Beute. Sonst war er ganz allein, denn er hatte der Jagdgesellschaft befohlen, auf einer Lichtung auf ihn zu warten. Wenig später aber kam das Pferd reiterlos aus dem Unterholz zurück. Irgendjemand fing das Pferd ein, während der Graf sein Pferd antrieb, um nach Leonhard zu suchen. Er rief und rief, aber vergebens. Schließlich fand er seinen Sohn, rücklings auf dem Waldboden liegend. Leonhard war schon tot, als ihn sein Vater entdeckte. Äußerlich soll er vollkommen unverletzt gewesen sein. Graf Wilhelm hob ihn hoch und sah, was geschehen war: Das Genick seines Sohnes war gebrochen. Der Untröstliche ließ niemanden an den Leichnam heran, bis der Treiber, den er zu Richildis geschickt hatte, um sie zu holen, mit ihr zurückkam." *Arme Richildis, eigentlich hätte ihr der Ehemann die schreckliche Nachricht überbringen müssen*, ging es Auberlin durch den Kopf.

„Dieser Treiber brachte die Gräfin, die vollkommen gefasst wirkte, zu der Stelle, an der der Graf, immer noch an seinen toten Sohn geklammert, auf dem Boden kniete. Lange soll es gedauert haben, bis sie ihn überreden konnte, Leonhard freizugeben. Und Fleck hier, den hat niemand dazu gebracht, Leonhard zu verlassen, bis seine Leiche dann auf den Proviantwagen geladen worden war. Die Männer, die mir das alles später erzählt haben, waren furchtbar mitgenommen. Ich selbst kann mich noch daran erinnern, wie der traurige Zug hier angekommen ist. Das Erste, was ich hören konnte, war Flecks Winseln." Tränen standen in Berolds Augen.

„Außer ihm hier hat also niemand den Sturz beobachtet?", erkundigte sich Auberlin, während er sich zu dem Hund hinunter beugte, um ihn zu streicheln.

„Nein, niemand", lautete die Antwort. „Warum fragst du?"

„Vielleicht wurde Leonhard kurz vor seinem Sturz von irgendetwas abgelenkt", meinte Auberlin. „Oder etwas brachte sein Pferd zum Scheuen." Den nächsten Satz sprach er mehr zu sich selbst, als zu Berold: „Es wäre auch vorstellbar, dass jemand Lucinda absichtlich erschreckt hat, um sie scheuen zu lassen."

Berold warf ihm einen missbilligenden Blick zu, ehe er im Ton der Überzeugung sagte: „Keiner hätte das getan. Keiner. Denn niemand hatte etwas gegen Leonhard, das lass dir gesagt sein."

Aus Respekt vor dem ehrenden Andenken an den Gestürzten stellte Auberlin dessen Worte nicht mehr infrage.

Kurz darauf machte sich Berold mit schlurfenden Schritten über die Stallgasse davon, um draußen am Tor nach dem Rechten zu sehen, wie er sagte.

„Wenn du doch nur sprechen könntest", sagte Auberlin zu dem Hund, von dem erwartungsgemäß keine Antwort kam. Dann hatte er eine Idee. „Auch wenn ich dich und die schöne Lucinda nicht befragen kann, so kann ich mir doch Leonhards

Sattel einmal anschauen. Mit ein wenig Glück finde ich daran einen Hinweis auf das Geschehene."

Suchend schaute er sich um. Am anderen Ende der langen Stallgasse fegte ein junger Bursche geschäftig Stroh zusammen. Auberlin ging zu ihm und fragte nach der Sattelkammer.

Der Stallbursche schaute zuerst misstrauisch drein und wollte ihm keine Auskunft geben. Erst als Auberlin beteuerte, ein Freund Friedrichs zu sein, zeigte er ihm den Weg zu einem kleinen Anbau, in dem zahlreiche Sättel und Kopfstücke ordentlich aufgereiht an der Wand hingen. Er folgte Auberlin dorthin, was dem sehr gelegen kam, denn wie hätte er sonst Leonhards Sattel erkennen können.

Aus der kleinen Kammer schlug ihnen der beißende Geruch von frischem und altem Pferdeschweiß entgegen und kitzelte Auberlin in der Nase. Er nieste ein paar Mal und konnte das Grinsen des Stalljungen förmlich in seinem Rücken spüren.

„Kannst du mir sagen, welcher von denen Leonhards Sattel ist?", fragte er, nachdem er sich an den Geruch gewöhnt hatte.

Der Stallbursche musste nicht lange nachdenken und zeigte auf den Sattelbock, auf dem Leonhards Sattel für gewöhnlich aufbewahrt wurde. Doch er war leer.

Der Bursche starrte mit offenem Mund auf das blanke Holzgestell, auf dem der Sattel hätte liegen müssen.

Auberlin knetete seine Finger und dachte nach. Es gab so viele Sättel hier, vielleicht hing der Gesuchte nur an einem anderen Platz? Auberlin fragte den Jungen.

Dieser antwortete: „Nein, nein, ich würde ihn doch sofort erkennen. Es gibt keinen zweiten Sattel wie den des jungen Herrn."

Für mich sehen die alle gleich aus, dachte Auberlin und der Junge bemerkte den zweifelnden Blick des Mönches sogleich: „Der Sattel war Leonhards ganzer Stolz. Über und über mit echtem Silber beschlagen war er."

„Hast du ihn nach dem Sturz noch einmal gesehen? Den Sattel?", erkundigte sich Auberlin gespannt.

„Ja, irgendwer hat ihn, voller Dreck wohlgemerkt, hierhergebracht. Der junge Herr muss kurz vor dem Sturz noch durch einen Bachlauf galoppiert sein, meine ich. An dem feinen Leder klebte überall Schlamm. Eigentlich wollte ich ihn noch putzen, aber ich habe es nicht über mich gebracht." Beschämt ließ er den Kopf hängen. Auberlin murmelte etwas Verständnisvolles, um den Jungen zu trösten, der ratlos dreinschaute, als er seinen Besen wieder in die Hand nahm.

Für Auberlin galt es, das verschwundene Stück zu finden. Er musste unbedingt Friedrich fragen, ob der kostbare Sattel woanders untergebracht worden war.

Vielleicht hat ihn jemand verschwinden lassen, mutmaßte Auberlin und wurde bleich, als er sich dafür einen möglichen Grund ausmalte: Hatte sich etwa irgendjemand an Leonhards Sattel zu schaffen gemacht, um einen Sturz herbeizuführen?

8

Schmucksilber

Auf der Suche nach Friedrich lief Auberlin geradewegs zum Eingangsportal der Burg zurück, als die angrenzende Burgkapelle seine Aufmerksamkeit auf sich zog.

In dem Kirchlein könnte ich meine Gedanken ordnen, ehe ich mit Friedrich darüber rede. Und gebetet habe ich auch lange nicht mehr, stellte er fest und blieb stehen. Er lenkte seine Schritte zu der Kapelle hin, die er zum ersten Mal bei der Totenwache für die Gräfin betreten hatte. Gerade als er die schwere Eingangstür erreicht und seine Hand nach der Klinke ausgestreckt hatte, schwang die Tür wie von Geisterhand auf. Ohne Zweifel hätte sie ihn getroffen, wäre er nicht rechtzeitig ausgewichen.

So stand er, eingeklemmt zwischen der Tür und einem Mauervorsprung und blieb für die Gestalt unsichtbar, die gerade die Kapelle verließ. Er wartete im Verborgenen, bis sich die Tür wieder schließen würde und er hervortreten konnte. Sein Blick galt der Person, den Umrissen nach einer Frau, die nun gänzlich ins Tageslicht getreten war. Auberlin erkannte Barbara an ihrem langen, dunkelroten Haar, als sie den Kopf sittsam gesenkt und die Hände gefaltet, geduckt aus der Kapelle schlich.

In ihren Händen befand sich ein kleiner, zerknitterter Lederbeutel, den sie hastig unter ihren Röcken versteckte. Dass sich dabei eine silberne Fibel löste und mit einem leisen Klirren auf den Boden fiel, als sie an ihren Kleidern herumnestelte, bemerkte sie nicht. Auberlin dagegen sah die verzierte Gewandschließe fallen und trat zu der Stelle, an der Barbara sie verloren hatte, nachdem er die Kräuterfrau in sicherem Abstand wähnte.

Er bückte sich danach, wischte die Schließe kurzerhand an seiner Mönchskutte ab und überlegte, nach Barbara zu rufen. Dann aber entschied er sich, einer Eingebung folgend, dagegen. *Vielleicht kann mir die kleine Nadel noch nützlich sein,* dachte er. Bis er seinen Fund verstaut hatte, war Barbara schon ein beträchtliches Stück weitergelaufen.

Sieh an, offensichtlich will sie von niemand gesehen werden, vermutete Auberlin und wunderte sich über Barbaras Verhalten, die augenscheinlich den kürzesten Weg zum Burgtor gewählt und ihr Ziel fast erreicht hatte.

Warum hat sie es denn so eilig, überlegte er, wurde aber schon im nächsten Augenblick von einer weiblichen Stimme aus seinen Gedanken gerissen.

„Du hast nicht zu viel Wein getrunken, mein liebes Kind. Ich habe die Hebamme auch gesehen."

„Aber was hat sie denn hier gewollt? Ausgerechnet in der Kirche?", erklang nun eine zweite Frauenstimme.

Auberlin meinte, Agnes und deren Tochter zu erkennen, die sich langsam näherten.

Er wollte das Gespräch der beiden am liebsten belauschen, ohne entdeckt zu werden und sprang zurück hinter die Pforte, die immer noch offenstand.

„Ich habe sie noch nie hier in der Kapelle gesehen! Noch nicht einmal in der Nähe, wenn ich's recht bedenke", klang es erstaunt aus Katharinas Mund.

„Gebetet hat sie wohl nicht", stellte Agnes fest. „Es gibt keinen Gott mehr für sie, seit das Feuer ihr Leben zerstört hat, sagt sie."

„Meinst du, sie macht hier irgendwas mit ihren Hexensachen?", flüsterte Katharina, wobei Neugier und wohliges Gruseln aus ihren Worten klangen.

Die Meinung der Mutter konnte Auberlin leider nicht mehr verstehen, denn gerade in dem Moment, als Agnes das erste Wort sprach, traten die beiden Frauen ins Innere der Kapelle und zogen die Tür hinter sich zu.

Draußen atmete Auberlin erleichtert auf. Er war abermals unentdeckt geblieben. Kopfschüttelnd machte er sich erneut auf den Weg zur Burg und grübelte dabei, was Barbara denn nun wirklich in dem Kirchlein gewollt haben konnte.

Soll ich den Besuch bei Friedrich aufschieben, und stattdessen versuchen, die Hebamme einzuholen? Aber sie wird mir kaum erzählen, was sie in der Kapelle gewollt hat, wenn es etwas Unrechtes war, vermutete er. Schließlich war es der Zufall, der ihm diese Entscheidung abnahm.

Sein Freund Friedrich betrat den Burghof zur selben Zeit wie Auberlin und winkte ihm erfreut zu. „Es tut mir leid, dass ich dich in der Küche stehen gelassen habe. Aber du hast ja bemerkt, was Vater für eine Laune hatte ..." Friedrichs Gesicht nahm eine rötliche Färbung an.

„Mach dir darüber keine Gedanken, Friedrich, sondern begleite mich bitte hinüber zu den Stallungen, ich muss dir unbedingt etwas Interessantes berichten."

Auberlin war ganz aufgeregt und redete wie ein Wasserfall auf den Grafensohn ein. Er erzählte von den Gerüchten, die Brigitta und Engelhart betrafen, gab Berolds Schilderungen von dem Sturz wieder und berichtete von dem verschwundenen Sattel. Als er anfing, von dem Gespräch zwischen der Köchin und der Tochter zu erzählen, unterbrach ihn Friedrich lachend: „Aber, Auberlin, erzähle doch langsam und der Reihe nach. Ich kann dir gar nicht richtig folgen, wenn du so konfus drauflosplapperst."

Also fing Auberlin noch einmal von vorne an. Friedrich zeigte sich nicht besonders überrascht über die Nachricht von Brigittas Verhältnis, denn Liebschaften zwischen der Herrschaft und dem Gesinde gehörten wohl zur Tagesordnung. Das Fehlen des Sattels seines Bruders interessierte ihn da schon eher:

„Ich halte es für ausgeschlossen, dass das Ding auf Geheiß meines Vaters in die Burg gebracht wurde. Mein alter Herr gibt in seiner Verzweiflung den Pferden die Schuld an allem Unglück. Durch ein Pferd kam Leonhard zu Tode, weil sie nur die Pferde liebte, war Veronica nicht zu einer Ehe mit dem reichen Ritter bereit und zu allem Verdruss verließ Engelhart die Grafschaft anscheinend für immer auf dem Rücken eines Pferdes."

„Dein Einwand klingt einleuchtend", stimmte ihm Auberlin zu.

Wo sich der Sattel befinden könnte, konnte Friedrich sich auch nicht erklären.

Weil sie an dieser Stelle nicht mehr weiterkamen, berichtete Auberlin von Barbaras merkwürdigem Auftreten in der Burgkapelle. Er zeigte ihm die Fibel und erklärte, wie er zu ihr gekommen war. Erst jetzt, weil er selbst nicht mehr in Eile war, bemerkte er den eingravierten Katzenkopf darauf. *Natürlich, das Motiv passt zu ihr*, dachte Auberlin und musste lächeln.

Friedrichs Reaktion beim Anblick des Schmuckstücks fiel ihm gar nicht weiter auf: „Bist du dir ganz sicher, dass sie aus Barbaras Röcken gefallen ist?", fragte der mit gerunzelter Stirn.

Auberlin nickte. Schließlich hatte er die Szene von seinem Platz aus genau beobachten können.

Ohne noch einmal nachzuhaken, schlug Friedrich grinsend vor: „Ich schlage vor, du reitest ihr nach und fragst sie vorsichtig."

„Vorsichtig?", fragte Auberlin nach.

Friedrich lachte. „Schon in unseren Kindertagen hat Barbara mit ihrer ruppigen und unwirschen Art uns Kindern das Fürchten beigebracht. An eine Begebenheit aus dieser Zeit erinnere ich mich noch so gut, als wäre es erst gestern passiert: Mit einem einzigen Fausthieb auf die Nase hatte Barbara einen Buben niedergestreckt, der um gut einen Kopf größer war als sie. Auslöser für ihre Tat war gewesen, dass der Junge eine der Katzen von Barbaras Mutter am Schwanz gepackt und hochgehoben hatte. Barbara mag zwar etwas kratzbürstig sein, aber den Kopf wird sie dir sicher nicht abreißen", meinte er zuversichtlich.

Mit einem letzten Gruß verabschiedete sich Friedrich und Auberlin blieb allein zurück.

Fast allein jedenfalls, denn nun tauchte Fleck wieder auf, der Auberlins Ausflug zur Burg und zur Kapelle, auf einem Strohhaufen zusammengerollt, verschlafen hatte.

Der Hund trottete zur Stalltür, streckte prüfend die Nase nach draußen in den Wind, zog sich dann aber sofort wieder zurück.

„Willst wohl nicht hinaus in die kalte Luft, mein Freund?",
sprach er zu ihm, während er sein Pony herausholte. Als er es aus
dem Stall führte, folgte ihm der Hund wie ein Schatten.

Auberlin seufzte. Er hatte keine Ahnung, was er mit dem Hund
anfangen sollte.

Plötzlich fiel ihm der kleine Beutel mit den Speisen ein, den er
von Agnes für Friedrich erbettelt hatte.

„Schau' mal, Fleck, was ich hier habe", sprach er und fütterte
ihn. Während der Hund fraß, packte Auberlin das Pony am
Zügel und zog es mit sich fort.

Vielleicht merkt er gar nicht, dass ich davonreite, solange er frisst,
dachte er hoffnungsvoll.

Doch vergeblich. Fleck ließ die Reste seiner Mahlzeit achtlos
liegen und trottete hinter Auberlin her. Weder mit guten
Worten noch mit Schimpfen gelang es dem Mönch, Fleck
loszuwerden. Vorerst würde er sich damit abfinden müssen, dass
Leonhards Hund einen Narren an ihm gefressen hatte.

Mit Fleck im Schlepptau kletterte das fuchsfarbene
Klosterpony aufmerksam und trittsicher den steilen Schlossberg
hinunter. Einen Huf nach dem anderen setzte es prüfend in den
Schnee. Dem Pony war es längst klar, wie bescheiden es um
Auberlins Reitkünste stand. Das Pony wusste, es war gut damit
beraten, sich selbst um Weg und Untergrund zu kümmern. Mit
welch feinen Instinkten ihn das Tier beurteilen konnte, davon
ahnte er freilich nichts. Ihn freute es, wie gut er mit dem Pony
zurechtkam.

Solange es bergab ging, war er damit beschäftigt, sich im Sattel
festzuhalten, damit er nicht vornüberkippte. Als sie aber den Fuß
des Abhanges erreichten, entspannte er sich wieder und lenkte
das Pony zum Trudberg hinüber. Auf der Ebene zwischen
Schlossberg und Trudberg fiel es in einen langsamen Zockeltrab,
den es, wenn es sein musste, sehr lange durchhalten konnte.
Auberlin musste nichts tun, außer oben zu bleiben und hatte
deshalb Zeit, sich auf sein Zusammentreffen mit der
dickköpfigen Hebamme vorzubereiten.

9

Rot und Silber

Nach einer kurzen Wegstrecke erreichten Pferd und Reiter den Fuß des Trudbergs. Noch bevor es bergauf ging, stand Auberlin aus den Steigbügeln auf, um das Pony bei seinem anstehenden Marsch über den Berg hinauf zu entlasten. Als er, frei in den Bügeln stehend, sein Gleichgewicht gefunden hatte, fiel sein Blick auf den milchig weißen Himmel.

Das laute Hecheln des Hundes riss ihn aus seinen Gedanken. Auberlin drehte sich um und sagte lachend: „Das hast du nun davon, Fleck. Jetzt musst du dich tüchtig anstrengen, weil du dir anscheinend vorgenommen hast, mir zu folgen."

Fieberhaft überlegte er, wie er das Gespräch mit Barbara beginnen konnte, aber er fand keine Lösung, denn er konnte die Hebamme überhaupt nicht einschätzen.

Ich werde das Gespräch wohl ganz auf mich zukommen lassen müssen, dachte er, bevor er das Pony an einen Baum in der Nähe des Turmes band.

Er bedeutete Fleck, bei dem Pony zu bleiben und machte sich auf den Weg zu Barbaras Eingangstür. Die unzähligen Augenpaare, von denen jeder seiner Schritte misstrauisch beobachtet wurden, entgingen ihm dabei nicht.

Warum hält sie sich nur so unglaublich viele Katzen? fragte er sich.

Soweit Auberlin das beurteilen konnte, zogen die ausgewachsenen Katzen es vor, regungslos zu verharren, um den Eindringling unerkannt in Augenschein nehmen zu können. Dass sie ihn für einen Eindringling hielten, konnte Auberlin deutlich in ihren pelzigen Gesichtern lesen. Die jüngeren Exemplare schienen gastfreundlicher zu sein, denn im nächsten Moment sprangen zwei von ihnen unter einem dürren Strauch hervor und stolzierten mit hochgereckten Schwänzchen auf ihn zu.

„Auf Vogeljagd gewesen?", richtete er das Wort an die selbstbewussten Gesellen.

Die kleinen Kater aber ignorierten ihn völlig, setzten sich auf ihre Hinterteile und begannen sich geschäftig die Pfoten zu lecken.

Auberlin beobachtete die beiden, bis er hinter sich ein leises Knurren vernahm. Gleichzeitig begannen die Katzen wild zu fauchen.

„Aber Fleck, ich habe dir doch befohlen, beim Pony auf mich warten", sagte er tadelnd, worauf Fleck die Ohren hängen ließ und sich trollte.

In dem kurzen Moment, in dem sich Auberlin auf den Hund konzentriert hatte, hatten sich die Katzen geräuschlos aus dem Staub gemacht, ganz und gar nicht angetan vom Anblick des gefleckten Vierbeiners, der zu dem Besucher zu gehören schien.

Von der Hausherrin hatte Auberlin bis jetzt noch keine Spur entdeckt.

Aus dem Kamin des Turms stieg kein Rauch auf, so dass Auberlin daraus folgern musste, Barbara wäre nach ihrem Besuch auf der Burg nicht gleich nach Hause gegangen. Ratlos blickte er zum Himmel hinauf und meinte, ein paar dicke Schneewolken über dem Trudberg zu erkennen.

Auch das noch, seufzte er, *auf neuen Schnee könnte ich jetzt wirklich verzichten.*

Noch bevor er diesen Gedanken ganz zu Ende denken konnte, landete eine zarte Flocke in seinem linken Auge und brachte ihn zum Blinzeln.

Was nun? Soll ich abwarten, bis Barbara auftaucht? Oder reite ich so schnell wie möglich zum Kloster zurück, ehe das Wetter schlechter wird?

Während Auberlin hin und her überlegte, wurde aus den einzelnen Schneeflocken rasch ein dichter, tanzender Vorhang, der ihm die Sicht nahm.

Ergeben stapfte er zu dem hölzernen Vordach des Turms, um dort Schutz zu suchen. *So schnell wird es nicht mehr aufhören zu schneien,* vermutete er.

Sein Blick wanderte ziellos umher und blieb an dem verblichenen Wappen hängen, das einst ein Steinmetz kunstfertig in den Türsturz eingemeißelt hatte.

Obwohl Regen und Schnee dem tief in den Stein getriebenen Zeichen nichts anhaben konnten, waren die Farben des Casteller Familienwappens fast gänzlich verblasst. Nur wer ganz genau hinsah, konnte den behauenen Stein an wenigen Stellen noch rot und silbern glänzen sehen.

Friedrichs Familie scheint diesen Teil ihrer Besitzungen schon vor langer Zeit aufgegeben zu haben, überlegte Auberlin. Nachdenklich zeichnete er mit seinen Fingern die Konturen des Familienwahrzeichens nach. *Wozu mag dieser Turm wohl einmal gehört haben?*

Plötzlich hörte er aus dem oberen Stockwerk des Turmes ein lautes Rumpeln, gefolgt von einem so gotteslästerlichen Fluch, wie er ihn selten gehört hatte.

Auberlin zog empört eine Augenbraue hoch. Wer auch immer da oben so schändlich schimpfte, die Katzen waren es nicht. Auberlin klopfte drei Mal, so fest er konnte, mit der Faust an ihre Tür, einmal, um seiner Empörung Luft zu machen, und weil er sich über sich selbst ärgerte, es nicht gleich mit Anklopfen versucht zu haben. Bestimmt hätte er nicht so lange frieren müssen. Er musste nicht lange warten, bis er ihre Schritte auf den steinernen Stufen näherkommen hörte.

„Wer da?", bellte sie ihm entgegen, bevor sie noch die Tür ganz aufgemacht hatte. Ihr Gesichtsausdruck wurde keineswegs milder, als sie ihn erkannte. „Was machst du denn hier?", blaffte sie unfreundlich.

Am liebsten hätte Auberlin auf dem Absatz kehrtgemacht und hätte die Hebamme allein gelassen mit ihrer schlechten Laune, aber das war nun zu spät.

Noch bevor er den Mund öffnen konnte, um ihr zu antworten, meinte sie schon ungeduldig: „Nun komm schon, sonst zieht diese verdammte Kälte ganz und gar herein."

Ohne eine Reaktion von ihm abzuwarten, drehte sie sich schon wieder um und rannte die Treppen hinauf. Auberlin blieb nichts anderes übrig, als ihr zu folgen. Ehe er es sich versah, fand er sich in dem seltsamen Raum wieder, der für die Kräuterfrau Küche, Werkstatt und Labor zugleich zu sein schien. Derselbe medizinische Geruch wie bei seinem ersten Besuch drang aus allen Ecken und Ritzen in seine Nase, nur diesmal war Auberlin längst nicht mehr so überrascht von der magischen, beinahe lebendigen Aura der Kammer. Weil er immer noch nicht wusste, wie er es anstellen sollte, sie nach ihrem Besuch in der Kapelle zu fragen, ohne dass sie argwöhnisch reagieren würde, nahm er dankbar einen Becher heißen Weines von ihr entgegen, und sah ihr dabei zu, wie sie einen zweiten Becher für sich vollschöpfte.

Als sich seine Augen an das ringsum herrschende Dämmerlicht gewöhnt hatten, bemerkte er, wie fahrig und nervös ihre Bewegungen waren. Mit zitternden Fingern räumte sie ihren Weidenkorb aus. Mehrere getrocknete Kräuterbüschel, allerlei kleine Gefäße und seltsam geformte Amulette kamen zum Vorschein. Stück für Stück platzierte sie diese auf dem Tisch vor ihr. Als sie damit fertig war, räumte sie den Korb hektisch wieder ein und wiederholte die gesamte Prozedur noch einmal. Anschließend schüttelte sie ärgerlich den Kopf. Als Nächstes stemmte sie die Hände in die Hüften und sah sich gründlich in ihrer Kammer um. Auberlin wunderte sich über ihr merkwürdiges Tun, über dem sie seine Anwesenheit vollkommen vergessen zu haben schien.

Sie sieht aus, als ob sie nach etwas suchen würde, dachte er noch, ehe sie sich ihm zuwandte und er bemerkte, wie traurig Barbara plötzlich aussah. Noch im gleichen Augenblick glaubte er zu wissen, wonach sie suchte. Unter seinem Habit schlossen sich Auberlins Finger um die Fibel.

Er konnte sie jetzt schlecht fragen, ob sie etwas verloren hatte, soviel war ihm klar.

Schließlich setzte er auf Ehrlichkeit. Ohne große Worte zog er die silberne Schließe hervor und streckte sie Barbara hin: „Ist es das, wonach du suchst?"

Ihre großen, braunen Augen weiteten sich sichtlich und ihre Pupillen wurden größer. Schnell wie eine Schlange griff sie nach dem Schmuckstück und nahm es an sich. Für einen Moment wirkte sie erleichtert, beinahe glücklich, doch schon einen Wimpernschlag später breitete sich Misstrauen auf ihrem Gesicht aus. „Woher hast du sie?", zischte Barbara, wobei sie die Gewandnadel krampfhaft umklammert hielt.

„Gefunden habe ich sie. Du hast sie vor der Burgkapelle verloren", antwortete er wahrheitsgemäß.

„Was hattest du denn da zu suchen?", fragte sie.

„Genau das könnte ich dich auch fragen, Barbara."

Für einen Moment starrten sich die beiden unverwandt an.

Sucht sie etwa nach einer Erklärung? überlegte Auberlin.

Doch dann geschah etwas Unerwartetes. Ihre Gesichtszüge entspannten sich und Barbara lächelte ihn dankbar an. Ihre braunen Augen leuchteten warm unter wimpernlosen Lidern. „Ach, Auberlin, du ahnst gar nicht, wie sehr ich dir zu Dank verpflichtet bin. Auch wenn du mir nicht sagen willst, was du vor der Kapelle getan hast."

Auberlin schluckte schwer. Irgendwie hatte sie es geschafft, seiner indirekten Frage zu entgehen. Noch ehe er etwas erwidern konnte, sprach sie schon weiter: „Ich fürchtete schon, das Schmuckstück hier für immer verloren zu haben." Barbara hielt die verloren geglaubte Fibel an ihre Lippen und küsste den eingravierten Katzenkopf. Nachdem sie sie anschließend wieder an ihrem Kleid, diesmal nahe am Herzen, befestigt hatte, sah sie den Mönch unverwandt an.

„Die Nadel hat einst meiner Mutter gehört. Jeden Tag habe ich sie an ihren Röcken gesehen", sprach sie und legte ihre Hand darum.

„Das Schmuckstück bedeutet dir wohl sehr viel", stellte Auberlin fest. Er ahnte, dass sie noch mehr darüber zu sagen hatte.

„Ja, das tut sie. Denn an dem Tag, als sie mit Vater nach Würzburg wollte, um Leder auf dem Markt zu verkaufen, hat sie sie hiergelassen, sie muss sie vergessen haben.

Ich hielt sie so lange in Ehren, bis ich mich damit abgefunden hatte, dass Mutter nicht mehr zurückkommen wird. Auch wenn es seltsam klingt, ich glaube, mit der Nadel hat sie das Glück verlassen."

Statt eines Kommentars hob Auberlin nur die Augenbrauen.

„Von da an trug ich sie jeden Tag als Glücksbringer. So lange jedenfalls, bis ich das Gefühl hatte, jemand anderes bräuchte den Talisman mehr als ich." Ohne Vorwarnung schlug sie sich die Hände vors Gesicht und schluchzte. „Nicht lange vor dem Brand steckte ich sie meiner Tochter ans Kleid, damit das Glück für immer bei ihr bleiben sollte."

Versteinert wie ein Fossil, starrte Auberlin sie mit offenem Mund an. Ihre Stimme war so sehr von Schmerz getränkt, dass er gar nicht erst in ihrem Gesicht nach Hinweisen auf eine Lüge suchen musste. Auch wenn er sich überhaupt nicht erklären konnte, warum ihm bisher noch niemand von diesem Kind erzählt hatte, so schien es wahr zu sein. Barbara war die Mutter einer Tochter. Und diesem Kind musste irgendetwas zugestoßen sein.

„Deiner Tochter? Ich verstehe nicht ...", brachte Auberlin schließlich mühsam hervor.

„Was gibt es daran nicht zu verstehen?", fragte sie und gab dann einen seltsamen Laut von sich, der zugleich nach einem traurigen Lachen und unsäglichem Schmerz klang. Ohne auf Auberlins Antwort zu warten, wandte sich Barbara von ihm ab und trat zu einem der Regale an der Wand hinter ihr. Dort zupfte sie aufgebracht an einem Strang gefärbter Wolle herum, der dort an einem Nagel hing.

Auberlin spürte, sie brauchte jetzt einen Augenblick für sich, um sich zu beruhigen, um sich wieder zu fassen. Keinesfalls durfte er sie jetzt mit all den Fragen bedrängen, die ihm auf der Zunge brannten:

Warum sprach niemand über dieses Kind?

Wurde es absichtlich verschwiegen?

Und, vor allem, wo war diese Tochter jetzt?

Sie wird es mir gleich erzählen, wenn sie so weit ist, vermutete er und dachte über diese überraschende Enthüllung nach. Dabei betrachtete er, wie sie mit fahrigen Bewegungen die Wolle bearbeitete. Ihr schlanker Rücken verdeckte zwar die meisten Dinge, die sie in dem Regal aufbewahrte, aber trotzdem fiel sein Blick auf drei Würfel, die auf einem schmalen Brett lagen. Doch sie waren nicht, wie das Brett, aus Holz geschnitzt, sondern sie schimmerten weißlich, Elfenbein gleich, in ihrer düsteren Umgebung. Auberlin schauderte vor Entsetzen. Es bestand für ihn kein Zweifel daran, dass die Würfel aus menschlichen Knochen hergestellt waren.

Angeblich, so die gängige Meinung in gewissen Kreisen, bescherten sie ihrem Besitzer ein ganz besonderes Würfelglück beim Spiel.

Um sich von dem grausigen Anblick abzulenken, ließ Auberlin seinen Blick weiter über das Regal wandern. Als Nächstes entdeckte er einen kleinen, hölzernen Rahmen, der so aussah wie die Rahmen der Gerber, die sie zum Trocknen der Tierhäute benutzten. Darin war ein braunes Stück Fell sorgfältig aufgespannt. Doch weil es ziemlich weit hinten im Regal stand und er sich mit solchen Dingen nicht besonders gut auskannte, konnte Auberlin nur raten, von welchem Tier es stammen könnte, denn im nächsten Moment drehte sich Barbara mit trauerverhangenen Augen wieder zu ihm um.

„Da ich nun schon damit angefangen habe, erzähle ich dir am besten gleich die ganze Geschichte. Die Geschichte von Alena. Und die Geschichte vom Feuer."

Ehe sie mit ihrer Erzählung begann, wischte sich die Hebamme die Tränen mit ihren vernarbten Händen vom Gesicht.

„In jener Nacht, als es hier brannte, ist meine Tochter verschwunden", begann sie zu erzählen. „Alle behaupten, Alena sei in den Flammen umgekommen, aber ich weiß es besser", fuhr sie mit einer wegwerfenden Handbewegung fort.

„Die Dorfbewohner und die Adeligen versuchen, mein Mädchen totzuschweigen. Die Menschen ziehen weg oder sterben. Mit jedem Jahr werden die, die sie kannten, weniger. Aber ich werde nicht zulassen, dass sie in Vergessenheit gerät."

Auberlin konnte ihren Ausführungen nicht folgen und bat sie deshalb, der Reihe nach zu erzählen. Barbara nahm auf einem Stuhl Platz und begann erneut.

„Es war bitterkalt in der Nacht, als es hier brannte und Alena verschwand. Meine Kleine war schon nach unten gegangen, sie bestand seit längerem darauf, alleine zu schlafen, weiß der Himmel warum. Und das, obwohl sie gewisse Probleme hatte.

Bevor ich selbst zu Bett ging, legte ich noch tüchtig Holz nach, damit die Wärme eine Weile vorhielt. In der Nacht weckte mich ein knackendes Geräusch und ich roch den Rauch sofort. Ich sprang auf ...“

Barbaras Stimme geriet mehrmals ins Stocken. „Die dunklen Schwaden krochen schon über die Treppe herauf und nahmen mir jede Sicht. Ich musste fürchterlich husten. Unten wüteten die Flammen bereits überall. Ich musste zu Alena ...“, brachte Barbara noch hervor. Dann schwieg sie.

Auberlin berührte sie sacht an ihrem vernarbten Arm, um sie um Weitersprechen aufzufordern.

Sie sah ihn ausdruckslos an und sagte tonlos: „Die Tür stand offen. Das Zimmer war leer.“

„Du meinst, sie ist fortgelaufen?“, hakte Auberlin vorsichtig nach.

„Aber nein, das hätte sie niemals getan. Jemand hat sie geholt“, behauptete Barbara.

„Geholt?“, wiederholte Auberlin. „Aber wer soll sie denn geholt haben? Ich vermute, deine Tochter ist vor dem Feuer weggelaufen!“

Barbara schüttelte den Kopf. „Ich sage dir, sie kann nicht weggelaufen sein. Es war Vollmond, und weil sie schlafwandelte, hatte ich sie eigenhändig eingeschlossen.“

Das also hatte sie gemeint, als sie vorhin von gewissen Problemen sprach, dachte Auberlin.

Barbara schluckte ein paar Mal schwer. „Und im Zimmer war sie auch nicht mehr. Obwohl die Flammen schon hochschlugen, und nach meinen Röcken griffen, habe ich dort jeden Winkel nach ihr abgesucht. Das kannst du mir glauben.“

Auberlin wusste nicht, was er von der Sache halten sollte. „Hast du draußen nach Alena gesucht?"

Die Hebamme zuckte nur mit den Schultern. „Ich vermute schon, natürlich. Aber ehrlich gesagt erinnere ich mich erst wieder an den Moment, als ich erwachte, mich umsah und nicht wusste, wo ich mich befand. Ich fing an zu schreien und schlug wie wild um mich, bis ich endlich in ein vertrautes Paar weiser, alter Augen blickte."

Auberlin dagegen zog fragend die Augenbrauen über seiner Nasenwurzel zusammen und wartete ungeduldig, bis sie weiter erzählte.

„Ich erkannte Marla, eine alte Freundin, die seit jeher mit einer Truppe fahrender Spielleute und Gaukler durchs Land zog. Immer, wenn sie in der Nähe waren, machten sie bei uns Rast. Marla und meine Mutter brachten sie dabei gegenseitig auf den neuesten Stand, was ihre medizinischen Kenntnisse anging.

Auch nach dem Verschwinden meiner Eltern blieben die Besuche nicht aus." Barbara kratzte sich ausgiebig an der schorfigen Handfläche, dann erzählte sie weiter. „Der Zufall wollte es, dass sie ausgerechnet kurze Zeit nach dem Feuer in der Gegend waren. Nach Marlas Erzählungen fanden sie mich, erbärmlich zugerichtet und fast erfroren auf dem Waldboden. Tagelang sah es wohl so aus, als würde ich sterben, bis ich endlich wieder zu mir kam."

„Aber die Spielleute werden doch auch nach deinem Kind gesucht haben?", warf Auberlin ein.

„Oh ja, das haben sie. Aber weil sie keine Spur von ihr entdecken konnten, mussten sie annehmen, meine Kleine wäre verbrannt. Sie gingen davon aus, dass ich deshalb so lange nicht ansprechbar war. Um mir nicht noch mehr wehzutun, erwähnten sie Alena mir gegenüber mit keinem Wort. Und ich konnte mich an rein gar nichts erinnern, was vor dem Feuer war, und so blieb Alena unerwähnt."

Auberlin knetete nachdenklich seine Finger. Er hätte genauso gehandelt, vermutete er.

„Die erste Zeit nach meiner Genesung war die Hölle. Ich hatte schreckliche Schmerzen am ganzen Körper, konnte mit den verbrannten Händen nichts anfassen und auch nichts essen, weil ich keine Lippen mehr hatte. Nie werde ich den Moment vergessen, als ich zum ersten Mal mein Gesicht im Spiegel des Baders Jos sah. Nun verstand ich, warum die Menschen in den Dörfern, durch die wir fuhren, schreiend vor mir davonliefen. Das war der Moment, in dem ich den letzten Rest meines Glaubens an Gott verloren habe."

Auberlin hätte an dieser Stelle gerne etwas Tröstendes gesagt, aber es fiel ihm nichts ein und deshalb schwieg er.

„Ich wollte sterben, verachtet und ausgestoßen von allen, außer den Gauklern. Wochenlang verließ ich Marlas Ochsenkarren nur, wenn mir gar nichts anderes übrig blieb, um meine Notdurft zu verrichten. Vermutlich hätte ich meinem Dasein bald ein Ende gesetzt, hätte meine Geschichte nicht doch noch einmal eine unerwartete Wendung genommen." Barbara beugte sich ein Stück in Auberlins Richtung, ehe sie zum Ende ihres Berichts kam. „Eines Abends traten die Gaukler bei einer großen Hochzeit auf. Während die anderen mit den Dorfbewohnern feierten, hatte ich mich auf dem Karren gemütlich eingerichtet, so dass ich den Spielleuten bei der Arbeit zuschauen konnte, ohne dass mich jemand von draußen entdeckte. Ich weiß es noch so gut, als wäre es gestern gewesen. Eine junge Frau mit langen, dunkelroten Haaren kam um die Ecke, an ihrer Hand ein kleines, rothaariges Mädchen. Sie hob das Kind auf ihre Schultern, damit es Feo, unseren Feuerschlucker, besser sehen konnte. Die Kleine schaute wie gebannt zu, fast andächtig, bis sie krähend loslachte.

In dem Augenblick fiel mir alles wieder ein. Die Nacht, Das Feuer. Die offene Kammer. Das leere Bett. Alena. „Ungeduldig habe ich das Ende des Auftritts der Gaukler abgewartet. Sofort nach der Rückkehr der Spielleute in ihr Lager verlangte ich nach Feo, dem Feuerschlucker, der auch ihr Anführer war, und berichtete ihm von meinen zurückgekehrten Erinnerungen. Feo zweifelte an meinen Worten. Die Trauer um das verlorene Kind sei schuld an den Streichen, die mir von meinem Gedächtnis gespielt wurden. Für ihn gab es keine andere Möglichkeit als der, dass Alena tot war. Andernfalls hätten sie sie doch finden müssen. Ich wollte auf dem schnellsten Weg zurück nach Hause, am liebsten wäre ich sofort losgelaufen. Aber das ging nicht ..."

„Aber warum denn nicht?", unterbrach Auberlin.

„Weißt du, Auberlin, ich hätte es niemals bis hierher zurückgeschafft. Ich konnte mich nirgends sehen lassen, niemand hätte meine Wunden gepflegt. Niemand hätte mir zu essen gegeben. In den Schenken wäre ich erst gar nicht bedient worden, und Geld hatte ich auch keines. So musste ich warten, bis der Weg der Spielleute wieder nach Castell führte. In der Zeit lernte ich viel von Marla und ich half ihr, wo ich konnte, um meine Schuld bei ihr abzutragen. Fast ein Jahr hat diese Reise, die mir genauso lang vorkam, wie mein ganzes bisheriges Leben, gedauert.

Als meine beiden Füße zum allerersten Mal wieder die Heimaterde betraten, hatten die Bauern schon ihre Ernte eingefahren und es wurde langsam kalt."

Barbara schwieg schon eine ganze Weile, bis Auberlin endlich begriff, dass sie mit ihrer Erzählung am Ende war. Sie sah müde aus, fand er und es tat ihm leid, was diese Frau in ihrem Leben durchgemacht hatte.

Oder immer noch durchmacht, dachte er bei sich. *Denn anscheinend kann sie sich immer noch nicht mit dem Tod ihrer Tochter abfinden.*

Auberlin konnte sich nicht vorstellen, warum jemand ein kleines Kind entführt haben sollte. Und wer das getan haben sollte, wollte ihm erst recht nicht in den Kopf.

Er kam aber nicht mehr dazu, dieses Thema anzusprechen. Als er sie nämlich danach fragen wollte, beugte sie sich über den Tisch zu ihm und sah in eindringlich an. „Niemals werde ich den Augenblick vergessen, in dem mir Marla die Fibel in die Hand legte, nachdem meine Erinnerung zurück war. Die Gaukler hatten sie bei den dürren Sträuchern neben dem Turm gefunden, als sie nach uns suchten. Und nun lass' mich allein."

Draußen wurde Auberlin von Fleck schon sehnsüchtig erwartet. Fröhlich sprang der Hund um ihn herum und er lobte ihn, weil er so brav auf ihn gewartet hatte. Der Mönch tätschelte das Hundefell und band sein Pony los. Er nahm im Sattel Platz und das brave Tier brachte ihn den Trudberg sicher hinunter, im Schlepptau Fleck, ein Zustand, an den sich Auberlin mehr und mehr gewöhnte. Sein ursprünglicher Plan, Barbara zu ihrem Besuch der Kapelle zu befragen, hatte sich im Schatten der schrecklichen Ereignisse um die kleine Alena in Luft aufgelöst.

Auberlin wollte jetzt zur Burg zurückreiten, um selbst in der gräflichen Kapelle nach Hinweisen zu suchen. Dabei war ihm klar, dass die Hoffnung, dort auf etwas Interessantes zu stoßen, ziemlich gering war.

Während des Rittes grübelte er, warum ihm bisher niemand von der Existenz des Mädchens erzählt hatte. *Bei der nächsten Gelegenheit werde ich Waldebert danach fragen*, nahm er sich vor.

Kurze Zeit später überquerte er den Burggraben zum dritten Mal an diesem Tag, und weil er sich in der letzten Zeit so oft auf dem Stammsitz der Casteller Grafenfamilie aufhielt, scherte sich niemand mehr auch nur einem Deut um ihn.

„He, wo willst du denn hin?", rief er erschrocken, als sein Reittier plötzlich von selbst deutlich schneller wurde. Er lachte gutmütig, als er den Grund für die Eile des Tieres erkannte: „Du bist ja ein Schlauer! Kennst den Weg zu den warmen Stallungen und einer Mahlzeit schon ganz genau."

Auberlin sperrte es dort in einen leeren Verschlag und nahm ihm das Zaumzeug ab.

Mit Fleck an seiner Seite verließ er den Stalltrakt. Der Hund begleitete ihn treu bis zur Pforte der kleinen Kirche. Dort trennten sich ihre Wege vorerst, als der Mönch hineinschlüpfte und hastig die Tür wieder hinter sich ins Schloss zog.

Glück gehabt, dachte er bei sich, *außer mir ist niemand hier.*

Ohne zu wissen, wonach er suchte und vor allem ohne zu wissen, was er hier zu finden hoffte, blickte er sich um. Seine Schritte störten die träge Ruhe in dem kleinen Gotteshaus, als er an den Kirchenbänken entlang schritt, den Blick auf den Boden gerichtet. Auf den Bodenfliesen gab es aber nichts Ungewöhnliches zu entdecken. Er schaute hoch zu der kunstvoll bemalten Decke, aber auch dort gab es nichts Außergewöhnliches zu sehen. Auberlin stieg die morschen Holzstufen zur Empore hinauf. Ohne Erfolg. Auch wenn es sich für ihn nicht richtig anfühlte und ihn sein Gewissen plagte, öffnete er wenig später die Tür zur Sakristei. All die Utensilien, die hier aufbewahrt wurden, gingen ihn nichts an, das wusste er. Allerdings sollte er auch hier nicht fündig werden. Rein gar nichts wies auf die Kräuterfrau Barbara hin.

Schließlich, nachdem er sich noch den einzigen Beichtstuhl der Kapelle besehen hatte, blieb er ratlos vor dem rechten Seitenaltar stehen. Ohne die geschnitzten Heiligenfiguren, die den Altar zierten, wirklich wahrzunehmen, schaute er zu ihnen hinauf und haderte dabei mit sich selbst.

Ach, hätte ich doch gleich nachgeschaut. Vielleicht hatte sich Barbara ja mit jemandem getroffen, der sich noch länger in der Kapelle aufgehalten hat, um nicht mit ihr zusammen gesehen zu werden, schalt er sich.

Seine Finger knetend, ging er langsam zurück. Hinter den Kirchenbänken, direkt unter einem bunten Bleiglasfenster, befand sich ein steinernes Taufbecken.

Auberlin blieb davor stehen.

Was mag sie hier nur gewollt haben? Zum wiederholten Mal zerbrach er sich den Kopf über diese Frage. Barbara war nicht zum Beten hier gewesen, denn ihren Glauben hatte sie längst verloren. Ohne noch recht an den Sinn seines Handelns zu glauben, betastete er nun jeden der mausgrauen Steine des Taufbeckens.

Er fragte sich, ob sie den heiligen Ort, an dem sich nur selten Menschen aufhielten, missbraucht hatte, um mit irgendjemandem geheime und wichtige Nachrichten auszutauschen.

Aber selbst wenn es stimmt, wie soll ich dann jemals herausfinden, mit wem sie hier auf diese Weise in Kontakt tritt, spann er den Faden verzagt weiter.

Doch nichts. Kein lockerer Stein, keine Ritze, keine Möglichkeit, eine Nachricht zu verstecken. Außerdem konnte sie gar nicht schreiben, fiel ihm ein, nachdem er mit seiner Untersuchung fertig war.

„Irgendetwas muss sie doch hier gewollt haben", flüsterte Auberlin beinahe trotzig und sah sich abermals in der Kapelle um.

Am Ende jedoch war es wieder einmal der Zufall, der dem jungen Mönch half: Kurz bevor er aufgeben und gehen wollte, fiel sein Blick zufällig auf einen alten Opferstock, der, über und über mit Rost bedeckt, an der Säule angebracht war, auf der sich das steinerne Becken befand.

Was für ein ungewöhnlicher Ort für einen Opferstock, fuhr es ihm durch den Kopf, während er sich zu dem Kästchen hinunterbückte. Als seine Nase schon fast das rostige Türchen berührte, stieg ihm ein vage vertrauter Geruch in die Nase, den er zuerst nicht so sehr beachtete. Die Tatsache, dass jenes Türchen einen Spalt offen stand, interessierte ihn viel mehr.

Prüfend streckte Auberlin einen Finger in die schmale Ritze, aber es gelang ihm nicht, den Opferstock ganz zu öffnen. Erst als er es schließlich mit sanfter Gewalt probierte, gab die Tür nach und sprang mit einem Ruck auf. Außer dem Blick auf sein Inneres gab der Opferstock jetzt eine Wolke des Geruches frei, den Auberlin jetzt nicht mehr ignorieren konnte.

Salbei und Lavendel. Lavendel und Salbei. Würzig, ein wenig nach Medizin.

Auberlin überlegte angestrengt, woher er genau dieses Aroma kannte.

Sein Herz begann aufgeregt zu klopfen, als ihm die Lösung endlich einfiel: Es roch haargenau so wie in Barbaras Turm. Derselbe Geruch war durch seine Nase gezogen, als er zum ersten Mal unter ihren getrockneten Salbeisträußchen gestanden hatte.

Als er am Boden des Opferstocks noch die Reste eines getrockneten Krautes sah, fragte er sich, ob Barbara und eine mindestens zweite Person den Ort zur Übergabe von Dingen benutzt hatten.

Weiter kam der junge Mönch aber nicht mit seinen Überlegungen. Im nächsten Moment öffnete sich abermals die Tür der Kapelle.

Graf Wilhelm trat ein und schaute sich suchend um. Er sah nicht unbedingt erfreut aus, als sein Blick auf den jungen Auberlin fiel.

„Bruder Auberlin, du warst es also wirklich, den ich von meinem Fenster aus in die Kapelle schleichen sah."

Obwohl er gar keine Frage gestellt hatte, wartete er offensichtlich auf eine Erklärung für Auberlins Besuch in der Kapelle. Der tat so, als ob er sich besonders für das alte Taufbecken interessieren würde, und bemühte sich, möglichst unschuldig dreinzuschauen. Vielleicht würde es ihm sogar gelingen, sich dem Adeligen gegenüber gar nicht erklären zu müssen, falls ihm schnell genug ein Ablenkungsmanöver einfallen würde. Doch Auberlin war kein guter Lügner:

„Seid gegrüßt, Graf Wilhelm", brachte er nur hervor. Dass er mit diesem Satz den Graf niemals davon ablenken konnte, war ihm klar.

Verrätst du mir, was du hier, in meiner kleinen Kapelle suchst?", fragte der Graf mit strenger Stimme. „Suchst du etwa in dem Opferstock herum?" Misstrauisch hob der Graf seine ergrauten Augenbrauen. Scheinbar um sich selbst zu überzeugen, ob es dort etwas Interessantes zu sehen gab, trat er näher und beugte sich zu dem Kästchen hinunter.

„Hm, der ist leer", stellte Graf Wilhelm fest. „Das hätte ich dir gleich sagen können, Mönch und Freund meines Sohnes, der Opferstock wird seit Jahren nicht mehr benutzt." Nachdenklich kratzte er sich den silbergrauen Kinnbart, ehe er Auberlin wieder, interessiert und argwöhnisch zugleich, ansah. „Also, was hast du mit dem Ding zu schaffen?"

Auberlin überlegte fieberhaft, doch es wollte ihm keine glaubwürdige Erklärung einfallen. Um keinen Preis wollte er für einen Dieb gehalten werden. Ihm schwante, er würde sich an die Wahrheit halten müssen, wenn er bei Friedrichs Vater nicht in ein ganz falsches Licht rücken wollte.

„Ich habe heute eure Kräuterfrau aus dieser Kapelle kommen sehen und mich gefragt, was sie hier wohl gemacht hat", begann er vorsichtig, doch bevor er weitersprechen konnte, polterte der Graf schon verblüffend heftig los: „Jetzt fängst du auch noch mit dieser Verrückten an! Warum ist sie plötzlich in aller Munde? Erst kürzlich jammert mir die alberne Brigitta die Ohren voll, ich solle sie der Burg verweisen, und nun läufst du der Hebamme hinterher und siehst nach, was sie hier getan hat?"

Das Staunen des Grafen wirkte nicht gespielt, fand Auberlin.

„Was habt ihr bloß plötzlich alle mit diesem Weibsbild zu schaffen?"

Auberlin würde nicht um eine Antwort herumkommen, das stand fest.

„Ich finde ihr Verhalten einfach merkwürdig", setzte Auberlin zu einer Erklärung an.

„Merkwürdig?" Wieder hob sich die ergraute Augenbraue.

Auberlin nickte. Er rang verzweifelt die Hände, weil er nicht wusste, was und wie viel er von den Geschichten, die er gehört hatte, preisgeben durfte.

„Ich habe von jenem Feuer erfahren, das ihr Zuhause zerstört hat. Eine schreckliche Geschichte. Doch niemand hat mir gegenüber erwähnt, dass sie eine Tochter hatte, die in dem Feuer umgekommen sein soll."

„Warum sagst du, umgekommen sein soll?", bohrte der Graf.

„Weil sie mir sagte, das Mädchen hätte damals gar nicht den Tod gefunden, sondern sie sei entführt worden."

Auberlin zuckte erschrocken zusammen, als Friedrichs Vater schallend loslachte.

„Sicherlich, das Balg ist entführt worden. Bestimmt, um Lösegeld von der ach so wohlhabenden Hebamme zu erpressen."

Immer noch lachend schüttelte Graf Wilhelm den Kopf. „Du nimmst ihr doch dieses Märchen nicht ab, oder?"

Auberlin traute sich nicht, zuzugeben, dass er Barbaras Version immerhin für möglich hielt.

„Ich weiß es nicht. Sie sagte außerdem, sie habe ihr Vertrauen in Gott über diesen Ereignissen verloren. Warum aber besucht sie dann heimlich Eure Kapelle?"

Auberlin hoffte, er hatte nicht zu viel gesagt, und der Adelige würde nicht auch in dem Kästchen Nachsehen und die Hinterlassenschaften der Kräuterfrau entdecken.

„Mir ist es einerlei, was sie hier macht, obwohl ich sie noch nie leiden mochte. Anders als Richildis, die Mitleid hatte mit dem angeblich so gebeutelten Waisenkind, das Barbara nach dem Verschwinden ihrer Eltern geworden ist. Jede Menge nutzlose Kräuter und Salben hat Richildis bei ihr gekauft, nur aus Mitleid, hat sie mir gegenüber behauptet."

Jetzt war es an Auberlin, fragend eine Augenbraue hochzuziehen. Der Graf hatte sich in der Zwischenzeit dermaßen in Rage geredet, dass er gar nicht bemerkte, dass er mit seinen nächsten Sätzen Auberlins Neugier erst recht schürte:

„Nichts als Flausen hat die Barbara meiner Frau in den Kopf gesetzt. Richildis hat all diese Dinge nicht aus Mitleid gekauft. Dieser Verrückten ist es gelungen, meinem Weib von der Wirkung ihrer Mittelchen glauben zu machen. Salben für die ewige Schönheit, Pülverchen für die immerwährende Gesundheit, all sowas eben ..."

Auberlin verschränkte die Arme vor dem Körper und antwortete bedächtig: „Ich habe schon den Eindruck, als verfüge Barbara über ein gewisses Maß an Wissen, was ihre Kräutermedizin betrifft."

Graf Wilhelm wischte den Einwand mit einer wegwerfenden Handbewegung fort.

„Mir ist es einerlei, Bruder Auberlin, wie du über sie denkst. Aber lasse dir eines geraten sein ..." Die Augen des erzürnten Grafen verengten sich zu schmalen Schlitzen: „Höre nicht auf die Gerüchte, die mein Weib wegen ihres Umgangs mit der

Hebamme mit der Ketzerei in Verbindung bringen wollen. Jeder, der es wagt, das Andenken an meine Frau zu beschmutzen, wird es aufs Bitterste bereuen!"

Auberlin zog es vor, nichts mehr zu erwidern. Es wäre unklug gewesen, dem herrischen Aristokraten die Stirn bieten zu wollen. Er hätte für eine Erwiderung auch gar keine Zeit mehr gehabt, denn den Grafen hatte das Gespräch so erregt, dass er sich umdrehte und grußlos verschwand.

Auberlin blieb zurück. Immerhin glaubte er nun zu wissen, wozu Barbara den Opferstock benutzt hatte. Dem Grafen war der Umgang seines Weibes mit der Kräuterkundigen ein Dorn im Auge gewesen. Wahrscheinlich hatten die Frauen deshalb ihre Geschäfte in der Kapelle gemacht. So brauchte Barbara nicht in die Burg und die Gräfin, und auch andere, konnten ihre Bestellungen unauffällig abholen.

Zumindest ein kleines Rätsel war gelöst. Auberlin war nicht besonders verwundert darüber, wie schlecht der Graf von Barbara dachte. Niemand wollte die eigene Ehefrau verleumdet sehen.

Doch in jedem Gerücht steckt ein Fünkchen Wahrheit.

Das alte Sprichwort ging Auberlin durch den Kopf, als er sich ebenfalls daranmachte, die kleine Kirche zu verlassen.

10

Holunderblau

Zurück ins Kloster ritt Auberlin mit gemischten Gefühlen. Erst war er erleichtert gewesen, als er sein Pony über den Burghof zum Tor geführt hatte und dabei von Fleck keine Spur zu sehen war. Mit jedem Schritt über den Schlossberg hinunter aber plagte ihn das schlechte Gewissen mehr. Zu gerne hätte er gewusst, wo der Hund plötzlich geblieben war.

Ich sollte mir keine Gedanken darüber machen, wo Fleck jetzt ist. Wahrscheinlich ist er zurück zu den anderen Jagdhunden des Grafen gelaufen und hat mich längst vergessen. Und da gehört er auch hin!

Auberlin begann sich gerade für Fleck zu freuen, als er ein vertrautes Hecheln aus dem Unterholz hörte. Er lauschte in den Wald hinein und das Geräusch kam näher.

Als dann noch zwei schwarz-weiße Ohren zwischen den Zweigen sichtbar wurden, wusste Auberlin nicht, ob er froh sein sollte oder nicht.

„Ach, Fleck, du bist schlimmer als jede Laus. Die kann man leichter loswerden."

Eigentlich hätte ich mir denken können, dass er meiner Fährte folgt, dachte er und war insgeheim stolz auf die Zuneigung des Tieres. Trotzdem musste er ihn abschütteln.

„Ich fürchte, du kannst nicht mit ins Kloster. Die Brüder dort wären bestimmt nicht begeistert von deiner Anwesenheit."

Zu Auberlins Verdruss setzte sich Fleck jedoch neben das Pony und schaute erwartungsvoll zu ihm hinauf. Auberlin kratzte sich ratlos am Kinn.

Am liebsten hätte er das herrenlose Tier mitgenommen, wusste er doch, wie es sich anfühlte, wenn man nirgends hingehörte, keine Familie hatte. Nicht einmal die Sicherheit des Klosters und die Mönche, in deren Obhut er aufgewachsen war, konnten den Verlust seiner Familie ersetzen. Trotzdem musste er den Hund wegschicken, auch wenn es ihm einen Stich in seinem Herzen versetzte.

„Geh nach Hause, Fleck, hinauf zur Burg!", rief er dem Tier mit fester Stimme zu. „Hier im Wald kannst du nicht bleiben, und ins Kloster kannst du nicht mit." Er wedelte mit dem Arm, um das Tier wegzuscheuchen. Fleck blieb erst einmal sitzen. Er prüfte, ob es dem jungen Mönch wirklich ernst mit seinem Befehl war. Doch der junge Mönch überlegte es sich nicht mehr anders, und so trollte er sich endlich mit hängendem Kopf. Zur Sicherheit blieb Auberlin noch ein wenig stehen und tatsächlich drehte sich Fleck noch einmal nach ihm um. Auberlin scheuchte das Tier abermals weg. Dann ritt er schnell weiter, um den Hund nicht mehr ansehen zu müssen.

„Verstehst du, es geht einfach nicht. Die Mönche würden den Hund niemals im Kloster dulden", flüsterte er dem Pony zu, so, als ob er sich rechtfertigen müsse.

Das fuchsfarbene Tier schüttelte ungeduldig Kopf und Hals. Ihm schien es egal zu sein, was aus dem Hund wurde. Erst gut eine halbe Stunde später gelang es dem Mönch, den treuen Jagdhund aus seinen Gedanken zu verdrängen. In der Zwischenzeit war es bereits dunkel geworden und seine Gedanken kreisten wieder um Barbara.

„Weißt du, ich finde einfach keinen Grund, warum mich Waldebert belogen hat. Barbaras Tochter hat er mir verschwiegen!"

Das Pony antwortete erwartungsgemäß nicht und zockelte einfach weiter.

„Pah, ich habe ihm vertraut, dem sanftmütigen Riesen. Dabei hat er es nicht einmal für notwendig gehalten, mich auf Barbaras Anblick vorzubereiten. Und jetzt lügt er sogar noch."

Auberlins Schimpftiraden wollten kein Ende nehmen, er wetterte, bis er heiser war und sein Hals schmerzte. Rasch gesellte sich zu dem Kratzen im Hals noch ein trockener Husten. Das hatte ihm noch gefehlt!

Kränklich, zornig und enttäuscht von seiner Menschenkenntnis erreichte er schließlich das Kloster. Er passierte die Pforte und brachte das Pony zu den Stallungen, wo er es glücklich mit einer Extraration Heu zurückließ.

Er selbst hustete in der staubigen Stallluft noch mehr und so sah er zu, so schnell wie möglich an die frische Luft zu kommen. Quer über den Klosterhof machte er sich auf den Weg zum Haupthaus, in der sich die Küche der Benediktiner befand.

Dort wollte er um ein Stück Brot bitten, obwohl er keinen Hunger spürte. Der kleine Umweg würde ihm Zeit verschaffen. Danach aber machte er sich zögerlich auf den Weg zu dem kleinen Krankenhaus des Klosters.

Durch ein kleines Fenster in der schweren Holztür konnte Auberlin die zottelige Haarpracht Waldeberts erkennen. *Nun gibt es kein Zurück mehr*, dachte er und drückte die schwere Klinke hinunter. Hustend trat er ein.

„Guten Abend, Bruder Waldebert", begrüßte er den älteren Mönch kurz und schloss sogleich die Tür wieder hinter sich. Er wollte bei der folgenden Unterredung keine Zuhörer haben.

Waldebert war damit beschäftigt gewesen, die winzigen Blätter von getrocknetem Thymian von ihren dürren Stängeln zu zupfen. Aromatischer Kräuterduft erfüllte den kleinen Raum. Der gewaltige Mönch richtete sich erfreut auf, als er Auberlins Stimme erkannte. „Sei gegrüßt, Bruder Auberlin. Ich hoffe, du bist gekommen, um mir bei dieser lästigen, wenn auch notwendigen Arbeit zu helfen? Meine Pranken sind kaum geeignet, solch filigranes Werk zu verrichten!", scherzte er. „Aber was ist mit dir? Du hustest ja! Hast du dich erkältet? Warte, ich werde dir gleich einen heilsamen Tee von Salbeiblättern zubereiten."

In Waldeberts kleiner Apotheke stand immer eine Schüssel heißen Wassers, das von einem Kohlebecken warmgehalten wurde. Waldebert zog einen kleinen Beutel aus dem Regal. Er musste nicht lange überlegen, wo er seine Kräuter, Salben und Tiegel finden würde, so gut kannte er sich hier aus. Notfalls würde er sich hier blind zurechtfinden.

Auberlin wollte endlich aussprechen, was ihm auf dem Herzen lag, doch Waldebert ließ ihn nicht zu Wort kommen.

„Erst der Tee", beschied er und bedeutete Auberlin mit einer
Geste, den Mund wieder zu schließen.

Auberlin kapitulierte und schaute dem Infirmarius dabei zu,
wie er die getrockneten Blätter der Pflanze in seinem schweren
Mörser grob zerkleinerte. Würziger Salbeigeruch lag in der Luft.
Auberlin tat es um die Blätter leid, die ihren warmen, samtigen
Glanz unter Waldeberts Pistill verloren. Am Boden des Mörsers
wurden die Blätter so grün wie die Blätter mancher Laubbäume,
wenn der Sommer zu Ende ging und der Herbst nahte. Frisches
Grün, das sich seit langen Wochen von der Sonne nährte und
kurz davor stand, sich noch einmal mit aller Kraft aufzubäumen.
Es leuchtete dann in kräftigen Rot- oder Brauntönen, bevor es
schließlich sein Leben aushauchte, um dem ersten Schnee als
weiches Polster zu dienen. Auberlin wurde es leichter ums Herz,
als er an den Frühling und den Sommer dachte. So viele
Grüntöne, die er kannte. So viele Grüntöne, die er noch
entdecken wollte! Auberlin sah sich in seinem Skriptorium mit
Lauchstengeln und Petersilienpflanzen hantieren, um ihnen
ihren Farbstoff zu entlocken, was ihm gelungen war. Nur Bruder
Simon rang die Hände über dem Kopf, als er das Schlachtfeld
sah, das den Tisch des jungen Buchmalers überzogen hatte.
Einmal führte Auberlin den Auftrag aus, eine Miniatur zu
kopieren, die die Ankunft des heiligen Kilian in Würzburg
darstellte. Die Umhänge von ein paar Gefolgsleuten des irischen
Glaubensboten waren in einem ganz zarten Grün, wie von frisch
ausgetriebenen Himbeerblättern. Trotzdem wurden sie der
Hoffnung, die Auberlin in dem Bild fand, nicht gerecht, hatte er
befunden und es sollte nicht lange dauern, bis er zusammen mit
Bruder Simon aus Malachit und einigen anderen, helleren
Farbstoffen einen Farbton fand, den sie beide zufrieden Maigrün
nannten. Ihr Maigrün passte nach der Meinung der beiden
wunderbar zu dem Heiligen.

Auberlin kam erst wieder aus seiner Gedankenwelt zurück, als
Waldebert mit dem dampfenden Tee genau vor seiner Nase
wedelte und mit dröhnender Stimme fragte: „Was ist nun? Hilfst
du mir mit dem Thymian, wenn du deinen Tee getrunken hast?"

Auberlin schüttelte den Kopf. „Ich muss mit dir reden. Ich war heute nochmal bei Barbara." Weiter kam er nicht, dann wurde er von einem bösen Hustenanfall unterbrochen.

Waldeberts Stirn kräuselte sich fast unmerklich. „So? Was hast du denn da draußen gemacht?", fragte Waldebert, scheinbar ohne besonderes Interesse. Blatt um Blatt zupfte er weiter.

„Ich wollte sie noch einmal zu jener Nacht befragen, in der ihre Behausung abgebrannt war. Zu viele Fragen sind für mich offengeblieben ..." Auberlin sprach an dieser Stelle nicht weiter.

Waldebert aber wollte den Faden partout nicht aufnehmen und bearbeitete seine Kräuter betont unberührt weiter. Doch seine fahrigen Bewegungen verrieten ihn.

„Die Barbara hat wirklich etwas sehr Interessantes, Wichtiges erzählt. Geradezu etwas Unglaubliches ..."

„So? Hat sie? Was hat sie denn gesagt?" So sehr Waldebert sich auch anstrengen mochte, gelang es ihm doch nicht, seinem Gesicht einen unbeteiligten Ausdruck zu geben.

An der Stelle hielt Auberlin es nicht mehr aus: „Eine Tochter hat sie gehabt, die Barbara! Eine Tochter, von der seit der Brandnacht jede Spur fehlt. Und sag mir nicht, du hast nichts von dem Kind gewusst. Bitte spiel mir jetzt nichts mehr vor. Ihr beide seid doch so etwas wie Freunde! Freunde, wie wir es auch sind, dachte ich." Waldeberts rundes, fleischiges Gesicht wurde so weißlich fahl wie das Wachs der kleinen Kerze, die vor ihm auf dem Tisch stand. Nur ein paar Augenblicke später wechselte die Farbe seiner Haut zu einem dunklen, kräftigen Rot, so rot, wie Waldeberts knollige Nase leuchtete, als er mit Auberlin durch den winterlichen Wald gestapft war.

Waldebert rieb sich mit seinen Fingern übers Gesicht, ehe er zu sprechen begann: „Es stimmt, was du sagst", seine kräftige Stimme war zu einem Flüstern geworden, „Freunde sind wir, die Barbara und ich." Auberlins blaue Augen funkelten ungeduldig.

„Seit langem sind wir Freunde, die einst so schöne Barbara und ich, der Waldschrat." Waldebert lächelte wehmütig. „Ich habe viel von ihr gelernt, das kannst du mir glauben. Was habe ich nicht alles auf mich genommen, um von ihr lernen zu können.

Die Mönche hier halten nichts von ihr, das weißt du ja mittlerweile. Das war schon immer so, ist nie anderes gewesen." Tiefes Bedauern klang in seiner Stimme.

„Das Kind, Waldebert, was ist mit dem Kind?", fiel Auberlin dem älteren Mönch ins Wort.

Waldebert seufzte. „Alena war ein wundervolles, lebhaftes Kind, ihrer Mutter wie aus dem Gesicht geschnitten. Ich habe das Kind nie traurig oder trotzig erlebt, nur fröhlich und ausgelassen. Und dann, mit einem Mal, waren sie weg, beide Opfer des Feuers." Waldeberts Augen wurden bei diesen Sätzen unendlich dunkel und traurig.

Ein unaussprechlicher Verdacht ergriff von Auberlin Besitz. Saß vor ihm etwa der Vater des Kindes?

„Ich habe nie an den Tod der beiden geglaubt. Barbara war äußerst wachsam und vorsichtig, sie wusste um die Gefahren, die im Wald auf das Kind lauerten.

Außerdem wäre sie niemals leichtsinnig mit ihrer Feuerstelle umgegangen. Und Gewitter gab es keines, in jener Nacht, die alles veränderte ..." Waldeberts kräftige Schultern hingen kraftlos herab, er sah aus, als sei alles Leben, jede Freude, aus ihm gewichen.

„Warum hast du mir nicht die wahre Geschichte erzählt, Waldebert? Warum hast du mir sie so erzählt, wie sie alle hier erzählen?" Auberlins Stimme war heiser geworden.

Waldebert zerkrümelte das trockene Kraut unter seinen kräftigen Fingern. Es knisterte leise. Mit einem Mal fuhr Waldebert zur Auberlin herum: „Warum ich dir die kleine Alena verschwiegen habe? Das will ich dir sagen! Weil diese Geschichte ein Ende finden muss! Barbara muss endlich zur Ruhe kommen! Sie muss sich mit dem Tod ihrer Tochter abfinden, sonst wird sie noch verrückt und sich um ihres toten Kindes willen ins Unglück stürzen." Niedergeschlagen und hilflos vergrub der Infirmarius sein Gesicht für einen Moment in seinen Händen. „Ich weiß, sie weint immer noch jede Nacht um ihre verlorene Tochter. Nach all der Zeit, die vergangen ist. Kannst du dir vorstellen, wie Barbara zumute sein muss?" Dunkles Feuer loderte in

Waldeberts Augen. „Schützen wollte ich sie, deshalb habe ich dir nichts erzählt. Wollte vermeiden, dass du anfängst, Fragen zu stellen. Was soll es schon bringen, wenn ihre Wunden wieder und wieder aufgerissen werden? Niemand glaubt ihr. Schlimmer noch, die Mönche hier argwöhnen, sie selbst könnte ihr Kind dem Teufel geopfert haben. Nur beweisen können sie natürlich nichts. Und doch verstummt dieses Gerücht niemals! Dabei sind es die feinen Damen da oben, die sich den schwarzen Künsten verschrieben haben, und nicht sie." Waldebert schluckte schwer, so viele Worte sprach er selten auf einmal. „Ich kann jetzt einen Becher Wein vertragen."

Ohne auf Auberlin zu achten, holte der Riese eine bauchige Flasche samt Becher unter seinem Pult hervor. Ehe er sich einschenkte, schaute er über seine Schultern in alle Richtungen, dann lauschte er angestrengt.

Auberlins fragender Blick ruhte auf ihm.

„Ich hatte mal ein Problem damit. Die Brüder meinen, ich sollte besser nichts trinken", murmelte Waldebert in seinen buschigen Bart hinein. „Hab deshalb auch nur einen Becher hier, bin nicht auf Gäste eingerichtet." Waldebert streckte Auberlin den nun vollen Becher hin.

Auberlin knetete seine Finger, ehe er den Becher nahm und einen kleinen Schluck daraus trank. Er reichte den Becher zurück und versuchte, das Gehörte zu verarbeiten. Waldebert als Trunkenbold? Das passte gar nicht zu dem Bild, das Auberlin sich von dem Infirmarius gemacht hatte.

„Der Barbara wird übel mitgespielt, Bruder Waldebert, darin stimme ich vollkommen mit dir überein. Aber trotzdem gab es keinen Grund für dich, mich anzulügen."

„Grund oder nicht Grund, das ist mir egal! Es ist nicht gut für Barbara, wenn jemand versucht, Licht ins Dunkel zu bringen!" Zornig schüttelte Waldebert den Kopf. „Niemand weiß doch, was sich da draußen zugetragen hat! Keiner kann sagen, wo ihr Mädchen geblieben ist. Mir kam es schon wie ein Wunder vor, als sie selbst wieder auftauchte. Jeder Vorstoß, dieses Geheimnis zu lüften, lässt die Mönche und die feinen Herren oben auf der

Burg aufhorchen!" Waldeberts Stimme klang jetzt wie ein gewaltiges Donnergrollen, erst nur leise, dann aber schwoll seine Stimme mit jedem Wort mehr und mehr an. Die letzten Worte schrie er fast und Auberlin zuckte unwillkürlich zusammen. Er überlegte schon, wie er den aufgebrachten Mönch beruhigen sollte, da schwang die Tür hinter Auberlin mit einem leisen Quietschen auf. Die Person, die sie öffnete, füllte den Türrahmen fast gänzlich aus.

„Ich will eure Unterredung nicht stören, meine Brüder, ich wollte nur sehen, ob ich den Würzthymian schon mitnehmen kann, den du mir versprochen hast, Bruder Waldebert."

Auberlin erkannte die volltönende Stimme des Bruders Kellermeister. Cellerarius lautete die offizielle Bezeichnung für das gewichtige Amt. Bruder Leberecht war etwas kleiner als Waldebert, bei weitem nicht so muskulös, dabei aber doch annähernd so schwer wie sein Ordensbruder, schätzte Auberlin. Den weltlichen Freuden war der Mönch augenscheinlich nicht abgeneigt. Die Brüder der Gemeinschaft und besonders der Abt nahmen ihm seine Schwäche aber nicht übel. Sie hielten große Stücke auf ihn und seinen scharfen Verstand, mit dem er schon so manch klares Urteil gefällt hatte. Eher rau im Umgang, aber doch gerecht und gütig im Herzen, so war er Auberlin beschrieben worden.

Auberlin hatte den Eindruck, als hätte der Kellermeister das Gespräch schon eine ganze Weile von draußen belauscht, denn dessen Gesichtsausdruck wirkte auf ihn nur aufgesetzt arglos.

Einen Moment lang starrte Waldebert den Cellerarius wortlos an, als müsse er erst darüber nachdenken, wovon Leberecht sprach. Waldebert setzte eine unbefangene Miene auf: „Ah, Bruder Leberecht, du hast dich persönlich auf den Weg zu mir gemacht, wie schön." Waldebert probierte ein unverfängliches Lächeln. Den Wein ließ er einfach stehen. Er wusste, alles andere hätte die Aufmerksamkeit des Kellermeisters erst recht auf den ihm verbotenen Alkohol gelenkt.

Waldebert stand auf und stopfte die gezupften Blätter ungeduldig in kleine Leinenbeutel, die vor ihm auf dem Tisch bereitlagen. Sollte Leberecht Waldeberts Anspannung aufgefallen sein, merkte man ihm dies nicht an.

„Es dauert nur noch einen Moment, bis die Kräuter für die Küche verpackt sind", klärte Waldebert den Wartenden auf.

„Nur die Ruhe, Bruder Waldebert, ich habe keine Eile."

Bruder Leberecht wandte sich an Auberlin, der Waldebert schweigend beobachtete: „Ich freue mich, dich zu sehen, Bruder Auberlin. Unser kurzes Gespräch nach deinem ersten Frühmahl hier habe ich sehr genossen. Junge Geister mit frischen Ideen sind es, die uns in unserer Gemeinschaft fehlen." Leberecht nickte wohlwollend, um seine Bemerkung zu unterstreichen.

„Ich fühle mich geehrt, Bruder Leberecht, aber die jungen Geister, die ihr braucht, müsst ihr hier in der Nähe suchen, denn ich hoffe, ich kann in nicht allzu ferner Zeit wieder die Rückreise in meine Heimat antreten." Auberlins Gesicht hellte sich beim Gedanken an sein Heimatkloster auf. Er fühlte sich geschmeichelt von den Worten des älteren Mönches, auch wenn er sich im Moment nicht daran erinnern konnte, worüber sie gesprochen hatten.

Der kräftige Mönch nickte wieder, diesmal voller Verständnis. „Wie wäre es, wenn du mich in mein Refugium begleitest? Um dich abzulenken? Wir haben heute Nachmittag einen kleinen Posten Stoffe bekommen, die ich noch ordnen und katalogisieren muss. Vielleicht können die vielen Farben der Stoffe dein Heimweh ein wenig lindern?"

Bei der Erwähnung der Farben konnte sich Auberlin wieder an den Inhalt ihres Gespräches erinnern: Es handelte von der Bedeutung und dem Nutzen von den vorgeschriebenen Farben der Kleidung je nach Stand und Ansehen der Menschen. Auberlin sprach sich gegen diese Stigmatisierung, wie er es nannte, aus, vertrat er doch die Meinung, es sei gottgewollt und richtig, den Mitmenschen ohne Vorurteile gegenüberzutreten. Würde der Mensch sonst nackt geboren werden?

Auberlin musste nicht lange über Leberechts Vorschlag nachdenken und nahm das Angebot des Cellerarius an. Er folgte ihm, ohne noch einmal ein Wort an Waldebert zu richten, nach draußen.

Schweigend machten sich die ungleichen Gestalten auf den Weg zu den großen Vorratskellern des Klosters, die Bruder Leberecht verwaltete.

Auberlin spürte, wie die Kälte mit jedem Schritt über die Treppe hinunter, die zu den Lagerräumen des Klosters führte, zunahm und seine Beine hinaufkroch.

In den düsteren Kellergängen angekommen, führte Bruder Leberecht seinen Besucher mit zielstrebigen Schritten zu einer kleinen Kammer, in der eine kleine Öllampe leuchtete. Auch hier wärmte ein Kohlebecken die abgestandene Luft in dem kleinen Raum.

Auberlin sah sich neugierig um. Die vier Wände des quadratischen Zimmers wurden von hölzernen Stellagen verdeckt, die bis zur Zimmerdecke reichten. Nur die Aussparung für die Tür hatte ein geschickter Zimmermann frei gelassen. In der Mitte des Raumes stand ein massiver Holztisch, dessen Tischplatte zu einem Drittel von einer Waage eingenommen wurde. Daneben die Öllampe, davor eine Schreibfeder und ein Fässchen Tinte.

Über diesen Tisch geht alles, was im Kloster gebraucht wird. Hier kommt alles an, dachte Auberlin. Es kam Auberlin so vor, als wären die Gerüche fremder Welten in dem Raum gefangen worden.

Leberecht zog die Tür hinter sich zu und trat in den Schein der Lampe. „Du wirst mir die Störung eures Gesprächs doch nicht übelnehmen?" Das Wort ‚Gespräch' betonte Leberecht ganz besonders. „Ich war gerade auf dem Weg zu unserem ehrwürdigen Prior, da habe ich unfreiwillig Teile eurer Unterhaltung mitbekommen. Laut genug war unser Bruder Waldebert ja mal wieder. Wie so oft, wenn die Rede auf die Heilerin aus dem Wald kommt."

Auberlin konnte Leberechts Lächeln an dieser Stelle nicht so recht einordnen, er konnte nicht erkennen, ob der Kellermeister die Sorge Waldeberts um Barbara verstand, oder ob er ihn heimlich verlachte.

„Weißt du, Auberlin, du magst ein schlauer Kerl sein, aber trotzdem hat es sich mittlerweile in der ganzen Grafschaft herumgesprochen, was du vorhast. Du und Friedrich, ihr wollt ein paar Geheimnisse der Grafschaft lüften. Alte, modernde Geheimnisse, aber auch die brandneuen." Bruder Leberecht hob seine Hand und zeigte damit auf seinen Besucher: „Und du wüsstest gerne, ob und wie alles zusammenhängt, nicht wahr?" Der Cellerarius blickte dem jungen Auberlin unverwandt in die Augen.

Es scheint unmöglich, diesem Mann etwas vorzumachen, schoss es Auberlin durch den Kopf, ehe er bedächtig nickte: „Ich staune darüber, wie schnell sich mein Vorhaben verbreitet hat." Die glatte Stirn Auberlins kräuselte sich: „Und einfacher macht es die Dinge wahrlich nicht für mich, wenn jedermann weiß, was mein Anliegen ist. Sag, Bruder Leberecht, wissen die Menschen auch von Friedrichs Verwicklung in die Sache? Er war es, der zuerst an den angeblichen Zufällen zweifelte ..."

Der Cellerarius nickte und schien belustigt: „Selbst die Wände haben Ohren auf der Burg, wusstest du das nicht? Ganz zu schweigen von den Stallburschen, Kammerdienern und den Küchenmägden."

Auberlin errötete. Was war er für ein Narr gewesen, zu glauben, er könnte seine Ermittlungen im Geheimen führen? Auberlins Mut sank. Konnte er trotzdem noch hoffen, etwas herauszubekommen? Er stellte diese Frage dem älteren Leberecht.

„Aber natürlich, junger Freund, wenn es jemanden gibt, der seinen Mitmenschen Böses will, so ist er zwar jetzt gewarnt, aber auch aufgeschreckt. Wenn du Glück hast, wird er jetzt aus Nervosität sogar einen Fehler machen."

Auberlin verzog sein Gesicht. Würde sich ein kaltblütiger Mörder von ihm, einem kleinen Mönch, aus der Reserve locken lassen? Die Zweifel standen ihm deutlich ins Gesicht geschrieben.

„Nur Mut, Auberlin, du wirst sehen, jeder begeht irgendwann

einen Fehler", versuchte ihn der Kellermeister aufzumuntern. Leberecht schien fürs Erste nicht mehr über die Mordfälle sprechen zu wollen. Er wandte sich einem kratzigen Leinensack zu, der hinter ihm in der untersten Stellage lag. Er zog den Sack hervor, öffnete ihn und breitete den Inhalt vor Auberlin auf dem Tisch aus. Auberlin staunte, als er die groben Wollstoffe sah, von denen jeder eine andere Farbe hatte.

Der Stapel vor ihm enthielt hauptsächlich gelbliche und bräunliche Stoffe, aber auch verschiedene Rot- und Violett-Töne waren darunter.

Auberlin hatte bisher in seinem ganzen Leben noch nichts anderes als seine Ordenstracht getragen, die aus einem weißen, wollenen Habit und einem grauen Umhang darüber, dem Skapulier, bestand. Mit anderen Stoffen und den verschiedenen Arten, mit denen sie bearbeitet wurden, hatte er bislang noch nichts zu tun gehabt, und er interessierte sich auch nicht besonders dafür.

Die ausgebreiteten Stoffproben aber glänzten, leuchteten und schimmerten in herrlichen Farben. Auberlin trat fasziniert einen Schritt näher. „Wofür brauchst du all diese Stoffe, Bruder Leberecht? Es müssen über zwanzig verschiedene sein!" Ohne die Antwort des Kellermeisters abzuwarten, streckte sich Auberlin nach den bunten Stoffen aus.

„Vorsicht, einige sind mit Pisse versetzt!", grinste Bruder Leberecht. Auberlin ließ die Hand sinken. Ungläubig starrte er auf den farbenprächtigen Haufen.

„Keine Sorge, nur die prächtigen blauen hier", erklärte Leberecht gut gelaunt. Er fischte ein indigoblaues Stück Leinen heraus und legte es in Auberlins Hände, der nicht wusste, wie er sich verhalten sollte. Steif wie ein Stock stand er da, die rauen Leinen zwischen den Fingern.

„Dieses wunderbare Indigoblau wird aus einer Pflanze namens Färberwaid gewonnen. Die Färber ernten die Blätter, wässern und quetschen sie. Der so hergestellte Brei wird in Fässern gelagert, diese werden mit Urin und Asche aufgefüllt und so werden sie erst einmal stehen gelassen. Ein erbärmlicher Gestank entsteht, wie du dir sicher vorstellen kannst. Wenn das Ganze fertig ist, wird nasser Stoff in diese Brühe getaucht, der sofort gelb wird. Durchs Trocknen an der Luft aber entsteht schließlich indigoblau." Bruder Leberecht beendete hier seinen kleinen Vortrag und fügte noch, viel leiser, ein Gemurmeltes: „So ähnlich jedenfalls", an.

Auberlins Faszination war fürs Erste verflogen. Er war blass geworden. So hatte er sich die Vorgänge nicht vorgestellt. Er war sich nicht ganz sicher, ob er die Herkunft der anderen Farbtöne überhaupt noch erfahren wollte. Bruder Leberecht schien seine Gedanken zu erraten: „Ich hätte dir von der Sache mit dem Indigo vielleicht erst später erzählen sollen", meinte er bedauernd. „Aber ich dachte, wer Mörder fangen will, den juckt ein wenig Pisse nicht", fügte er schelmisch hinzu. Bruder Leberecht rieb sich zufrieden seinen beträchtlichen Bauch. Er schien belustigt darüber zu sein, den jungen Mönch aus der Fassung gebracht zu haben.

Auberlins Gesicht nahm in der Zwischenzeit wieder seine normale Farbe an. Er schluckte. „Kannst du mir trotz dieses wenig schönen Einstiegs noch etwas mehr über die anderen Stoffe hier verraten?", fragte er tapfer.

Bruder Leberecht nickte. „Genau kenne ich mich in der Welt der Farben auch nicht aus, nur die Grundlagen der Färbekunst sind mir vertraut." Der korpulente Leberecht setzte sich auf die Tischkante.

Auberlin hoffte, er würde dadurch den Tisch mit den Stoffproben darauf nicht zum Kippen bringen. Für den Kellermeister aber stellte der Tisch eine oft genutzte Sitzgelegenheit während seiner Arbeit dar, wovon Auberlin natürlich nichts wissen konnte.

Mit ein paar schnellen Handgriffen sortierte Leberecht die Stoffe. Er stapelte die gelblichen und die bräunlichen Tücher aufeinander, die seiner Auffassung nach alle im Zwiebelsud geschwommen waren. Bruder Leberecht tat dieses Verfahren mit einer Handbewegung ab, es stellte für ihn nichts Besonderes dar.

Auberlins Blick aber heftete sich die auf die Stoffe. Er war beeindruckt von den Möglichkeiten, die der Umgang mit der so alltäglichen Gemüsepflanze bot. Einer der helleren Töne erinnerte Auberlin an die Farbe von frischen Eiern, die Hühner in das goldene Stroh des klösterlichen Geflügelstalls legten.

Ein anderes Stoffstück trug die Farbe von frischer, cremiger Sahne. Und die Farbe eines dritten, stellte Auberlin fest, glich der Farbe von feinem Karamell, das der Küchenmeister des Klosters für so manche Nachspeise herstellte. Der süße Duft dieser Köstlichkeit setzte sich beim Gedanken an sie in Auberlins Nase fest. Auberlin lächelte, als sich diese wunderbare Erinnerung mit dem grässlichen Gestank vermischte, der entstanden war, als der Küchenmeister einmal nicht aufpasste und der Zucker in seiner Pfanne schwarz wurde.

Diese Farben, diese Erinnerungen allesamt entstanden aus einer Zwiebel? Im Gegensatz zu Auberlin schien der Kellermeister diesen Eindrücken gegenüber blind zu sein.

Bruder Leberecht befühlte ein dickes Wollknäuel mit seinen kundigen Fingern. Er rieb den Anfang des Fadens zwischen Daumen und Zeigefinger und beroch ausgiebig die Fasern. Unwillig schüttelte er seinen kahlgeschorenen Kopf und ließ die Wolle zurück auf die Tischplatte fallen.

Auberlin trat heran. „Was machst du denn da?"

„Die Färbereien mit Holunder taugen nichts." Missbilligend zeigte Leberecht auf die bräunlich-violette Wolle auf dem Tisch.

„Aber die Farbe ist doch hübsch", warf Auberlin ein. „Edel, sogar ein wenig mystisch, würde ich meinen."

„Hübsch vielleicht", nickte Leberecht. „Aber wenn das gute Stück erst einmal nass wird, wird es so blass wie die Nase eines Mönches, wenn er auf den Leibhaftigen trifft." Zum Beweis spuckte er auf die Spitze seines rechten Zeigefingers und legte den Anfang in die Spucke hinein. Die Fasern schienen bald fleckig, dort, wo sie feucht geworden waren.

„Wie schade!", seufzte Auberlin, als er den Schaden besah. „Gibt es keine anderen Möglichkeiten, diese oder eine ähnliche Farbe zu gewinnen?"

„Doch, bestimmt. Wir sind aber nicht hier, um neue

Färbetechniken zu ersinnen. Meine Aufgabe ist es, die Qualität der Stoffe und Farben hier zu prüfen, um entscheiden zu können, mit welchen der Stoffe wir einträgliche Geschäfte machen können, wenn wir mit ihnen handeln."

Ob die Qualität seines Skapuliers Gnade vor Leberechts strengen Augen gefunden hätte, überlegte Auberlin im Stillen, aber im Grund war es ihm egal, Eitelkeit jeder Art waren ihm fremd.

Er nickte. Er verstand, auch wenn er nur zu gerne noch mehr über die Färberkunst erfahren hätte. Er erinnerte sich an die buntgefärbten Wollstränge bei Barbara. Vielleicht konnte sie seinen Wissensdurst stillen? Auberlin nahm sich vor, das Kräuterweib einmal danach zu fragen. Während Leberechts Vortrag hatte Auberlin es geschafft, nicht an die Todesfälle zu denken. Jetzt aber wanderten seine Gedanken wieder dahin zurück, ohne dass er etwas dagegen tun konnte.

Bruder Leberecht teilte die Stoffe in zwei Haufen auf. *Brauchbare und unbrauchbare,* wie Auberlin vermutete.

„Bis jetzt gibt es nicht eine einzige, brauchbare Fährte", entfuhr es ihm, noch bevor er sich selbst zügeln konnte.

Zu Auberlins Überraschung schlich sich der Kellermeister leise zur Tür, öffnete sie, schaute nach links, spähte nach rechts, und zog sie dann vorsichtig wieder zu, nachdem er sich vergewissert hatte, dass niemand ihr Gespräch belauschte.

„Auch hier in der Abtei lauern überall gespitzte Ohren", flüsterte er verschwörerisch. „Aber hierher in mein Kellergewölbe verirren sich die Brüder nur selten. Zu ungemütlich ist es ihnen hier unten."

Bruder Leberecht lehnte sich an die Tür. Sein Rücken war fast genauso breit wie sie.

„Ich habe mir auch schon meine Gedanken darüber gemacht, was hier vor sich geht. Bisher habe ich mich nicht besonders für die gräfliche Familie interessiert, es sei denn, eines ihrer Mitglieder hat sich mal wieder danebenbenommen. Gerade die Gräfin mit ihrer Vornehmtuerei und ihrer Blasiertheit hat mehr als einmal unfreiwillig ein paar Lacher herausgefordert. So hat sie einmal an einem großen Markttag eine junge Gänsehirtin gefragt, ob ein Erpel denn eigentlich die Gänse oder deren Eier besteigen würde. Die Gänsemagd hatte die Frage erst für einen Scherz gehalten, aber Richildis war völlig ernst geblieben. Sie alleine hätte einen Spielmann sein ganzes Leben lang mit Geschichten versorgen können."

Der Kellermeister lachte in sich hinein. „Dabei war die werte Gräfin aber alles andere als komisch." Die Stimme des Kellermeisters wurde mit einem Mal ernst. „Frag deinen Freund Waldebert. Er erzählt jedem hier, dass sie es war, die das Unglück über die einst blühende Grafschaft gebracht hat. Sie, mit ihrer Prunksucht und ihren geheimen Ritualen." Die Lippen des Cellerarius verzogen sich missbilligend. „Ich persönlich habe ihr so viel Macht gar nicht zugetraut. In meinen Augen war sie eine eitle Pute, die sich in ihrer Langweile mit den falschen Sachen beschäftigt hat. Wie tief sie allerdings in diese geheimen Machenschaften verstrickt war, weiß Gott alleine."

Auberlin konnte nicht gutheißen, in welchem Ton der Cellerarius über die Verstorbene sprach, doch er ahnte, er war gut beraten, zu schweigen, wenn er noch mehr erfahren wollte. Schließlich war der Kellermeister der Erste, der so offen mit ihm über die Adeligen der Burg sprach.

„Ständig soll sie dem Grafen in den Ohren gelegen haben, was für ein rückständiges Leben sie auf der Casteller Burg führen müsse. Ein Leben ohne Kultur und Tanz, ein Leben ohne Tand und Prahlereien. Von diesen Problemen wird dir aber sicher dein Freund Friedrich schon erzählt haben, vermute ich", Leberecht machte eine wegwerfende Handbewegung. „Die Flausen in ihrem schönen Kopf waren aber noch nicht das Schlimmste." Der Kellermeister seufzte. „Der Graf musste am Ende einige seiner Dörfer verkaufen, um genug Geld für Richildis herbeizuschaffen. Damit war aber nicht genug. Die Dame des Hauses war immer noch nicht zufrieden. Aus ihrer Langeweile heraus begann sie, sich mit okkulten Dingen zu beschäftigen."

Auberlin runzelte erschrocken die Stirn. *Sollte es doch wahr sein, was bisher nur als Raunen durch die Grafschaft flog? Die Gräfin, eine Hexe?*

„Was sie genau tat, und warum, und wer noch mitgemacht hat, wenn sie die Türen hinter sich verschlossen hat, weiß wohl niemand." Der Kellermeister schob sich, so nahe sein beträchtlicher es Bauch zuließ, an Auberlin heran. Auberlin konnte den Knoblauchatem des anderen riechen.

„Ich denke, einer der eifrigen Mönche hier wollte ihrem Treiben ein Ende setzen." Leberecht brachte seinen schweren Vorwurf so gleichgültig daher, als würde er mit dem jungen Mönch über das Wetter sprechen.

Auberlin dagegen sog scharf die Luft ein: „Bei allem Respekt, Cellerarius Leberecht, aber du musst dich irren. War ich bis eben noch erstaunt, wie abschätzig du von deinen Brüdern redest, so bin ich jetzt entsetzt. Oder empört? Ich denke, entsetzt ist das richtige Wort. Verzeih mir meine Offenheit." Auberlin schnappte nach Luft.

Bruder Leberecht aber schien nicht im Mindesten beeindruckt. Auberlin war sich nicht einmal sicher, ob es nicht ein verschmitztes Lächeln war, das die Mundwinkel des Kellermeisters anhob.

„Natürlich verzeihe ich dir", entgegnete Leberecht ernst. Sein Ton war nun vollkommen sachlich, jede Höhe und jede Tiefe verschwand aus seiner Stimme: „Du hast die Wahrheit ohne jeden Zweifel erkannt und hast den Mut gehabt, sie offen auszusprechen. Warum sollte ich dir zürnen? Mich wundert es, dass du, Auberlin, trotz deines wachen Verstandes und deinem klaren Geist, diese einfachen Tatsachen nicht erkennen willst! Oder hast du der hässlichen, ungeliebten Mutter Wahrheit, die keiner haben will, längst in ihre ungetrübten Augen geblickt?"

Jetzt war es an Auberlin, verschmitzt zu grinsen. „So ein Maß an Poesie hätte ich dir gar nicht zugetraut, Bruder. Dein nüchterner Tonfall vertrug sich eben überhaupt nicht mit deinen dramatischen Worten."

„Die Dramatik ist wirklich nicht mein Fach, das gebe ich gerne zu." Der Kellermeister betrachtete seine schwieligen Hände, die die Geschichten von harter Arbeit erzählen konnten. Hände, die so ganz anders beschaffen waren, als die zarten Finger Auberlins.

„Aber dieses scheinheilige Getue hinter den Mauern unseres ehrwürdigen Klosters, die falschen Gebete, die gespielte Nächstenliebe, all das lässt mich schier aus meiner dicken Haut fahren."

Auberlin betrachte besorgt das gerötete Gesicht Leberechts. Das Herz des wohlbeleibten Mönchs würde seinen Besitzer doch nicht gerade jetzt im Stich lassen?

„Hand aufs Herz, Auberlin, was denkst du, wie viele der Brüder hier aus reiner Liebe zu Gott hier sind? Weil Gott sie gerufen hat?"

Auberlin wagte es nicht, den Blick des anderen zu erwidern.

„Hat Gott überhaupt schon einmal jemanden gerufen? Hat Gott eine Stimme? Und welche Sprache würde er sprechen?" Die grauen Augen des Kellermeisters glänzten wie Granitsteine. Er wartete auf eine Antwort.

Auberlins innere Stimme aber warnte ihn eindringlich davor, sich auf eine Glaubensdiskussion mit Bruder Leberecht einzulassen. Auberlin wusste, es hätte eines stärkeren Glaubens, als der, der in ihm wohnte, bedurft, um dieser Diskussion standzuhalten. Ratlos knetete er seine Finger, bis sie sich röteten. „Ich glaube, Gott ruft uns nicht mit seiner Stimme. Er beschenkt uns eher mit verschiedenen Talenten, mit denen wir ihm dienen können. Mir zum Beispiel schenkte er die ruhige Hand, die man braucht, um die Heilige Schrift sorgfältig kopieren zu können. Er schenkte mir das Auge, das sogar die winzigsten, kleinsten Farbunterschiede in den Miniaturen erkennen kann!" Ängstlich betrachtete Auberlin die Augenbrauen Leberechts, die immer höher dessen Stirn hinaufwanderten.

„So, so, du meinst also, Bruder Auberlin, Gott selbst hat dich auserwählt, um sein Wort zu verbreiten, es zu kopieren?" Bruder Leberechts Stimme klang spöttisch.

„Das wollte ich so nicht sagen, Bruder Leberecht, um genau zu sein, ich weiß es nicht, aber ich glaube es, vermute es", stammelte Auberlin.

Leberecht hob beschwichtigend die Hand. „Beenden wir die Diskussion an dieser Stelle, einverstanden? Die kleinen

Menschen, die wir sind, werden wir die Rätsel des Universums nicht lösen. Gottlob müssen wir das auch nicht." Seine Stimme hatte wieder einen versöhnlichen Klang angenommen. „Dir würde es schon reichen, wenn du die Rätsel in der Grafschaft lösen könntest, oder irre ich mich?"

Auberlin nickte ergeben; er war froh über die Wendung, die das Gespräch jetzt nahm.

„Wie Recht du hast, Bruder Leberecht. Meinetwegen sollen sich die Gelehrten, die Mächtigen und die hohen Geistlichen ihre Köpfe über der Frage zerbrechen, was den wahren Glauben ausmacht, mir würde es vollkommen genügen, wenn ich wüsste, was hier passiert ist. Oder immer noch passiert ..."

Auberlin erzählte von dem verschwundenen Sattel, während der Cellerarius damit begann, die vor sich liegenden Stoffe zu falten. Falz um Falz strich er mit seinem schmutzigen Daumennagel glatt und hörte schweigend zu. Nachdem Auberlin seine Schilderung beendet hatte, wurde es still in der Kammer.

Je mehr Zeit ich mit ihm verbringe, umso mehr erinnert er mich an einen Handwerker. Trotzdem scheint er vollkommen in seinem wichtigen Amt aufzugehen, dachte Auberlin.

Bruder Leberecht schien über das Gehörte nachzudenken, denn er bewegte seine Augenbrauen und spitzte nachdenklich die Lippen, was seinem runden Gesicht einen komischen Ausdruck verlieh. Seine Zunge schnalzte ein paar Mal leise. „So viel Verstand, den Sattel, so gesehen ein Beweisstück, verschwinden zu lassen, hätte ich allerdings keinem der Mönche zugetraut." Bruder Leberecht grinste ungläubig und verwundert. Dann aber wurde er wieder ernst: „Ich habe eine Idee, wie wir diesen Unhold aus seinem Versteck locken können. Falls es ihn gibt", begann Leberecht.

„Du glaubst nicht an ihn?", hakte Auberlin nach.

„Doch, das tue ich", versicherte ihm Leberecht. „Aber ich finde, wir sollten keine Möglichkeit ausschließen. Nicht einmal die, dass es gar keinen Mörder gibt und du nur deine Zeit verschwendest", führte er aus. Er musterte Auberlin nachdenklich. „Ich will dich warnen, Bruder Auberlin. Ich fürchte, du wirst dir im Lauf deiner Ermittlungen nicht nur Freunde machen. Bist du dir darüber im Klaren? Wenn du dem Täter erst einmal auf die Schliche gekommen bist, kann es auch für dich brenzlig werden."

Auberlin nickte. „Ich weiß, was du mir sagen willst. Ich bin dir dankbar für deine Warnung, aber mit dieser Gefahr muss ich leben. Ich stecke schon zu tief in der Sache, um jetzt noch damit aufzuhören."

Jetzt war es an Bruder Leberecht zu nicken. „Ich verstehe. Wenn du die Dinge wirklich aufklären willst, möchte ich dir einen Vorschlag unterbreiten."

Auberlin neigte aufmerksam seinen Kopf.

„Vielmehr eine Idee ist es, die ich dir unterbreiten möchte: Ich weiß von der Drohung gegen das Kammermädchen."

Auberlins Augen weiteten sich. Er hatte nicht damit gerechnet, dass diese Nachricht die Burgmauern schon verlassen hatte. Leberecht sah ihm die Überraschung deutlich an und grinste: „Meine Zuträger sind überall. Als ich davon gehört hatte, machte ich mir zum ersten Mal Gedanken darüber, was da geschieht, auf der Burg. Je länger ich darüber nachdachte, desto mehr kam ich zu dem Schluss, einer der Mönche könnte seine Finger im Spiel haben."

Auberlin verschränkte seine Arme vor der Brust. Er zweifelte an Leberechts Worten.

„Ich weiß nicht so recht. Gewiss kann deinen Ordensbrüdern der abergläubische Hokuspokus der Gräfin nicht gefallen haben. Aber sie deshalb töten? Und was in Gottes Namen, soll Leonhard ihnen getan haben?"

Bruder Leberecht unterbrach ihn mit einer herrischen Geste. „Narren sind sie allesamt. Sie würden alles tun, um ihr Ansehen bei dem ehrwürdigen Abt zu steigern. ‚Sieh her, hochwürdiger Abt, wir haben die Hexen ausgerottet, es gibt keine Ketzerei mehr in Castell'."

Dieses Argument wollte Auberlin nicht gelten lassen. Den Abt des Klosters auf eine Vermutung hinzuweisen, vielleicht noch jemanden anzuschwärzen, war eine Sache, aber selbstständig den

Plan auszuhecken und auszuführen, jemanden zu töten, war eine ganz andere, fand Auberlin.

„Nun denn, wenn du dieses Argument nicht gelten lassen willst, dann vielleicht mein nächstes: Bei dem Blatt, das im Zimmer des Kammermädchens gefunden wurde, handelte es sich um eine Bibelseite. Und wer hat Zugriff auf viele Bibeln, wenn nicht die Mönche?"

Auberlin dachte nach. Es stimmte. Es gab nicht allzu viele Menschen, die sich ohne weiteres an einer Bibel bedienen konnten. „Das lässt sich nicht von der Hand weisen, Bruder Leberecht", gab er schließlich zu.

Der Kellermeister lächelte zufrieden. „Du musst zugeben, auch das Feuer damals im Turm, passt ins Bild. Unsere Freunde wollten das Übel bei der Wurzel packen."

Dem wusste Auberlin nichts entgegenzusetzen. Gerüchte, die Barbara mit der Ketzerei in Verbindung brachten, machten die Runde.

„Aber warum musste der Grafensohn sterben? Ihn konnte man doch kaum der Hexerei bezichtigt haben?" Auberlin schaute dem älteren Mönch fragend in die Augen.

Leberecht lachte kurz auf: „Vielleicht ist er ja doch einfach während seines tollkühnen Rittes vom Gaul gefallen, er wäre nicht der Erste, dem das passiert. Was hältst du von dieser Theorie?", fragte er in jenem väterlichen Ton, den Auberlin so hasste und sich deshalb freute, das Argument auszumerzen zu können: „Wie passt dann aber der verschwundene Sattel ins Bild?"

Leberecht antwortete nicht gleich. „Das stimmt wohl", sagte er nach einer Weile und spitzte die Lippen. „Der Sattel rückt die Beziehung von Leonhard zu dem Ganzen in ein anderes Licht. Aber meinem Plan kann das nichts anhaben. Hör zu ..." Bruder Leberecht senkte seine Stimme, ehe er Auberlin einweihte, mit welcher List der Cellerarius seine Falle stellen wollte.

11

Goldschimmer

Bis der Plan ausgeführt werden konnte, sollte allerdings noch einige Zeit verstreichen. Denn ehe sich Auberlin versah, stand das Weihnachtsfest vor der Tür. Mittlerweile war er so versessen darauf, die Existenz eines Mörders in Castell beweisen zu können, dass er sogar den Weihnachtsbaum, den die Brüder mit Äpfeln und Nüssen behängt und unter dem Vordach der Pforte aufgestellt hatten, nur am Rande wahrnahm. Entsprechend erstaunt beobachtete er eines Morgens, er wollte gerade das Pony aus dem Stall holen und zur Burg hinaufreiten, ein paar Novizen des Klosters dabei, wie sie in den Stallungen für das Krippenspiel probten.

Als sich seine Überraschung gelegt hatte, lachte er herzlich über den dümmlichen Gesichtsausdruck des Ochsens, der nicht wusste, wie ihm geschah.

Das verfressene Tier konnte nicht begreifen, warum man es immer wieder von den Strohhalmen wegzerrte, auf die das Jesuskind, dargestellt von einer Puppe, in einer Krippe gebettet lag. Die Novizen, aber auch der ältere Bruder, der die Proben beaufsichtigte, waren allesamt sehr nervös, obwohl Auberlin keinen Fehler in ihrem Spiel entdecken konnte. Plötzlich aber ging ihm ein Licht auf.

Der Weihnachtstag war schon morgen. Morgen würden sie vor dem ganzen Konvent auftreten und er beobachtete ihre Generalprobe. Leise, um die Novizen nicht weiter durch seine Anwesenheit abzulenken, schlich er davon. Er begrub seinen Plan, zur Burg zu reiten, um Friedrich in das Vorhaben des Cellerarius einzuweihen. Am Vorweihnachtstag sähe es Graf Wilhelm bestimmt nicht gerne, wenn er Friedrich wegen der Mordsache, die der Graf immer noch anzweifelte, behelligen würde.

152

Trotzdem machte sich Auberlin auf in den Stall, um nach dem Pony zu schauen. Verstohlen, obwohl niemand in der Nähe war, steckte er dem Tier einen Apfel zu, den er aus dem Refektorium hatte mitgehen lassen, und kraulte das fuchsrote Fell. Der Bruder Stallmeister sah es nicht gerne, wenn seine Schützlinge außer der Reihe gefüttert wurden, weil sie sonst der Futterneid mit den Hufen gegen die Wände klopfen ließ.

Eine ganze Weile blieb er noch vor dem Verschlag stehen, in dem das Pony untergebracht war. Auberlin genoss die friedliche Stille, die von den Pferden ausging. Erst als er sich zum Gehen wandte, hörte er ein leises Scharren und sah sich um.

Am anderen Ende der Stallgasse entdeckte er den Bruder Stallmeister, der seltsam gekrümmt auf einer Mistgabel lehnte und nun laut aufstöhnte.

Mit ein paar schnellen Schritten war Auberlin bei ihm.

„Was fehlt dir denn, Bruder? Du bist käsebleich im Gesicht!"

Der kranke Mönch aber wiegelte ab: „Lass' nur, mir fehlt nichts", behauptete er und versuchte Auberlins Hand abzuschütteln, die er ihm wohlmeinend auf den Arm gelegt hatte.

„Aber dir steht doch sogar der Schweiß auf der Stirn." Auberlin wollte nicht lockerlassen. Als der leidende Bruder Stallmeister, Aquilin, das begriff, gab er endlich nach und ließ sich von Auberlin zu einem staubigen Heuballen führen, auf dem er sich erleichtert niederließ.

„Ah, das Sitzen tut mir gut", freute sich Aquilin und wischte sich die Schweißtropfen von der Stirn. Auberlin nahm ihm die Mistgabel aus der Hand, die Aquilin bis jetzt nicht losgelassen hatte, und lehnte sie an die Wand.

„Geht es dir besser, Bruder?", erkundigte sich Auberlin mitfühlend.

Der Stallmeister nickte und lächelte verschmitzt. „Es ist doch jedes Jahr dasselbe. Jedes Jahr schickt mich unser Küchenmeister eine Woche vor Weihnachten mit einem Beutelchen Zimt ins Dorf hinüber. Den Zimt bringe ich meiner Mutter, die eine großartige Köchin und Bäckerin ist." Bruder Aquilin grinste schief. „Sie versteht ihr Handwerk besser als der Koch im Kloster, aber dazu braucht es nicht viel." Dann hielt er sich eine Hand vor den Bauch, ein neuer Krampf schüttelte ihn. „Gottes Strafe", meinte er leichthin.

Auberlin knetete seine Finger. „Und was haben nun deine Schmerzen mit deiner Mutter zu tun?"

„Naja, einen Tag vor Weihnachten hole ich die fertigen Zimtschnecken bei ihr ab. Sie bäckt sie jedes Jahr für das Weihnachtsmahl im Kloster, weil es sonst niemand so hinkriegt wie sie. Und dabei bäckt sie auch ein paar extra Schnecken für mich, ihren Sohn, den sie nur zweimal im Jahr zu Gesicht bekommt. Ich liebe dieses Gebäck, aber ich vertrage den Zimt nicht." Bruder Aquilin versuchte ein schuldbewusstes Lachen, aber daraufhin wurden die Schmerzen wieder schlimmer.

Auberlin versetzten die Worte des Stallmeisters einen Stich ins Herz. Wie gerne hätte er doch einmal Bauchschmerzen vom Gebäck seiner Mutter bekommen.

Um sich abzulenken, bot er an, einen Becher Wasser aus der Küche zu holen.

„Pah, nimm doch das Wasser aus dem Fass für die Pferde. Das ist gut genug für mich."

Achselzuckend brachte Auberlin das Gewünschte. Ihm sollte es recht sein. Als Aquilin seinen Durst gestillt hatte, machte ihm Auberlin das Angebot, für ihn die restlichen Pferdeboxen zu säubern. Er wusste nicht, was er sonst mit seiner Zeit anfangen sollte. Der geplagte Aquilin nahm das Angebot gerne an und bot an, im Gegenzug sein Pferdewissen mit Auberlin zu teilen. So mistete Auberlin die Verschläge, brachte frisches Stroh und fegte schließlich noch die Stallgasse, während Bruder Aquilin wie ein Wasserfall redete. Er sprach von der Pferdezucht, beschrieb, was es bei der Pflege der edlen Vierbeiner zu beachten galt und erklärte die Grundsätze der Fütterung.

Nur bestes, trockenes Heu und Getreide ohne Verunreinigungen durfte den Tieren vorgesetzt werden. Andernfalls würden sie von einem hartnäckigen Husten befallen werden, der nur in den seltensten Fällen zu kurieren sei.

Alles in allem erlebte Auberlin ein paar lehrreiche Stunden. Einmal, als der Stallmeister Luft holte, blieb Auberlin stehen, rieb sich die schmerzenden Schultern und stellte eine Frage: „Sag' mal, Bruder Aquilin, was hältst du als Pferdekenner von den Pferden des Grafen? Den Turkmenen?"

Ehe er antwortete, spuckte Aquilin den Heuhalm aus, auf dem er seit einer Weile herumkaute. „Wenn du mich fragst, mir sind sie zu mager. Ich kann nicht glauben, dass sie einen Ritter samt seiner Rüstung und seinen Waffen lange tragen können. Aber jedem das seine. Schön sind sie ja, mit ihrem Goldschimmer im Fell."

„Kennst du noch einen anderen Züchter, der Pferde dieser Rasse besitzt?"

Der Stallmeister musste nicht lange überlegen. „Nein, der Graf zu Castell ist im ganzen Land der einzige stolze Besitzer solcher Rösser. Wenn du irgendwo ein turkmenisches Pferd siehst, gehört es ganz sicher nach Castell."

Auberlin nickte langsam und stellte den Besen in die Futterkammer. Die Arbeit war getan, die Stallgasse blitzte. Bruder Aquilin sprang von seinem Heubündel und sah sich gründlich um. „Eine so gute Arbeit hätte ich dir gar nicht zugetraut, Bruder Buchmaler. Und nur damit du es weißt: das mit dem Apfel habe ich gesehen." Mit diesen Worten machte er sich pfeifend davon. Die Schmerzen schienen vergessen.

Den Weihnachtstag verbrachte Auberlin in der Gemeinschaft der Mönche. Genau wie sie hielt er sich an die Gebetszeiten und nahm an ihrem Festgottesdienst teil, den der Abt persönlich zelebrierte. Der Höhepunkt für die Brüder aber war das Festmahl, das ihnen der Bruder Küchenmeister und seine Helfer auftischten. Dicke Suppen, fette Braten und allerlei Süßspeisen kamen auf den Tisch. Heute musste niemand ans Fasten denken. Auberlin lächelte Aquilin über die lange Tafel hinweg zu, als er in eine goldgelbe Zimtschnecke biss.

Über dem ganzen Konvent herrschte eine friedliche, gelöste Stimmung. An den Tischen wurde geplaudert und gelacht, der

Abt hatte sogar das Schweigegebot während der Mahlzeiten aufgehoben.

Auberlin war froh, seine Idee, nach der er zur Burg hinaufgewollt hatte, um sich bei der Armenspeisung nützlich zu machen, wieder verworfen zu haben. Bestimmt tat es Friedrich und seinem Vater gut, einmal wieder etwas Gemeinsames zu tun. Die Armenspeisung an Weihnachten, zu der arme Leute hinaufgehen und sich eine warme Mahlzeit beim Graf und seiner Familie abholen konnten, hatte in Castell eine lange Tradition.

Den Tag nach dem Weihnachtsfest wollte Auberlin in der Bibliothek verbringen. Zu lange schon fehlte ihm das Kitzeln von Bücherstaub in seiner Nase. Viel zu lange schon zierten seine Finger keine bunten Tintenflecke mehr. Der Platz an seinem Gürtel, an dem sonst Tintenhorn und Feder hingen, war lange verwaist. Fast andächtig öffnete er die Tür, die ihn in eine Welt zurückbringen sollte, die Auberlin als die Seine betrachtete.

Doch an diesem Morgen sollte ihm nur ein einziger tiefer Atemzug von der staubigen Bücherluft gegönnt sein. Er hatte sogar noch die Klinke der schweren Eichentür in der Hand, als er jemanden seinen Namen rufen hörte.

„Bruder Auberlin! Bruder Auberlin, du musst mitkommen! Draußen vor der Pforte wartet jemand auf dich." Auberlin seufzte und überlegte, ob er nicht zwischen den Regalen verschwinden konnte, um der knarzigen Stimme zu entkommen.

Er kannte die Stimme, die nach ihm gerufen hatte nicht, und er hatte keine Ahnung, wer ihn jetzt sprechen wollte. *Außerdem will ich jetzt niemanden sehen*, dachte er trotzig. Aber es half alles nichts, schicksalsergeben drehte er sich schließlich um und fragte: „Wer ist es denn, Bruder?"

„Was geht's mich an? Komm und sieh' selbst", brummte der wohlbeleibte Bruder. Auberlin kannte den schweratmenden Mönch nicht, der ihn mit einem vorwurfsvollen Blick bedachte und sich die Seite hielt.

Wer mag ihn denn zur Eile angetrieben haben, rätselte er. „Ich danke dir trotzdem für die Nachricht, Bruder."

Auf dem kurzen Weg bis zur Klosterpforte überlegte er, ob der andere die feine Ironie hinter seinen Worten verstanden hatte. Eine Sekunde später war der unfreundliche Bruder bereits vergessen. Die Neugier siegte.

Der kräftige Wind scheint meinem Besucher nicht zu stören, ging es durch seinen Kopf, während er die massive Tür öffnete, die hinaus zum Klosterhof führte.

Er musste tüchtig mit einer grässlichen Windböe um das Türblatt kämpfen, bevor es ihm gelang, hinaus in den Sturm zu schlüpfen. Schnell zog er die Kapuze über seinen Kopf. Draußen fuhr ihm der Wind unter sein Habit und zerrte an seiner Kapuze, die er mit beiden Händen festhielt, damit sie ihm nicht vom Kopf geblasen wurde. Vom Boden aufgewirbelte Schneeflocken tanzten vor seinen Augen und raubten ihm die Sicht.

Die äußere Klosterpforte, die das Bauwerk von der Außenwelt abtrennte, fand Auberlin fest verschlossen vor. Keine Menschenseele war zu sehen.

Wehe, es hat sich jemand einen Scherz erlaubt, dachte Auberlin grimmig.

Doch dann öffnete sich die Tür des kleinen Wachhäuschens einen schmalen Spalt und ein paar knochige Finger winkten Auberlin zu sich heran. Im Häuschen fand Auberlin den frierenden Mönch vor, der an diesem Tag seinen Dienst als Pförtner versah. Das quadratische, winzige Gebäude war mit der Klostermauer verbunden und hatte jeweils ein Fenster zu der Innen- und der Außenseite.

Dieser Bruder scheint auch keine bessere Laune zu haben, als der vorhin, stellte Auberlin fest, als ihn der nächste, vorwurfsvolle Blick traf. *Ob das wohl an dem zugigen Platz liegt, an dem er Dienst tun muss?*

„Wir haben versucht, den Köter zu verjagen. Aber er sitzt da wie festgefroren", brummte der Bruder Portarius.

Ungläubig starrte Auberlin zur Pforte hin. „Du meinst, Fleck ist da draußen?"

„Seinen Namen hat mir das Vieh leider nicht verraten. Hätte der Cellerarius nicht angewiesen, dich schleunigst zu holen,

157

nachdem er den Hund hat bellen hören; meinetwegen könnte der Köter zu Eis erstarren."

Auberlin konnte sich über die Herzenskälte dieses Mannes nur wundern.

Trotzdem war er erstaunt darüber, woher Leberecht überhaupt von Fleck wusste.

Der Mann hat wirklich überall seine Quellen, dachte er und bewunderte den Cellerarius dafür.

Kopfschüttelnd trat er auf das Tor zu, und als er nahe genug herankam, drang ein leises Winseln durch das Pfeifen des Windes an sein Ohr.

„Ach, Fleck, was soll ich nur mit dir machen?", rief er dem Hund zu und machte sich daran, die schwere Pforte aufzustemmen. Vor Anstrengung bildeten sich ein paar Schweißtropfen auf seiner Stirn. Trotzdem musste er lachen, als er vor sich den Hund, eine Vorderpfote wie zur Begrüßung hochgehoben, erblickte.

Das schwarz-weiß gezeichnete Hundegesicht sah aus, als ob das Tier lächeln würde, wenn es hechelte. Auberlin bemerkte zum ersten Mal, wie sauber sein Fell war, obwohl sich der Hund die ganze Nacht in der Nähe des Klosters herumgetrieben haben musste. Strahlend weiß leuchtete sein Fell, noch weißer als der Schnee, der den Boden seit Wochen bedeckte. Die Schneedecke war sogar schon grau geworden, weil seine Kristalle schon den Staub aus der Luft banden. Weißer als Schnee und sogar weißer als die Schneewolken, die sich gemächlich über den Himmel wälzten. Trüb und schmutzig wirkten die Wolken, wenn man sie mit dem Fell des Hundes verglich. Vor Auberlins innerem Auge manifestierte sich das Bild eines grauen Steinkruges, in dem sich ein Strauß weißer Lilien befand. 'Madonnenlilien' wurden sie genannt. In Auberlins glasklarer Erinnerung schmückten sie den Seitenaltar der Heiligen Jungfrau einer kleinen Kapelle in der Nähe seines Heimatordens. Nie zuvor hatte er ein so strahlendes Weiß gesehen. *Und schon gar nicht das des Hundefells,* dachte er und die Erinnerung an die Lilien verblasste wieder.

Noch bevor er die Zeit fand, die schwarzen Flecken des Tieres zu mustern, drehte sich Fleck um und lief ein paar Meter auf dem zugeschneiten Weg in Richtung des nahen Waldes. Dort setzte er sich hin und schaute sich nach Auberlin um. Der rief seinen Namen, aber Fleck sprang auf und setzte seinen Weg fort, ohne auf Auberlin zu achten.

Es sieht so aus, als wolle er mir etwas zeigen, fand Auberlin und folgte dem Hund aus einem Bauchgefühl heraus. Sicher war er nicht, ob Fleck tatsächlich so komplex denken konnte.

Am Waldrand senkte Fleck den Kopf und fing an zu schnüffeln. Er schien eine Witterung aufgenommen zu haben.

Leise schlich Auberlin hinterher und blieb erst stehen, als er in einiger Entfernung Stimmen hörte.

Fleck sträubte seinen Pelz, knurrte aber nicht. Regungslos verharrte er neben dem Mönch, der angestrengt in den Wald hineinhorchte.

„... nirgendwo hin!", beendete eine weibliche Stimme gerade ihren Satz.

„Du musst! Mehr kann ich nicht mehr tun, um dir zu helfen!" Eine männliche Stimme.

„Ich habe dich nicht um Hilfe gebeten", blaffte die Frauenstimme.

„Natürlich nicht, das würdest du nie tun. Aber ich bitte dich, überdenke deine Lage noch einmal." Die Stimme des Mannes klang verzweifelt.

„Glaubst du, niemand weiß, wie sehr du die Gräfin und ihre alberne Zofe gehasst hast? Und mit deiner schlechten Meinung von Engelhart hast du auch nie hinterm Berg gehalten!"

„Das weiß ich alles, du musst mich nicht daran erinnern. Erleichtert bin ich, seit sie fort sind", zischte die Frau wütend.

„Erleichtert bist du?" Ein bitteres Lachen, das klang, als ob jemand saure Milch ausspucken würde, drang zu Auberlin herüber. In dem Moment erkannte er die Stimme. Es war Waldebert, der sich dort, mitten im Wald, ein hitziges Wortgefecht mit einer Unbekannten lieferte.

„Ja, das bin ich. Und auch um den Leonhard tut's mir nicht besonders leid, schließlich gehörte er genauso zu denen da droben", fauchte die Stimme, die Auberlin nun als Barbaras zu erkennen glaubte.

Die Wut war aus Waldeberts Stimme gewichen, als er Barbara zu beschwichtigen versuchte.

„Leonhard hatte mit den Machenschaften seiner Mutter bestimmt nichts zu tun. Dieser Weiberkram wird ihn nicht interessiert haben. Barbara, du darfst ihm nicht zürnen."

„Das sieht dir ähnlich. Du siehst nur immer das Gute in den Menschen. Und wenn sie nicht gut sind, schaust du einfach weg!" Nach dieser Anschuldigung vibrierte Waldeberts tiefes Seufzen in den Baumwipfeln, klang durch die dürren Äste und verschwand schließlich in der dicken Schneedecke. „Für dich habe ich getan, was getan werden musste. Trotzdem kann dir nichts deine Alena zurückbringen." Die kräftige Stimme Waldeberts brach. „Ich habe mich schwer versündigt, weil ich keinen anderen Ausweg sah. Ich spüre noch das Blut an meinen Händen." Es hätte nicht mehr viel gefehlt und der hünenhafte Mönch wäre in Tränen ausgebrochen.

„Ich danke dir für alles, was du getan hast, Waldebert. Du kennst meine Ansicht. Eines Tages werde ich herausfinden, was einst passiert ist. Und darum muss ich hierbleiben, verstehst du?" Barbaras Ton wurde versöhnlicher.

Die eisigen Finger des Winters griffen nach Auberlins Herz. Er fühlte sich, als ob die dornenbesetzten Zweige des kahlen Brombeergestrüpps zu seinen Füßen durch jede Pore seiner Haut drangen und nach seinem Herz griffen.

Für dich habe ich getan, was getan werden musste, hallte es in Auberlins Ohren wieder. Er hatte genug gehört. Er stolperte rückwärts, weg von den Stimmen, weg von Waldebert, nur weg und raus aus dem Wald. Es war ihm egal, ob er sich dabei leise verhielt. *Konnte die Lösung wirklich so einfach sein? Der gutmütige Waldebert? Ein eiskalter Mörder?*

12

Steingrau

Mit dieser schrecklichen Schlussfolgerung im Kopf war Auberlins Weihnachtsfrieden dahin. Hals über Kopf stolperte er aus dem Wald hinaus und rannte zurück ins Kloster, den treuen Fleck an seiner Seite.

Er konnte nicht mehr klar denken. Sein Herz klopfte wild, als ob es ihn mit seinen eindringlichen Schlägen davon überzeugen wollte, Waldebert könnte auf gar keinen Fall für die schrecklichen Ereignisse verantwortlich sein. Jeder, nur nicht er, der friedliebende Riese. Aber auch wenn Auberlin es nicht wahrhaben wollte, ein Geständnis war nun einmal ein Geständnis. Der junge Mönch bebte vor Aufregung und achtete nicht mehr auf den Hund, der die Gunst der Stunde nutzte, und dicht hinter ihm durch die Pforte schlüpfte.

Auberlin hastete über den verlassenen Hof, obwohl er gar nicht ins Kloster wollte. Was sollte er dort? Innerhalb der steingrauen Klosterwände gab es keinen Platz, an dem er alleine sein würde. Überall, in jedem Zimmer, waren die Ordensbrüder, die ihre täglichen Arbeiten verrichteten. Er blieb stehen, drehte sich um, lief wieder vorbei an der großen Klosterkirche und bog dann nach links zu den Stallungen ab. Er hoffte, er würde hier die Ruhe finden, die er so dringend brauchte, um seine Gedanken ordnen zu können. Fleck folgte ihm immer noch auf dem Fuße.

„Hier in den Ställen wirst du gar nicht auffallen, wenn wir ein bisschen Glück haben", sagte er mehr zu sich selbst, als zu Fleck. Der wurde währenddessen von den vielen, fremden Gerüchen, die aus allen Ecken der Stallungen herüberwehten, magisch angezogen.

Er witterte Ratten und Mäuse, die in dem Getreidelager für das Vieh wie im Paradies gelebt hätten, wären da nicht jede Menge halbwilder Katzen gewesen, die ihnen ihr gemütliches Leben verleidet hätten. Die Hundeschnauze tief am Boden, trabte der Hund auf den Pferdestall der Abtei zu. Auberlin folgte ihm, weil er nicht genau wusste, wohin er wollte. Bis er den Stall erreichte, war der Jagdhund schon mit der neuen Geruchswelt vertraut und machte es sich auf einer alten Pferdedecke gemütlich, die auf einem Heuballen lag. Fleck leckte sich ausgiebig die Pfoten.

Hund müsste man sein, dachte Auberlin ein wenig neidisch. *Wie wenig dieser Fleck zum glücklich sein braucht! Ein wenig Futter, etwas Wasser und eine Hand, die gut zu ihm ist.*

Auberlin strich sein Gewand glatt und setzte sich zu Fleck, allerdings neben die Decke. Gedankenverloren kraulte er die gefleckten Hundeohren, worauf ihm das Tier dankbar die Hand leckte.

„Ach, Fleck, ich wünsche mir so sehr, dass ich mich irre."

Im selben Moment drehte Fleck seinen Kopf zur Stalltür. Von dort fiel ein langer und dunkler Schatten über Mönch und Hund.

„Weihnachten ist um, die Zeit der Wünsche wieder einmal vorbei", sprach eine unbekümmerte Stimme aus dem Schatten. Obwohl ihm gar nicht danach zumute war, musste Auberlin lächeln. „Guten Morgen, Friedrich. Was führt dich denn heute schon hierher?" Auberlin war froh über das Auftauchen seines Freundes, weil er wusste, jetzt war jemand da, mit dem er seinen schrecklichen Verdacht teilen konnte.

„Nun, das Fehlen von Leonhards Jagdhund war es nicht, was mir eine schlaflose Nacht bereitet hat, das gebe ich zu. Trotzdem wüsste Vater gerne, wo er abgeblieben ist. Seine Ausbildung hat eine Menge Zeit gekostet."

Fleck legte seine Nase mit einem seelenvollen Seufzer auf seine Pfoten und schaute zu den beiden Menschen hoch.

„Fleck weicht nicht mehr von meiner Seite, seit ich von der Burg weggeritten bin. Erst verfolgte er mich zu Barbara hinauf. Dann lief er wieder mit zur Burg. Später habe ich ihn verscheucht. Nur genützt hat es nichts, denn irgendwann tauchte er an der Klosterpforte auf. Dort hat er, wohl bitter frierend, eine

Nacht verbracht, bis die Mönche heute Morgen nach mir geschickt haben."

Auberlin wurde es schwer ums Herz, als er Friedrich erzählte, was dann geschehen war. Wort für Wort gab er das Gespräch wieder, das er mit angehört hatte.

Noch lange, nachdem Auberlin geendet hatte, blieb es still in den klösterlichen Stallungen. Friedrich lehnte sich an einen Stützpfeiler und dachte nach. „Bruder Waldebert? Ein Mörder?", murmelte er. Langsam schüttelte er den Kopf. „Ich dachte immer, der gutmütige Riese könne keiner Fliege etwas zuleide tun! Mir kam er eher etwas einfältig vor. Auf gar keinen Fall habe ich ihn für so durchtrieben gehalten, so grausame Verbrechen planen und ausführen zu können." Grübelnd zupfte er an seiner Unterlippe und verschränkte dann seine langen Arme vor der Brust. „Ich denke, wir müssen die Geschichte einmal von allen Seiten beleuchten. Die Vorstellung, dass gerade er das Lebenslicht meines Bruders und das meiner Mutter ausgelöscht haben soll, kommt mir unwirklich vor."

Auberlin nickte. „Unwirklich ist das richtige Wort. Waldebert und die Morde sind zwei Dinge, die einfach nicht zusammengehen wollen, wie ich meine. Aber was in aller Welt sollte er sonst damit gemeint haben? Und wessen Blut klebt an seinen Händen?"

Auberlin hoffte auf eine befriedigende Antwort von Friedrich auf diese Frage. Eine Antwort, die Waldebert ein für alle Mal als Täter ausschließen würde.

Doch Friedrich zuckte nur mit den Schultern. „Mir will nichts einfallen, was er mit dieser Aussage gemeint haben könnte."

„Meinst du, wir sollten Waldebert mit unserem Verdacht überfallen? Er ahnt ja nicht, dass du sein Gespräch belauscht hast, und wäre deshalb vielleicht gar nicht so schnell in der Lage, sich eine Ausrede auszudenken?", schlug Friedrich vor.

Auberlin knetete seine Finger. „Ich glaube, das wäre keine gute Idee. Waldebert wäre sicher auf ewig gekränkt von dieser fürchterlichen Unterstellung. Er hat bestimmt nichts damit zu tun, obwohl ich mir seine Worte immer noch nicht erklären kann", zweifelte Auberlin. „Wir werden unser weiteres Vorgehen noch einmal gründlich überdenken müssen, Friedrich. Aber vorher will ich dir erzählen, was ich gestern noch erlebt und erfahren habe."

Auberlin berichtete dem Grafensohn von seinem Treffen mit der Hebamme und ihrer Tochter. Er erzählte, wie Waldebert über Barbara dachte. Er fasste sein Gespräch mit dem Bruder Kellermeister zusammen und weihte Friedrich in Leberechts Pläne ein, wie sie ihrem Ziel, den Mörder zu finden, ein Stück näher kommen könnten.

Friedrichs Augen weiteten sich bei jedem Satz mehr, den er hörte. „Um Himmels willen! Was für schreckliche Dinge du ausgegraben hast, Auberlin!" Ich schäme mich, dich in diese Sache mit hineingezogen zu haben! Aber ich bitte dich trotzdem nicht, die Dinge ruhen zu lassen! Ich kenne dich zu gut dafür. Nichts kann dich jetzt noch davon abhalten, den Dingen auf den Grund zu gehen, habe ich recht?"

Trotz der scheußlichen Tatsachen erschien ein Lächeln auf Auberlins Gesicht. „Ganz recht, Friedrich, ich will wissen, was hier passiert ist. Und Bruder Leberechts Idee scheint mir erfolgversprechend zu sein."

Endlich gelang es Auberlin, Waldebert fürs Erste aus seinem Gedanken zu verbannen. Er hoffte auf eine Eingebung, die ihm zeigte, wie er dem bärtigen Infirmarius beikommen konnte, ohne dass dieser Verdacht schöpfte. Er wusste, es war nicht nur die Frage nach Waldeberts Schuld, die ihn plagte, es war noch mehr gesprochen worden, dessen Sinn er nicht verstand.

„Weißt du, warum die Hebamme schlecht von deinem Bruder gesprochen hat? Und was hatte sie mit dem Verlobten deiner Schwester zu schaffen?"

Friedrich verneinte jedoch. „Vielleicht mag sie die Männer im Allgemeinen nicht?", vermutete er und begann auf der Stallgasse auf und ab zu gehen.

Erst jetzt bemerkte Auberlin die Blicke des Hundes, die den Grafensohn bei jeder Bewegung beobachteten. Mit gespitzten

Ohren lauschte der Hund dem Klang der schweren Stiefel auf dem Boden. Sicherlich erinnerte ihn Friedrichs Anblick an seinen toten Herren.

Ob die Brüder einander ähnlich sahen? dachte Auberlin, aber er fragte Friedrich nicht danach. Nur zu gerne hätte er gewusst, ob er selbst Geschwister hatte.

Er begann, sich ein wenig müde zu fühlen und wünschte sich weit weg aus der Grafschaft, an einen Ort, an dem es keine seltsamen Todesfälle gab. Einen Ort, an dem vielleicht sogar eine Familie auf ihn wartete. Aber Auberlin wusste, er würde nirgendwo hingehen, bis er herausfand, ob Waldebert wirklich etwas mit den Morden zu tun hatte.

„Traust du ihm?", drängte sich Friedrichs Stimme zwischen seine Gedanken.

Auberlin musste nicht lange überlegen: „Ja, ich denke schon. Der ehrwürdige Cellerarius mag zwar sehr weltliche Anschauungen vertreten für einen Geistlichen, aber dabei ist er so geradeheraus und direkt in seiner Rede, dass er sich so mein volles Vertrauen verdient hat."

Volles Vertrauen hatte ich zu Waldebert auch, dachte Auberlin traurig.

Friedrich nickte bedächtig. „Dann halte ich es für das Beste, wenn ihr beide den Plan ausführt, den Leberecht geschmiedet hat. Wer weiß, vielleicht erfahren wir so endlich mehr über Waldeberts Rolle in der Sache."

Auberlin stimmte dem Grafensohn zu. Er streckte die Beine aus, ehe er aufstand. „Ich hoffe, wir können uns noch heute an die Arbeit machen. Vielleicht kommen wir dann schon morgen hinauf zur Burg. Bis dahin bitte ich dich, deinem Vater zu sagen, wo sich der Hund befindet." Auberlins Wangen färben sich rot. „Das Tier ist mir in der kurzen Zeit sehr ans Herz gewachsen, ich möchte ihn gerne hierbehalten, solange es geht."

„Aber natürlich, das werde ich tun. Der treue Fleck scheint mir bei dir in den allerbesten Händen zu sein."

Friedrich wünschte dem Freund noch viel Glück. Dann traten die beiden zusammen auf den Klosterhof hinaus, wo Friedrich sein Pferd angebunden hatte.

„Du hast sogar daran gedacht, den Sattelgurt zu lockern, damit dein Ross ordentlich durchschnaufen kann, während es auf dich wartet", neckte Auberlin den Grafensohn, der in Straßburg noch nichts für Pferde übrig gehabt hatte, so wie er selbst.

„Aus uns werden vielleicht doch noch echte Pferdenarren", kam prompt die Antwort.

Auberlin winkte kurz zum Abschied und befahl dann dem Hund, im Stall zu bleiben und sich ruhig zu verhalten, während er sich auf den Weg zu den Lagerräumen des Klosters machte. Dort vermutete er den Cellerarius. So weit musste er aber gar nicht gehen. Er schlenderte an den prächtigen Abteigärten vorbei, die der ganze Stolz der Brüder Gärtner waren. Im Sommer mussten sie wunderschön sein, kunstvoll angelegt und gepflegt wie kaum ein anderer Garten im ganzen Land. Auberlin wünschte sich, den Garten einmal im Sommer sehen zu können, wenn die Blumen blühten und die Kräuter dufteten. Gerade als er an den Stufen vorbeigekommen war, die zum Abteigarten hinaufführten, sah er im selben Augenblick die massige Gestalt Bruder Leberechts von dort herauskommen. Der Kellermeister bemerkte Auberlin sofort und sprang flink die Stufen herunter. Auberlin war verblüfft, wie behände sich der Cellerarius bewegen konnte.

„Guten Morgen, Bruder Auberlin", grüßte er und rieb sich seine kalten Finger, „was führt dich denn heute schon zu den Stallungen?"

Es war empfindlich kalt an jenem Morgen, aber immerhin hatte sich der Sturm gelegt.

„Leonhards Hund habe ich hergebracht. Ich danke dir, dass du mich hast holen lassen."

Der Cellerarius winkte ab. „Ich habe lediglich einen weiteren Todesfall vermeiden wollen", meinte er augenzwinkernd, „aber zumindest wäre die Todesursache, nämlich Tod durch Erfrieren, offensichtlich gewesen."

166

„Friedrich war hier, du hast ihn kurz verfehlt, Bruder Leberecht", wechselte Auberlin das Thema. „Ich habe ihm von deinem Vorhaben erzählt."

Der Kellermeister blieb stehen. „Nur davon?"

Auberlin schüttelte den Kopf. „Ich habe ihm alles erzählt, was ich bis jetzt erfahren habe. Selbst Friedrich wusste nichts von Barbaras Tochter." Auberlin senkte die Stimme: „Friedrich ist vollkommen deiner Meinung. Mit deiner Methode könnte es uns gelingen, den Mörder dazu zu bringen, einen Fehler zu begehen", raunte er.

„Dann lass uns endlich anfangen, Bruder Auberlin."

Voller Tatendrang setzte sich der Cellerarius in Bewegung und hielt auf die große Abteikirche zu, zu deren rechter Seite sich das Gebäude befand, in dem seine Schreibstube untergebracht war. Auberlin hatte Mühe, Schritt zu halten, doch der Weg war nicht weit, und so fanden sie sich nur kurze Zeit später in der hellen und geräumigen Schreibstube Leberechts wieder. Neugierig sah sich der junge Benediktiner um.

Als Erstes sprang ihm das gewaltige Schreibpult ins Auge, das mitten im Raum stand. Während sein eigenes Pult in Straßburg zum Fenster hin ausgerichtet war, um das Tageslicht nutzen zu können, arbeitete der Schreiber hier mit Blick zur Tür. Das prächtige Stück schien aus hartem Buchenholz gefertigt zu sein, und war mit aufwendigen Schnitzereien verziert. Auf der Tischplatte, auf der bei Auberlins Pult unzählige, getrocknete Farbflecke prangten, waren hier nur wertvolle Einlegearbeiten zu sehen. Die Schreibgeräte, die sie benutzen, schienen die gleichen zu sein, doch während hier Schreibfeder, Tintenhorn und Federmesser exakt ausgerichtet waren, fand man seine stets verstreut.

Auberlin schätzte den bodenständigen, aber auch weltoffenen Leberecht als ordentlichen und akribisch genauen Charakter ein, Eigenschaften, die jemand, der das Amt des Cellerarius ausfüllte, unbedingt mitbringen musste. In seinem Amt war er nur dem Prior der Abtei unterstellt. Er gebot über die Vorräte des Klosters, seine Gerätschaften und die Kleiderkammer. Seine

Aufgabe war es, geschickt zu wirtschaften und trotzdem alles vorrätig und eingelagert zu haben, was täglich im Kloster gebraucht wurde. Einige andere Ämter, wie die des Bruder Küchenmeisters, der für die praktischen Arbeiten in der Klosterküche zuständig war, waren ihm unterstellt.

Bruder Leberecht liebte seine Arbeit, er fühlte sich in den Vorratskellern, Handwerksstätten und Produktionsbetrieben des Klosters deutlich wohler als in der Kirche und den kleinen Kapellen. Es verwunderte ihn selbst, wie er es seit vielen Jahren immer wieder aufs Neue schaffte, seinen Mitbrüdern und dem Prior den gläubigen Christenmenschen vorzugaukeln. Bruder Leberecht glaubte nicht an das Schicksal, nicht an den Zufall und nicht an die Fügung. Er glaubte, jeder war für sein eigenes Glück verantwortlich.

Aber im Moment glaubte er vor allem an einen oder mehrere Ordensbrüder, die sich zu Gottes Rächer berufen sahen. Und das galt es zu verhindern, denn es ging nicht an, dass sich die Menschen selbst zu wichtig nahmen, und er wollte dem gefährlichen Treiben ein Ende setzen. Bruder Leberecht haderte kurz mit dem Wunsch, sich einen Becher Wein bringen zu lassen, aber er entschied sich dagegen, konnten sie doch bei ihrem Vorhaben keine fremden Augen und Ohren gebrauchen.

Er setzte sich mit einem tiefen Seufzer auf seinen bequemen Lehnstuhl, der dem Schreibpult in ausgesuchter Handwerkskunst um nichts nachstand.

„Noch nicht einmal das Frühmahl habe ich heute zu mir genommen", knurrte er verdrießlich und bedeutete Auberlin, ebenfalls Platz zu nehmen.

„Ich auch nicht, Bruder Leberecht, ich auch nicht! Aber ich bin viel zu aufgeregt, keinen Bissen würde ich jetzt hinunterbringen!" Auberlin konnte nicht verstehen, wie der Kellermeister jetzt ans Essen denken konnte.

„Du bist zu aufgeregt, um zu essen? Das wenn mir einmal passieren würde!", rief der rundliche Mönch belustigt. Er klopfte sich mit der rechten Hand auf den Bauch. „Da geht immer was rein", lachte er über sich selbst.

Dann wurde er ernst. Er öffnete vor ihm eine Schublade und nahm einen eisernen Schlüssel heraus, den er Auberlin reichte. „Bitte sei so gut und öffne damit die Truhe dort im Eck."

Auberlin tat, wie ihm geheißen, sperrte das Schloss auf und hob den Deckel hoch. Sein Blick fiel auf mehrere Pergamentbögen verschiedenster Qualität, die verheißungsvoll raschelten, als er sie, auf Leberechts Geheiß hin, vorsichtig an sich nahm.

„Wir werden allerdings keine Bibel für unser Vorhaben verstümmeln, sondern du wirst die Seite selbst gestalten", beschied der Kellermeister und bat Auberlin, einen Bogen auszusuchen. Der junge Buchmaler nickte zustimmend und wählte einen von den kleineren Bögen aus. Er war von guter Qualität, ohne Beschädigungen und ohne Ausschabungen, die von früherer Verwendung zeugten.

„Ja, ich glaube, dieses hier ist gerade richtig, um eine zweite, wenn auch gefälschte Botschaft bei der schönen Brigitta zu hinterlassen."

„Ich hoffe nur, das arme Kind fällt nicht wieder in Ohnmacht, wenn sie unsere Nachricht findet", meinte Leberecht grinsend und nahm das Blatt an sich und strich es sorgfältig mit der flachen Hand glatt.

Auberlin setzte sich wieder auf den Stuhl gegenüber und schaute dem Kellermeister zu. Plötzlich ging ihm etwas ganz anderes als ihre List durch den Kopf.

„Glaubst du, unser Pergament wird eines schönen Tages ganz vom Papier abgelöst?", fragte Auberlin; fast ein wenig ängstlich. Er liebte das Geräusch, wenn seine Feder auf dem Pergament kratzte und er mochte den Anblick, wenn seine Tinte mit der Oberfläche verschmolz.

Gerührt von dem flehenden Ausdruck in Auberlins Augen war der Cellerarius erst versucht zu lügen, aber dann entschied er sich dagegen, zupfte an seinem Bart und sprach: „Ich denke schon. Papier ist in der Herstellung viel billiger, es kostet nur ungefähr ein Viertel von dem, was wir für Pergament bezahlen. Und vergiss nicht, mehr als zweihundert Schafe müssen ihr Leben lassen, um eine einzige Bibel herzustellen. Und während man Tierhäute auch zu Leder verarbeiten kann, wird Papier aus alten Lumpen hergestellt."

„Mir gefällt die Vorstellung nicht, dass das Wort Gottes künftig auf Abfall verbreitet werden soll", bemerkte Auberlin nachdenklich.

Leberecht grinste: „Glaubst du nicht, Gott ist es egal, worauf sein Wort geschrieben wird? Hauptsache ist doch, es wird gehört!" Dann fügte er noch schulterzuckend hinzu: „Und außerdem gibt es doch noch viel mehr, das sich lohnt, schriftlich festgehalten zu werden."

Der junge Buchmaler hoffte, Leberecht möge sich irren. Schon seit Monaten machte er sich Sorgen über die gewaltigen Wandlungen, die seine Arbeit betrafen. Statt Pergament benutzte man Papier, weltliche Schreibstuben machten den klösterlichen Skriptorium Konkurrenz, und das Schlimmste in Auberlins Augen war der Umbruch von den handgeschriebenen Kodizes hin zum gedruckten Text. In düstersten Farben malte er sich die Schreibstuben der Klöster im ganzen Land aus. Leer und verwaist würden sie sein. Die Schreibfedern würden verstauben, die Tintenfässer austrocknen.

Auberlin schüttelte sich, um die schlechten Gedanken zu vertreiben. Noch war es nicht so weit. Hier und heute würde er eine Kostprobe seines Könnens geben, die die Unbezahlbarkeit eines guten Schreibers beweisen sollte.

Bei diesem Stichwort fiel ihm etwas ein: „Wir haben noch gar nicht über den Text unserer Botschaft gesprochen ..."

Bevor er antwortete, lehnte sich Leberecht in seinem Stuhl zurück und faltete seine Hände vor seinem beträchtlichen Bauch. „Mach' dir darüber keine Sorgen, Bruder Auberlin. Ich denke, mir ist neulich etwas Brauchbares eingefallen."

Auberlins Frage, was das denn sei, tat er mit einer Handbewegung ab. „Lass' mich dir zuerst von meiner ersten Idee erzählen ..." Er erhob sich aus seinem Lehnstuhl und war mit einem Schritt an seinem Bücherregal. Dort fasste er nach einer vielgebrauchten Bibel, zog sie heraus, und öffnete sie an einer Stelle, die mit einem Stück Schnur markiert war.

„Wer einen Menschen zu Tode schlägt, wird mit dem Tod bestraft. Wurde der Mord aber durch Gott befohlen, so darf er fliehen", trug er seinem Zuhörer vor, der, wie erwartet, skeptisch dreinblickte.

„Siehst du, ich finde dieses Zitat auch zu kompliziert. Deshalb habe ich mich für etwas Einfacheres entschieden. Für etwas Kurzes, das sogar meine Mitbrüder verstehen könnten", sagte Leberecht und schickte seinen Worten ein schelmisches Lächeln hinterher.

„Und wofür hast du dich entschieden?"

Seelenruhig blätterte der Cellerarius zu der zweiten Bibelstelle, die er markiert hatte.

„Eine Hexe sollst du nicht leben lassen", las er laut vor. „Die Botschaft dahinter ist so eindeutig, dass niemand sie falsch deuten kann."

Auberlin sprang von seinem Stuhl hoch: „Du hast Recht. Dieses Zitat ist genau das, was wir brauchen", rief er aufgeregt. Leiser fügte er noch hinzu: „Trotzdem traue ich den Mönchen auch die Enträtselung des ersten Satzes zu."

Leberecht schnitt eine Grimasse und zuckte gleichgültig mit den Schultern. „Ich lebe schon zu lange unter ihnen, als dass sie mich noch täuschen könnten, was ihren Geist und ihren Verstand betrifft. Es mag einige Ausnahmen unter den Mönchen geben, das will ich nicht bezweifeln, aber viele habe ich nicht kennengelernt, deren Bestreben über die Mahlzeit und die nächste ruhige Nacht hinausgeht."

„Aber trotzdem verdächtigst du sie, die Morde begangen zu haben? Ich meine, für so ein Unterfangen ist doch ein gewisses Maß an Planung und Geschick notwendig", hakte Auberlin stirnrunzelnd nach.

„Weißt du, eine Hexe gefangen und ihre Helfer gleich mit in den Tod geschickt zu haben, so eine Tat sichert dir das Wohlwollen deines Abtes und wahrscheinlich auch das Wohlwollen von Gott selbst für alle Tage. Ein höheres Ansehen bei deinem Abt bringt dir bessere Mahlzeiten und vielleicht sogar ein paar Strohhalme mehr auf deinem Nachtlager."

Auberlin hielt es für besser, das Gespräch wieder von den Mönchen wegzulenken. Bruder Leberecht sollte gar nicht erst auf die Idee kommen, über die einzelnen Mitglieder des Ordens zu sprechen. Auf gar keinen Fall sollte die Rede auf Waldebert fallen. Auberlin hatte beschlossen, vorerst nicht mit dem Cellerarius über den Infirmarius zu sprechen. Erst wenn er Waldeberts Beteiligung an den Unglücksfällen als bewiesen ansah, würde er sich ihm anvertrauen. Bis dahin sollten seine Mitmenschen ihr Bild von dem gutmütigen Riesen behalten, der nichts und niemandem etwas zuleide tun konnte.

„Nun aber zurück zu unserem Vorhaben!", unterbrach Bruder Leberecht Auberlins Gedanken. Mit einer ausladenden Geste deutete er auf Pergament, Feder und Tinte.

„Nun liegt es an dir, den Mordbuben mit einer täuschend echten Botschaft zu erschrecken."

Der junge Illuminator nahm die Gänsefeder in die Hand. Er fühlte sich sofort wie zu Hause, kaum dass seine schlanken Finger den Federkiel umschlossen.

Auberlins Zungenspitze schob sich durch seine Lippen, wie immer, wenn er arbeitete. Fast andächtig tauchte er die Schreibfeder in die Tinte. Die rotbraune Tinte, hergestellt aus Schlehenzweigen, glich der von der ersten Botschaft aufs Haar.

Dann hielt er sein Schreibgerät gegen das Licht und prüfte auf diese Weise die Menge der Tinte darauf und nickte zufrieden.

Eine Hexe sollst du nicht leben lassen

Auberlin mühte sich redlich, die wenigen Worte in seiner schönsten Handschrift zu verfassen. Schließlich sollte ihre Fälschung dem Original täuschend ähnlich sein. Bruder Leberecht, der hinter Auberlin stand und ihm zusah, beugte sich vor, um das Ergebnis besser begutachten zu können. „Einen kunstfertigen Schreiber wie dich könnten wir auch gut gebrauchen", meinte er anerkennend.

Auberlin lächelte zufrieden und wischte die restliche Tinte mit einem Tüchlein von der Federspitze. Dann legte er die Feder liebevoll zurück zu den anderen Utensilien. „Ja, ich finde auch, unsere Botschaft kann sich sehen lassen. Oder lesen lassen!"

Bruder Leberecht erhob sich, durchmaß seine Stube mit wenigen, großen Schritten und blieb vor einer, in die Wand gemauerten, mannshohen Nische stehen.

Auberlin hatte diesen Wandschrank noch gar nicht bemerkt. „Hier befand sich euer Armarium?" Er war ehrlich erstaunt über die ungewöhnliche Lage dessen, was er für den einstigen Bücherschrank der Mönche hielt. Zu früheren Zeiten, als Bücher noch selten und kostbar waren, gab es noch keine Bibliotheken in den Klöstern. Die wenigen Bücher, die sich im Besitz der Mönche befanden, wurden in ihrem Armarium beherbergt, das sich praktischerweise zwischen Kapitelsaal und Kirchenportal befand.

„Aber nein", antwortete Leberecht, während er die Türen öffnete. Sie waren exakt an die geraden Seitenwände und ihrem oberen Abschluss, einem Rundbogen angepasst. „Den habe ich mir nur nachbauen lassen, um meine persönlichen Dinge aufzubewahren", erklärte er, während er eine verkorkte Flasche aus Ton aus dem Schrank holte. „Das ist der beste Wein aus dieser Gegend. Wir wollen auf unsere gelungene Fälschung trinken." Sichtlich erfreut über ihr Werk füllte er zwei Becher mit dem Rotwein randvoll, und blinzelte seinem Gast verschwörerisch zu: „Den hier habe ich selber aus Würzburg mitgebracht. Der Winzer versteht sich auf sein Handwerk! Anders als die Mönche hier in der Abtei, die nur sauren Wein mit einem geringen Alkoholgehalt für den täglichen Gebrauch herstellen." Verächtlich schüttelte der Kellermeister den Kopf.

Auberlin grinste: „Du bist wohl mit gar nichts einverstanden, was deine Brüder machen und tun?"

Bruder Leberecht lächelte breit: „Doch, doch. Ich bin sehr glücklich darüber, dass die Tage im Kloster nach einem bestimmten Plan verlaufen. Wir alle haben genug zu essen und zu trinken, wir haben es warm und trocken und müssen vor nichts Angst haben. Das ist mehr als genug in einer Zeit des Wandels, in der wir uns befinden. Darauf trinken wir!"

Auberlin verstand nicht genau, ob er jetzt auf den Wandel oder das beschauliche Klosterleben trinken sollte, aber er wollte nicht mehr danach fragen. Erwartungsvoll nahm er einen kleinen Schluck des Weines, der ihm von dem Kellermeister hoch angepriesen worden war.

Bruder Leberecht hatte nicht zu viel versprochen! Weich und geschmeidig wie Ziegenleder schmiegte sich der schwere Wein über seine Zunge und an seinen Gaumen. Welche Unterschiede es doch zwischen den verschiedenen Rebsorten und deren Verarbeitung gab. Auberlin hätte gerne mehr über die Arbeit der Winzer gewusst, aber es hatte sich für ihn noch keine Gelegenheit ergeben, den Weinbauern bei ihrem Handwerk zuzuschauen.

„Bruder Leberecht, du hast wirklich nicht zu viel versprochen! Was für ein köstlicher Tropfen!", lobte Auberlin.

13

Purpur

Die beiden ungleichen Mönche saßen sich eine ganze Weile schweigend gegenüber und genossen ihren Wein. Obwohl sie von ihrer Erscheinung her nicht hätten unterschiedlicher sein können, so wirkten sie in diesem Moment in Leberechts Schreibstube doch so vertraut wie Vater und Sohn. Das Corpus Delicti lag ausgebreitet vor ihnen auf dem Tisch. Zufrieden mit dem Gelingen des ersten Teils ihres Planes ließen sie sich den schweren Wein schmecken. Nun mussten sie nur noch einen Weg finden, die Botschaft unauffällig an der richtigen Stelle zu platzieren. Leberecht genoss die letzten Tropfen in seiner Kehle, als Auberlin die behagliche Stille, die im Raum herrschte, zaghaft unterbrach: „Sag mir, Bruder Leberecht, wen sollen wir denn nun mit unserer Botschaft betrauen? Ich will so wenige Menschen wie möglich mit in diese Sache hineinziehen, aber die, die bereits davon wissen, scheinen mir allesamt nicht die Rechten zu sein." Auberlins Gesicht sah aus wie ein lebendes Fragenzeichen.

Bedächtig wog der Cellerarius den schweren Tonbecher in seinen Händen. Er schien nachzudenken. „Deine Frage ist berechtigt, Auberlin. Auch ich habe niemand im Kopf, der dafür geeignet wäre, unseren Plan zum Erfolg zu führen." Bruder Leberecht schnaubte so ungehalten, wie ein bockiges Pferd. Er mochte es gar nicht, wenn seine Pläne Lücken aufwiesen, von denen er nicht wusste, wie er sie schließen sollte. „Zuerst habe ich an Friedrich gedacht, weil der sich ungezwungen in der Burg bewegen kann. Aber es wäre furchtbar, wenn er entdeckt werden würde. Ich mag mir gar nicht vorstellen, was der alte Graf dazu sagen würde, wenn er wüsste, was sein Sohn im Schilde führt."

Auberlin schüttelte energisch den Kopf: „Nein, Friedrich müssen wir da raushalten, so gut es geht."

„Meinst du, Graf Wilhelm weiß wirklich noch nichts von euren Ermittlungen? Sicherlich wurde dem Grafen längst zugetragen, was euch beide umtreibt", fuhr Leberecht fort.

Auberlin erzählte ihm von seiner Begegnung mit Graf Wilhelm in der Burgkapelle. Der Adelige hatte ihre Ermittlungen jedenfalls mit keinem Wort erwähnt. Außerdem, wäre Friedrich nicht der Erste gewesen, der den Zorn seines Vaters zu spüren bekommen hätte?

Leberecht nickte nach einer Weile und besann sich aber dann wieder auf die ursprüngliche Frage. Er begann, sich die Nasenwurzel mit den Zeigefingerspitzen zu massieren. „Was hältst du davon, Bruder Auberlin, wenn wir deinen Freund Waldebert fragen, ob er uns hilft?"

Auberlin schüttelte schnell den Kopf. Wenn der Cellerarius nichts von seinem Verdacht erfahren sollte, musste er sich jetzt ganz schnell etwas einfallen lassen, warum Waldebert für ihren Plan keine gute Wahl war. „Ach nein, Waldebert ist einfach zu grundehrlich für unser Vorhaben, Bruder Leberecht", begann er. „Wir sollten sein Gewissen lieber nicht mit einer falschen List beschweren", argumentierte er weiter.

„Wie du meinst, dann scheidet unser lieber Infirmarius also aus." Zum Zeichen seines Einverständnisses hob Leberecht beide Hände hoch.

Auberlins Schweigen deutete er als einen Ausdruck des Nachdenkens. In Wahrheit aber rang Auberlin mit sich, ob er dem Kellermeister von der Bibel in Brigittas Kammer erzählen sollte, aber am Ende entschied er sich dagegen. Auch wenn der Cellerarius eher großzügig und offen mit seinen Verdächtigungen umging, Auberlin selbst wollte niemanden zu Unrecht beschuldigen. Er war unglücklich, weil ihm keiner einfallen wollte, den sie um Hilfe bitten konnten.

Plötzlich aber hellte sich sein Gesicht auf und er streckte seinen rechten Zeigefinger in die Luft wie ein Schüler, der sich während des Unterrichts meldet.

Leberecht grinste bei diesem Anblick.

„Lass' uns doch die Hebamme fragen, ob sie uns hilft, Bruder Leberecht! Sie ist auf der Burg ein und ausgegangen und kennt sich aus. Vielleicht könnte sie ein paar Kräuter mitnehmen, falls jemand Fragen stellt. Dann kann sie immer noch behaupten, sie habe eine spezielle Mischung für Brigitta hergestellt, um die zu trösten." Erwartungsvoll blickte er den Kellermeister an und wartete ungeduldig auf dessen Antwort.

Dieser kratzte sich nachdenklich hinter dem linken Ohr, dann besah er sich in aller Ruhe den Finger mit dem, was er hinter seinem Ohr hervorgeholt hatte. Anschließend wiederholte er die gleiche Prozedur mit seinem rechten Ohr.

Auberlin dankte Gott im Stillen für seine Weisheit, den Menschen nur zwei Ohren gegeben zu haben.

Nach einer kleinen Ewigkeit schaute der Cellerarius den jungen Mönch zufrieden an: „Natürlich, Auberlin, du hast vollkommen recht. Die Barbara ist wie geschaffen für unser Vorhaben. Selbst wenn sie entdeckt wird, ist sie vermutlich schlau genug, um aus der Sache unbeschadet herauszukommen. Zweifellos würde ihr Stolz ihr verbieten, uns zu verraten." Bruder Leberecht wirkte höchst zufrieden. „Ich schlage vor, du suchst sie gleich morgen früh auf und redest mit ihr ..."

Leberecht trank einen Schluck und dachte noch einmal über alles nach. Plötzlich erhellte sich seine Miene. Ihm war noch ein weiterer positiver Nebeneffekt eingefallen: „Und weil sie weiß, wie sehr ihr Freund Waldebert um ihr Wohl besorgt ist, wird sie ihm nichts von alledem erzählen und somit versiegt die einzige Quelle, aus der die Mönche Wind von der Sache bekommen könnten."

Auberlin nickte nur. Er war aus ganz anderen Gründen froh darüber, dass Waldebert nichts erfahren würde.

Langsam leerten sie beide ihre Becher und währenddessen begann die Sonne, allmählich vor dem Fenster zu sinken.

Auberlin stand auf, streckte seinen vom langen Sitzen steifen Rücken und ging zum Fenster, um dieses Schauspiel zu beobachten. Ruhig und gelassen schaute er den grauen Wolken zu, die über die Grafschaft trieben. Einige von ihnen türmten sich samtig purpurn über dem Klosterwald auf. Auberlin wünschte sich einen grellen Blitz herbei, der das Gespräch, das er belauscht hatte, auslöschen würde. Er betrachtete das magische Farbenspiel, mit dem sich die Nacht in ihrer eigenen, atemberaubenden Art ankündigte noch eine Zeit lang, ehe er sich schweren Herzens abwandte, um sich wieder auf seinen Gastgeber zu konzentrieren.

Bruder Leberecht war augenscheinlich ebenfalls in seine eigenen Gedanken versunken. Den irdenen Becher in den Händen konzentrierte er sich vollkommen auf den verbliebenen Wein, den er darin auf und ab schwappen ließ.

Auberlin wandte sich vom Fenster ab und setzte sich wieder. „Ich mag mir gar nicht vorstellen, jetzt mit dem Mörder unter einem Dach zu sitzen. Ehrlich gesagt hoffe ich, du irrst dich." Auberlins Stimme verlor sich an dieser Stelle.

Bruder Leberecht schmunzelte. „Ich wäre ausnahmsweise auch nicht böse darüber, mich zu irren, aber wenn ich weiter darüber nachdenke, so weiß ich nicht, welche Antwort mir besser gefallen würde."

„Vielleicht wissen wir bald mehr, als uns lieb ist", murmelte Auberlin, während er dem Kellermeister zusah, wie dieser das Pergament in der untersten Schublade seines Schreibtisches verschwinden ließ.

Schließlich war es Zeit für die Mönche, sich zur Ruhe zu begeben. Sie verabschiedeten sich herzlich voneinander.

Bruder Leberecht zwinkerte verschwörerisch zum Abschied.

Auberlin dagegen wäre es am liebsten gewesen, wenn die ganze Sache schon vorbei gewesen wäre. Sein Verstand wollte das Rätsel lösen, so schnell wie möglich, um jeden Preis. Sein Herz aber wollte zu allererst Waldebert als Täter ausschließen können. Mit bangem Herzen schlurfte Auberlin in den Schlafsaal der Mönche. Dort fand er die Ordensbrüder bereits schlafend vor.

Während er aus seinen Stiefeln schlüpfte, dankte er Gott im Stillen für die Großzügigkeit des Abtes, denn seit seiner Ankunft in der Abtei genoss er alle Freiheiten und konnte sich über die strengen Regeln hinwegsetzen, mit denen der klösterliche Alltag seit jeher geregelt war. Zum ersten Mal in seinem Leben musste er sich nicht an die festgelegten Gebetszeiten halten. Ihm wurden keinerlei Dienste für die Gemeinschaft der Brüder auferlegt und, das freute ihn am meisten; er hatte mit dem Schweigegebot, das den Mönchen zu bestimmten Zeiten auferlegt war, nichts zu tun.

Nur noch mit seinem Untergewand bekleidet, legte er sich auf den prall gefüllten Strohsack.

Er war schon fast eingeschlafen, als ihm plötzlich ein schlimmer Gedanke kam. Einen wichtigen Punkt hatten sie nicht bedacht: Wie sollte es ihm bloß gelingen, die misstrauische Waldbewohnerin für sein Vorhaben zu gewinnen? Und konnte er es mit seinem Gewissen vereinbaren, sie in eine so brenzlige Lage zu bringen? Auberlin mochte sich nicht vorstellen, wie Graf Wilhelm reagieren würde, falls sie entdeckt werden würde und herausbekäme, wer wirklich hinter der Sache steckte. Unruhig wälzte er sich hin und her.

Ein leises Flüstern aus einer Ecke des Dormitoriums verriet ihm, dass auch noch andere Brüder nicht schlafen konnten. Ungewollt wurde er Zeuge ihrer Gespräche, die sich um eine große Kirchenversammlung drehten, die bald in Würzburg stattfinden sollte. Jede weltliche und kirchliche Institution sandte ihre Vertreter dorthin. Die Synode war von Bischof Gottfried IV in Würzburg einberufen worden, um seine Pläne zu verkünden, die den heruntergewirtschafteten Haushalt der Bischofsstadt retten sollten. Gottfrieds Vorgänger hatte in Saus und Braus gelebt und sich nicht davor gescheut, ihre Ausschweifungen aus dem Stadtsäckel zu finanzieren.

Auberlin hörte dem Getuschel nur mit halbem Ohr zu. War er sonst neugierig und aufgeschlossen, so konnte er sich in jener Stunde nur auf den kommenden Tag konzentrieren.

Als die Mönche zu ihrem Morgenlob geweckt wurden, fühlte sich Auberlin, als hätte er kaum geschlafen. Trotzdem war er froh und erleichtert darüber, dass er endlich zur Tat schreiten konnte. Seine Grübeleien hatten nichts gebracht, also blieb ihm nur, auf sein Glück vertrauen. Im rechten Moment würde ihm schon einfallen, wie er die Hebamme zur Komplizin machen konnte.

179

Nachdem das erste Gebet des Tages vorüber war, trudelten die Mönche nach und nach im Refektorium ein, um dort gemeinsam das Frühmahl zu sich zu nehmen. Auberlin saß dabei dicht an der Seite von Bruder Leberecht, um die Botschaft für Brigitta unauffällig an sich nehmen zu können. Er ignorierte dabei tunlichst die fragenden Blicke der Ordensbrüder, was er am Tisch der Obrigkeit verloren hatte. Kaum, dass Leberecht ihm die Pergamentrolle zugesteckt hatte, schlang Auberlin die letzten Bissen hinunter und verließ den Speisesaal. Damit die Mönche nicht mitbekamen, wohin er ritt, drückte er sich noch so lange in den Ecken des Klosters herum, bis sie sich auf der Anlage verstreut hatten, um ihr Tagwerk zu verrichten. Erst als sich niemand mehr in seiner Nähe aufhielt, lief er zu den Stallungen hinüber, um den kleinen Fuchs und den Hund zu holen.

Fröhlich bellend sprang Fleck um das Pony herum. Der Hund freute sich über den frühen Ausritt sichtlich mehr als das Pony, das seine Morgenration Heu sehr zu vermissen schien. Trotz seines Unmuts trottete es brav den ihm bekannten Weg entlang.

Immer wieder griff Auberlin hinter seinen Rücken und befühlte vorsichtig die Ledertasche mit der Botschaft darin, von der er sich so viel erhoffte.

Krähen saßen zuhauf auf den kahlen Bäumen, die seinen Weg säumten, und krächzten ihren Morgengruß. Auberlin ärgerte sich einmal mehr über den zweifelhaften Ruf, den die Vögel genossen. *Tiere können gar nicht von Grund auf böse sein, auch Vögel nicht,* dachte er bei sich. *Predigte nicht der heilige Franz von Assisi selbst einst zu den Vögeln?*

So hing Auberlin seinen Gedanken nach, während sein fuchsfarbenes Pony unverdrossen durch den Schnee stapfte. Seine pelzigen Ohren richtete es jetzt gutgelaunt nach vorne, das köstlich duftende Heu im heimischen Stall schien vergessen. Auberlin fühlte sich schon wesentlich sicherer im Sattel als bei seiner Ankunft in Castell, deshalb traute er sich, den kleinen Fuchs zu einem langsamen Trab anzutreiben. Folgsam zockelte es den Pfad zum Wald entlang. Natürlich besaßen Pferd und Reiter nichts von der Eleganz, mit der Leonhard seinen edlen Vierbeiner vermutlich gelenkt hatte, aber das kümmerte Auberlin nicht. Er genoss das Vertrauen, das er dem Tier unter ihm mittlerweile schenkte.

Als der Weg unter den Hufen des Ponys sanft anzusteigen begann, parierte er das Tier zum Schritt durch, um es zu schonen. Das Pony aber bohrte seine kräftigen Hinterbeine kraftvoll in den Schnee und trug seinen Reiter mühelos die Anhöhe, die zum Turm hinaufführte, hoch.

Oben angekommen fiel das Gefühl der Euphorie über seine Fortschritte als Reiter gänzlich von ihm ab. Er schalt sich töricht, weil er vermessen genug gewesen war, sich nur auf sein Glück zu verlassen. Nun war er am Ziel angekommen und wusste immer noch nicht, wie er Barbara dazu bringen sollte, ihm zu helfen. Ängstlich schielte er zum Turm hinauf und hoffte insgeheim, die kräuterkundige Frau wäre schon zu einer ihrer Kräuterwanderungen aufgebrochen. Doch dichter Rauch stieg aus dem Kamin in die klare, frische Winterluft auf. Barbara schien also zu Hause zu sein.

Seufzend stieg Auberlin aus dem Sattel und band das Pony an einem Baum. Fleck machte er dort ebenfalls fest.

„Du und die Katzen, das ging nicht gut zusammen", erklärte er dem Hund, der sich ergeben neben dem Pony niederließ.

„Wünscht mir Glück", flusterte er den Tieren noch zu, ehe er zur Tür hinüberging.

Er spürte einen schmerzhaften Stich in seinem Herzen, als ihm klar wurde, er würde von Fleck Abschied nehmen müssen, sobald der Mörder überführt war und er wieder nach Hause gehen würde. Auberlin verbannte diesen Gedanken ganz tief unten in seinem Bewusstsein. Er konnte und wollte jetzt nicht darüber nachdenken, wie seine Freundschaft zu dem Hund unweigerlich enden musste. Manchmal konnte sich Auberlin selbst nicht leiden, dann war er unzufrieden mit seinem Drang, über alles nachdenken zu müssen. Er schmiedete oft viel zu früh und viel zu genaue Pläne, um sie dann wieder zu verwerfen, weil das Leben oder seine Mitmenschen ganz andere Dinge und Ziele verfolgten, als er dachte. So sehr Auberlin sich auch anstrengte, es gelang ihm nur ganz selten einmal, die Ereignisse auf sich zukommen zu lassen und ihren Verlauf in Gottes Hände zu legen.

Auberlin stand jetzt vor der schweren Tür, die der Eingang zu Barbaras Heim und Werkstatt war. Er hob seine rechte Hand genau in dem Augenblick hoch, um zu klopfen, als die Tür vor ihm schwungvoll aufflog. Die Scharniere ächzten gruselig unter der Kraft, mit der die Tür aufgestoßen worden war.

Das Kräuterweib, schlank und sehnig, wirkte in Auberlins Augen über alle Maßen kraftvoll und präsent. Es schien, als würde ihr drahtiger Körper fast die ganze Tür ausfüllen.

„Mal wieder auf Mörderjagd?", fragte sie statt einer Begrüßung. Eine leise Drohung schlich sich in ihre tiefe Stimme: „Ich dachte, ich habe dir erklärt, warum ich dir nicht helfen kann." Streng schaute sie dem jungen Mönch unverwandt in die Augen.

Auberlin bemühte sich, die Erleichterung, die ihn befiel, vor ihr zur verbergen. Der Zufall war ihm zu Hilfe gekommen. Wieder einmal. Oder nahm der Herr im Himmel die Dinge in seine Hände? Auberlin vermochte auf diese Frage keine Antwort zu finden, aber immerhin wusste er jetzt, wie er dem scharfsinnigen Kräuterweib beikommen konnte.

„Guten Morgen, Barbara", begrüßte er sie mit einem Lächeln auf den Lippen.

Das Kräuterweib schwieg.

„Du liegst richtig, aber auch falsch mit deiner Vermutung."

Die spärlichen Reste von Barbaras Augenbrauen schnellten in die Höhe.

„Ich befinde mich sogar auf einer Art Hexenjagd, auch wenn ich das Wort nicht mag." Der junge Mönch redete schnell und ohne Pause, um sie nicht zu Wort kommen zu lassen. „Lass es uns lieber das Böse nennen, was ich jage. Ich habe nun schon öfter von den ketzerischen Handlungen, die auf der Burg oben vorgenommen werden, munkeln hören. Ich meine, du selbst hast diesbezüglich schon einmal eine Andeutung gemacht."

Jetzt war es an ihm, ihr fest in die Augen zu schauen, doch sie schüttelte stur ihren Kopf. „Gar nichts weiß ich. Ich sagte dir doch, ich habe nur einen Scherz gemacht." Offensichtlich wollte sie nicht über das, was sie wusste, reden. Sollte sie selbst in die ketzerischen Machenschaften verwickelt sein?

Auberlin hielt sie für viel zu intelligent, um auf den Hokuspokus, der allerorts praktiziert wurde, hereinzufallen. Er lächelte. „Und genau das glaube ich dir nicht, liebe Barbara. Ehrlich gesagt siehst du mir nicht wie jemand aus, der allzu viele Scherze macht. Ich glaube, du weißt genau, wovon du gesprochen hast."

Barbaras Gesicht war vollkommen ausdruckslos.

„Und deshalb bin ich hier, um dich um deine Hilfe zu bitten."

Barbara blieb stumm.

„Ich will offen zu dir sein. Ich denke, das Böse hat Einzug gehalten auf der Burg. Ich weiß nur noch nicht, wie es dazu gekommen ist, und wer es willkommen geheißen hat. Aber genau das möchte ich herausfinden, weil ich glaube, dass es eine Verbindung zwischen diesem Irrglauben und dem geschehenen Unglück gibt."

„Entweder, weil jemand die vermeintlichen Ketzer mit Stumpf und Stiel ausrotten, oder jemand gewisse Geheimnisse gehütet wissen wollte. Oder beides."

Barbara blickte nicht weniger misstrauisch drein als zu Beginn ihres Gesprächs, welches Auberlin bisher fast als Monolog bestritt. Nachdenklich schürzte sie das, was von ihren Lippen übrig geblieben war. „Was die Weiber da oben treiben, würde ich in der Tat selbst gerne wissen. Manches kann ich mir schon zusammenreimen, können ja kein Maiglöckchen vom Bärlauch unterscheiden, die dummen Dinger!"

Auberlin frohlockte innerlich. Die Kräuterfrau schien angebissen zu haben!

Eine steile Falte grub sich zwischen das Narbengeflecht auf ihrer Stirn. „Aber wer sollte der Gräfin wegen ihres dummen, abergläubischen Getues ein Ende bereitet haben? Und wie passen der junge Graf und dieser Ritter ins Bild?"

Auberlin zuckte mit den Schultern. „Das weiß ich noch nicht, Barbara. Gerüchte gehen um, einer der Mönche könnte der Mörder sein. Ein Mörder im Namen des Herrn, wenn man so will." Auberlin beobachtete gespannt die Reaktion des Kräuterweibes.

Barbara lachte glockenhell. „Die bequemen, faulen Betbrüder? Denen ist es doch egal, was außerhalb ihrer Klostermauern vorgeht, solange sie nur genug zu essen und zu trinken haben! Nein, Auberlin, deinen Mörder musst du woanders suchen, da bin ich ganz sicher!" Barbara kicherte leise vor sich hin.

Auberlin überlegte, ob sie Waldebert nur schützen wollte, in dem sie von den Mönchen ablenkte. Aber ihre Überraschung und ihr Lachen klangen echt.

„Worum willst du mich denn nun bitten?" Auberlin berichtete ihr kurz von der ersten Drohung an Brigitta, die sie am Tag der Beisetzung gefunden hatten und von dem Plan, den er ausgeheckt hatte. Den Cellerarius erwähnte er aber nicht. Von dessen Rolle musste sie nichts erfahren.

Barbara machte große Augen. Dann verzog sich ihr entstelltes Gesicht zu etwas, das man als gehässiges Grinsen deuten mochte. Einen Kommentar gab sie allerdings nicht ab.

Auberlin streckte ihr die gefälschte Botschaft entgegen, damit sie sehen konnte, was er vorhatte. Sie aber winkte ab. „Ich kann ja doch nicht lesen, was du geschrieben hast."

Auberlin schoss die Röte ins Gesicht. Er hatte die Kräuterfrau nicht in Verlegenheit bringen wollen, auf keinen Fall. Er konnte es sich schlicht nicht vorstellen, wie es sich anfühlte, wenn man nicht lesen und schreiben konnte, so selbstverständlich und fast alltäglich waren der Umgang mit Büchern und Schriften für ihn. „Entschuldige, ich habe nicht daran gedacht, dass du nicht lesen kannst", murmelte er kleinlaut.

„So sag' schon endlich!", befahl sie lächelnd.

„Hier steht: Eine Hexe sollst du nicht leben lassen. Auf der ersten Drohung stand ebenfalls ein Bibelspruch: Auge um Auge, Zahn um Zahn", sagte er und verzichtete dabei auf den genauen Wortlaut.

Barbara nickte zufrieden. „Das hochnäsige Ding wird sich zu Tode erschrecken, wenn sie das hier findet." Vergnügt klopfte Barbara mit der Rolle auf ihren Handrücken. Sie war sehr angetan von der Vorstellung, dem Kammermädchen eins auswischen zu können.

Auberlin überlegte, woher diese Abneigung rührte, aber eines hatte er bei seinen wenigen Begegnungen mit der Kräuterfrau gelernt: Nachfragen war zwecklos.

In ihren schönen Augen tanzten vor Vergnügen kleine Punkte. Vergessen in dem Moment all das Unrecht, das ihr in ihrem bisherigen Leben widerfahren war.

„Morgen früh, hinter dem Haus der Bediensteten, außerhalb der Burgmauer? Das Wäldchen dort ist schlecht einzusehen und es ist nicht besonders weit bis zum Burgtor."

So wie Barbara die Frage aussprach, klang sie mehr wie ein Befehl. Auberlin nickte. Er war zufrieden mit dem Verlauf der Dinge. Er hatte es geschafft. Barbara wollte ihm helfen.

Auberlin war erleichtert, aber auch unschlüssig, was er nun mit dem Rest des Tages anfangen sollte. Am liebsten wäre er sofort zu seinem Pony gerannt, um zur Burg zu reiten und dort Friedrich vom guten Ausgang seines Gesprächs mit der Kräuterfrau zu erzählen. Andererseits, so dachte er sich, konnte es sich für ihn lohnen, noch eine Weile bei Barbara zu bleiben. So guter Dinge, wie sie im Moment war, würde sie ihm mit ein bisschen Glück etwas Interessantes erzählen. Denn dass sie mehr über die Burg, ihre Bewohner und deren Machenschaften wusste, als sie zugab, daran hatte Auberlin keine Zweifel. Das Glück schien ihm an diesem Tag treu zu bleiben, denn Barbara nahm ihm die Entscheidung ab, was er mit seiner Zeit anfangen sollte.

„Wenn du willst, kannst du mir bei meiner Arbeit helfen. So sehr ich den Wald hier liebe, manchmal fehlt mir doch etwas Gesellschaft."

Auberlin wunderte sich über sich selbst. Obwohl er in den vergangenen Tagen viel über die Kräuterfrau nachgedacht hatte, war ihm nicht einmal in den Sinn gekommen, wie einsam sie hier draußen lebte. Außer ihren Katzen hatte sie kein lebendiges Wesen um sich.

„Ich gehe dir gerne zur Hand, Barbara. Du musst mir nur sagen, was ich tun kann."

Barbara lächelte wieder ihr schauriges, lippenloses Lächeln. „Nun, Bruder Auberlin, es reicht, wenn du mir meinen Korb trägst. Ich muss heute nur ein Stück in den Wald, um Schneeglöckchen zu sammeln. Ich kenne eine Stelle, an der sie besonders zahlreich wachsen."

Sie bat den jungen Mönch, sich einen Moment zu gedulden, bis sie ihren Korb aus dem Turm geholt hatte. Drei oder vier ihrer pelzigen Gefährten folgten ihr auf dem Fuße, als sie wieder zurückkam.

„Wie eine Gänsemagd siehst du aus mit deinen Katzen im Gefolge", neckte er sie.

„Nur sind Gänse wohl leichter zu erziehen als diese Biester hier!", gab Barbara unbeschwert kichernd zurück.

Seite an Seite machten sie sich auf den Weg in den Wald hinein. Auberlin fiel es schwer, Fleck zu ignorieren, der empört winselte, weil er beim Turm bleiben sollte.

Barbara, die genau wusste, wohin sie gehen musste, führte die seltsame Gruppe an. Auberlin blieb mit dem leeren Korb in seinen Händen hinter ihr, dann folgten die Katzen, die munter im Schnee umhersprangen.

„Wofür sammelst du die Schneeglöckchen? Besitzen sie Heilkräfte? Bisher kenne ich sie nur als Frühlingsboten." Auberlin war ehrlich interessiert an Barbaras Arbeit. Er war tief beeindruckt von dem Wissen, das sich die Kräuterfrau angeeignet hatte, zumal sie nicht lesen konnte und deshalb darauf angewiesen war, all ihr Wissen im Gedächtnis aufzubewahren.

Barbara lächelte versonnen. „Deshalb können die Schneetropfen ganz unbehelligt wachsen. Meine Mutter sagte, ihre Heilkräfte sind nur in unserem Land noch kaum bekannt. In anderen Teilen der Welt werden sie schon lange als Heilpflanze eingesetzt." Dann blieb sie stehen, um eine ihrer

Katzen hochzunehmen, die zu ihren Füßen im Schnee miaute. „Meine kleine vornehme Dame, hast wohl kalte Pfötchen?"

Schnurrend rieb die Katze ihren Kopf an Barbaras Schulter, wie um Barbaras Frage zu bejahen.

„Zurück zu den Schneetropfen: „In ihren Zwiebeln steckt ein Stoff, der das gefürchtete Vergessen im Alter aufhalten kann."

Auberlins Stimme klang skeptisch, als er sagte: „Aber wir werden doch alle einmal gebrechlich und vergesslich, wenn Gott uns nur alt genug werden lässt."

„Natürlich ist das der Lauf der Dinge. Aber warum nicht ein wenig nachhelfen, um ein paar Monate länger zu wissen, wohin man gehen wollte, wenn man das Haus verlassen hat?"

Auberlin grinste, diesem Argument konnte er nichts entgegensetzen.

Flankiert von den Katzen, wanderten die beiden noch ein kurzes Stück durch den Wald, bis Barbara unvermittelt vor ihm stehenblieb. Fast hätte er sie umgerannt.

„Hier muss ich graben." Barbara ließ sich auf die Knie sinken und schaufelte mit ihren Händen den Schnee beiseite.

Auberlin sah ihr skeptisch dabei zu. „Wie kannst du dir sicher sein, dass hier Schneeglöckchen wachsen? Ist denn nicht jeder andere Ort genauso gut dafür geeignet wie der hier?"

Barbara antwortete nicht sofort. „Ich habe noch nie darüber nachgedacht, warum es den Schneetropfen gerade hier so gut gefällt. Vielleicht hat ihnen ihr Freund, der Schnee versprochen, an dieser Stelle besonders gut für sie zu sorgen?" Ein warmer Klang schlich sich in ihre Stimme.

„Ihr Freund der Schnee? Machst du dich etwa über mich lustig?" Auberlin wusste nicht, wovon die Kräuterfrau sprach.

Vollkommen ernst sah Barbara zu ihm auf. „Was lehrt man euch denn in euren Klöstern, wenn du anscheinend nicht einmal weißt, wie der Schnee zu seiner Farbe gekommen ist?"

Auberlin war nun vollkommen verwirrt. Um nichts in der Welt hätte er sagen können, ob sie wirklich meinte, was sie sagte, oder ob er sich vor ihr zum Narren machte.

„Nachdem Gott, der Herr, seine Natur in den schönsten Farben erschuf, hieß er den Schnee, sich seine Farbe selbst zu suchen. Der Schnee zog übers Land und bat die Blumen, ihm ihre Farben zu schenken. Doch seine Bitte wurde ihm allerorts verwehrt. Der Schnee war verzweifelt. Er wollte doch nicht so enden wie der Wind, der so böse war, dass er unsichtbar sein musste. Schließlich traf er ein Schneeglöckchen. Es war bereit, dem Schnee seine Farbe zu geben. Seitdem ist der Schnee weiß und von allen Blumen mag er nur das Schneeglöckchen." Nun lächelte die Hebamme doch und er erkannte den Humor in ihrer Geschichte.

„Eine schöne Legende, Barbara, wirklich. Ich verspreche dir feierlich, nicht mehr danach zu fragen, warum deine Blumen wachsen, wo sie wachsen. Feixend senkte Barbara ihr Haupt und grub weiter. Es dauerte nicht lange, bis sie den Stein, den sie als Werkzeug benutzte, auf den Boden legte und wieder mit ihren Fingern in der Erde herumwühlte. Sie wühlte so lange, bis sie vorsichtig einige kleine Zwiebeln freilegte, die in kleinen Gruppen im Boden ruhten. Bedächtig holte sie ungefähr zwei Handvoll von den Zwiebelchen hervor und deckte die verbliebenen wieder mit Erde und Schnee zu.

Als sie fertig war, war praktisch nichts mehr von ihrer Arbeit zu sehen. Sie schlug die Zwiebeln in ein braunes Tuch ein und verstaute ihre Beute in ihrem Korb. Ihr Rücken knackte laut, als sie sich mühsam wieder aufrichtete.

14

Krebsrot

Kurz nach Sonnenaufgang traf Auberlin auf dem Pony am vereinbarten Treffpunkt ein. Als er aus dem Sattel kletterte, läutete die Glocke der Burgkapelle schon zur Frühmesse. Viel Zeit blieb ihnen also nicht. Bis Brigitta von der Morgenandacht, der die Bewohner der Burg fast alle beiwohnen mussten, zurückkehren würde, sollten sie schon über alle Berge sein.

Während er den kleinen Fuchs an einem Baum festband, schaute er sich um und musste sich eingestehen, wie gut der Treffpunkt von Barbara und Leberecht gewählt war, obwohl sich die beiden keineswegs abgesprochen hatten.

„In dem Wäldchen findest du eine Lichtung. Dort steht ein gewaltiger Baum. Das ist die Euleneiche. Der tote Baum fällt dir sofort ins Auge, du kannst ihn gar nicht verfehlen."

„Was ist denn eine Euleneiche?", hatte Auberlin neugierig gefragt.

„Das ist ein so dicker, hohler Baumstamm, den zwei erwachsene Männer nicht mit den Armen umspannen können. Darin haben ganze Generationen von Eulen ihre Jungen großgezogen", hatte die Erklärung gelautet. „Wegen der Eulen werden der alten Eiche sogar magische Kräfte nachgesagt", hatte er noch hinzugefügt.

„Ob der Baum nun magisch ist oder nicht, das Pony ist trotzdem gut daran angebunden", sprach er zu sich selbst und sah sich nach einer Sitzmöglichkeit um. Er wurde schnell fündig und schlenderte zu einem moosbewachsenen Findling hinüber, der groß genug war, um bequem darauf sitzen zu können.

Noch konnte er keine Spur von Barbara entdecken. Er hatte sich mit dem Gesicht zur Sonne gesetzt und streckte seine dünnen Beine aus. Das tat gut nach dem langen Ritt. Er genoss die ersten Sonnenstrahlen des Tages, bis er aus den Augenwinkeln eine Gestalt bemerkte, die flink auf ihn zukam.

Es war Barbara, die sich gleich nach Fleck erkundigte, ohne ihn gegrüßt zu haben.

„Wo hast du denn den Köter gelassen? Wir haben ein Problem, wenn er mich sieht und das ganze Gesinde zusammenbellt, weil er meine Katzen riecht."

„Den habe ich im Kloster in die Sattelkammer eingeschlossen, obwohl ihm das gar nicht behagt hat."

„Gut so. Hast du das Schriftstück dabei?"

Auberlin nickte, zog die zusammengerollte Seite unter seinem Umhang hervor und reichte sie ihr mit einer übertriebenen Verbeugung. Sie kicherten wie Kinder, die einen Streich aussheckten. Barbara ließ die Botschaft für Brigitta unter ihren Röcken verschwinden und zog gleichzeitig ein kleines Lederbeutelchen undefinierbarer Farbe daraus hervor. Auberlins fragenden Blick quittierte sie mit folgender Antwort: „Na, falls ich erwischt werde, gebe ich vor, ich brächte verschiedene Essenzen, eigens für die trauernden Anverwandten herauf. Soll mir erst einmal jemand das Gegenteil beweisen."

An Selbstbewusstsein mangelt es der Hebamme jedenfalls nicht, dachte Auberlin, hütete sich aber davor, diesen Gedanken laut auszusprechen.

„Meinst du, du schaffst das wirklich?", vergewisserte er sich stattdessen. „Immerhin steht eine ganze Menge für dich auf dem Spiel. Ich mag mir gar nicht ausdenken, was geschieht, wenn du erwischt wirst ..."

„Mache dir um mich keine Gedanken, Bruder Auberlin. Bleibe einfach hier sitzen, und warte, bis ich zurück bin. Ich muss doch nur vor zum Burgtor laufen, einmal der Mauer bis zum Eingang folgen und dann drinnen schnell zu den Schlafkammern eilen. Selbst im Schlaf würde ich den Weg finden." Sie hob beide Hände, um anzudeuten, dass das Thema nun für sie beendet war. Dabei rutschen ihre Ärmel nach hinten und gaben den Blick auf ihre Arme, bis zu den Ellbogen hinauf, frei. Auberlin bemerkte eine lange, wulstige Narbe, die sich von der Handwurzel über die Innenseite ihrer Handfläche bis hin zum ersten Glied des

Mittelfingers schlängelte. In der Kälte hatte sie sich gräulich verfärbt.

„Wenn wir noch länger hier stehen und schwatzen, sieht und vielleicht doch noch jemand und stellt dumme Fragen." Mit diesen Worten raffte Barbara ihre Röcke, lief los und verschwand. Auberlin blieb jetzt nur noch, zu warten, zu beten, und ihr im Stillen Glück zu wünschen.

So lange Barbara noch bei ihm gewesen war, hatte er nicht so sehr darauf geachtet, aber nun rumorte es in seinen Eingeweiden, als ob der Teufel darin säße.

Wie sollte er nur die Zeit überbrücken, bis Barbara zurückkäme.

Er ging ein paar Schritte auf und ab, um sich zu beruhigen. Weil das nichts half, stapfte er zur Euleneiche hin, um sich den alten Baum genauer anzuschauen.

„Kaum zu glauben, was den Menschen alles einfällt. Ein Zauber soll ihm innewohnen, bloß weil ein paar Eulen darin hausen", flüsterte er und nahm die mächtige Eiche genauer in Augenschein. Dass er dabei unruhig auf der Stelle trat, fiel nur dem Pony auf. Es hob den Kopf und beäugte ihn misstrauisch.

„Ein Baum ist's eben, und ein toter noch dazu", stellte er fest, als er ein paar kinderkopfgroße Löcher in dem dicken Stamm klaffen sah.

Dunkel erinnerte er sich an einen Vortrag in der Klosterschule über die vielschichtige Symbolik von Eulenvögeln in der Welt. Je nach Epoche und Kultur traten die Eulen einmal als Symbol der Weisheit und der Besonnenheit, ein anderes Mal wiederum aber als Dämonen und Unglücksboten auf. Schaudernd besann er sich der Worte des Lehrers: In manchen Teilen des Landes wurden sie zum Schutz des Viehs lebendig, mit ausgebreiteten Flügeln an die Scheunentore genagelt. Dies sollte den Stall vor Blitzschlag, Feuersbrunst und Hagel schützen.

„Ein derart schändliches Verhalten aufgrund von heidnischem Aberglauben sei mit Stumpf und Stiel auszurotten", hatte der Schlusssatz des Lehrers gelautet.

Auberlin schob das grässliche Bild von den gequälten Eulen schnell beiseite und trat ganz nah an den Baum heran. Er wollte herausfinden, was sich hinter den Öffnungen verbarg.

Vielleicht haben sie gerade Junge, hoffte er, nicht wissend, dass es dazu noch zu früh war im Jahr. Selbst als er schon auf den Zehenspitzen stand, konnte er immer noch nicht in das unterste Loch hineinsehen. Das Pony betrachtete interessiert sein Tun, als er den Stein heranrollte, auf dem er gesessen hatte. Er stieg auf den Findling und jubelte innerlich. Jetzt konnte er endlich einen Blick in die Baumhöhle werfen.

Während sich Auberlin die Zeit mit der Erkundung der Euleneiche vertrieb, war Barbara ihrem Ziel schon ein ganzes Stück näher gekommen. Vorsichtig war sie über die Brücke gehuscht und anschließend leise durch die Toranlage geschlüpft.

Gottlob hatte sie das Schnarchen des Torwächters schon von weitem gehört und brauchte sich keine Gedanken darüber zu machen, wie sie ungesehen an ihm vorbekommen konnte.

Geduckt war sie an der Burgmauer entlang gelaufen, bis sie das Eingangsportal erreicht hatte. Erleichtert hatte sie in der großen Halle festgestellt, dass sich außer ihr niemand dort aufhielt. Von früheren Besuchen wusste sie genau, welcher Weg sie am schnellsten in Brigittas Kammer führen würde. Es galt dabei nur, eine einzige Unsicherheit zu überwinden. Sie musste an der Burgküche vorbei, die niemals unbewacht blieb, denn das immerwährende Feuer im Herd war Agnes' ganzer Stolz. Niemand konnte sich erinnern, dass die Asche darunter einmal erkaltet wäre. Trotz der frühen Stunde zog köstlicher Essensduft in Barbaras Nase und ihr Magen antwortete darauf mit einem vernehmlichen Knurren.

„Still", befal sie ihrem Bauch und setzte ihren Weg auf Zehenspitzen fort.

Schließlich befand sie sich direkt vor der Küchentür, die wahrscheinlich wegen der Hitze darin, nur angelehnt war. Jetzt hieß es noch vorsichtiger zu sein, denn die alte Agnes hatte immer noch Augen und Ohren wie ein Luchs, wie sie aus früheren Begegnungen wusste. Der dicken Köchin entging praktisch nichts, was in ihrer Küche und rund um sie herum passierte.

Leise Stimmen erklangen hinter der Tür, als sie gerade daran vorbeihuschen wollte. Erst lief sie schneller, aber dann machte sie ihren Namen in dem Gemurmel aus. Barbara blieb stehen und lauschte, auch wenn sie wusste, wie unklug das war.

„Meinst du, die Brigitta könnte ihren Liebhaber um die Ecke gebracht haben?"

Barbara erkannte Katharinas Stimme sofort. Die Tochter der Köchin war in der Vergangenheit oftmals bei ihr vorstellig geworden, denn sie litt während ihrer monatlichen Blutungen unter schmerzhaften Krämpfen. Katharina schwor auf Barbaras Medizin, die hauptsächlich aus gemahlenen Traubenkernen bestand.

„Ich weiß nicht recht. Eifersüchtig genug war sie wohl". Agnes klang hin und her gerissen.

„Mutter, sie ist doch die Letzte, die Engelhart lebend gesehen hat. Ganz allein soll er hinausgeritten sein in die eisige Nacht, behauptet sie. Sie hätte ihn doch niemals ziehen lassen, wenn er ihr nicht verraten hätte, wohin er gewollt hat."

„Trotzdem ist sie nichts weiter als ein albernes Ding. Kannst du dich noch an Barbaras Geschichte erinnern, als Brigitta ein Liebesamulett bei ihr kaufen wollte?"

Offensichtich hatte Agnes genug von den Gerüchten, die sich unter dem Gesinde verbreiteten.

„Jetzt fängt sie damit an", dachte Barbara enttäuscht. Trotzdem hörte sie den tratschenden Frauen weiter zu.

„Nur zu gerne hätte ich gehört, was sie von Barbara zu hören gekriegt hat, als sie sie um ein Liebesamulett gebeten hat."

Barbara konnte hören, wie die alte Köchin verächtlich den Atem durch ihre Zahnlücken stieß.

Sie erinnerte sich noch gut an jenen Morgen, an dem das Kammermädchen an ihre Tür geklopft hatte. Zuerst hatte sie so getan, als wolle sie nur Kräuter für ihren verdorbenen Magen holen, den sie vorgab, zu haben, aber nach einer Weile war sie schließlich doch mit ihrem Leid herausgerückt. Die junge Brigitta musste ihr Herz ausschütten. Sie zog Barbara über ihr Verhältnis mit dem Ritter Engelhart ins Vertrauen. Obwohl sie ihn aufrichtig liebte, würde der Schuft sie niemals heiraten, hatte sie geschluchzt. Todunglücklich war sie gewesen. Als sie dann noch von der geplanten Verlobung ihres Geliebten mit der Grafentochter erfahren hatte, konnte sie die Eifersucht nicht länger ertragen. Ihre Wut hatte sie zu Barbara in den Wald getrieben, von der sie sich einen Liebeszauber erhoffte, um das Blatt doch noch zu ihren Gunsten zu wenden.

Barbara war es schwergefallen, dem Wunsch der Liebeskranken nicht nachzukommen, aber am Ende hatte doch ihr Gewissen gesiegt. Behutsam hatte sie dem Mädchen erklären wollen, dass all die Amulette, Armbänder und Kräutermischungen, die im Umlauf waren, nur der Geldkatze des Verkäufers halfen. Brigitta aber wollte sich nicht belehren lassen und wurde sogar böse, weil ihr Barbara nicht helfen wollte, wie sie glaubte. Fluchend hatte sie deren Turm verlassen. Barbara hatte sich ausschütten wollen vor Lachen, als sie der schönen Brigitta zuschaute, wie sie keifend wie ein Marktweib den Trudberg hinunterstolperte.

„Ich finde, ein Liebeszauber passt besser zu ihr als ein Mord", ergriff Agnes nun doch Partei für Brigitta.

Wenn du wüsstest ... dachte Barbara grimmig. Entschlossen setzte sie ihren Weg fort.

Sie musste nur noch die lange Treppe hinauf, die zu den Schlafkammern der Herrschaften führte. Geduckt wie ein Dieb und mit angehaltenem Atem nahm sie Stufe für Stufe und hoffte niemandem zu begegnen. Mitten auf der Treppe konnte sie sich nirgends verstecken.

Endlich oben atmete sie voller Erleichterung aus.

Jetzt trennten sie nur noch wenige Schritte von ihrem Ziel.

Sie hatte es geschafft.

Doch als ihre Hand schon auf der Klinke lag, beschlichen sie auf einmal Zweifel.

Was, wenn Brigitta wider Erwarten doch nicht an der Messe teilnimmt?

Verdammt, wir hätten sie mit einer List von der Burg locken müssen!

Sie musste jetzt alles auf eine Karte setzen. Umkehren kam nicht infrage.

Im schlimmsten Fall musste sie sich eben mithilfe ihrer Kräuteressenzen herausreden.

Als Barbara vorsichtig die Klinke drückte, ahnte sie noch nicht, was ihr bevorstand.

Die Kammer war vollkommen leer. Barbara spürte, wie ein kleines Stück der Anspannung von ihr abfiel. Immerhin hatte sie es bis hierher geschafft und konnte die Pergamentrolle für die hochnäsige Zofe platzieren, die zu Barbaras Freude ohnehin schon als verdächtig galt.

Noch mehr freute sie sich auf die Reaktion, wenn Brigitta die zweite Drohung finden würde. „Zu Schade, dass ich nicht dabei sein werde, wenn sie die Nachricht findet", bedauerte Barbara und seufzte. Dann zuckte sie ergeben die Schultern und schaute sich im Zimmer um. Brigittas Kopfkissen schien ihr der beste Platz für diesen bösen Streich zu sein. Zufrieden kramte sie die Nachricht unter ihrem Umhang hervor und platzierte sie auf dem weichen Kissen. „Oh, ein Federkissen für die Dame", murmelte sie abschätzig.

Hier kann sie die Botschaft unmöglich übersehen, dachte Barbara dann und grinste hämisch. Nach einem letzten Blick auf Brigittas Kissen strich sie ihre Röcke glatt, setzte ihre Unschuldsmiene auf und schickte sich an, die Kammer zu verlassen.

Doch bevor sie auch nur einen einzigen Schritt tun konnte, ließ sie ein knarzendes Geräusch hinter ihrem Rücken erstarren. Die Tür ging auf und im nächsten Augenblick würde sie entdeckt werden. Gehetzt suchte sie nach einem Versteck, fand aber keines. Ihr Magen wurde zu einem Eisklumpen, als sie sich langsam umdrehte. Dunkle Lebkuchenaugen folgten überrascht ihren Bewegungen.

„Barbara, was machst du denn hier? Was hast du in meiner Kammer zu schaffen?"

Die helle Stimme klang verblüfft, verwundert, aber nicht böse. Doch dieser Umstand währte nicht lange, denn schon im nächsten Moment entdeckte Brigitta die Schriftrolle auf ihrem Kissen. Mit einem Satz war sie an ihrem Bett, ohne dass Barbara es zu verhindern vermochte. Brigitta zupfte an dem Lederbändchen, das um die Rolle gebunden war, und entrollte dann die Botschaft.

Ihre Lippen formten die wenigen Worte beim Lesen. „Eine Hexe sollst du nicht leben lassen?" Alle Farbe wich beim Lesen aus ihrem schönen Gesicht. Die zarte Hand mit der Nachricht sank herab und sie trat einen großen Schritt zurück, weg von Barbara, die aussah wie ein Racheengel. Brigitta öffnete ihren Mund, als ob sie eine Frage stellen wollte, und schloss ihn aber gleich wieder. Ihre Augen maßen die Entfernung von sich bis zur Tür.

Barbara aber trat vor und versperrte ihr den Fluchtweg. Sie verschränkte die Arme vor der Brust und funkelte die leichenblasse Brigitta böse an: „Fliehen willst du? Vor den eigenen Taten kann man nicht davonlaufen!"

Brigittas Rehaugen weiteten sich vor Schreck und sie schnappte nach Luft. „Was willst du damit sagen?" Daraufhin machte sie eine kurze Pause, so als ob sie sich jedes weitere Wort genau überlegen würde.

Barbara stemmte die Hände in die Hüften. Sie wartete gespannt darauf, was jetzt kommen würde.

„Willst du mich mit deiner Botschaft einschüchtern, damit ich deine Rolle in unserem magischen Zirkel nicht verrate?" Ihre Worte klangen nicht sehr überzeugend. Es schien, als ob sie etwas anderes hatte fragen wollen. Etwas, vor dessen Antwort sie sich fürchtete.

„Ich glaube, ich höre nicht recht. Was habe ich denn schon mit dem abergläubischen Unsinn zu tun, dem ihr euch verschrieben habt, du und Richildis?"

„Aber du hast uns doch gar manchen Zauberspruch erst beigebracht. Und die meisten Ingredienzien, die wir brauchen, hast du auch besorgt."

Vor dem nächsten Satz legte sich ein gehässiger Zug um ihren Mund. „Sogar einige Schriften, mit Anleitungen zu schwarzer Magie darin, hast du uns überlassen. Du hast damals behauptet, wir könnten sie ruhig behalten, weil du sie gar nicht lesen kannst. Jetzt aber frage ich mich, wie es dir gelungen ist, die Botschaften zu verfassen, denn ich wette, die Erste stammt auch von dir."

Brigitta wedelte mit dem Pergament vor Barbaras Nase herum.

Schnell wie ein Habicht griff Barbara nach der Botschaft. „Sie sind gar nicht von mir. Ich habe nur einem Freund geholfen", behauptete sie, weil ihr nichts Besseres einfiel.

„Einem Freund? Als ob du Freunde hättest! Schau' dich doch an." Brigitta lachte zuerst laut auf, aber als ihr Blick den der Hebamme traf, merkte sie, sie war zu weit gegangen. Dunkles Feuer loderte in Barbaras Augen. Ihre verschorften Hände ballten sich zu Fäusten. Schon trat sie vor und holte zum Schlag aus.

Ohne etwas davon zu bemerken, war die Hebamme einmal mehr um eine Erklärung herumgekommen. Vorhin, als sie ihren Lauschposten an der Küchentür verlassen hatten, war sie nur knapp der Entdeckung entgangen. Sie war gerade ums Eck verschwunden, als Agnes einen der Küchenjungen hinaus zu dem Wäldchen schickte, in dem sich die Euleneiche befand, um Holz zu holen.

„Was stehst du hier herum und horchst?", hatte sie ihn angefahren, weil er über ihrem Geplauder von Liebeszauber und Amuletten seine Arbeit vergessen hatte.

Seine Aufgabe bestand darin, das Feuer in der Küche zu hüten. Das Herdfeuer war Agnes' Allerheiligstes und deshalb bekam er ihre Wut zu spüren.

„Sieh' zu, dass du mehr Holz heranschaffst, sonst zieh' ich dir das Fell über die Ohren", hatte sie geschimpft und ihm mit dem Kochlöffel gedroht.

Mit hochrotem Kopf schnappte sich der Junge seinen Holzkorb und nahm die Beine in die Hand. Er wollte es sich auf gar keinen Fall mit der Küchenoberen verscherzen, denn anders als seine Kumpanen, die ebenfalls auf der Burg arbeiteten, hatte er es immer warm und trocken. Außerdem sorgte Agnes dafür, dass ihren Schützlingen so mancher Leckerbissen zufiel.

So schnell er konnte, rannte er mit dem Holzkorb in der Hand zur Burg hinaus, quer über den Innenhof, und verschwand schließlich über die Brücke.

Er spurtete hin zu den Bäumen und bremste erst, als er schon neben den aufgestapelten Holzscheiten stand, die sich nahe der Euleneiche befanden.

Das erste Scheit war schon im Korb gelandet, als er plötzlich innehielt.

Ihm war, als ob er in der Nähe ein Flüstern hörte. Suchend schaute er sich nach allen Seiten um. Zuerst konnte er niemanden ausmachen, doch als er sich auf die Zehenspitzen stellte, um über die Holzstapel sehen zu können, entdeckte er eine fremde Gestalt bei der alten Eiche.

„Was zum Teufel ...", entfuhr es ihm.

Fast zur gleichen Zeit kam Graf Wilhelm auf der Suche nach seinem Sohn an Brigittas Kammer vorbei. Drinnen hörte er die streitenden Frauen. Er riss die Tür auf, betrat das Zimmer und baute sich zwischen den beiden auf. „Seid ihr völlig verrückt geworden?", schrie er mit hochrotem Kopf. „Das Kräuterweib und das Kammermädchen meiner Gemahlin gehen sich an die Gurgel?"

Erschrocken fuhren die beiden auseinander und mit einem Mal war es mucksmäuschenstill in der Kammer.

„Eben habt ihr noch gekeift wie die Fischweiber und jetzt findet ihr keine Worte mehr?" Missbilligend schüttelte er den Kopf. „Raus mit der Sprache ...", begann er, stockte aber, als er die einzelne Seite in Brigittas Händen sah. Wortlos entriss er ihr das Blatt und in diesem Augenblick wich alles Blut aus Barbaras Gesicht. Sie beschlich die Ahnung, dass es klug wäre, sich vor der

Reaktion des Grafen in Sicherheit zu bringen. Die feinen und gröberen Narben bildeten ein blutleeres Spinnennetz auf ihrer linken Wange. Furchterregend sah sie aus.

„Wer hat das geschrieben?", polterte er los, nachdem er die wenigen Worte entziffert hatte. „Brigitta. Eine Antwort", forderte er unmissverständlich.

Ängstlich wies die Zofe mit ihrem Kinn auf Barbara.

„Das hätte ich mir doch gleich denken können. Was soll das?"

Barbara presste trotzig ihre Lippen aufeinander. Dem Grafen fiel plötzlich noch etwas anders ein und so konnte sie ihm die Antwort erst einmal schuldig bleiben:

„Wie hast du es überhaupt geschafft, diesen Unsinn in die Welt zu setzen? Du musst doch jemanden dazu angestiftet haben! Du kannst doch bestimmt nicht schreiben!?"

Das Gesicht der Angesprochenen glühte krebsrot.

Was soll ich nur tun, dachte sie. *Auberlin verraten? Es Waldebert in die Schuhe schieben?* Auf keinen Fall würde sie Waldebert mit in die Sache hineinziehen. Er war in der Vergangenheit immer für sie da gewesen und würde es auch in Zukunft sein.

Graf Wilhelm schien ihre fieberhaften Überlegungen mit Sturheit zu verwechseln. „Du bist starrsinnig wie ein Esel! Und stumm wie ein Fisch obendrein", polterte er, „aber du wirst mir schon noch Rede und Antwort stehen, verlass' dich drauf."

Doch zunächst gewährte ihr lautes Gelächter Aufschub, das von dem zugigen Gang, der die Schlafkammern miteinander verband, hereindrang

„Er hat mit dem Baum gesprochen, sagst du?" Es war unzweifelhaft die Stimme von Agnes, die jetzt in der Kammer zu hören war. „Ich schwöre dir, es gibt Ärger, wenn wir den jungen Herren umsonst holen."

„Aber nein, ich hab's doch genau gesehen", antwortete eine Bubenstimme.

Wieder Gelächter.

„Der Klosterbruder stand auf einem Stein und hat auf die Eiche eingeredet", gluckste der Junge.

Während Brigitta neugierig den Kopf zur Tür wandte, sackte Barbara innerlich zusammen wie ein Sack Mehl. Sie hatte sofort erraten, was passiert war.

Irgendjemand hatte Auberlin auf der Lichtung entdeckt. Was der Mönch aber mit der Eiche zu schaffen hatte, konnte sie sich zunächst nicht zusammenreimen.

Graf Wilhelm war offensichtlich entschlossen, das Rätsel zu lösen. Er riss die Tür auf und schrie: „Agnes, was ist hier los?"

Die Köchin blieb verdattert stehen. Mit dem Grafen in Brigittas Kammer hatte sie nicht gerechnet. Ein Blick in sein Gesicht verriet ihr, dass sie besser bei der Wahrheit bleiben sollte. Sie packte den Küchenjungen an den dürren Schultern und schob ihn vor sich. „Erzähl, Bub, was du beobachtet hast."

Ängstlich drückte sich Michel näher an Agnes heran. Er fürchtete sich vor dem strengen Burgherrn, der für seine Wutausbrüche berüchtigt war.

Ein Stoß in seine Kniekehlen brachte ihn aber doch zum Reden. So knapp wie möglich berichtete er von seinen Beobachtungen. Diesmal lachte er aber nicht dabei. Er beendete seine Schilderung mit einem Satz, für den ihn Barbara am liebsten geohrfeigt hätte: „... wollten wir den jungen Herren holen, weil der den Klosterbruder doch mitgebracht hat."

Graf Wilhelm äußerte sich nicht zu den Worten des Jungen und entließ ihn mit einer Handbewegung. Michel stob davon. Auch Agnes wurde zurück in ihre Küche geschickt und trollte sich. Zunächst war es wieder sehr still in der Kammer, aber dann schenkte der Graf Barbara ein wissendes Lächeln: „Kann es denn sein, dass dieser Auberlin dein Helfer ist? Komm' mit, wir werden es herausfinden. Meinen Sohn brauchen wir mit dieser Sache nicht zu behelligen."

Er packte Barbara am Ellbogen und schob sie unsanft in den Gang hinaus.

Bevor er die Tür hinter sich und der Hebamme zumachte, befahl er dem Kammermädchen, die Kammer nicht zu verlassen.

Auf der Lichtung hinter der Burg rollte Auberlin gerade den Findling mit einiger Mühe unter das nächste Astloch. Nur zu gerne wollte er ein Eulennest finden.

Langsam müsste Barbara aber zurück sein, dachte er und balancierte dabei auf dem glatten Stein. Er reckte den Hals lang, damit ihm ein Blick in die Öffnung gelänge.

Doch auch hier wurde er nicht fündig. Im Inneren herrschte gähnende Leere.

Auberlin wollte sich schon enttäuscht abwenden, als er im Augenwinkel einen Gegenstand bemerkte, der unmöglich von den Eulen stammen konnte.

Neugierig spähte er in die Dunkelheit hinein und fasste nach dem Ding, das die Form einer Dose hatte. Doch seine Arme waren zu kurz. Ächzend streckte er die Finger danach aus, aber vergebens. Auberlin biss die Zähne zusammen und presste seine Schulter außen so fest gegen den Stamm, bis ihm die Rinde durch sein Habit in die Haut stach. Endlich gelang es ihm, seinen Fund mit dem Zeigefinger zu berühren, ihn umzuwerfen und schließlich heranrollen zu können. Hastig griff er danach und hielt ihn ans Licht.

Sieh' an, das ist ja mehr als seltsam. Wie mag wohl ein kostbarer Glasbehälter hierhergekommen sein?

Aufgeregt hüpfte er zurück auf den Boden. Nun galt es, den Inhalt des Behälters zu erkunden. Doch im selben Augenblick, in dem er an dem Deckel schraubte, hörte er Schritte in dem trockenen Laub, das die Lichtung bedeckte, rascheln.

Erschrocken sah er auf und schaffte es im letzten Moment noch, die Dose unter seinem weiten Gewand verschwinden zu lassen.

Dann passierten zwei Dinge gleichzeitig: Das Gewitter brach los und irgendwo in der Nähe schrie eine Eule.

Mit der verzagten Barbara im Schlepptau raste der Graf wie eine Gewitterwolke auf ihn zu und der Vogel schrie noch einmal. Auberlin hielt es zum ersten Mal doch für möglich, dass diese Tiere Unheil bedeuteten.

Die Stimme des Grafen klang, wie Donnergrollen in Auberlins Ohren: „Ich verlange auf der Stelle eine Erklärung von dir", brüllte der Graf und wedelte mit der Botschaft in der Luft. Vor Schreck konnte sich Auberlin jedoch nicht einmal bewegen, geschweige denn, dem Graf etwas erklären.

„Wir wollten, also ich wollte ...", stotterte er herum und riskierte dabei einen Seitenblick auf Barbara. Er musste unbedingt wissen, ob sie unversehrt war.

Der Graf hatte sich in der Zwischenzeit vor ihm aufgebaut und schaute bedrohlich auf ihn hinunter. „Bruder Auberlin, ich frage dich noch einmal, was das hier soll?"

Der aber wand sich unter dem gestrengen Blick des Burgherrn. Er wusste, dass er nicht lügen konnte. Das bedeutete, er musste zu dem stehen, was er getan hatte, auch wenn das bedeutete, sich dem Urteilsspruch des Grafen auf Gedeih und Verderb auszuliefern. Als Auberlin sich endlich dazu durchgerungen hatte, die Wahrheit zu sagen, prasselten die Worte aus ihm heraus wie ein Wasserfall. Es gelang ihm dabei sogar, Barbaras Rolle ziemlich unbedeutend erscheinen zu lassen.

Trotzdem wollte der Graf keinen von ihnen ungeschoren davonkommen lassen.

„Weißt du, wie enttäuscht ich von dir bin? Du kommst als Fremder in meine Ländereien und in meine Heimat. Alles, was du mitgebracht hast, sind Unruhe und Unfrieden. Du fragst meine Leute aus und suchst Mörder, wo es keine gibt."

Auberlin wurde mit jedem Wort kleiner, auch wenn Wilhelms Anschuldigungen nicht ganz der Wahrheit entsprachen.

„Gib mir nur eine ehrliche Antwort, um dein Ansehen zu retten", fuhr der Graf gewichtig fort. „Stammt die erste Drohung gegen das Mädchen auch aus deiner Hand?"

Fast erleichtert schaute Auberlin zu ihm hinauf. Diese Frage konnte er guten Gewissens beantworten. „Bei allem, was mir heilig ist, Graf Wilhelm, damit habe ich nichts zu tun. Damals war der Verdacht, ein Mörder könnte sein Unwesen treiben, noch gar nicht aufgekommen."

Zweifelnd sah ihm der Graf direkt ins Gesicht. „Nun gut, ich will dir Glauben schenken. Trotzdem wirst du deine Untersuchungen auf der Stelle einstellen, verstanden?"

Auberlin blieb nichts anderes übrig, als ergeben zu nicken. Vorerst hatte er wirklich genug von dieser Sache.

„Außerdem wirst du meine Burg erst wieder betreten, wenn ich dich rufen lasse, falls das überhaupt noch jemals geschehen sollte", forderte er außerdem in einem Tonfall, der keinen Widerspruch duldete.

„Dann soll es so sein. Ich habe nur helfen wollen."

„Du steigst jetzt am besten auf dein Pferd und machst, dass du fortkommst."

Ohne ein weiteres Wort dreht sich der Burgherr zu Barbara um, die aussah wie ein Opferlamm, wäre da nicht dieses Funkeln in ihren Augen gewesen, das nichts Gutes verhieß.

15

Nebelgrau

Niedergeschlagen lenkte Auberlin den Fuchs über den Schlossberg hinunter.

All die Mühen waren umsonst gewesen. Er hätte sich ohrfeigen können, weil er Barbara um Hilfe gebeten hatte. Wäre er nur selbst in die Burg eingestiegen.

Als alleinstehende Frau hatte sie noch nie einen leichten Stand gehabt, und seit sie so schrecklich entstellt war, behandelten sie manche Bewohner der Grafschaft gar wie eine Aussätzige. Zu allem Unglück hatte sie mit Richildis auch noch ihre einzige Fürsprecherin auf der Burg verloren. Auberlin mochte gar nicht darüber nachdenken, was sie in diesem Augenblick vom Grafen zu hören bekam.

Gütiger Gott, bitte gib Acht, dass sie sich nicht noch tiefer hineinreitet, betete er inständig, ihre widersetzliche Miene vor Augen.

Er war so tief in seine Gedanken verstrickt, dass er das Knacken trockener Zweige, im Unterholz, gar nicht wahrnahm.

Sein Pony aber rammte die Hufe erschrocken in den Waldboden. Wild schnaubend begann es, zu tänzeln. Es drehte sich blitzschnell um die eigene Achse, um herauszufinden, woher das Geräusch kam. Auberlin hatte alle Hände voll damit zu tun, sich im Sattel zu halten. Zu allem Überfluss rutschte ihm seine wollene Kapuze über die Augen, so dass er fast nichts mehr sehen konnte.

Schemenhaft sah er eine gewaltige Pranke nach den Zügeln greifen. Auberlin schluckte schwer und überlegt fieberhaft, wie er sich aus dieser misslichen Lage befreien konnte, als eine ihm wohlbekannte Stimme beruhigend auf das Pferd einredete:

„Ganz ruhig, Füchschen, bleib' stehen. Ich hab' dich nicht erschrecken wollen."

Waldeberts behaarte Finger tauchten in Auberlins Blickfeld auf, der das weiße, sternförmige Abzeichen auf der Stirn des

Ponys kraulte.

Der Infirmarius sprach so lange weiter beruhigend auf das Tier ein, bis es schließlich stillstand und Auberlin es wagte, die Zügel loszulassen, damit er sich die Kapuze aus dem Gesicht streichen konnte. Erleichtert blies er die Luft aus seinen Wangen.

„Wie bin ich froh, dass du es bist, Bruder Waldebert."

Der Bärtige nickte. „Man kann nicht vorsichtig genug sein in diesen Tagen, wenn man alleine unterwegs ist", sagte er, ließ das Pony los und trat einen Schritt zurück. Ehe er fortfuhr, klopfte er sich einige Pferdehaare von seinen Ärmeln.

„Ich wollte gerade nach Barbara sehen. Mir gefällt es nicht, dass sie ganz alleine da oben lebt. Schließlich weiß man noch nicht, ob ein Mörder unter uns umgeht oder nicht. Oder weißt du schon mehr?"

Auberlins Magen verkrampfte sich unter Waldeberts fragendem Blick.

Es nützt alles nichts. Auch wenn er der Nächste ist, der böse mit mir sein wird, ich muss ihm doch berichten, was passiert ist, dachte Auberlin und sprang aus dem Sattel.

„Nein, ich bin mir immer noch nicht sicher, was hier geschehen ist", begann er zögerlich, „aber ich muss dir trotzdem etwas erzählen, von dem ich weiß, dass es dir nicht gefallen wird."

Waldebert blieb stehen und schaute zu ihm hinunter. „Was denn?"

Auberlin aber winkte ab. „Komm, wir gehen zum Trudberg hinauf. Ich bin sicher, Barbara wird bald zurück sein."

Ehe Waldebert noch mehr Fragen stellen konnte, marschierte Auberlin los und so blieb seinem Begleiter nichts anderes über, als neugierig hinter ihm herzustolpern.

Sie befanden sich immer noch in dem dichten Wald, als Auberlin von der Idee, wie dem Mörder vielleicht beizukommen sei, berichtete. Waldebert bekam große Ohren und hörte schweigend zu. Sie verließen den Wald ungefähr zu dem Zeitpunkt, als Auberlin von dem Plan erzählte, wie, und vor allem mit wem, die gefälschte Botschaft in die Burg gelangen sollte.

Waldebert schien von der Sache nicht viel zu halten und sog scharf die Luft ein.

„Es müssen etwa tausend Schafe sein, die hier grasen", bemerkte er dann beiläufig. Auberlin wusste darauf nichts zu erwidern und beschrieb die zurückliegenden Ereignisse von der offenen Hintertür bis hin zu Barbaras Rückkehr mit dem Grafen. Mit jedem Seitenblick, den er dabei auf seinen Zuhörer warf, wurde dessen Miene immer finsterer. Als Auberlin an der Stelle angelangt war, an der ihn der Graf der Burg verwiesen hatte, Barbara aber noch dabehalten, explodierte Waldebert.

„Und du hast sie allein gelassen? Mit dem wütenden Grafen?" Ungläubig schüttelte der Infirmarius den Kopf.

„Aber", stammelte Auberlin leise, „was hätte ich denn machen sollen?"

Vor Wut stampfte Waldebert mit dem Fuß auf und trat nach einem Stein.

Auberlins Pony, das er den ganzen Weg hinter sich hergeführt hatte, prustete erschrocken.

„Was weiß denn ich?", brüllte Waldebert. „Du hättest dir eben irgendetwas einfallen lassen müssen! Du bist doch sonst so ein neunmalkluges Genie!"

Auch wenn Auberlin wusste, dass Waldebert nur vor Sorge um Barbara so aufgebracht war, trafen ihn die Worte doch hart. Er schwor sich insgeheim, seine Finger ab sofort wirklich von dieser Sache zu lassen, selbst wenn es ihn Friedrichs Freundschaft kosten würde.

„Barbara musste schon genug durchmachen. Sie hatte es noch nie leicht. Und wenn sich nun der Graf noch gegen sie stellt, wird sie bald gar keine Kunden mehr haben. Aber das hast du wohl alles nicht bedacht, Bruder Auberlin."

Der machte ein betretenes Gesicht. *Es stimmt schon, ich habe mir viel zu wenig Gedanken darüber gemacht, was geschieht, wenn etwas schiefgeht,* dachte er bekümmert.

Auberlin wollte sich schon bei Waldebert entschuldigen, aber dann beschloss er, besser Barbara selbst um Verzeihung zu bitten. Trotz der schlechten Stimmung zwischen ihnen beschlossen die beiden Mönche, gemeinsam in der Schutzhütte auf Barbara zu warten. Sie wollten beide nicht ungebeten den Grund und Boden der Hebamme betreten.

Noch mehr Pech an einem einzigen Tag kann man nicht haben, entschied Auberlin für sich und warf damit seinen Vorsatz wieder über Bord. „Nur zu gerne wüsste ich, Waldebert, was dich und die Kräuterheilerin verbindet", sagte er, um einen unverfänglichen Tonfall bemüht.

Waldebert schnappte nach Luft: „Was uns verbindet? Das geht dich nichts an!" Waldeberts Wangen wurden rot wie gekochtes Krebsfleisch und er brummelte etwas Unverständliches. Anschließend presste er die Lippen aufeinander, was ihm das Aussehen eines bockigen Kindes verlieh.

Auberlin hatte nicht mehr viel zu verlieren und setzte deshalb alles auf eine Karte. „Ich glaube, Alena ist deine Tochter."

Erstaunt riss Waldebert die Augen auf. Spiegelte sich ein Gefühl der Scham in ihnen? Oder Unmut? Groll, weil die Wahrheit ans Licht gekommen war? Auberlin konnte den seltsamen Ausdruck in Waldeberts Gesicht nicht zu deuten.

Dann geschah etwas Unerwartetes. Waldeberts mächtige Schultern fingen an zu zucken, sein massiger Bauch hüpfte auf und ab, dazu gab der Riese seltsam glucksende Laute von sich. Auberlin wusste nicht, wie ihm geschah.

Plötzlich wandte sich Waldebert ihm zu, und er begriff, dass er lachte, ihn auslachte, ja sich totlachen wollte über seine Vermutung.

„Ich? Der Vater von Alena? Deine Fantasie möchte ich haben, Junge, ich würde Geschichtenerzähler werden und viel Geld verdienen, das kannst du mir glauben!" „Was, bitte, ist denn an meiner Frage so lustig, Waldebert? Du musst doch zugeben, es scheint ziemlich seltsam, wie sehr du dich um Barbaras Wohl sorgst!" Auberlin war beleidigt. Mit Waldeberts Zorn hatte er umgehen können, aber er hasste es, ausgelacht zu werden.

„Im Grunde ist es gar nicht zum Lachen, was du da erzählst, Auberlin. Die Geschichte geht dich zwar nichts an, aber weil du ja doch keine Ruhe geben wirst, will ich sie dir erzählen ..."

Auberlin wartete gespannt auf die Auflösung seiner Frage nach dem Kindsvater, doch er musste sich noch ein wenig gedulden, bis sich Waldebert zu einer Antwort bequemte. Endlich verschränkte er seine Hände hinter dem Kopf, räusperte sich und begann zu erzählen: „Meine Eltern haben meinen jüngeren Bruder und mich ins Kloster gebracht, als wir noch ziemlich klein waren ..."

Auberlin fühlte sich bei diesen Worten in seine eigene Kindheit zurückversetzt, aber er wollte Waldebert nicht unterbrechen.

„... den Grund dafür haben wir nie erfahren. Das Wetter muss zu dieser Zeit verrückt gespielt haben und die Ernte der Bauern war ein paar Jahre hintereinander schlecht gewesen oder sie blieb sogar ganz aus. Wir hatten noch viele Geschwister und deshalb glaube ich, dass meine Eltern die vielen hungrigen Mäuler nicht mehr stopfen konnten. So haben sie uns, die beiden Kleinsten, ins Kloster gebracht. Wir konnten ja noch nicht einmal bei der Arbeit helfen." Er zuckte gleichgültig mit den Schultern.

„Während ich mich schnell in die klösterliche Gemeinschaft einfand, rebellierte Thomas, mein Bruder, gegen alles und jeden. Er hielt es bloß ein paar Jahre im Kloster aus, dann lief er eines Nachts fort und kam nicht wieder. Damals war er nur knapp elf Jahre alt. Die Klostermauern würden ihn ersticken, hat er oft gesagt."

„Wusstest du, dass er fortlaufen wollte?", fragte Auberlin, der sich darüber wunderte, warum Waldebert nicht mit seinem Bruder fortgegangen war.

Doch Waldebert schüttelte den Kopf. „Gar nichts hat er gesagt. Aus dem Dorf kam bald das Gerücht auf, Thomas habe sich einer Gruppe Spielleute angeschlossen, um fortan mit ihnen durchs Land zu ziehen. Ob das stimmte, wusste ich viele Jahre lang nicht. Erst als ich schon ein erwachsener Mann war, klopfte es eines Abends an der Klosterpforte. Mein verloren geglaubter Bruder war zurückgekommen. Ich hätte ihn fast nicht erkannt."

Waldebert lachte glucksend in sich hinein, bevor er weitersprach:

„Thomas war gut einen Kopf kleiner als ich und wog nur ungefähr die Hälfte von mir. Thomas' Haare glänzten blond in der Abendsonne und trotz seiner jungen Jahre wichen sie ihm schon aus der Stirn. Wie ein Dichter sah er aus." Waldebert lächelte bei dieser Erinnerung. „Das Gerücht damals war keines gewesen, Thomas war mit den Spielleuten gezogen", berichtete der Infirmarius weiter.

Es waren immer noch die gleichen Gaukler, mit denen er zusammen durchs Land zog, und in all den Jahren waren sie längst zu seiner Familie geworden. Thomas aber hörte nie auf, mich zu vermissen, deshalb war er zurückgekommen in der Hoffnung, ich möge noch in der Abtei leben.

Die Spielleute blieben zwei Wochen lang in der Casteller Grafschaft und so ergab es sich, dass Thomas mich eines Tages hinauf auf den Trudberg begleitete, und dort die schöne Barbara kennenlernte. Das Ergebnis dieser Bekanntschaft war Alena, Barbaras Tochter. Thomas aber war trotz seiner Liebe zu Barbara nicht bereit, sesshaft zu werden und Barbara wollte das Haus ihrer Eltern nicht verlassen, also trennten sich die Wege des verliebten Paares nach wenigen Wochen wieder.

Thomas und die Spielleute waren fort, da erst bemerkte Barbara ihre Schwangerschaft. Weil sie nicht wusste, an wen sie sich wenden sollte, klopfte auch sie eines Abends an die Klosterpforte und verlangte, mich zu sprechen.

Ich wusste immerhin, in welche Stadt die Gaukler gezogen waren. Zufällig reiste einer der Mönche bald schon in die gleiche Richtung und ich bat ihn, meinem Bruder die frohe Kunde zu überbringen. Thomas aber wollte nicht zurückkommen, wollte seinen Pflichten als Vater nicht nachkommen. Für die schwangere, junge Frau brach eine Welt zusammen, als sie das erfuhr." Waldebert seufzte tief auf in seinen Erinnerungen und warf einen Seitenblick zu Auberlin, der ihm seine ganze Aufmerksamkeit schenkte. Dann fuhr er fort: „Nach einer Weile plagte Thomas aber doch sein schlechtes Gewissen, wenn er an Barbara und das gemeinsame kurze Glück dachte, das die beiden verbunden hatte. Dennoch sollte die Geschichte keinen guten

Ausgang nehmen. Thomas kam zurück zu Barbara, deren Schwangerschaft schon weit fortgeschritten war, aber gleich darauf wurde er schwer krank. Niemand konnte ihm helfen. Selbst Barbara war machtlos.

Wenige Wochen vor Alenas Geburt verstarb er schließlich. Sein Grab befindet sich oben auf dem Trudberg, gleich hinter Barbaras Haus. An seinem Sterbebett habe ich ihm geschworen, mich für alle Zeiten um Barbara zu kümmern, Auberlin. Nun weißt du, was uns verbindet."

Nachdem Auberlin die ganze Geschichte gehört hatte, senkte er den Kopf. Er hatte Waldeberts Verhalten völlig falsch bewertet. „Verzeih' mir, Bruder Waldebert", flüsterte er beschämt.

Waldebert antwortete gelassen: „Natürlich verzeihe ich dir. Wer wäre schon nicht gerne der Vater von Barbaras Kind. Einst war sie eine richtige Schönheit."

Zur gleichen Zeit als Auberlin von Waldeberts Bruder erfuhr, wurde der Cellerarius in seiner Schreibstube mit jeder Minute ungeduldiger. *Auberlin müsste doch längst zurück sein,* dachte er und zupfte mit fahrigen Bewegungen die Daunen vom Kiel einer Gänsefeder, die er als Schreibfeder benutzen wollte. *Ich kann hier nicht länger untätig herumsitzen,* beschloss er, stand ruckartig auf und machte sich auf den Weg zu den Stallungen. *Vielleicht ist er schon wieder da und versorgt noch den Gaul,* hoffte Leberecht.

Ungewöhnlich zügig schritt der dicke Mönch über den Hof und hielt geradewegs auf den Pferdestall zu. Der Weg war jedoch umsonst gewesen. Von Auberlin fehlte jede Spur und auch den Verschlag des Ponys fand er verlassen vor. Bruder Leberecht blieb in der Stallgasse stehen und gab ein missgelauntes Grunzen von sich. Aus einer Laune heraus trat er an einen der Verschläge heran und schaute einem kugeligen, dunklen Pony zu, wie es zufrieden an seinem Heu kaute. Für Pferde hatte er noch nie viel übrig gehabt, da ging es ihm wie Auberlin früher.

Wo mag er nur stecken, fragte er sich erneut.

Im nächsten Moment drang ein Winseln aus der Sattelkammer zu ihm herüber. *Wurde hier ein Hund eingeschlossen,* fragte er sich und ging nachsehen.

Zu seiner Verwunderung fand er die Tür verschlossen vor, doch er fand den Schlüssel schnell, der neben der Tür hing. Kaum dass Leberecht die Tür einen Spalt geöffnet hatte, sprang Fleck kläffend heraus und suchte das Weite, ohne seinen Befreier eines Blickes zu würdigen.

„Undankbares Vieh", grummelte der Cellerarius und betrat voller Neugier die Sattelkammer. In dem fensterlosen Raum, in dem die Luft von den Ausdünstungen der Geschirre zum Schneiden dick war, war er noch nie gewesen.

Am Fuße des Trudbergs saßen immer noch die beiden Mönche und warteten auf Barbaras Rückkehr. Jeder für sich hingen sie ihren Gedanken nach und schauten dem grasenden Pony zu. Waldebert war schließlich der Erste, der die Hebamme entdeckte, die fluchend und schimpfend, geradewegs auf sie zukam.

„Dreimal verflucht sei er. Dreimal verflucht seien der Graf und die seinen."

In ihrer maßlosen Wut bemerkte sie die Männer nicht.

Der Infirmarius stand auf und lief ihr entgegen. „Barbara! Wie froh bin ich, dich zu sehen! Ich habe Auberlin im Wald getroffen und er hat mir von eurem unsinnigen Plan erzählt. Was hast du dir nur dabei gedacht?" Waldeberts Gefühle schwankten zwischen seinen Sorgen um sie und der Freude, sie unversehrt zu sehen, hin und her.

Auberlin war nun ebenfalls aus der Schutzhütte gekommen und trat auf die beiden zu.

„Barbara, es tut mir so leid, dass du entdeckt wurdest! Was hast du dir vom Graf alles anhören müssen?"

Die Hebamme sah trotzig und wütend zugleich aus. „Bruder Auberlin, was soll er schon gesagt haben? Mich hat er als die einzig' Schuldige hingestellt, neben dir natürlich." An dieser Stelle gelang ihr ein schiefes Lächeln. „Als er mit seiner Tirade fertig war, habe ich gesagt, Brigitta hat nur gekriegt, was sie verdient hat", berichtete sie weiter. „Aber davon wollte er nichts hören. Er will überhaupt nichts von dem hören, was auf seiner Burg passiert. Und natürlich darf ich meine Medizin auf der Burg nicht mehr anbieten und niemanden mehr von da oben behandeln."

16

Silberglanz

Auberlin entschuldigte sich noch einmal bei Barbara, aber sie wollte davon nichts wissen und schickte die Männer kurzerhand weg. Sogar einige der Münzen, die er aus Straßburg mitgebracht hatte, wollte Auberlin ihr zur Wiedergutmachung schenken. Sie stammten aus dem Vermächtnis seiner Eltern und waren von beträchtlichem Wert.

Die eigensinnige Hebamme weigerte sich aber, das Geld anzunehmen und überkreuzte die Arme vor der Brust.

Wie geprügelte Hunde schlichen sie zurück ins Kloster. An der Pforte trennten sich ihre Wege.

Obwohl ihm der Magen tüchtig knurrte, wollte Auberlin zuerst noch den Fuchs versorgen.

„Wo warst du denn so lange?", rief ihm Leberecht ungeduldig entgegen. „Was machst du denn für ein Gesicht?", wollte er wissen, sprach aber gleich weiter, ohne Auberlins Antwort abzuwarten. „Komm' schnell, ich will dir zeigen, was ich entdeckt habe, während du mit der Hebamme die Leute erschreckt hast."

Auberlin hatte den Kellermeister noch nie so aufgeregt gesehen.

Bruder Leberecht zerrte ihm die Zügel aus der Hand und verabschiedete das Pony mit einem Klaps auf den Hintern ihn seinen Verschlag und zog Auberlin mit sich zur Sattelkammer.

„So warte doch, Bruder Leberecht", versuchte ihn Auberlin zu bremsen. „Willst du denn gar nicht wissen, wie die Sache mit der Botschaft ausgegangen ist? ", probierte er es noch einmal, nachdem Leberecht keinen Deut langsamer wurde. Ohne Erfolg.

Bruder Leberecht machte erst vor der offenen Tür halt und schob Auberlin vor sich hinein. Der verstand gar nichts mehr und blickte sich ratlos in dem niedrigen Raum um. Es roch durchdringend nach Pferdeschweiß und Leder. Etliche Reitsättel und Zaumzeuge säumten die Wände.

„Sieh' dich ruhig um", flüsterte Bruder Leberecht geheimnisvoll.

Auberlin hätte gerne erfahren, was Leberechts seltsames Verhalten zu bedeuten hatte, aber trotzdem schwieg er und ließ gehorsam den Blick in der Kammer schweifen.

Sättel, Decken, eiserne Mundstücke und allerlei Geschirre, mehr oder weniger ordentlich aufbewahrt, hingen an den Wänden. Auberlin hatte bisher nicht viel zum Vergleich gesehen, aber all das Leder, die Riemen und Gurte, die Stränge und die Seile, all das schien ihm recht einfach und schmucklos gehalten zu sein.

Arbeitsausrüstung, für den täglichen Gebrauch hergestellt, mutmaßte Auberlin.

Doch nirgends gab es etwas zu entdecken, was Leberechts Aufregung rechtfertigen konnte.

„Sei so gut und spann' mich nicht länger auf die Folter, Bruder Leberecht", beschwerte er sich und der Cellerarius schien endlich ein Einsehen mit ihm zu haben.

Er trat vor, fasst Auberlin an den Schultern und dreht ihn zur dunkelsten Ecke des Raumes. „Schau' genau hin", forderte er.

Zuerst konnte Auberlin wegen der Düsternis gar nichts erkennen, aber dann konnte er am Boden einen Gegenstand ausmachen, der am ehesten einer Laute glich.

Neugierig machte er einen Schritt darauf zu und erkannte eine schwere Filzdecke, die über dem vermeintlichen Musikinstrument ausgebreitet war.

„Was ist das?", flüsterte er in die Dunkelheit hinein und sah sich fragend nach Leberecht um. Als die Antwort auf sich warten ließ, machte Auberlin einen Schritt darauf zu und zog mit einem Ruck die Decke weg.

„Oh …", entfuhr es ihm. Unter der Decke, die ihre besten Tage schon längst hinter sich hatte, kam ein Sattel aus feinstem Leder zum Vorschein. Auberlin kniete sich daneben und befühlte das weiche Leder des Sattelblattes, strich über die üppigen Silberbeschläge und bewunderte die kostbaren Verzierungen des Leders.

Viel mehr brauchte es nicht, um erahnen zu können, wem das kostbare Stück gehörte.

Wie kommt der denn hierher, überlegte Auberlin. Dann fiel ihm etwas anderes ein. *Sollte Leberecht wirklich Recht damit behalten, dass die Mönche ihre Finger mit im Spiel hatten?*

Um das herauszufinden, zog er den Sattel vorsichtig näher zu sich heran und betrachtete ihn von allen Seiten. Als er ihn umdrehte, fanden sich auf der Unterseite sogar noch unzählige, kastanienbraune Haare, die einst Lucinda gehört haben mochten.

Auberlin war sich ganz sicher: Vor ihm lag der verloren geglaubte Sattel Leonhards.

Um die Frage, wie der Sattel von seinem Platz in der gräflichen Sattelkammer ins Kloster gelangt war, wollte sich Auberlin erst später Gedanken machen. Aber natürlich sprach der Fund für Bruder Leberechts Theorie.

Wer auch immer ihn hier versteckt hatte, dem wurde freier Zutritt zu den Gebäuden des Klosters gewährt. Das galt im Allgemeinen nur für die Klostervorsteher und die Mitglieder des Konvents. Auberlin knetete nachdenklich seine Finger, die in der abgestandenen Luft, die schwer von den Ausdünstungen des Leders war, klamm geworden waren.

In der Zwischenzeit hatte Auberlin den Cellerarius vollkommen vergessen. Gespannt hob er das linke Sattelblatt an und betrachtete die Gurtstrupfen. Doch an den dicken Lederriemen, in die der Sattelgurt eingehängt wurde, fiel ihm nichts Außergewöhnliches auf. Kein Riss, keine Kerbe, nichts, was darauf hindeutete, dass sich jemand daran zu schaffen gemacht hatte.

Fast ein wenig enttäuscht ließ er das Sattelblatt sinken, stand auf, wobei seine Knie bedrohlich knirschten und schüttelte den Staub vom Saum seines Habits.

Bruder Leberecht, der zwar um ein Vielfaches dicker und schwerer war als der junge Buchmaler, aber in viel besserer Verfassung, verzichtete auf einen Kommentar zu Auberlins Knochen.

Nachdenklich kratzte sich Auberlin am Kinn, ehe er sich seufzend wieder neben den Sattel kniete. Unter dem rechten Sattelblatt wurde er fündig. Die Strupfen waren am oberen Ende ein beträchtliches Stück eingeschnitten worden. Die glatte Schnittkante deutete auf ein scharfes Messer hin.

Leonhard hatte also an seinem Todestag nichtsahnend sein Pferd bestiegen und war im langsamen Tempo mit der Jagdgesellschaft losgeritten. Dabei hatte der Sattelgurt noch gehalten. Nachdem die Jagd aber begonnen hatte, war Leonhard schneller geritten, wahrscheinlich war er galoppiert. Das Sattelblatt musste bei jedem Galoppsprung an der Schnittstelle gescheuert haben. Schließlich, als er auf die Sau zugesprengt war, waren die Strupfen gerissen, der Sattel hatte den Halt verloren und zusammen mit Leonhard in hohem Bogen vom Pferd gestürzt.

Angesichts dieses schrecklichen Unglücks hatte niemand daran gedacht, den Sattel zu untersuchen.

Welch ein Versäumnis, dachte Auberlin und ließ das Sattelblatt aus der Hand gleiten.

17

Blutrot

Schwitzend und keuchend trat der gewaltige Waldebert aus dem Schatten jenes Wäldchens hervor, das die Äcker und Weinberge, die zur Stadt gehörten, von der Stadtmauer und den wenigen Anwesen davor, trennte.

Das dürre Dornengestrüpp zu seinen Füßen trampelte der Mönch einfach nieder.

Wenn er sein Ziel erreichen wollte, ohne dabei beobachtet und womöglich gar erkannt zu werden, musste er sich beeilen. Noch hatte der Torwächter, der das ‚obere Tor' der Stadt Volkach bewachte, seinen Dienst nicht angetreten, das schwere Stadttor war verriegelt. Das traf sich gut für Waldebert, denn er wollte ohnehin nicht hinein.

Er hatte eine Verabredung außerhalb.

Waldebert wollte zu dem Henker und Scharfrichter der Stadt. Der lebte mit seiner Familie in einem stattlichen Häuschen außerhalb der Stadtmauer.

Neben seinem Anwesen befand sich das Siechenhaus, in dem die Leprakranken ein trauriges Dasein fristeten. Dahinter lag eine alte Mühle, die längst verlassen war. Kurz: Der Henker lebte dort, wo alle unehrlichen Berufe angesiedelt waren.

Geduckt, und trotzdem erstaunlich behände, schlich sich Waldebert an das Haus heran. Drei Stufen führten zur Eingangstür hinauf. Das dicke Türblatt zierte eine eingeschnitzte Axt.

Der Hausherr schien ihn bereits kommen gesehen zu haben, denn er öffnete seine Tür für den Mönch, ehe der sich bemerkbar machen konnte.

„Guten Morgen, Bruder Waldebert", tönte eine angenehme, warme Stimme aus dem Inneren des Hauses.

„Seid mir gegrüßt, Meister", antwortete Waldebert. Zu seinem Ärger zitterte seine Stimme ein wenig, wie jedes Mal, wenn er mit dem Henker sprach.

Selbst wenn es die Mönche des Klosters nie zugeben würden, gab es manche Dinge, besonders für die medizinischen Vorräte der Abtei, die nur ein Henker besorgen konnte. Außerdem flößten dem Bruder Krankenmeister die Weitsicht und der Scharfblick dieses gebildeten Mannes, dessen Wesen überhaupt nicht zu seinem schaurigen Beruf passen wollte, Respekt ein.

Falls dem Henker Waldeberts Unsicherheit auffiel, so ließ er sich nichts anmerken. Wahrscheinlich war es für ihn nichts Neues, wenn den Menschen in seiner Anwesenheit nicht wohl war.

Waldebert zögerte zuerst, als er ins Haus gebeten wurde.

„Komm schon herein, Bruder Hasenfuß, ich besitze kein neues Werkzeug, das ich ausprobieren muss."

Diesen gutmütigen Spott konnte der hünenhafte Mönch natürlich nicht auf sich sitzen lassen und trat schließlich ins Haus. Die Familie des Henkers war anscheinend außer Haus, denn die beiden Männer waren ganz alleine in dem geräumigen, mollig beheizten Speisezimmer des Hauses, das sich gleich hinter der Haustür befand.

Schwere, dunkle Holzbänke flankierten einen ebenso dunklen Tisch, an dem mindestens zehn Personen Platz fanden.

Sein grausiges Geschäft scheint mir immerhin ein sehr einträgliches zu sein, dachte Waldebert beim Anblick der offensichtlich von fetten Speisen und üppigen Gelagen blankgescheuerten Tischplatte.

Im Grunde wusste Waldebert nicht viel über das Leben dieses Mannes. Er wusste nur, dass er seinen Besuch ganz schnell hinter sich bringen wollte, aber daraus sollte vorerst nichts werden, denn der Henker wusste viel und hörte noch mehr.

„Hast du sie?", platzte Waldebert, gleich, nachdem er einen kräftigen Schluck des heißen Weines, den der Henker für sie eingeschenkt hatte, getrunken hatte, heraus. Unruhig rutschte er auf der ledergepolsterten Sitzbank herum.

„Ich stehe zu meinem Wort, Waldebert, das weißt du. Bisher habe ich dir alles besorgt, was du haben wolltest, oder etwa nicht?"

Waldebert schnaubte, ehe er sprach: „Fürwahr, natürlich, aber bis jetzt wollte ich auch nur ein paar harmlose Pflänzlein von dir. Mehr nicht."

Der Henker winkte gelangweilt ab: „Glaube mir, ich habe schon viel ausgefallenere Wünsche erfüllt als deinen."

Waldebert wollte gar nicht wissen, worauf sein Gesprächspartner anspielte und schwieg, um das leise trippelnde Grauen, das geradewegs auf ihn zukam, zu verbergen.

„Das will ich dir gerne glauben. Aber bitte sei so nett und verschone mich mit Einzelheiten ..."

Der Henker lachte sardonisch auf, als er Waldeberts angewiderte Mine sah.

„Gerade du als Krankenmeister müsstest doch aus viel härterem Holz geschnitzt sein", merkte er, diabolisch grinsend, an.

„Manchmal liegen die Dinge eben anders, als es scheint", gab der Mönch ausweichend zur Antwort. Machtlos gegen die eigene Empfindsamkeit zuckte er mit seinen nächtigen Schultern. Mit dem Umstand, dass seine äußere Erscheinung nur schlecht zu seinem Charakter passte, hatte er sich längst abgefunden.

Er überlegte fieberhaft, wie er dem Henker seine Bestellung entlocken konnte und diesen düsteren Ort, der bei Licht besehen so düster gar nicht war, verlassen.

„Fast könnte man meinen, du spielst auf die Unglücksfälle an, die bald Graf Wilhelms halbe Familie hinweggerafft haben."

Darin täuschte sich der Scharfrichter zwar, denn Waldeberts Worte waren wahrlich keine Anspielung gewesen. Doch trotzdem griff er das Thema begierig auf. Vielleicht würde sich sogar etwas ergeben, das Barbara entlasten konnte. Mehr noch als sein grusliger Plan.

„Ich habe keine Anspielung machen wollen", antwortete er endlich. „Aber natürlich sind die Toten derzeit in aller Munde", fügte er noch hinzu.

„Die Verschwundenen etwa nicht?"

Waldebert wollte die Frage nach dem unbeliebten Ritter schon mit einem Handstreich abtun, doch dann überlegte er es sich noch einmal anders. Schließlich schien sich sogar Auberlin sicher zu sein, dass eine Verbindung zwischen den Todesfällen und Engelharts Verschwinden bestand. Er selbst hatte sich darüber noch keine Gedanken gemacht. Tief in seinem Herzen glaubte er nicht daran, dass diese Menschen gewaltsam zu Tode gekommen waren. Trotzdem mochte es sich um Barbaras willen lohnen, der Sache auf den Grund zu gehen. Und so nickte er: „Doch, der auch."

„Wenn du mich fragst", begann der Henker und nahm erst einmal einen Schluck Wein, „wenn du mich fragst, so verheimlicht der Graf so manches."

„Was meinst du?", fragte Waldebert wenig geistreich nach. Hinter der rauen Fassade des Infirmarius verbarg sich ein grundehrlicher und anständiger Charakter. Mit der Vorstellung, eine hochgestellte Persönlichkeit wie der Graf würde etwas vertuschen wollen, tat er sich schwer. *Es sei denn, er lügt, um die seinen zu schützen*, überlegte Waldebert. *Das wäre dann immerhin keine richtige Lüge ...*

„Das liegt doch auf der Hand. So viel Unglück auf einmal habe selbst ich selten gesehen. Und ich habe schon so einiges erlebt. Zumal niemand eine Krankheit kennt, die den Kranken erst erblinden lässt, bevor sie ihn tötet."

Der Henker schien sich seiner Sache ganz sicher zu sein. Gelassen wischte er sich mit seinem Ärmel über die Lippen und führte seine Überlegungen näher aus: „Der Graf versucht jedermann glauben zu machen, dass Richildis einem natürlichen, von Gott geschickten Leiden zum Opfer fiel. Aber ich hege daran meine Zweifel, genauso wie an diesem unerklärlichen Reitunfall seines Sohnes." Sein schwerer Becher landete mit einem dumpfen Geräusch auf der Tischplatte. „Und wohin in aller Welt soll dieser Ritter gegangen sein? Wer würde dem schon Unterschlupf gewähren?" Der Henker machte ein entschlossenes Gesicht: „Nein, Bruder Waldebert, erst der Sohn, dann Engelhart und schließlich die Frau? Das alles lässt sich wahrlich nicht auf Gott schieben!" Der kluge Mann mit dem schrecklichen Geschäft zeigte auf seine eigene Nase: „Der Riecher hier hat mich bisher nur selten getäuscht. Und deswegen sage ich dir: Das war Mord!"

Nachdem diese schwerwiegende Behauptung ausgesprochen war, trudelte sie eine Weile ziellos zwischen den Köpfen der beiden Männer hin und her, bis Waldebert ratlos stammelte: „Aber wer ..., aber wie ..., in Gottes Namen?"

„Leider ist es mir noch nicht gelungen, mir darauf einen Reim zu machen, aber wenn du nicht allzu sehr in Eile bist, können wir unser Wissen austauschen", bot er an und goss sich und seinem Gast neuen Wein ein.

Vergessen war Waldebert Wunsch, dieses Haus zu verlassen und so schnell nicht wiederzukehren.

Schade nur, dass Auberlin nicht hier ist, ging es Waldebert durch den Kopf.

Sofort meldete sich sein schlechtes Gewissen. Nicht auszudenken, was Auberlin zu den Plänen gesagt hätte, die ihn wirklich hierher geführt hatten. Er schluckte seine Befangenheit schnell hinunter:

„Das machen wir. Wo fangen wir an?" Aufgeregt leckt sich Waldebert mit der Zungenspitze über seinen trockenen Lippen. Er nahm sich vor, sich jedes einzelne Wort zu merken, um Auberlin davon berichten zu können.

„Ich schlage vor am Anfang", meinte der Henker und schickte seinen Worten ein maliziöses Lächeln hinterher. Dann verlor er sich in eine ausschweifende Betrachtung der Dinge, die sie wussten. Waldebert unterdrückte ein Gähnen. Die behagliche Wärme und der schwere gewürzte Wein ließen ihn träge werden.

Doch als das Wort ‚Gift' fiel, war er plötzlich wieder hellwach.

„ ... kann ich nicht genau erklären, aber eine andere, plausible Erklärung habe ich nicht."

Beim Zuhören erkannte Waldebert, wovon der Henker sprach. Die Gräfin war seiner Meinung nach einem Giftanschlag zum Opfer gefallen und er zählte die möglichen Verdächtigen auf.

Infrage kamen für ihn jedoch alle, die auf der Burg lebten und später auch Zugang zum Krankenlager von Richildis hatten. Zusammen zählten sie diese Personen auf. Der Graf selbst, seine Tochter Veronica, das Gesinde, verschiedene Ärzte, sowie der Pfarrer gehörten dazu. Sie alle konnten sich auf der Burg aufhalten und bewegen, ohne dass jemand Notiz davon genommen hätte.

„Aber müssten wir nicht auch herausfinden, ob es Fremde gegeben hat, die sich Zutritt zu den Gemächern der Gräfin verschafft haben könnten?", wandte Waldebert ein.

Der Henker rieb sich nachdenklich sein markantes Kinn. „Nein, ich vermute, jenes Gift wurde der Gräfin nicht nur einmal verabreicht. Mit jeder Dosis steigerte sich die Wirkung, bis sie schließlich daran starb."

Die Bedeutung dieser Worte ließ Waldebert erblassen. „Das bedeutet also, der Mörder muss unter denen sein, die sich jederzeit am Krankenlager aufhalten konnten. Jemand, den alle kennen und wahrscheinlich vertrauen." Waldebert war sichtlich erschrocken.

„Nicht nur das", versetzte der Henker, „es bedeutet, er könnte jederzeit wieder zuschlagen."

Jetzt hatte Waldebert endgültig genug gehört. Er liebte sein beschauliches Leben in der Abtei. Die Pflege der Kranken bedeutete für ihn genug Aufregung. Die Vorstellung eines Mörders, der frei in seiner unmittelbaren Umgebung herumlief, ängstigte ihn zutiefst. Es grämte ihn, sich überhaupt auf dieses Gespräch eingelassen zu haben. Es gab Dinge, von denen er gar nichts wissen wollte.

Und nun verbat ihm sein Gewissen sogar, sie zu ignorieren.

Wohl oder übel muss ich nun mit Auberlin darüber sprechen, seufzte er innerlich. *Als ob ich nicht schon genug damit zu tun hätte, Barbara zu beschützen!*

18

Perlweiß

Noch bevor Auberlin seine Überlegungen mit Bruder Leberecht teilen konnte, unterbrach lautes Hufgeklapper von draußen jäh die Stille in den Stallungen. Ein Pferd preschte in vollem Galopp über den klösterlichen Innenhof.

Die beiden Mönche sahen einander verdutzt an.

Wer wagte einen so tollkühnen Ritt auf dem schneeglatten Pflaster?

Bruder Leberecht lief nach draußen, um zu sehen, wer sich und sein Pferd so leichtsinnig in Gefahr brachte. Auberlin folgte ihm.

Die Ponys im Stall begannen unruhig zu wiehern und mit den Beinen zu stampfen, weil sie das fremde Tier witterten.

Der Kellermeister staunte nicht schlecht, als er den fremden Reiter erkannte: Es war Friedrich, der gerade versuchte, sein Pferd zum Stehen zu bringen. Das Tier riss sein Maul weit auf, so hart zügelte er es. Trotzdem brauchte es noch eine ganze Weile, bis es ihm, nur noch eine naslang von ihnen entfernt, gelang, anzuhalten. Friedrich wäre fast aus dem Sattel gefallen, und Bruder Leberecht hätte ihm den Sturz gegönnt, ob der groben Behandlung des Pferdes.

Auberlin und Leberecht sahen Friedrich gespannt dabei zu, wie er mit zitternden Beinen abstieg, und warteten begierig, bis Friedrich endlich anfing zu sprechen: „Seht, nur her, was mein Vater in seiner Kammer gefunden hat!" Friedrich schien außerordentlich aufgeregt. Er zog einen kleinen Lederbeutel aus seinem Wams hervor und fuchtelte damit vor den Gesichtern der beiden herum. „Ihr werdet nicht glauben, was ich hier habe! Nun wird auch meinem Vater nichts anderes mehr übrigbleiben, als mir beizupflichten! Ein Mörder treibt sein Unwesen in unserer Grafschaft!" Ein triumphierender Ausdruck trat in sein Antlitz.

Bruder Leberecht zog eine Augenbraue hoch. Blitzschnell griff er nach dem Beutel in Friedrichs Hand. „Nun zeig schon her, was du uns da mitgebracht hast", knurrte er ungeduldig und steckte seinen Zeigefinger in die Öffnung des Beutels um die Schnur zu lockern, die ihn zusammenzog.

Auberlin stellte sich auf die Zehenspitzen, um besser sehen zu können, denn er wollte auch endlich einen Blick auf den Inhalt des Beutels erhaschen.

Die Augen des Kellermeisters wurden groß. „Um Himmels willen! Dein alter Herr fand diese Scheußlichkeit direkt in seiner Schlafkammer?"

Niemals zuvor hatte Auberlin den Mönch mit dem gewichtigen Amt so verblüfft gesehen.

Friedrich nickte eifrig: „Genau so war es. Die Agnes kann es bezeugen."

Statt den Beutel endlich an Auberlin weiterzugeben, schloss der Cellerarius fest die Faust darum.

„Zum ersten Mal seit Mutters Beisetzung wollte mein Vater ihr Grab besuchen und hieß mich, ihn auf diesem Gang zu begleiten. Schon beim Ankleiden wetterte er in einem fort über dich, Auberlin und Barbara. Er schimpfte, bis wir am Grab standen."

Friedrich schaute niedergeschlagen drein. „Auberlin, du musst mir glauben, ich habe versucht, ihn zu besänftigen, aber auf mich hört er ja nicht ..."

Auberlin lächelte gequält.

Dann nahm Friedrich den Faden wieder auf: „Dort hörte er endlich auf. Ich weiß nicht, wie lange wir dort standen, mir schien es, als wollten Vaters Gebete kein Ende nehmen. Erst als ihm kalt war, gingen wir zur Burg zurück. Auf dem Rückweg verfluchte er das Schicksal, das ihm gerade die beiden Menschen genommen hatte, die er in seinem Leben am meisten geliebt hatte."

Auberlin war ehrlich erstaunt darüber, wie gut sich Friedrich im Griff hatte. *Ich könnte nicht so ruhig bleiben, wenn mein Vater es zugäbe, meinen Bruder mehr als mich zu lieben,* dachte er und konzentrierte sich dann wieder auf Friedrichs Worte.

„Bis er kurze Zeit später seine Kammer betrat und das hier fand, bestritt er vehement die Existenz eines Mörders."

Mit gerunzelter Stirn trat Bruder Leberecht nun einen Schritt nach vorn und hob die Hand. „Der Reihe nach, Friedrich, der Reihe nach."

„Du hast Recht, Bruder Leberecht, ich bin durcheinander. Ich will noch einmal beginnen."

Der Cellerarius verschränkte die Arme vor der Brust und scharrte mit den Füßen. Offensichtlich dauerte ihm das alles viel zu lange.

„Als wir nach dem Besuch auf dem Friedhof in der großen Halle ankamen, schickte mich Vater in seine Schreibstube. Er selbst wollte noch in die Küche, um einen Becher Wein zu trinken. Dann wollte er nachkommen, was er aber nicht tat. So ging ich in die Küche, um nachzusehen, wo er blieb. Agnes erzählte mir, Vater habe nicht nur einen, sondern gleich vier Becher Wein getrunken und sei anschließend in seine Schlafkammer gewankt. Mich hat er vollkommen vergessen."

„Und was passierte dann?", fragte Leberecht, der sich nach seiner eigenen, warmen Schreibstube sehnte.

„Ich wollte mir auch etwas zu trinken geben lassen, aber plötzlich hörte ich Vater wie einen Stier brüllen. Agnes hatte den Schrei ebenfalls gehört und deshalb rannten wir beide zu Vaters Kammer. Dort fanden wir ihn, totenblass, ein kleines, eigentümlich glänzendes Häufchen auf seinem Tisch betrachtend. Sein Gesicht wirkte wie versteinert. Agnes trat zuerst an den Tisch, um zu sehen, was Vater so erschreckt hatte. Als sie es erkannte, wandte sie sich angewidert ab und schaute hilfesuchend zu mir herüber."

„Was hatte er denn nun gefunden?", rief Auberlin ungeduldig. Ihm war es immer noch nicht gelungen, einen Blick auf den Inhalt des Beutels zu werfen.

„Später, Bruder Auberlin, sonst kippst du uns um. Vorerst genügt es, wenn du hörst, was es ist."

Friedrich nickte zustimmend.

225

„Auberlin, auf dem Tisch lagen elf oder zwölf Zähne, offensichtlich frisch gezogen. Die winzigen Fleischreste daran waren noch nicht verwest."

Der Magen des Buchmalers zog sich an dieser Stelle wirklich zusammen und der Magensaft stieg ihm in die Speiseröhre. Er wurde käsig bleich und würgte.

Friedrich klopfte ihm beruhigend auf die Schulter. „Mir ist es auch nicht besser ergangen."

Als sich Auberlin wieder gefangen hatte, fuhr Friedrich fort, von dem grausigen Fund zu erzählen. „Jesus, Maria, hilf uns, schrie Agnes immer wieder und schlug sich dabei die Schürze vors Gesicht. Da bin auch ich einen Schritt nach vorne gegangen und habe mir die Sache genauer angesehen. Die Zähne lagen, zu einem Kreis ausgelegt, auf einem schmierigen Blatt Pergament. Vater starrte immer noch ungläubig darauf. Doch plötzlich schoss seine Hand nach vorne und er wischte mit einer einzigen Bewegung die Zähne von ihrer Unterlage. Agnes begann sofort, sie aufzusammeln. Dann schauten wir uns beide das Pergament genauer an, während Agnes auf dem Boden herumkrabbelte.

Wir erkannten ein paar sorgfältig geschriebene Worte. Seitdem glaubt auch Vater, dass hier etwas nicht mit rechten Dingen zugeht." Friedrich schaute kurz triumphierend zu Auberlin hinüber; aber schon im nächsten Augenblick blickte er verzweifelt zwischen den Männern hin und her.

„Seele um Seele, Auge um Auge, Zahn um Zahn", wiederholte er die Nachricht an seinen Vater. Seine Augenbrauen zogen sich zusammen, bis sich zwischen ihnen eine steile Sorgenfalte bildete. Erst, als der Grafensohn ein paar Male tief durchgeatmet hatte, fuhr er mit seiner Schilderung fort:

„Die meisten Wörter sind mit bräunlicher Farbe durchgestrichen. Die Seele. Für Leonhards Seele. Die Augen für Mutters Augen. Und auch die Zähne. Gott allein weiß, wem sie gehören."

„Ich bin mir sicher, für die Ausstreichungen benutzte jemand eine Tinte aus Schlehenzweigen", sagte Auberlin und erntete dafür verständnislose Blicke.

Rabenschwarz

Ungefähr zur gleichen Zeit, als die drei Männer darüber berieten, vom wem die neueste Botschaft stammen mochte, warf sich Brigitta ihren dicken, wollenen Umhang über die Schultern und schlich sich aus der Burg.

Es hatte nicht lange gedauert, bis die Kunde von Auberlin und seinem seltsamen Gebaren draußen bei der Eiche, bis zu ihr vorgedrungen war.

Obwohl sie nur allzu gerne gewusst hätte, wer die nunmehr dritte Botschaft hinterlassen hatte, drängte es sie zu der Eiche und sie wollte den Aufruhr, der wegen der Zähne entstanden war, nutzen, um unerkannt und ungesehen ins Freie zu gelangen. Das Kammermädchen glaubte fest an Barbaras Schuld, was die erste Drohung gegen sie, Brigitta, betraf, auch wenn die Hebamme das nicht zugab.

Am besten wäre es, man würde dieses Weib irgendwie loswerden, überlegte sie, während sie durch die leeren Gänge schlich. *Wer kann schon sagen, wem sie noch alles von unseren Zauberritualen erzählt. Oder sogar schon erzählt hat,* dachte sie ängstlich.

Leise huschte sie nach draußen und lief, so schnell sie konnte, auf den hohlen Baumstamm zu. Dort angekommen kletterte sie, flink wie ein Eichhörnchen, den Stamm ein kleines Stück hinauf, gerade weit genug, um in jenes Astloch greifen zu können, in dem Auberlin die gläserne Dose gefunden hatte.

Beim Klettern kicherte sie noch über den ungeschickten Mönch, der einen Stein gebraucht hatte, um nach oben zu gelangen.

Als sie aber ihre Hand in die Öffnung hinein streckte, verstummte sie urplötzlich.

„Dreimal verflucht sei dieser Mönch!", giftete sie. Brigitta war zu spät gekommen. „Verflucht sei er und verflucht die Gräfin samt all ihren Marotten. Schicksalsvögel und Glückseulen, dass ich nicht lache." Kopfschüttelnd über das eigene Pech stapfte sie zurück in die Burg. „Erst will mir die Hebamme drohen und jetzt auch noch das. Was für ein rabenschwarzer Tag", seufzte sie.

Bruder Leberecht und Friedrich seufzten ebenfalls abwechselnd, als ihnen Auberlin den Hergang seines Scheiterns mit der gefälschten Nachricht schilderte. Während der Grafensohn die Geschichte natürlich schon von seinem wütenden Vater erfahren hatte, hatte Leberecht die Sache über den Fund des Sattels vollkommen vergessen. Beide zeigten sich tief betrübt über Auberlins und Barbaras Unglück. Die Miene des Cellerarius hellte sich erst wieder auf, als Leonhards Sattel zur Sprache kam. Er sah seine Theorie bestätigt, seit sie den Sattel gefunden hatten.

„Leonhards Sattel ist wieder aufgetaucht?", rief Friedrich erstaunt aus.

„Ach, davon weißt du ja noch gar nichts", antwortete Auberlin und erzählte in knappen Worten, wann und wie sie ihn gefunden hatten. Friedrich wurde kreidebleich, als Auberlin die angeschnittenen Gurtstrupfen erwähnte.

Leberecht hakte an der Stelle ein, um dem Grafensohn zu erklären, warum er die Schuld für all die Untaten bei seinen heiligen Brüdern wähnte. Nachdem sich Friedrich aber auf keine Seite schlagen wollte, kam die Rede wieder auf das unappetitliche Geschenk an seinen Vater zurück. Doch so sehr sich die Männer anstrengten, konnten sie sich doch keinen Reim darauf machen, wer der Urheber der Drohungen sein konnte.

20

Pechschwarz

Friedrich hatte leise angefangen zu fluchen, weil es ihnen einfach nicht gelingen wollte, zu beweisen, wie, wodurch und warum seine Mutter und sein Bruder sterben mussten, als Auberlin mit einem Mal die Augen weit aufriss.

Ohne zu wissen, wie ihm geschah, sank er zu Boden. Sein letzter Gedanke, bevor er ohnmächtig wurde, war, er hatte an dem heutigen Tag noch so gut wie nichts gegessen. Den erschreckten Aufschrei aus Leberechts Mund, mit dem er sich auf Auberlin stürzte, um dem Bewusstlosen zu helfen, hörte er schon nicht mehr. Die starken Arme, die ihn auf Leberechts Geheiß in eine Kammer brachten in der er totengleich bis zum Morgengrauen schlief, spürte er nicht mehr.

Sein Körper zwang ihn zu der Ruhe, die ihm seit Tagen gefehlt hatte. Als er erwachte, war es um ihn herum völlig dunkel. Die Schwärze umhüllte Auberlin wie ein undurchsichtiges Tuch, gegenwärtig und lebendig. Sie ließ ihn glauben, nach ihr greifen zu können, wenn er nur wollte.

Er versuchte, die Hand nach der Dunkelheit auszustrecken, doch dazu fehlte ihm die Kraft. Sein Arm schwebte nur kurz in der Luft, um dann gleich wieder, wie von Geisterhand bewegt, auf die weiche Decke zurückzusinken.

Weiche Decke? Ist es denn überhaupt eine Decke, dachte Auberlin benommen. Vorsichtig befühlte er den Stoff, auf dem seine Hand lag. Tatsächlich, es handelte sich um eine Stoffdecke, aus groben Leinen zwar, aber doch warm und behaglich.

Ergeben streckte er sich wieder auf dem Bett aus und fiel zurück in einen unruhigen Schlummer. Während er schlief, wurde es langsam heller im Zimmer. Als er das nächste Mal erwachte, konnte er schon ein wenig mehr sehen.

Wie seltsam, dachte er, *ich kann noch nicht viel sehen und fühle mich trotzdem sicher und geborgen.* Auberlin fühlte sich benebelt.

Auberlin dämmerte noch eine ganze Weile vor sich hin, bis er es endlich wieder schaffte, einen klaren Gedanken zu fassen. Zuerst wollte Auberlin herausfinden, wo er sich befand. Auf seine Ellbogen gestützt, richtete er sich auf seinem Lager auf und blinzelte in das fahle Licht. Schemenhaft sah er den Infirmarius vor sich, wie er mit seinen gewaltigen Händen zarte Blätter von dünnen Stängeln zupfte. Auberlin hätte nicht benennen können, wie viel Zeit vergangen war, seit er das Bewusstsein verloren hatte. Langsam fiel ihm wieder ein, was in den Stunden, ehe er in die Dunkelheit geglitten war, passiert war. Doch zum Sprechen war er noch zu schwach. Er ließ sich wieder zurück in die Kissen sinken und versuchte, die Bruchstücke, die er herausgefunden hatte, zusammenzusetzen, aber es wollte sich kein schlüssiges Bild ergeben. Er wusste, der Kräuterfrau Barbara wurde übel mitgespielt. Von ihr wurde erzählt, sie habe sich der schwarzen Magie verschrieben, eines der schlimmsten Verbrechen, dem sich ein Christenmensch schuldig machen konnte. Nicht einmal die Tatsache, das eigene Kind auf eine so schreckliche Weise verloren zu haben, weckte Mitleid bei den Bewohnern der Grafschaft.

Dann war da Waldebert, der Bruder des toten Vaters ihres Kindes. Waldebert, der Riese, der trotzdem irgendetwas mit Barbara zu schaffen hatte, was allem Anschein nach nicht Recht gewesen war. Wozu hätten die beiden sich sonst im Wald getroffen?

Und Bruder Leberecht, der sich auffallend stark für Auberlins Ermittlungen interessierte. Der hatte ihm einreden wollen, dass nur die Mönche als Täter infrage kämen. Hatte Bruder Leberecht Recht? Hatte er ihn die ganze Zeit über zum Narren gehalten, weil er es sicher wusste? Schließlich war Bruder Leberecht ja ein Mönch.

Ein unkonventioneller und wenig christlicher dazu.

Auberlins Gedanken wanderten wieder zurück zu Barbara, die jetzt wohl in ihrem Turm saß und künftig Angst vor dem Zorn des Grafen haben musste. Dabei musste sie doch hinauf zur Burg, um ihren Lebensunterhalt zu bestreiten. War es wirklich seine Schuld? Es gab keinen Zweifel, er hatte sie überredet, ihm zu helfen, und deshalb war er verantwortlich für ihr Unglück. Dass sie aus freien Stücken zugestimmt hatte, weil sie die gräfliche Familie nicht leiden konnte, spielte für Auberlin keine Rolle.

Über diesen Gedanken schlief er ein und erwachte erst wieder, als sich ein dunkler Schatten über ihn beugte.

„Was ...? Wie bin ich hier hergekommen? Und was willst du von mir?" Auberlins Stimme klang schrill, als er erkannte, wer sich so tief über ihn beugte:

Waldebert war es, dessen langer Bart um ein Haar Auberlins Gesicht gekitzelt hätte, so dicht baumelte der über ihm.

Erschrocken fuhr Waldebert zurück, er hatte nicht mit Auberlins Erwachen gerechnet. „Der gestrige Tag war zu viel für dich, Auberlin. Zu viel ist passiert, zu viel hast du gesehen, zu viel hast du erfahren." Waldebert mühte sich hörbar, seine tiefe Brummstimme fest und sicher klingen zu lassen. Er wollte Auberlin erklären, was geschehen war und wie er in seine Stube gekommen war. „Ohnmächtig bist du geworden! Du bist umgefallen wie ein Stein. Unser Cellerarius hat dann angewiesen, dich hierher zu mir zu bringen." Nachdenklich strich sich Waldebert über seinen Bart. „Ausgesehen hast du, als hättest du Dinge gesehen, die du gar nicht sehen wolltest." Waldebert fühlte sich jetzt schon näher am Thema. „Aber manches davon ist vielleicht gar nicht so schlimm, wie du meinst."

Auberlin schaute fragend hoch: „Nicht?", war alles, was er entgegnete.

Waldebert senkte beschämt den Kopf.

Auberlin meinte zu erkennen, dass Waldeberts fleischiges Gesicht von einem dunklen, roten Hauch überzogen wurde, zumindest an den wenigen Stellen, die nicht von seinem wuchernden Vollbart bedeckt waren, doch sicher war er in dem schwachen Licht nicht.

Ob Waldebert schon jemals im Gesicht gefroren hatte? schoss es Auberlin durch den Kopf.

231

„Nein, Auberlin, nicht alles. Gott allein weiß zwar nur, wie der Sattel, den du und unser ehrwürdiger Cellerarius gefunden habt, ins Kloster gekommen ist, aber, wie die Zähne auf die Burg kamen, das kann ich dir erklären." Unbehagen überschattete Waldeberts Gesicht.

„So?", fragte Auberlin. In seinem Kopf hörte er wieder Waldeberts Flüstern im Wald: ‚Für dich habe ich getan, was getan werden musste'.

Waldebert räusperte sich geräuschvoll, ehe er antwortete: „Du glaubst, der Mörder, den du suchst, hat diese Zähne in die Kammer des Grafen gelegt."

Auberlin schwieg. Waldebert und der Mörder konnten ein und dieselbe Person sein.

„Aber das stimmt nicht, ich weiß es genau", fuhr Waldebert fort. Unruhe klang aus seiner Stimme. „Ich kann das so genau sagen, ich kann das behaupten, ich weiß es, weil ..." An dieser Stelle brach er plötzlich ab. Waldebert sah aus, als ob er Schläge erwarten würde, wie er auf der Bettkante saß, mit hochgezogenen Schultern und hängendem Kopf.

„Nun rede schon", zischte Auberlin, der jetzt endlich wissen wollte, was ihm Waldebert zu erklären versuchte.

Waldebert stand auf und sah auf Auberlin hinunter: „Ich war es, der die Zähne in Wilhelms Schlafkammer gelegt hat. Und die Nachricht stammt auch von mir."

„Du warst das?" Mit einiger Mühe gelang es ihm, langsam aus dem Bett zu steigen.

Es spricht immer mehr dafür, dass Waldebert nicht so unschuldig ist, wie ich dachte, überlegte er. *Schließlich spricht doch der Sattel in der Geschirrkammer des Klosters auch gegen ihn.*

Das dröhnende Lachen Waldeberts riss ihn aus seinen Überlegungen: „Beim gütigen Gott, unserem Schöpfer, Auberlin, ich sehe dir an, was du denkst. Ich war das zwar mit den Zähnen, aber ich bin doch kein Mörder!"

Waldeberts Körper sah aus wie ein schlechtgestopfter Strohsack, als er langsam auf seinen Stuhl zurückglitt.

Auberlin war sich da nicht so sicher. „Wenn du nichts mit den Taten zu tun hast, wie bist du dann um Himmels willen auf die Idee mit der Drohung gekommen?"

„Das ist schnell erzählt. Um alles in der Welt wollte ich der Barbara helfen. Sie vom Verdacht reinwaschen, eine Hexe zu sein. Es wird doch sogar gemunkelt, sie könnte etwas mit den Todesfällen zu tun haben." Waldebert rang die Hände. „Nicht ein Funken Wahrheit ist daran. Also habe ich mir etwas ausdenken wollen, damit sie endlich in Ruhe gelassen wird." Er fühlte, es war jetzt Zeit für ihn, für Barbara und sich selbst zu kämpfen. „Ich wusste doch, was auf dem Zettel stand, den ihr bei Brigitta gefunden habt. Der, mit dem ausgestrichenen Wort."

In Auberlins Kopf formte sich in der Zwischenzeit schon ein erstes Bild von dem, was Waldebert ihm gleich erzählen würde.

„Also bin ich hin zum Volkacher Henker, nicht zum hiesigen, und habe mir von ihm die Zähne besorgt."

Auberlin stellte sich vor, wie Waldebert mit den blutigen Zähnen im Beutel von Volkach nach Castell lief und verzog dabei angewidert das Gesicht. *Hoffentlich war der ursprüngliche Besitzer wenigstens schon tot, als man ihm die Zähne gezogen hat*, hoffte er.

„Ich hatte mir überlegt, die Zähne auf der Burg zu platzieren. Ich wollte etwas dazu schreiben, das den Grafen dazu bringen sollte, über Barbara zu schweigen. Zähne und Schweigen, so dachte ich mir, das würde gut zusammenpassen ..." Waldebert schaute einen Moment aus dem Fenster, bis er weitersprach: „Ich wusste aber nicht genau, wie ich formulieren sollte, was ich dem Grafen sagen wollte, also habe ich im Wald Barbara gefragt ..."

Sollte das die Antwort sein auf Auberlins glühende Frage, was Waldebert für Barbara getan hatte? Auberlin schloss die Augen.

„Barbara aber wollte rein gar nichts davon wissen. Geschimpft hat sie mich, ich sollte es endlich bleiben lassen, sie beschützen zu wollen."

„Du sollst es bleiben lassen?", fuhr Auberlin dazwischen. „Hast du schon einmal versucht, ihr zu helfen?" In Auberlin stieg eine dunkle Ahnung auf, die ihm von Waldebert schon mit dem nächsten Atemzug bestätigt wurde: „Ja, das wollte ich", murmelte

Waldebert und begann verlegen, seine Daumen umeinander zu drehen, „die Nachricht an Brigitta, die war auch von mir ..."

„Aber warum, Waldebert?" Auberlin konnte nicht fassen, was er zu hören bekam.

„Warum? Weil ich wollte, dass Brigitta niemandem erzählt, dass Barbara der Gräfin ihre Kräuter und Salben verkauft hat, mit denen die Damen dann allerlei Blödsinn angestellt haben." Waldebert rutschte unbehaglich auf seinem Stuhl herum.

Auberlin hielt es nicht mehr aus: „Hast du deshalb zu ihr gesagt, du hättest für sie getan, was du tun musstest? Hast du damit gemeint, du selbst hast diese verfluchten Zähne besorgt? Und die Botschaften hinterlassen?"

„Ja, das habe ich gemeint ... aber woher weißt du das?" Jetzt war es an Waldebert fragend und misstrauisch zu blicken.

Auberlin wurde rot und senkte beschämt den Kopf. „Weil ich euch belauscht habe", flüsterte er, wobei ihm das schlechte Gewissen deutlich ins Gesicht geschrieben war.

„Und jetzt denkst du, ich bin der Mörder?" Tief enttäuscht schüttelte Waldebert den Kopf. Die Zeiten, in denen er große Stücke auf Auberlin gehalten hatte, schienen lange vorbei zu sein. „Es ist, wie es ist, Auberlin. Du glaubst, was du glauben willst, aber lass es dir noch einmal gesagt sein: Ich bin kein Mörder, den musst du dir woanders suchen." Waldebert stapfte zur Tür, er wollte Auberlin nicht mehr sehen. In der geöffneten Tür drehte er sich noch einmal um: „Ich verfluche den Tag, an dem ich dich mit hinaus zur Barbara genommen habe. Wäre ich doch nur allein gegangen ..."

Dumpf fiel die Tür ins Schloss.

Doch nicht nur Auberlins Welt drohte an diesem Tag einzustürzen. Völlig erschöpft legte er sich noch einmal auf das Bett und fiel bald darauf in einen unruhigen Schlaf.

21

Nachtschwarz

Die Wände schienen auf einmal immer kleiner zu werden. Es kam ihr so vor, als ob die Decke auf sie zukäme, um sie zwischen sich und dem Boden zu zerquetschen wie eine Fliege. Erschrocken schnappte sie nach Luft. Sie musste hinaus aus dem Gebäude, das ihr keine Heimat mehr war.

An der Türschwelle wandte sie sich noch einmal um und blickte zurück auf ihr altes Leben. Vorbei.

Hier konnte sie nicht bleiben. In der Nacht zuvor hatte sie alle notwendigen Vorkehrungen für ihre Flucht getroffen.

Auf Zehenspitzen war sie ein paar Türen weitergeschlichen, um in die verbotene Kammer einzudringen. Sie schämte sich nicht einmal, als ihre Hand das Geheimfach öffnete und sie nach den wertvollen Schmuckstücken darin griff.

Was konnte sie schon dafür, wie alles gekommen war? Sie hielt sich für ein Opfer der Umstände. Lautlos wie eine Katze schlich sie aus dem Zimmer, nachdem sie ihre Beute sicher unter den Röcken verstaut hatte.

Die schwere Klinke zog sie so leise wie möglich hinter sich ins Schloss. Erschrocken hielt sie inne: Ein Geräusch, ein Rascheln, nur wenige Schritte entfernt.

„Was hast du denn hier zu suchen?", flüsterte eine weibliche Stimme, die ihr bestens bekannt war.

Verflucht, jetzt muss ich mich vor diesem neugierigen Frauenzimmer rechtfertigen, dachte sie grimmig. Fieberhaft ersann sie eine glaubhafte Ausrede. Wenig später war sie wieder alleine und machte sich davon. Bis jetzt war alles gutgegangen. Sie hatte ihren ganzen Besitz in einem sicheren Versteck verstaut.

Irgendwann würde sie zurückkommen und ihn holen, aber jetzt musste sie erst einmal verschwinden. Doch zuvor wollte sie noch ein letztes Mal zu ihrem Lieblingsplatz. Dort war sie mit ihm am glücklichsten gewesen.

Draußen empfing sie die kalte Nachtluft. Endlich konnte sie wieder frei atmen. Geschickt lief sie den Weg entlang, den sie so oft gegangen war. Alles aus.

Schwer atmend kletterte sie im Schutz der alten Kastanien den Hügel hinauf, der von jedermann zu jederzeit gemieden wurde.

Oben angekommen setzte sie sich keuchend auf dem großen Stein nieder, auf dem sie immer gesessen war. Vergangenheit.

Tränen stahlen sich in die schönen Augen. Tränen, die sie sogleich fortwischte. Warum war sie überhaupt hergekommen? Weil sie hier genauso gut wie an jedem anderen Platz über ihre Zukunft nachdenken konnte, versuchte sie sich selbst einzureden.

Die alten Bäume und der flache Stein auf dem steilen Hügel waren die letzte Verbindung zu dem, was sie so geliebt hatte.

Alles Lug und Trug. Niederträchtige Lügen, nichts weiter.

Und doch, meinte sie, hätte alles anders werden können, wenn sich das Schicksal nicht plötzlich gegen sie gewandt hätte. Aber alles Grübeln half nichts, sie musste weg, weit weg, andernfalls würde sie ihr Dasein in ständiger Angst fristen müssen. Sie stand auf und strich sich energisch die Röcke glatt.

Flink wie ein Wiesel glitt sie auf die Bäume zu, über denen schon die Sonne aufging. War sie wirklich so lange sitzen geblieben?

Nun musste sie sich beeilen, ehe die anderen aufwachen würden. Die neugierigen Fragen, woher sie kam, wo sie gewesen war, würden ihr gerade noch fehlen.

In ihrer Eile bemerkte sie nicht einmal, dass sie schon eine ganze Weile nicht mehr allein auf dem Hügel war. Auf jener Hügelkuppe, auf der sich schon die alten Druiden versammelt hatten, wenn man den Geschichten glauben konnte.

Jetzt aber war der Ort entweiht: Der Henker verrichtete hier seine grausige Arbeit. Von dem hohen Galgen sickerte hin und wieder Blut in den Boden. Das Blut der Verurteilten, das Blut der Hingerichteten. Niemand setzte freiwillig auch nur einen Fuß auf den Galgenberg, deshalb war man hier, normalerweise, vor Entdeckung so sicher wie an keinem anderen Ort.

Ganz in der Nähe, in den Schatten der mächtigen Bäume verborgen, glomm ein Augenpaar überrascht auf.

Was für eine glückliche Fügung, dachte die kauernde Gestalt, als sie begriff, auf wen sie so unverhofft gestoßen war. Völlig lautlos hob sie einen schweren Ast vom Boden auf. Bewegungslos wartete sie im Schutz der Kastanien. Wartete auf den richtigen Augenblick, schlug zu und hörte zarte Schädelknochen brechen.

Am Ende brachte ihr sogar der geliebte Hügel nur Unglück.

Ihre Habseligkeiten und der gestohlene Schmuck würden wohl für immer in ihrem sicheren Versteck bleiben.

22

Kristallfunkeln

Nur wenige Schritte von Auberlins Krankenzimmer entfernt kauerte Waldebert schon die halbe Nacht auf einem Stuhl in der Klosterapotheke und starrte unablässig grimmig vor sich hin. *Nicht zu glauben, was Bruder Auberlin von mir hält,* dachte er und schüttelte jedes Mal den Kopf, wenn ihm der Verdacht gegen ihn wieder in den Sinn kam. Nachdenklich zupfte Waldebert an seinem langen Bart herum.

Er, der immer nur das Beste wollte für alle und sogar manchmal sein eigenes Wohl darüber vergaß, er sollte jemanden umgebracht haben?!

Sein trauriger Blick wanderte an den hohen Regalen entlang, in denen all die Zutaten ordentlich aufgereiht wurden, die er für seine Arzneien brauchte.

Anis und Fenchel lindern Verdauungsbeschwerden.

Wermut und Raute bei Lendenschmerzen.

Kerbel gegen Geschwülste und Geschwüre.

Die strikte Ordnung der Ton-und Glasbehälter hatte für ihn etwas Tröstliches an sich. Die immer gleichen Handgriffe, mit denen Waldebert seine Tränke und Salben, Tinkturen und Umschläge herstellte, glichen in seiner Gedankenwelt einem Gebet. Das Kloster besaß zwar ein dickes Kräuterbuch, wie die prächtige, teilweise sogar bebilderte Handschrift von den Mönchen genannt wurde, aber Waldebert musste so gut wie nie darin nachschlagen. Er kannte das Werk praktisch auswendig.

Er war nicht so dumm, den anderen Mönchen auf die Nase zu binden, dass er die Herstellung von Medizin einem Gebet gleichsetzte, aber der Heilige Benedikt, dem er sein Leben geweiht hatte, der würde ihn gewiss verstehen. Doch je länger er über seine Unterredung mit Barbara draußen im Wald nachdachte und versuchte, die Worte mit Auberlins Ohren zu hören, umso mehr konnte er den jungen Buchmaler verstehen.

Er musste doch glauben, dass ich es war, folgerte er und wusste plötzlich, was er tun wollte. Er musste sich mit Auberlin aussprechen. Sein Groll musste ein Ende haben. Seufzend hievte er sich hoch, um nachzusehen, ob sich Auberlin noch in dem Krankenzimmer befand, wo er ihn zuletzt gesehen hatte. Seine mächtigen Oberarme stützten noch seinen Oberkörper, als die Tür geöffnet wurde und der leichenblasse Auberlin eintrat. Die ungleichen Mönche brauchten nur einen Blick zu wechseln, um einander ohne große Worte zu verstehen.

Begleitet von den Glockenschlägen zur Terz, spazierten Waldebert und Auberlin, vorbei am Bruder Pförtner, in aller Seelenruhe zur Klosterpforte hinaus. Waldebert war stolz auf sich. Auberlin wollte unbedingt mit dem Henker sprechen, nachdem ihm Waldebert zwei Nächte zuvor von seinem Besuch in Volkach erzählte hatte. Ihm, Waldebert, war es gelungen, diese Zusammenkunft in Windeseile zu arrangieren.

Im Kloster hatte er angegeben, er müsse erneut zu der Kräuterfrau auf den Trudberg hinauf, um sich etwas Medizin aus ihrer Dreckapotheke zu besorgen. Spätestens an dieser Stelle endeten die Nachfragen der Brüder für gewöhnlich. Über die Verwendung von Schafsmist, Hasenhoden und Krötenblut in Waldeberts Heilmitteln wollten sie lieber gar nichts wissen. Waldeberts hätte es nicht beschwören können, aber er vermutete, dass die Dreckapotheke so genannt wurde, weil es sich bei den Zutaten fast ausnahmslos um ziemlich unappetitliche Dinge handelte. Er hatte Recht mit seiner Vermutung.

Aber davon, dass die kluge Barbara von der Zuhilfenahme dieser landläufig gerne genommenen, abstoßenden, tierischen Bestandteile nichts hielt, davon ahnten sie freilich nichts. Sie hielt sich lieber an die bewährte Wirkungsweise jener Pflanzen, die die Natur ihr schenkte.

Womit Auberlin sich den ganzen Tag lang beschäftigte, interessierte die Mönche auch nicht. So war es nicht schwer gewesen, den Ausflug zur Hebamme zu erfinden.

„Was für ein Mann ist dieser Henker denn?", fragte Auberlin und klopfte dabei ein paar dicke Schneeflocken von seinem hellen Haarkranz. Waldebert hatte sich seiner Haartracht angenommen und seine Tonsur neu geschoren, während er Auberlin von seinem Gespräch mit dem Scharfrichter erzählt hatte. „Es will mir nicht gelingen, mir auszumalen, was einen Mann dazu bewegen könnte, diesen Beruf zu ergreifen", fuhr er fort, während Waldebert noch an einer Erklärung feilte.

„Er hat sich seinen Beruf gar nicht ausgesucht, Bruder Auberlin. Sehr wahrscheinlich ist er der Spross einer alten Henkersdynastie, und deshalb musste er dieses Handwerk erlernen, wenn man es denn eines nennen will. Das Gesetz verlangt es so; ihm blieb also keine andere Wahl."

Auberlin nickte nur und musste, nicht zum ersten Mal, feststellen, wie wenig er über das Leben außerhalb der Klostermauern wusste. Jetzt war nicht die Zeit, darüber nachzudenken, aber plötzlich kamen in ihm Zweifel auf, ob er wirklich eines Tages in das Kloster des Heiligen Sankt Benedikt in Straßburg zurückkehren sollte. Es gab so viel zu lernen auf der Welt.

Ehe sie sich's versahen, standen die beiden schon vor Barbaras Tür.

Gedämpfte Stimmen aus dem Inneren drangen zu ihnen heraus.

Ein gutes Zeichen, dachte Waldebert und lächelte, als er des Scharfrichters Stimme erkannte. Sein Plan, Auberlin und den Henker an einen Tisch zu bringen, war aufgegangen. Bald würde es wieder allein an Auberlin sein, sich mit diesen Dingen herumzuschlagen. Sein Gewissen war zufrieden. Jetzt konnte er sich wieder seinen eigenen Aufgaben zuwenden.

Gleich darauf öffnete ihnen die Hausherrin die Tür und bat sie, einzutreten.

„Du hättest mich ruhig auf diesen Besuch vorbereiten können", meinte sie, an Waldebert gewandt.

Der lächelte schelmisch. „Vielleicht hättest du etwas dagegen gehabt", sagte er augenzwinkernd.

„Bestimmt sogar", antwortete Barbara, ließ das Thema aber fallen. Sie bedeutete den beiden Mönchen, ihr zu folgen und führte sie in ihren Behandlungsraum. Dort hielt sich bereits ein dritter Mann in der Nähe des Kamins auf.

Das ist er also, dachte Auberlin und er wagte kaum, hinzusehen. Als Waldebert die Männer einander vorstellte, musste Auberlin hoch zu dem Scharfrichter hinaufschauen, dessen Anblick ihn sehr verwunderte.

Sein gewandtes Auftreten, sein gepflegtes Äußeres und die gut sitzende Kleidung hatte Auberlin nicht erwartet; insgeheim war er sogar ein wenig enttäuscht von der wenig gruseligen Erscheinung. Der Scharfrichter lächelte milde und Auberlin wurde den Verdacht nicht los, dass der Mann seine Gedanken gelesen hatte. Er täuschte sich nicht, denn der Henker wusste genau um seine Wirkung. Manchmal spielte er damit, aber heute wollte er den jungen Mönch, der ihm als äußerst sensibel beschrieben worden war, nicht noch mehr verunsichern.

So kamen sie gleich zur Sache: Geduldig erläuterte der Henker noch einmal seine Beobachtungen. Zusammen gingen sie daraufhin die möglichen Tatverdächtigen, die alle eines gemeinsam hatten, durch. Sie alle hatten sich mehr oder weniger oft am Sterbebett der Gräfin versammelt.

„Zuallererst müssen wir an den Grafen denken, der die Anschläge auf seine Familie sogar zu vertuschen sucht", sagte der Henker und warf Auberlin einen herausfordernden Blick zu.

Auberlin schüttelte vehement den Kopf: Friedrichs Vater hat in meinem Augen kein Motiv."

„Von dem Umstand, dass Richildis beinahe sein gesamtes Vermögen verschleudert hat, einmal abgesehen, gebe ich dir Recht, Bruder. Seinen Sohn und Nachfolger zu töten, dazu hatte er wirklich keinen Grund", pflichtete der Henker Auberlin bei.

„Friedrich ist zu spät gekommen, als er die Mutter erreichte, lag sie schon im Sterben", dachte er weiter laut nach, „und Veronica, die Tochter, hatte wohl ebenfalls keinen Grund für diese Gräueltaten."

Auch unter den Bediensteten der Grafenfamilie fanden sie niemand, der als Mörder infrage gekommen wäre.

„Woher wisst Ihr denn so genau, wer an ihren letzten Tagen bei der Gräfin ein und ausging?", wollte Auberlin wissen.

Hinter ihm erklang plötzlich Barbaras helles Lachen. Sie schien die Antwort bereits zu kennen.

Der Henker stimmte in das Gelächter mit ein. Bei ihm konnte Auberlin aber eine Spur Selbstgefälligkeit heraushören. „Nun, ich war doch selbst oft genug dabei."

Er schien eine weitere Erklärung nicht für notwendig zu halten, aber Auberlin wusste viel zu wenig über das Leben und den Beruf eines Scharfrichters, als dass er selbst eine Antwort auf seine Frage finden konnte. Von dessen Kenntnissen der Medizin und der Chirurgie ahnte er nichts.

In seiner Unwissenheit tat er Barbara leid. Sie schilderte ihm kurz, dass der Henker oft geholt wurde, wenn die Bader mit ihrem Latein schon lange am Ende waren. Er schiente komplizierte Brüche, richtete verdrehte Gelenke wieder ein und nähte hässliche Wunden.

„Eine wahrlich seltsame Kombination", entfuhr es dem jungen Mönch überrascht, ohne vorher über seine Worte nachzudenken.

Die Augenbrauen des Henkers schnellten in die Höhe. „Findest du wirklich?", fragte er und legte den Kopf dabei schief. „Ich will dir die Gelegenheit geben, deinen Einwand kurz zu überdenken."

Auberlin merkte, wie sich drei Augenpaare auf ihn richteten, und wurde darüber ein wenig nervös. Doch dann fiel ihm gottlob ein, worauf der Henker hinauswollte: „Aber natürlich!", rief er aus, „die beiden Aspekte Eures Handwerks ergänzen einander nahezu perfekt. Denn Euer Stand gehört zu den Auserwählten, denen ein Blick auf das Innere eines Menschen zuteilwird, ohne Gottes Strafe fürchten zu müssen."

Der Henker nickte zustimmend und ihm wurde klar, dass der Ruf, der diesem jungen Mönch vorauseilte, zutraf: Dieser Auberlin verfügte über einen wachen und wendigen Verstand, der ihm gewiss dabei helfen würde, das Rätsel um die Toten zu lösen.

Nach ihrem kurzen Ausflug in die Welt eines Henkers wandten sie sich wieder dem ursprünglichen Thema zu.

„Auch die Wundärzte, die ans Krankenbett gerufen worden waren, scheiden als Täter aus. Dasselbe gilt für den geistlichen Beistand der Gräfin", schloss der Scharfrichter die Genannten aus dem Kreis der Verdächtigungen aus.

Auberlin knetete nachdenklich seine Finger. „Weil auch sie erst ins Spiel kommen, als die Gräfin schon krank war, richtig?"

„Richtig. Bleibt also nur noch Brigitta, das Kammermädchen übrig. Sie hatte Tag und Nacht Zugang zu Richildis' Schlafgemach."

„Aber hatte sie denn ein Motiv?", fragte Auberlin.

„Beantworte dir diese Frage doch selbst, lieber Auberlin", mischte sich Barbara an dieser Stelle ein.

Auberlin drehte sich um und sah zu ihr hoch. „Zumindest hatte sie einen triftigen Grund, auf ihre Dienstherrin wütend zu sein. Ich habe gehört, Richildis habe ihr versprochen, für eine Ehe mit Engelhart zu sorgen. Von dieser Verbindung hing für das mittellose Mädchen eine ganze Menge ab."

Barbara blies anerkennend Luft durch ihre Zähne. „In Wahrheit aber sollte sich Richildis' Tochter mit dem wohlhabenden Ritter verheiraten, um die Grafschaft zu retten", beendete die Hebamme Auberlins Ausführungen.

Von der anderen Seite des Tisches erklang Waldeberts dröhnendes Lachen. „Damit wäre zudem der Verbleib Engelharts geklärt." Schadenfreude klang aus der Stimme des Krankenmeisters, der die Gier der Menschen nicht nachvollziehen konnte.

„So einfach ist es nicht", wandte Auberlin ein, „denn Leonhard passt nicht in dieses Bild." Hilfesuchend schaute er dem Scharfrichter ins Gesicht. Der musste nicht lange überlegen, bis er ein weiteres Detail entdeckte, das gegen Brigitta als Verdächtige sprach. „Meiner Meinung nach hatte sie keinen Grund dazu, Leonhard nach dem Leben zu trachten. Und so wie ich gehört habe, gehörte sie nicht zur Jagdgesellschaft."

Dem konnte niemand widersprechen. Eine ganze Weile wusste keiner mehr etwas zu sagen, bis schließlich Auberlin die Stille unterbrach. „Ihr habt gegenüber Waldebert die Vermutung geäußert, dass Gift benutzt wurde, um die Morde auszuführen."

Weiter kam er nicht, denn der Henker verstand die Frage sofort und antwortete sogleich: „Ja, da bin ich ziemlich sicher, weil die beiden Leichen keine offensichtlichen Verletzungen zeigten. Leonhards Genickbruch natürlich ausgenommen."

Dem war nichts entgegenzusetzen. Der Einsatz von Gift war ein weiteres Indiz für die Täterschaft einer Frau; also wieder ein Punkt, der gegen die Unschuld des Kammermädchens sprach.

„Und wie könnte sie an das Gift herangekommen sein?", spann Waldebert den Faden weiter.

Nun richteten sich drei Augenpaare auf die Hebamme. Die aber blieb ganz gelassen. „Ihr glaubt doch nicht im Ernst, dass ausgerechnet ich dieser Ziege geholfen habe. Schließlich ist unsere Feindschaft kein Geheimnis." Barbara kreuzte ihre Arme vor der Brust. „Außerdem setze ich mein Wissen ausschließlich zur Heilung ein."

Auberlin, der ohnehin nicht an eine Mitschuld Barbaras glaubte, weil sie in seinen Augen schon so viel Leid erfahren hatte, dass sie keines mehr anrichten würde, versuchte, die Situation zu entschärfen. „Meister, seid nicht gerade Ihr dazu prädestiniert, mit Gift umzugehen? Sozusagen von Berufs wegen?"

Der Henker lachte nur: „Da nehme ich den ganzen Weg hierher in Kauf, um dir zu helfen, Bruder Auberlin, und zum Dank machst du mich zum Mörder? Ich glaube, ich kann meinen Ohren nicht mehr trauen."

Auberlin grinste erleichtert. Für einen Moment hatte er befürchtet, er wäre zu weit gegangen.

„Zur Strafe sollte ich dir meinen letzten Hinweis vorenthalten! Es gibt noch etwas, das auf Gift hinweist: Am gräflichen Krankenlager stank es schlimmer als im Faulturm."

Auberlin wusste, dass damit der Turm gemeint war, in dem die Gefangenen ihrer Verhandlung entgegenschmorten.

„Irgendetwas Widerliches verpestete die Luft im Zimmer und wurde doch von jedermann ignoriert."

Auberlin musste das Gehörte erst für sich einordnen. Er schwieg eine ganze Weile, bis ihm noch eine Frage einfiel, die er dem Henker stellen wollte. „Meister, wenn Ihr nochmal darüber nachdenkt, könnt Ihr eine Aussage darüber treffen, woher der Geruch kam?"

„Nein", schüttelte er den Kopf, „aber er hat mich an eine seltsame Begebenheit aus dem letzten Jahr erinnert. Ich hatte die Aufgabe, einem verurteilten Dieb die Hand abzuhacken. Der Verurteilte war noch ein sehr junger Mann, fast noch ein Kind. Er tat mir leid. Der Zufall wollte es, dass kurz vor der Vollstreckung ein Wanderprediger vorbeikam. Er fragte mich, ob er mit dem armen Sünder noch beten dürfe, ehe ich an die Arbeit ging. Ich sagte ja.

Der Prediger bekreuzigte sich, zog einen funkelnden Behälter aus Glas unter seiner Kutte hervor, und rieb dem Dieb eine ölige Flüssigkeit daraus unter die Nase. Der junge Mann schlief sofort ein und erwachte erst wieder mit einem fertig verbundenen Stumpf."

Das unblutige Ende der Geschichte hörte Auberlin schon nicht mehr. Ohne dass ihm bewusst war, was er tat, fasste er bei der Erwähnung des Glasbehälters unter sein Gewand und zog die kleine Dose aus Glas darauf hervor, die er bei der Euleneiche eingesteckt hatte. Über ihre Entdeckung durch den Grafen, seine Sorgen um die Kräuterfrau und seinen Verdacht gegen den Infirmarius hatte er sie vollkommen vergessen.

Wortlos stellte er sie behutsam vor sich auf den Tisch. Drei Augenpaare folgten seinem Tun aufmerksam.

Der Henker war der Erste, der sich interessiert nach vorne beugte und nach der Dose griff. „Was hast du uns denn da mitgebracht, Bruder Auberlin?"

Auberlin erzählte seinen Zuhörern detailliert, wie er zu der Flasche gekommen war. „Wie habe ich sie bloß vergessen können?", schüttelte er den Kopf über die eigene Nachlässigkeit.

Das breite Grinsen des Scharfrichters war nicht zu übersehen: „Nur zu gerne hätte ich dich auf diesem Baum herumkraxeln sehen, Bruder Auberlin", frotzelte er gutmütig.

Auberlin winkte ab. „Graf Wilhelm hat an meiner Vorstellung keinen Gefallen gefunden", sagte er.

„Der alte Graf hat wahrlich schon bessere Laune gehabt", meinte Barbara lakonisch.

An dieser Stelle mischte sich Waldebert, der bisher zu Auberlins Fund geschwiegen hatte, ein: „Ich weiß nicht, was ihr daran lustig findet. Barbara ist endgültig in Ungnade gefallen bei den Oberen und dein Ansehen, Auberlin, dürfte auch ziemlich gelitten haben."

Statt einer Antwort verzog Barbara nur ihr Gesicht.

Auberlin kratzte sich nachdenklich an der Nase, bevor er sagte: „Es stimmt schon, was du sagst, Bruder Waldebert, aber ich kann die Dinge nun einmal nicht ungeschehen machen, so sehr ich mir das wünsche."

Ohne dass einer der Anwesenden verstand, was nun passierte, ballte der Infirmarius seine rechte Hand zu einer Faust und haute auf den Tisch.

Der gläserne Behälter fiel klirrend um.

„Und nun geht das Ganze wieder los! Schau' doch genau hin, woher es stammt", brüllte er, drehte die Dose um und zeigte auf ihren Boden.

Das Wappen des Klosters war darin eingraviert.

„Nun kannst du mich wieder verdächtigen! Denn sicherlich war ich es, der die Gräfin vergiftet hat und danach den Behälter loswerden wollte. Als Infirmarius konnte ich mir bestimmt Zutritt verschaffen zur Kammer von Richildis." Bei jedem Wort flogen Speicheltropfen aus seinem Mund, die er hastig mit seinem Ärmel von der Tischplatte wischte, dabei fegte er auch das Fläschchen hinunter. Es zersprang in tausend Splitter.

Noch ehe jemand etwas sagen konnte, sprang der Hüne auf und warf dabei seinen Stuhl um, der scheppernd zu Boden ging. Ohne ein weiteres Wort stürmte Waldebert aus dem Zimmer.

Barbara, die den Scherben am nächsten stand, wandte sich ab und bedeckte ihr Gesicht mit einem ihrer Röcke.

Der Henker wurde bleich. „Genauso eine kleine Arzneidose stand am Bett der Gräfin", flüsterte er rau und rieb sich seine Bartstoppeln.

Ein furchtbarer Gestank verbreitete sich im Raum.

Der Scharfrichter blickte ratlos zum Himmel, bevor er nach einer kleinen Ewigkeit meinte: „Bruder Auberlin, ich denke, du bist über das heimliche Versteck des Kammermädchens gestolpert. Euer Infirmarius scheint mir zwar manchmal arglos und leichtgläubig, aber er wäre wohl nicht so dumm, das Corpus Delicti auf dem Burggelände zurückzulassen."

Barbaras Blick, der dieselbe Zufriedenheit ausstrahlte wie der einer Katze vor dem warmen Ofen, entging den beiden Männern völlig.

23

Kreidebleich

Waldeberts Worte hallten noch lange in seinem Kopf nach. Obwohl es keine Beweise gab, war Auberlin von der Unschuld des Riesen überzeugt. Waldebert und die schrecklichen Morde, das passte einfach nicht zusammen. Niemals wäre der Infirmarius so töricht gewesen, ihm von seinem Plan, Barbara von jedem Verdacht reinzuwaschen, zu erzählen, wenn er wirklich die Gräfin und ihren Sohn ausgelöscht hätte. Das Entsetzen in seinen Augen, als ihm aufging, dass Auberlin ihn für den Mörder hielt, war echt gewesen.

Jetzt stand er wieder ganz am Anfang. Er würde von vorne mit seinen Ermittlungen anfangen müssen. Auf einmal fühlte er sich unendlich müde, entmutigt und hilflos.

Er konnte nicht mehr.

Es war an der Zeit, sich auf den Weg zu Friedrich machen, um ihm zu sagen, dass sie aufgeben mussten. Danach würde er sich auf den Heimweg nach Straßburg machen. Vielleicht würde ihm der Abt des Klosters sogar den kleinen Fuchs verkaufen, dann würde er ihn mitnehmen. Wenn nicht, musste er eben mit dem Pferd vorlieb nehmen, auf dessen Rücken er nach Castell gekommen war. Das langbeinige, nervöse Tier war seither in den gräflichen Stallungen untergebracht. Auberlin hatte Angst vor ihm gehabt, aber das Klosterpony hatte ihm viel über den Umgang mit Pferden beigebracht. Er würde endlich nach Hause reiten in sein geliebtes Skriptorium.

Mit einem Mal stieg das Bild der Miniatur vor ihm auf, an der er bis zu ihrer überstürzten Abreise aus dem Kloster gearbeitet hatte. Einen Mönch in schwarzer Kutte zeigte sie, die Hände zum Gebet gefaltet, die Augen blickten entrückt zum Himmel hinauf. An und für sich war nichts Besonderes an dem kleinen Bild, aber Auberlins Ehrgeiz hieß ihn, dem betenden Bruder Einzigartigkeit zu verleihen. Stunden hatte er damit verbracht, der groben Kutte zur richtigen Farbe zu verhelfen. Mit unendlicher Geduld hatte er die schwärzenden Zusätze, die in der Hauptsache Kerzenruß und Eisen waren, in den Farbansatz gemischt.

Ob die Tinte gräulich-bläulich aussah, wie Kaminrauch, der im Morgenlicht über den Dächern aufsteigt, oder sich in ein dumpfes Schwarz ergab, wie sich Auberlin die gebrochene Seele eines Gehängten vorstellte, hing ganz und gar vom Mischverhältnis der Stoffe ab. Am Ende war es ihm gelungen, einen Ton zu treffen, der ihn zufriedenstelle, aber er hatte erst wenige Pinselstriche führen können, als Friedrich hereinplatzte. Seine Mutter läge im Sterben, hatte er, kreidebleich im Gesicht gerufen. Auberlin war vor Schreck der Pinsel aus der Hand gefallen.

Der Gedanke an das Unglück der Gehänkten brachte ihn in die Wirklichkeit zurück. Laut und vernehmlich blies er die Luft durch seine Backen. Ehe er zurück nach Straßburg gehen konnte, gab es für ihn noch etwas zu erledigen: Er wollte unbedingt ein letztes Mal mit der Hebamme sprechen, sich von ihr verabschieden. Für Waldebert würde er vielleicht einen Brief dort zurücklassen.

Überzeugt davon, dass es das letzte Mal für ihn sein würde, ging er hinaus in den Stall, um den kleinen Fuchs zu satteln.

Zumindest die Pferde versetzen mich nun nicht mehr in Angst und Schrecken, dachte er traurig.

Bald schon machten sie sich auf den Weg hinauf zur Burg. Während das Pony gemächlich unter ihm dahinzockelte, legte sich Auberlin schon seine Abschiedsworte an Friedrich zurecht.

Hätte Auberlin geahnt, dass er nicht einmal mehr die Zeit finden würde, sich von Friedrich zu verabschieden, hätte er den Fuchs auf der Stelle gewendet und wäre zurück ins Kloster galoppiert. Doch so hörte er dem gleichmäßigen Hufschlag des Ponys zu, ließ verschneite Wiesen, Äcker und Wälder hinter sich, bis er die Burg erreichte. Er hatte die Zugbrücke schon hinter sich gelassen und passierte gerade das Burgtor, als er in der Nähe des Brunnens zwei Gestalten entdeckte, die aufgeregt aufeinander einredeten. Bei einer der Personen handelte es sich zweifelsfrei um den Grafen. Die schmächtigere konnte Auberlin auf den ersten Blick nicht zuordnen. Instinktiv zügelte er den Fuchs, wendete auf der Hinterhand und lenkte ihn hinter die Burgmauer. Auberlin sprang aus dem Sattel und band das Tier an einem Eisenring fest, der zu diesem Zweck in die Steinmauer eingelassen war. Dann schlich er so nahe an das Paar heran, bis er ihre Stimmen hören konnte.

„Weg ist sie, die Mörderin, und wir haben sie entkommen lassen. Geflohen ist sie, bei Nacht und Nebel, die Elende!" Auberlin glaubte, Veronicas Stimme zu erkennen. „Ich hoffe, die Wölfe im Wald haben sie aufgefressen, als sie flüchtete", geiferte sie wenig vornehm.

„Du bist bestimmt nur so aufgebracht, weil dein Bräutigam verschollen ist ..."

„Der interessiert mich am allerwenigsten, Vater, glaub mir. Mag er besoffen vom Gaul gefallen sein, schade ist es nur um sein Pferd, um Omineca."

Leise pirschte er sich noch näher an die Grafentochter heran. Um sie zu beschwichtigen, legte Graf Wilhelm eine Hand auf ihren Arm.

„So beruhige dich doch, Kind. Bestimmt gibt es eine harmlose Erklärung für ihr Verschwinden." Eindringlich sprach er auf seine Tochter ein.

Für Auberlin gab es nur eine Erklärung. Barbara war fortgelaufen. Bestimmt hatte sie aus Angst vor dem Grafen das Weite gesucht. Sie wusste zu viel von den ketzerischen Taten der Gräfin. Und nun hielt Veronica sie für eine Mörderin. Er fühlte das Blut in seinen Ohren rauschen, so schuldig fühlte er sich plötzlich. Auberlin musste Friedrich finden.

Zusammen würde sie herausfinden, was mit der Hebamme geschehen war.

Doch dazu musste er erst einmal in die Burg gelangen. Während er überlegte, wie er das anstellen sollte, verfluchte er den Tag, an dem er zum ersten Mal einen Fuß in Friedrichs Heimat gesetzt hatte. Sein Groll lenkte ihn für kurze Zeit von dem Gespräch ab, denn als er wieder hinhörte, war das Thema ein anderes.

„Niemand wurde ermordet! Kein Wort mehr darüber, sage ich!" Der Graf schien sich die eigene Ansicht gegen jede Vernunft bewahren zu wollen.

Fassungslos schüttelte Veronica den Kopf: „Vater, ich bitte dich, öffne deine Augen!" Sie stöhnte ob der Sturheit des Grafen. Über ihrem Disput bemerkten Vater und Tochter nicht einmal Friedrich, der sich unbemerkt zu ihnen gesellt hatte.

„Vater hat wohl Recht, liebe Schwester. Nirgendwo gibt es für irgendetwas auch nur den kleinsten Beweis."

Allem Anschein nach versuchte Friedrich, zwischen den Streitenden zu vermitteln.

„Ich brauche keinen Beweis", fauchte sie. „Die Unselige hatten allen Grund dazu, die grausamen Morde zu begehen.

Eine Hochzeit mit Engelhart war immer ihr Ziel. Mutter hatte zuerst versprochen, ihr zu helfen. Leonhard stand im Weg auf ihrem Weg zu Macht und Ansehen. Doch am Ende wollte Mutter lieber mich mit Engelhart verheiraten. Für Brigitta, ihre Freundin, wollte sie wohl keinen Finger mehr krumm machen, sie, die Mitwisserin und Hexenschwester. Also schwor Brigitta Rache."

Auberlin belauschte jedes Wort mit angehaltenem Atem. Nun wurde ihm klar, dass sich das Gespräch gar nicht um die Hebamme gedreht hatte.

Jetzt zeigte Veronica mit dem Finger auf ihren Bruder: „Und nachdem dein Ordensbruder und das Kräuterweib diese unheilvollen Zeilen bei ihr versteckt haben, fürchtete sie, die beiden seien ihr auf die Schliche gekommen." Veronica schwieg einen Moment, um nach Luft zu schnappen. Entschlossen stemmte sie ihre zarten Hände in die Hüften. „Schließlich sah sie keinen anderen Ausweg mehr und ist letzte Nacht geflohen, damit niemand mehr ihrer habhaft werden konnte."

Wilhelm kratzte sich an der Nase. „Deine Geschichte klingt einleuchtend, meine Tochter, in der Tat. Aber es gibt doch noch einige Ungereimtheiten, die mich stören." Nachdenklich wiegte er das ergraute Haupt hin und her. „Die erste Botschaft an sie fand Friedrich gleich nach Richildis Beerdigung, soweit ich mich entsinne ..." Die Augenbrauen des Grafen schnellten nach oben: „Woher kam sie, wer verfasste sie, frage ich?"

Zum Zeichen, dafür keine Erklärung zu haben, hob Veronica die Hände nach oben. „Auch wenn es ungeheuerlich klingt, hat sie die Botschaft vielleicht sogar selbst geschrieben ...", wandte Friedrich ein und berichtete von Auberlins Bibel-Fund in der Kammer der Zofe. Bei der Erwähnung dieses Namens schnaubte der Graf verächtlich.

„Die Erste schrieb sie selbst, die Zweite kam also von diesem Auberlin. Und wer hielt die Zähne für mich bereit?"

Noch ehe jemand antworten konnte, nahm Auberlin all seinen Mut zusammen und trat hinter der Mauer hervor.

„Verzeiht, dass ich Euch belauscht habe, es war keine böse Absicht. Ich bitte Euch, edler Herr, hört mich an", sagte Auberlin und legte alle Ehrerbietigkeit in die Stimme, zu der er fähig war.

Friedrichs Vater aber zeigte sich nicht im Mindesten beeindruckt: „Bruder Auberlin, du hast mir gerade noch gefehlt" Habe ich dir nicht befohlen, im Kloster zu bleiben?" Die Stimme des Adeligen klang wie gefährliches Donnergrollen.

„In der Tat, das habt Ihr. Aber ich will die Wahrheit herausfinden und trete für Gerechtigkeit ein. Und ich sage Euch, Brigitta hat mit den Botschaften nichts zu tun."

Veronica trat einen Schritt auf ihn zu: „Wenn wir dir glauben sollen, Bruder Auberlin, solltest du uns den Namen des wahren Unholdes verraten. Warum sonst sollten wir dir Glauben schenken?"

Friedrich stand regungslos auf seinem Platz und beobachtete stumm das Wortgefecht zwischen seiner Schwester und Auberlin.

„Ich kenne den Namen des Schreibers zwar, aber ich werde ihn Euch nicht verraten. Das bin ich ihm schuldig." Auberlin kreuzte die Arme vor der Brust.

Veronica sah ein, dass sie aus ihm nichts mehr herausbringen würde, und wandte sich deshalb herausfordernd ihrem Bruder zu. „Friedrich, wenn dein Freund Auberlin behauptet zu wissen, von wem die Drohungen stammen, dann kennst du den Namen des Urhebers auch, habe ich Recht?" „Nein, Schwester, ich habe die Zähne zwar eingepackt und ins Kloster gebracht, aber mehr weiß ich nicht über sie ... "

Friedrich sprach die Wahrheit, denn Auberlin hatte bisher noch keine Gelegenheit gefunden, ihm von Waldeberts Taten zu erzählen.

„Ich glaube dir kein Wort ...“

Die Geschwister traten einen Schritt aufeinander zu und blickten sich grimmig in die Augen. Einen Moment lang sah es so aus, als würden die beiden aufeinander losgehen.

Auberlin stockte der Atem. Trotzdem würde er Waldebert nicht verraten. Zu viel Unfrieden war schon gestiftet worden.

„Da siehst du, Bruder Auberlin, was du angerichtet hast! Sogar meine Kinder suchst du zu entzweien", fuhr ihn der Graf an, ehe er auf das Geschwisterpaar zuging und sie auseinander schob. Im nächsten Augenblick trat Graf Wilhelm zu ihm hin und befahl: „Bruder Auberlin, du verlässt meine Burg ein für alle Mal. Du wirst zurückgehen ins Kloster, wo du hergekommen bist. Wenn mir noch ein einziges Mal zu Ohren kommt, dass du irgendjemand auf meinem Land mit deinen Verdächtigungen belästigst, lasse ich dich auf der Stelle auf die andere Seite der Landesgrenze bringen. Hast du mich verstanden?"

Graf Wilhelm würde keine Einwände dulden, soviel war sicher. Ein Blick in sein Gesicht reichte Auberlin. Nicht einmal Friedrich würde für ihn eintreten, denn er fürchtete seinen Vater viel zu sehr. So blieb Auberlin nichts anderes übrig, als stumm zu nicken und sich wortlos davonzumachen. Geschlagen schlich er zu seinem Pony und band es los. Eilig stieg er auf und trabte davon.

Auberlin wollte keinesfalls solange warten, bis der Graf seine Meinung noch einmal ändern konnte und ihn vielleicht doch gleich aus seiner Grafschaft jagen würde. Die Gelegenheit, mit

Friedrich zu sprechen, würde sich sicher bald ergeben, aber jetzt musste er erst einmal weg von hier hinter die schützenden Mauern des Klosters.

War Brigitta Täter oder Opfer? Veronica hatte die möglichen Motive ausgeführt. Gerne hätte er gewusst, ob Brigittas Verschwinden näher untersucht worden war. *War sie geflohen? Wurde sie gezwungen, die Burg zu verlassen? Lebte sie?*

Kaum dass die Burg außer Sichtweite war, zügelte Auberlin den Fuchs. Er wollte den Ritt zurück ins Kloster nutzen, um seine Gedanken zu ordnen, denn in seinem Eifer, den Mörder zu finden, hätte er beinahe schon die Freundschaft zerstört, die ihn mit Waldebert verband. *Vielleicht habe ich das in dem Moment getan, als ich die gläserne Dose ins Spiel brachte,* dachte er niedergeschlagen. *Über Barbara habe ich auch nur Unglück und Verdruss gebracht,* haderte er mit sich selbst. Wieder einmal war Auberlin kurz davor, mit seinen Nachforschungen aufzuhören. Denn bisher kannte er den Täter nicht, auch wenn Veronicas Überlegungen nicht von der Hand zu weisen waren.

Als er aber wenig später den Klosterhof erreichte, das Pony versorgt und sich zum Keller des Cellerarius begeben hatte, schien der eigene Sorgen zu haben.

Schon während er die Stufen zu Leberechts Schreibstube hinabeilte, hörte er den dicken Mönch gotteslästerlich fluchen.

Nun befand er sich an diesem Tag zum zweiten Mal in der Rolle des Lauschers.

Trotzdem horchte er gespannt, konnte jedoch keine andere Stimme außer der des Cellerarius ausmachen. Bruder Leberecht schien sich allem Anschein nach ganz alleine, schimpfend und grollend, in seiner Schreibstube aufzuhalten.

„... ausgerechnet jetzt! Kann er nicht ein anderes Mal darniederliegen, was soll ich ...“

Auberlin unterbrach die einsame Tirade Leberechts mit einem lauten Klopfen.

„Herein!“, kam es unfreundlich von drinnen.

Vorsichtig öffnete Auberlin die Tür zu der Stube des Cellerarius, in der es behaglich warm war. Eine angebrochene Weinflasche stand auf dem Schreibtisch, zahlreiche Papiere lagen durcheinander auf dem Tisch verstreut und störten die sonst so peinliche Ordnung des Kellermeisters.

Bruder Leberecht stand, beide Hände auf die Tischkante gestützt, hinter seinem Schreibtisch und taxierte seinen Besucher.

„Ah, Auberlin, noch etwas blass, aber wieder gesund und munter, wie ich sehe?"

Auberlin nickte zögerlich. „Guten Tag, Bruder Leberecht, was hat dir denn die Laune verdorben?"

Anstelle einer Antwort machte Bruder Leberecht eine wegwerfende Handbewegung und grunzte unwillig. „Eine ganz plötzlich eingetretene Unpässlichkeit unseres ehrwürdigen Abtes ist es, die mich ärgert. Gerade jetzt und heute. Warum nicht nächste Woche? Oder in zwei?"

Auberlin verstand kein Wort. „Was hast du denn mit der Unpässlichkeit des Abtes zu schaffen?", fragte Auberlin.

„Es geht um die große Kirchenversammlung, die bald in Würzburg stattfindet."

Auberlin schaute verwirrt drein, davon hatte er bisher noch nichts gehört.

„Ach, du weißt gar nichts davon?"

In kurzen Sätzen berichtete Leberecht von dem großen Ereignis, das in zwei Tagen in Würzburg beginnen sollte. Der Würzburger Fürstbischof, Gottfried IV, Schenk von Limpurg, hatte alle wichtigen Kirchenvertreter aus seiner Diözese zu dieser Synode zusammengerufen, damit sie zusammen mit dem Domkapitel wichtige Beschlüsse, die Kirche, die Stadt und den Handel betreffend, fassen sollten.

Ein Vertreter des einflussreichen Klosters, in dem Auberlin zu Gast war, durfte dabei nicht fehlen. Ausgerechnet jetzt aber musste der Abt wegen eines Magenleidens das Bett hüten. Seinen Prior, der das zweithöchste Amt in der Gemeinschaft bekleidete, hatte der ehrwürdige Abt gleich mit angesteckt. So war seine

Wahl auf den Cellerarius gefallen, um ihn bei der hohen Geistlichkeit zu vertreten. Der aber fand die Vorstellung schrecklich, sich mehrere Tage das Geschwätz alter Männer, deren einzige Sorge ihrer Geldkatze und ihrem eigenen Seelenheil galt, wie er sich ausdrückte, anzuhören.

Zu jedem anderen Zeitpunkt hätte Auberlin sich wegen dieser wenig respektvollen Zusammenfassung der Kirchensynode zuerst bekreuzigt und dann gelacht, aber jetzt kam nicht mehr als ein kleines Krächzen aus seiner Kehle.

Dieses kleine Geräusch lenkte den Cellerarius von seinem Unmut ab und veranlasste ihn, den jungen Buchmaler etwas genauer in Augenschein zu nehmen.

Bruder Leberecht erschrak, als er den mutlosen und traurigen Ausdruck in Auberlins Augen gewahr wurde, und so kam er, erstaunlich behände, hinter seinem Tisch hervor, und fasste Auberlin mit beiden Händen an den Oberarmen. „Du siehst ja aus wie ungewürzter Haferbrei!", rief Leberecht erschrocken aus. „Hm, deine Bewusstlosigkeit gestern scheint mir aber damit nichts mehr zu tun zu haben." Wieder eine Feststellung.

„Willst du mir jetzt verraten, was los ist?" Der Kellermeister beäugte Auberlin, echte Sorge stand in seinem Gesicht.

Auberlin verzog die blassen Lippen, er wusste nicht, wie er beginnen sollte, gerade weil er seinen Verdacht, der Waldebert betroffen hatte, dem Kellermeister gegenüber verschwiegen hatte. Nun musste er aber wohl die Karten auf den Tisch legen, wenn er sich einen Rat von dem lebensklugen Leberecht erhoffte. Langatmig berichtete Auberlin dem Cellerarius, was sich gestern, seit seiner Ohnmacht, zugetragen hatte. Nichts ließ er aus, jedes noch so kleine Detail schien ihm wichtig.

Bruder Leberecht grinste an der Stelle, als Veronica zugegeben hatte, wie wenig sie der Tod Engelharts, im Gegensatz zu dem Verschwinden des Pferdes, interessiert hatte.

„Ein bemerkenswert kluges Mädchen", schmunzelte er, sich vergnügt den schwarzen Kinnbart reibend. Falls er gekränkt war, weil Auberlin ihm nichts von seinem Verdacht gegen Waldebert erzählt hatte, ließ er sich auf jeden Fall nichts davon anmerken.

Lediglich eine kleine Bemerkung am Rande, nach der sich Auberlin fragen sollte, ob der Infirmarius wirklich als Täter ausschied, flocht er in ihr Gespräch ein.

Leberecht mochte keine Entscheidung darüber fällen, warum Brigitta verschwunden war. Er maß der Sache gar keine so große Bedeutung bei. Man müsse erst ein paar Tage warten, ob sie nicht von selbst wieder auftauchen würde, meinte er.

Nachdem Auberlin geendet und die beiden Mönche je einen halben Becher Wein aus Leberechts Vorrat getrunken hatten, leuchteten die braunen Augen des Kellermeisters erfreut auf: „Wirklich eine missliche Lage, mein lieber Auberlin, in die du geraten bist. Er machte eine Pause, und Auberlin musste ungeduldig warten, bis Bruder Leberecht weitersprach: „Aber mir ist gerade ein glänzender Einfall gekommen, der uns beiden dienlich sein wird!"

Auberlin konnte seinen skeptischen Blick nicht verbergen. *Was sollte ihm jetzt noch helfen können*, fragte er sich.

„Wir beide, mein Freund, du und ich, wir gehen nach Würzburg!" Bruder Leberecht war sichtlich zufrieden mit sich und seiner Idee. Er streckte Auberlin seinen Becher hin, um mit ihm auf die gemeinsame Reise anzustoßen.

Auberlin aber brauchte ein wenig länger, bis er den Vorteil darin erkannte, wenn er jetzt weggehen würde.

„Auberlin, verstehst du denn nicht? Ich muss diese schreckliche Versammlung nicht alleine besuchen, muss nicht alleine reisen und du kannst dir erst einmal Luft verschaffen. Luft und auch Zeit, in der sich die Wogen hier glätten können." Schon bedeutend fröhlicher schwatzte er lebhaft weiter und malte die Vorteile dieser Reise in schillernden Farben aus. Graf Wilhelms erhitztes Gemüt würde sich in der Zeit von Auberlins Abwesenheit abkühlen können. Vielleicht würde der Mörder, wenn es nicht Brigitta war, in ihrer Abwesenheit erneut zuschlagen? Leberecht hielt immer noch an seiner These, der Mörder sei unter seinen Mitbrüdern zu finden, fest. So oder so würden sich neue Hinweise ergeben. „Sobald die Katze aus dem Haus ist, tanzen die Mäuse bekanntlich auf dem Tisch", versuchte der Cellerarius Auberlin für seine Idee zu begeistern. „Irgendwann begeht unser mordender Freund schon einen Fehler." Bruder Leberecht schien sich seiner Sache sicher zu sein.

Nach einem weiteren Becher Wein war es so weit: Auberlin, der ohnehin nicht wusste, wie es jetzt für ihn weitergehen sollte, stimmte zu.

Zusammen würden die beiden ungleichen Mönche nach Würzburg gehen. Um seine Anwesenheit zu rechtfertigen und für seine Kosten aufzukommen, bestand Auberlin darauf, während der Synode Leberechts Schreiber zu sein.

Nach dem dritten Becher Wein freute sich Auberlin ehrlich über Leberechts Angebot, ihn zu begleiten: Würzburg, blühende Handelsstadt! Sitz des Fürstbischofs!

Während der Tage der Kirchenversammlung würde die Stadt am Main gewiss nur so vor Lebendigkeit und Lebenskraft strotzen, und er, Auberlin, würde mittendrin sein und alles Neue, Fremde und Befremdliche in sich aufsaugen!

24

Lumpenbraun

Der Kapitelsaal war nur schwach mit rußenden Kerzen ausgeleuchtet, die Kälte des Steinbodens kroch über die Füße hinauf zu den Leibern der betenden Mönche.

Auch Bruder Leberecht und Auberlin nahmen an der Prim teil, was ihnen nicht ganz leichtfiel. Im Gegensatz zu Auberlin, der dem vorangegangenen Morgenlob wegen seiner Ohnmacht am Vortag fernbleiben durfte, hatte Leberecht auch die Laudes schon hinter sich gebracht. Seine Laune hatte sich durch keines der Gebete verbessert. Mit weinschweren Köpfen schlurften die beiden nach dem Stundengebet in das Refektorium des Klosters. Dort war es nicht viel wärmer, obwohl der Raum mit einem großen Kohlebecken ausgestattet war.

Als sie dort ankamen, hatte einer der Brüder schon mit seiner Lesung aus der Heiligen Schrift begonnen, die die Mönche zum Schweigen zwang.

Auberlins Augen waren rot gerändert, aber er hätte nicht zu sagen vermocht, ob er diesen Umstand seiner Ohnmacht oder seinem übermäßigen Weingenuss zu verdanken hatte.

Ohne großen Appetit zu verspüren, aß er sein Frühmahl, das aus einem großen Brocken Brot und einem Stück harten Käse bestand. An diesem Morgen zog er das klare Wasser des Klosterbrunnens dem verdünnten Wein vor, den die Brüder normalerweise alle tranken. Bruder Leberecht dagegen trank den gereichten Wein in großen, durstigen Schlucken. Dazu murmelte er etwas, das in Auberlins Ohren wie: „Übel mit Übel vertreiben", klang. Nachdem seine Kopfschmerzen etwas nachließen und sich sein Magen nicht mehr so schrecklich anfühlte, sehnte Auberlin das Ende des Frühmahls herbei.

Er wollte endlich nach Würzburg aufbrechen.

Nach einer Ewigkeit, so kam es Auberlin jedenfalls vor, klappte der Bruder, der ihnen vorgelesen hatte, seine Bibel zwischen den Händen schwungvoll zu.

Damit endete das Schweigegebot für die Mönche, und der Vorlesende setzte sich selbst zum Essen hin.

Alle anderen erhoben sich und verließen den Speisesaal, um sich ihren verschiedenen Arbeiten zu widmen.

Nur Bruder Leberecht legte Auberlin die Hand auf den Arm, um ihm zu bedeuten, er möge noch kurz im Refektorium verweilen. „Begleitest du mich nun nach Würzburg? Oder hast du es dir anders überlegt?", erkundigte sich der Cellerarius.

„Wenn Graf Wilhelm mich nicht mehr sehen will, so soll das so sein! Aber ich werde meinen Namen noch reinwaschen vor ihm, so wahr ich hier sitze." Ungewohnter Trotz schwang in Auberlins Stimme mit.

„Recht so, Junge, heute gefällst du mir schon wieder viel besser." Der Kellermeister schien sich ehrlich über die Sinneswandlung zu freuen. „Aber wie kommt's?", hakte er nach, doch die Antwort bestand nur aus einem unbestimmten Schulterzucken.

„Heute Morgen erwachte ich mit der Erinnerung an mein Versprechen an Friedrich. Zusammen wollten wir den Täter finden. Außerdem habe ich noch meine Schuld gegenüber der Hebamme und Waldebert zu begleichen."

Leberecht entgegnete nichts, aber er konnte verstehen, was den jungen Auberlin umtrieb. „Willst du nicht doch noch vorher zu Friedrich hinauf, um dich wenigstens mit ihm auszusprechen?"

„Nein, zur Burg will ich gewiss nicht! Ich lasse mich kein zweites Mal zum Tor hinausjagen, als ob es allein meine Idee gewesen wäre, den Mörder zu fangen."

Aber er war ungeschickt genug, dabei die Hauptrolle zu spielen, dachte Leberecht. Aber er sagte nichts, weil es ihm nur wichtig war, Auberlin aus dem Dunstkreis des Grafen zu schaffen. Während ihrer Reise würde sich der alte Starrkopf vielleicht doch noch darauf besinnen, wie nützlich Auberlins Spurensuche gewesen war.

Als Auberlins Beweggründe geklärt waren, trennten sie sich, um ihre Sachen zu packen und sich später in den Stallungen zu treffen, wo ihr Pferd bereits wartete. Bruder Leberecht hatte darauf bestanden, eine Kutsche zu nehmen. Reiten kam für ihn nicht infrage.

Auberlin machte sich auf den Weg zurück in das Dormitorium der Mönche, das er vor etwas mehr als einer Stunde nur widerwillig verlassen hatte. Dort angekommen rollte er die wenigen Kleidungsstücke, die er mitgebracht hatte, zu einem festen Bündel zusammen. Auberlin war nur mit seiner Tunika und einem wollenen Umhang, der Kulkulle, in die Grafschaft gekommen. Den gleichen Satz Kleider hatte er noch einmal zum Wechseln dabei. Er holte seine persönlichen Dinge, wie Messer, Griffel und eine kleine Schreibtafel unter der Pritsche hervor. Liebevoll strich er mit dem Daumen über ein Stück roten Fadens, das um den Griff des Messers gewickelt war.
Auberlin hatte den Faden vom Rock seiner Mutter gezupft, als er sie zum letzten Mal gesehen hatte. Aber davon wusste außer ihm niemand etwas.
Zärtlich strich er mit dem Zeigefinger über den Faden, der vom vielen Herumtragen schon längst nicht mehr so rot leuchtete, wie einst. Dann rückte Auberlin entschlossen das Messer zurecht, bückte sich und schlupfte in seine Stiefel.
„Fertig", sagte er und strich energisch die Kutte über den Stiefeln glatt.

Als er sich wenig später auf den Weg zu den Stallungen machte, konnte er von der Sonne noch keine Spur am Himmel entdecken. Auf dem holprigen Kopfsteinpflaster lief er nur langsam und dankte Gott dabei für die schweren Stiefel, die er sein Eigen nannte. Er brauchte nicht auf dünnen Ledersohlen oder gar Tüchern herumlaufen, wie so viele. Bis jetzt hatte er es nicht schlecht getroffen in seinem jungen Leben, er musste sich nur immer wieder daran erinnern.

Natürlich wusste er, wem er sein Geschick hauptsächlich zu verdanken hatte, nämlich den Mönchen, in deren Obhut er aufgewachsen war. Erst hier aber in Castell war er zum ersten Mal auf sich alleine gestellt und er würde es dem Grafen, dessen Tochter und überhaupt allen schon noch zeigen. Zeigen, ja beweisen, dass ein Mörder frei herumlief. Ein ganz neuer Ehrgeiz war in ihm erwacht. Über Nacht, er konnte nicht erklären, warum, aber über Nacht hatte er endlich wieder neuen Mut gefasst. Er würde einen Weg finden, den Grafen von der Richtigkeit seiner Vermutung zu überzeugen.

Bei den Stallungen angekommen, stieg seine Laune noch einmal ein wenig, als er sah, dass es ‚sein‘ kleiner Fuchs war, der da, vor einen Ladewagen gespannt, geduldig auf seine Fahrgäste wartete. Das Gefährt verfügte nur über einen Kutschbock, auf dem zwei Erwachsene mit Müh und Not Platz fanden, deshalb würde das Pony es ohne Schwierigkeiten alleine ziehen können.

Nur Fleck fehlte, wurde es Auberlin plötzlich schmerzlich bewusst. Graf Wilhelm hatte ihn kürzlich wieder nach Hause auf die Burg holen lassen, hatte ihm einer der Ordensbrüder berichtet.

Zur Begrüßung strich er die widerspenstige Stirnlocke des Ponys glatt, froh und erleichtert, sich nicht mit einem anderen, fremden Pferd, auseinandersetzen zu müssen.

„Alles gepackt?", donnerte ihm Leberechts Stimme entgegen und unterbrach den Moment der Kameradschaft zwischen Mensch und Pferd. Der Kellermeister schien sich immer noch nicht ganz mit der bevorstehenden Reise abgefunden zu haben und deshalb war seine Laune immer noch nicht die beste. Auberlin nickte nur. Er ahnte, der ältere Mönch würde ihm für sein Schweigen dankbar sein. Genauso schweigend, wie Bruder Leberecht sein Gepäck auf der Kutsche verstaut hatte, rollte die Kutsche mit den beiden Mönchen später durch die Dunkelheit zum Klostertor hinaus, den Weg vor sich spärlich von zwei Fackeln erhellt.

Auberlin schätzte, sie könnten die Fackeln in weniger als einer Stunde löschen, bis dahin müsste die Sonne aufgegangen sein. Er sollte Recht behalten. Es dauerte nicht lang, und die Sonne kletterte langsam am Himmel empor und zeigte den reisenden Mönchen ein Wetter, das den Namen Wetter nicht verdiente, fand Auberlin. Einzelne Schneewolken trieben zögerlich über ihnen am Himmel, allem Anschein nach konnten sie sich noch nicht entscheiden, ob sie es schneien lassen sollten oder nicht. Nicht einmal der Wind blies mit seiner üblichen Kraft. Er schaffte es nicht, die kahlen Äste der Bäume zu ihrer Linken wachzurütteln, sie zitterten nur ganz leicht, so, als ob sie noch schnarchten und gar nicht aufwachen wollten. Ohne einen bestimmten Grund wurde Bruder Leberecht plötzlich des Schweigens überdrüssig. Um sich und seinem Reisegefährten die Zeit zu vertreiben, kaute er jedes Detail, das mit den Morden zu tun haben konnte, mit Auberlin durch.

Sie grübelten, bis ihre geschorenen Köpfe rauchten, aber zu ihrer Enttäuschung kamen sie zu keinerlei neuen Ergebnissen. Bruder Leberecht ließ sich noch einmal alles, was mit Brigitta zu tun hatte, erzählen. Doch auch so ergab sich kein neuer Hinweis. Im Gegenteil, die Vorstellung, die Zofe könnte sich aus dem Staub gemacht haben, ehe jemand ihre Verbindung zur verbotenen Magie aufdecken konnte, schien keineswegs aus der Luft gegriffen.

Leberecht erzählte gerade von all dem Geschwätz, das über sie im Umlauf war, da passierte es: Zwei ärmliche Gestalten, ihre dürren Leiber waren in bräunliche Lumpen gehüllt, sprangen hinter den Bäumen hervor und griffen nach den Zügeln des Ponys.

Vor Schreck stieg der Fuchs hoch in die Luft, seine Vorderhufe wirbelten durch die Luft und fast hätte er einen der Angreifer am Kopf getroffen. Der aber duckte sich rechtzeitig und zog kräftig am Zaumzeug des Ponys, um es zu zwingen, sich wieder mit allen vier Beinen auf den Boden stellen.

Ehe Auberlin begriff, was geschah, war Bruder Leberecht schon vom Kutschbock gesprungen und brüllte: „He da, aus dem Weg! Seht ihr nicht, dass hier zwei Gottesmänner reisen, ihr gottloses

Gesindel!" Drohend hatte er sich vor den beiden Männern aufgebaut und schüttelte die Faust. Auberlin verstand nicht, woher der Kellermeister seinen Mut nahm. Er konnte doch gar nicht wissen, ob die Angreifer bewaffnet waren oder nicht.

„Gottesmänner?" Einer der beiden Männer spuckte vor Leberecht aus. „Warum hat denn euer Gott gerade uns die Blattern geschickt?" Mit diesen Worten riss er die Lappen herunter, mit denen er sein Gesicht bedeckt gehalten hatte.

Auberlin wandte sich ab, so grässlich waren die Narben, die die Krankheit in dem Gesicht des Mannes hinterlassen hatte. Er spürte großes Mitleid mit dem Mann, der draußen in den Wäldern leben musste, weil er bei den Menschen als Aussätziger galt und um jeden Preis gemieden wurde.

Auch Bruder Leberecht war blass um die Nase geworden. „Das weiß ich nicht, warum es dich getroffen hat! Aber Unschuldige zu überfallen, ist keine Lösung!"

„Keine Lösung? Wann hat dir denn zum letzten Mal der Magen so laut geknurrt, dass du damit Wölfe vertreiben konntest?" Es war der andere der beiden aussätzigen Räuber, der jetzt böse auflachte: „So wie du aussiehst, ist das schon eine ganze Weile her!"

Jetzt mischte sich der Erste wieder ein: „Nun haben wir aber genug geredet! Gebt uns alles, was ihr an Essbarem dabei habt!"

Drohend kamen die beiden näher und Bruder Leberecht ahnte wohl, er würde den Männern im Kampf unterliegen, deshalb wandte er sich seufzend zur Kutsche und hob den Sack mit ihrem Proviant herunter und drückte ihn den Dieben in die Hand.

„Mit Gottes Segen", murmelte Leberecht, er konnte es sich verkneifen, die beiden zu verärgern. Besondere Angst schien er jedoch immer noch nicht zu haben, während Auberlin steif wie ein Brett auf dem Kutschbock saß.

Die vernarbte Hand des Diebes schnellte vor wie ein Pfeil und riss dem Cellerarius den Sack aus der Hand, der sich offensichtlich gar nicht gerne von seinem Reiseproviant trennen wollte. Schließlich knurrte er aber nur noch etwas Unverständliches und ließ dann den Beutel los.

Die Räuber verschwanden so schnell, wie sie gekommen waren, im Unterholz.

Leberecht kletterte behäbig auf den Kutschbock zurück. „Das ist gerade noch einmal gut gegangen", sagte er und strich sich ein paar Schweißtropfen von der Stirn.

Zumindest ein wenig Angst hat er auch gehabt, dachte Auberlin, als er Bruder Leberecht den Schweiß wegwischen sah. Er selbst konnte sich vor Schreck gar nicht bewegen. Obwohl Auberlin sich nie und nimmer getraut hätte, die Räuber zu verfolgen, so stellte er doch zaghaft eine Frage: „Es lohnt sich wohl nicht, die Männer zu verfolgen? Sie kennen sich besser aus im Wald als wir, nicht wahr, Bruder Leberecht?"

Der Cellerarius lachte gutmütig: „Auberlin, wir leben noch! Kein Haar wurde uns gekrümmt! Das ist das Einzige, das zählt. Und wenn du noch ein wenig am Leben bleiben willst, würde ich dir empfehlen, wieder zu atmen."

Zum ersten Mal konnte Auberlin dem trockenen Humor des Kellermeisters nichts abgewinnen, aber er verzichtete trotzdem auf eine Erwiderung. Er war nur froh, dass ihnen beiden, und dem Pony, nichts geschehen war.

„Wie kannst du so ruhig sein, Bruder Leberecht?", lautete seine erste Frage, nachdem sie schon wieder ein ganzes Stück weitergefahren waren.

Leberecht hatte das Pony zur Eile angetrieben, anscheinend wollte er es nicht riskieren, dass die Räuber es sich anders überlegten, und noch einmal zurückkommen würden.

„Es waren doch nur zwei arme Hunde, Auberlin. Zwei Aussätzige, die alles verloren haben. Ihre Krankheit schien mir schon lange her zu sein, die Narben waren jedenfalls trocken. Trotzdem können sie nicht zu ihren Familien zurück, weil sie fortan als Aussätzige gelten."

„Warum wollten sie unser Geld nicht?", grübelte Auberlin laut.

„Weil sie vor lauter Hunger nicht daran gedacht haben, vermute ich."

Den Rest ihrer Tagesetappe verbrachte Auberlin damit, ängstlich nach neuen Räubern Ausschau zu halten. Mit hochgezogenen Schultern und eingezogenem Kopf starrte er die Bäume an. Leberecht wunderte sich im Stillen, was sich der ängstliche Auberlin dabei gedacht hatte, ernsthaft einem gefährlichen Mörder nachstellen zu wollen. Langsam bekam er eine Vorstellung davon, was es für den jungen Auberlin bedeutete, sich auf dieses Abenteuer eingelassen zu haben.

Respekt, dass er die Suche nach dem Mörder letztendlich doch zu Ende führen will, dachte Bruder Leberecht.

Unbehelligt brachten sie ein gutes Stück Weg hinter sich, bis sie ein Pferd heranpreschen hörten. Auberlin entfuhr ein gequältes Stöhnen.

Konnten sie denn so viel Pech haben, ein zweites Mal überfallen zu werden? Der Cellerarius brachte ihr Pferd mit einem Ruck zum Stehen. Scheinbar völlig ungerührt stand er auf und drehte sich in die Richtung um, aus der ihr Verfolger kam.

„Bruder Leberecht, warum um Gottes willen bleiben wir denn stehen?" Auberlin war fassungslos.

„Glaubst du wirklich, wir könnten mit der Kutsche vor einem geschickten Reiter fliehen? Unsere einzige Chance ist es, dem Angreifer vorzugaukeln, dass wir keine Angst vor ihm haben."

Auberlin hoffte, der ältere Mönch möge Recht behalten.

Der Abstand zwischen dem Reiter und ihrer Kutsche wurde immer geringer. Auberlins Herzschlag galoppierte genauso schnell wie der Reiter, der ihnen auf den Fersen war. Immer näher kamen Pferd und Reiter und Auberlin glaubte, seinen Namen aus dem Mund des Unbekannten rufen zu hören.

„Zugegeben, er hängt ein wenig schief im Sattel, aber dein Freund ist doch ein viel besserer Reitersmann, als ich vermutet habe", bemerkte der Cellerarius süffisant und nahm behäbig wieder seinen Platz auf dem Kutschbock ein.

„Auberlin! Bruder Leberecht, so bleibt doch stehen!" Die Stimme des Reiters war jetzt klar und deutlich zu verstehen, so nahe war er schon herangekommen. Das Pferd rannte, als wäre der Teufel persönlich hinter ihm her.

Während Friedrich noch versuchte, sein Pferd zu bremsen, sprang Auberlin schon vom Bock und lief nach vorne, um den tänzelnden Fuchs zu beruhigen. Wegen der Scheuklappen vor seinen Augen konnte das Tier nicht sehen, was hinter ihm vorging. „Ho, alter Freund, es ist alles gut, so beruhige dich", sprach er leise zu dem Pony und kraulte seine Nüstern. Und wirklich, nach einer Weile reagierte es auf die bekannte Stimme und schnaubte gemächlich ab, wobei schaumiger Speichel um seine Nase flog.

„Friedrich, was denkst du dir nur dabei, uns so zu erschrecken? Ich fürchtete, unsere letzte Stunde wäre gekommen!" Auberlin klang ehrlich entrüstet.

Der Grafensohn, noch atemlos von seiner wilden Hatz, starrte verständnislos auf den Freund hinunter. Er wollte etwas sagen, doch weil ihm immer noch die Luft fehlte, brachte er keinen Ton heraus. Er schnappte nach Luft wie ein Fisch auf dem Trockenen. Ein Bild, das Auberlin zum Lachen brachte.

„Erst beschimpfst du mich, und nun lachst du mich aus? Was ist denn in dich gefahren?"

Natürlich, dämmerte es Auberlin, Friedrich wusste ja nichts von dem Überfall auf ihn und seinen Begleiter. Rasch berichtete er, was sich vor kurzem zugetragen hatte.

Sorgenvoll sah sich der nächste Graf der Casteller um. „Aber wenigstens ihr beide scheint wohlauf zu sein?"

„Das sind wir, Friedrich, das sind wir."

Zwischenzeitlich war nun auch Bruder Leberecht vom Kutschbock geklettert, um sich die Beine zu vertreten. Fragend schaute er zu dem Grafensohn hoch und sprach: „Aber nun sag, ist dein Gaul mit dir durchgegangen, oder verfolgst du uns?"

Falls Friedrich die kleine Anspielung auf seine Reitkünste verstand, so ließ er sich davon nichts anmerken. „In der Tat gibt es wichtige Neuigkeiten! Um euch beiden eine segensreiche Reise zu wünschen, wäre ich euch sicher nicht bis hierher gefolgt", antwortete er und sprang dabei vom Rücken seines Pferdes. „Wegen etwas weniger Wichtigem hätte ich vielleicht die

Kutsche bemüht, wie es ein jeder tut, der sich nicht ganz sicher fühlt im Sattel", fügte er zu Leberecht gewandt noch hinzu.

Der intelligente Grafensohn hatte den Seitenhieb vorhin genau verstanden und gab ihn nun lächelnd zurück.

In Leberechts Augen blitzte es vergnügt auf, dann aber trat Auberlin heran und der heitere Augenblick war vorüber. „Friedrich, bitte, spanne uns nicht länger auf die Folter ..." Auberlins Nerven waren immer noch angespannt wegen des Überfalles, ihm war nicht nach langen Gesprächen zumute, er wollte gleich zur Sache kommen. Friedrich kannte ihn lange genug, um die Gemütslage des sensiblen Buchmalers erspüren zu können. „Meine Schwester hatte Recht. Brigitta ist geflohen, sie ist nicht tot.", kam er nun endlich ohne Umschweife zur Sache.

„Als Vater heute Morgen hinaus zu Mutters Grab wollte, fing ihn einer der Stallburschen ab. Der Junge war ganz aufgeregt, die Worte sprudelten aus ihm heraus wie ein Wasserfall."

Der Reihe nach berichtete Friedrich, was sich am Morgen auf der Burg zugetragen hatte. Angefangen hatte es für den Buben damit, dass ihn einer der älteren Burschen zu einem stillgelegten Brunnenschacht geschickt hatte, der sich unweit der Stallungen befand. Darin hielten die Knechte ihren geheimen Vorrat an Wein versteckt, den sie alljährlich beim Weinabfüllen für sich abzweigten. An jenem Morgen waren sie besonders durstig, weil sie die Kornkammern nach Mäusen durchsucht und gefegt hatten, was eine schrecklich staubige Angelegenheit war.

Aber um die Weinschläuche herausholen zu können, hatte der Bub zuerst einmal die schwere Abdeckung beiseitegeschoben. Zu seiner Überraschung fand er in dem Schacht eine schwere Tasche aus Leder, die ungefähr halb so groß wie die Brunnenöffnung war. Als er sie herausgezogen und aufgemacht hatte, hatte er nicht schlecht gestaunt. In der Tasche hatten sich ausschließlich Frauenkleider befunden, von denen er das ein oder andere Teil früher schon einmal an der schönen Brigitta gesehen hatte. Dann aber hatte er wertvolle Schmuckstücke entdeckt, die unmöglich der Zofe gehören konnten. Damit wollte der Junge nichts zu tun haben. Er hatte seinen Fund wieder versteckt und war zum Grafen gelaufen.

Nachdem Friedrich geendet hatte, kratzte er sich nachdenklich am Kopf. Es hatte den Anschein, er wolle noch etwas hinzufügen, von dem er noch nicht wusste, wie er es am besten formulieren konnte: „Es gibt noch etwas, das du wissen solltest, Auberlin. Weißt du, die Geschichte hat sich in Windeseile herumgesprochen. Kurze Zeit später trat Katharina an Vater heran. Du erinnerst dich an die Tochter der Köchin Agnes?"

Auberlin nickte und Friedrich sprach weiter: „Sie schluchzte und gestand ihm ihre nächtliche Begegnung mit dem Kammermädchen. Weil sie ihre Selbstgespräche mit angehört hatte, wusste sie, dass Brigitta fortgehen wollte. Katharina gab außerdem an, eine silberne Fibel in Brigittas Händen gesehen zu haben ..."

Auberlin zog überrascht die Augenbrauen hoch.

„Ja, Auberlin, sie hatte in Mutters Zimmer eine Schmucknadel gestohlen. Eine, mit einem eingravierten Katzenkopf darauf."

Bruder Leberecht schaute verständnislos zwischen den beiden hin und her. Er wusste nichts von jenem Schmuckstück, das Barbara vor einiger Zeit auf dem Burghof verloren hatte.

„Friedrich, sag mir nur eines: Kanntest du diese Nadeln? Anscheinend wurde nicht nur eine davon für die Gräfin hergestellt?" Auberlins Blick ruhte in Friedrichs Augen.

Die Antwort bestand aus einem Nicken.

„Du hast mir also verschwiegen, was du über den Schmuck wusstest, damit die Verbindung zwischen der Gräfin und der Kräuterfrau nicht auffliegt? Du hattest Angst, ich würde nachforschen und vielleicht so von den Zauberritualen erfahren?"

Das Gesicht des Grafensohns war von einer hellen Röte überzogen. „Was hättest du denn an meiner Stelle getan?"

Der Cellerarius spürte die Wolken, die zwischen den jungen Männern heraufzogen.

Der lebenskluge Mönch versuchte einen Streit zu verhindern, indem er geschickt das Thema wechselte: „Warum vertraute sich

269

denn Katharina deinem Vater erst an, nachdem sich Brigittas Sachen gefunden hatten?"

Friedrich dachte kurz nach, ehe er antwortete: „Ich vermute, sie wollte ihr Gewissen erleichtern. Und sichergehen, dass der Diebstahl des Schmucks auf niemanden vom Gesinde zurückfällt."

„Eine durchaus plausible Annahme", pflichtete Leberecht ihm bei. Dann aber kratzte er sich nachdenklich seinen säuberlich gestutzten Kinnbart. „Wieso lässt das Gänschen aber ihre Sachen hier? Erst versteckt sie diese, wahrscheinlich in der Nacht. Sie wollte wohl nicht dabei gesehen werden, wie sie die Burg mit der Tasche in der Hand verlässt ... nur warum holte sie ihre Sachen nicht mehr?", spann Bruder Leberecht den Faden weiter.

Das war für ihn die entscheidende Frage. Hatte sie die Begegnung mit Katharina in Eile versetzt?

„Ihre Sachen kann sie erst versteckt haben, nachdem sie und Katharina sich getroffen hatten", wandte Auberlin ein.

Leberecht kratzte weiter. „Sie wollte fort, stahl den Schmuck, brachte ihre Habseligkeiten und die Beute in ein Versteck, um dann noch etwas zu tun", rekonstruierte der Cellerarius die Ereignisse.

Aber um was zu tun?

Darauf fiel ihnen keine Erklärung ein. Sie zerbrachen sich so lange darüber die Köpfe, bis es für Friedrich an der Zeit war, zurück zur Burg zu reiten. Er wollte vermeiden, dass sein Vater sein Fehlen bemerkte und sich vielleicht ausmalen würde, mit wem sich Friedrich getroffen hatte.

„Langsam glaubt selbst mein alter Herr an die Morde. Und am Ende wird er es so aussehen lassen, als habe er die Untersuchungen geleitet", lachte Friedrich leise.

25

Gutbürgerlich blau

Die Hufschläge von Friedrichs Pferd verklangen auf dem freien Feld, bis die Mönche zurück auf den Kutschbock gestiegen waren. Sie sprachen kein Wort, jeder hing seinen eigenen Gedanken nach.

Stunde um Stunde rollte die Kutsche übers Land. Erst als die Sonne ihren höchsten Punkt erreicht hatte, kam endlich die Stadt Ochsenfurt in Sicht. Auberlin hätte nur zu gerne einen Halt gemacht, um eine Kleinigkeit zu essen, aber Leberecht bestand auf ihre Weiterfahrt. Er wollte so schnell wie möglich nach Tückelhausen, einen kleinen Ort, der noch ein beachtliches Stück hinter Ochsenfurt lag, erreichen. Leberechts Schwester bewirtschaftete dort einen stattlichen Bauernhof, den die Eltern den Geschwistern hinterlassen hatten.

Ihr Mann Claus, der es als freier Kaufmann weit gebracht hatte, unterstützte sie, wann immer ihm die Arbeit in seinem Kontor dafür Zeit ließ. Er verdiente mit seinen Handelsgeschäften so gut, dass er mühelos ein paar kräftige Männer entlohnen konnte, die seiner Frau die schweren Arbeiten auf dem Hof abnahmen, die sie selbst nicht erledigen konnte.

Bruder Leberecht freute sich schon darauf, seine Schwester wieder zu sehen und summte leise vor sich hin.

Auberlin dagegen malte sich ein ums andere Mal in den düstersten Farben aus, was bei dem Überfall alles hätte geschehen können. Ängstlich suchte er mit seinen Augen immer wieder die Umgebung ab. Er wurde nicht müde, nach etwaigen Räubern Ausschau zu halten. In den wenigen Augenblicken, in denen er nicht an den Überfall dachte, machte er sich über Brigittas Verbleib Sorgen. So bemerkte er nicht einmal die ersten Frühlingsboten um sie herum. Erst, als sein Blick zufällig an den jungen Trieben einer Hasel hängen blieb, verscheuchte die

Schönheit der Natur seine trüben Gedanken. Er bewunderte die Vollkommenheit der purpurnen Stempel in ihren Blüten.

Noch vor wenigen Tagen hatte er gedacht, der Winter würde diesmal endlos währen, aber während er mit den Vorgängen in Castell beschäftigt gewesen war, hatte sich der Frühling angeschickt, den Winter zu vertreiben.

Auberlin konnte sich nicht sattsehen an den herrlichen Farben der Natur. Er liebte das warme, behagliche Grün der Nadelbäume, freute sich über die gelblich-grünen Knospen an den Bäumen und Sträuchern und fühlte sich zu den erdigen Brauntönen der Baumrinden hingezogen.

Ganz besonders aber mochte er das lebhafte, junge Grün einer blühenden Tanne. ,Knochengrün' nannte er die Farbe heimlich. Knochengrün, weil er einmal, vor langer Zeit, tief im Wald das mit Moos bewachsene Skelett eines Rehs entdeckt hatte. Die Blättchen des Mooses, fand Auberlin, hatten fast genau die gleiche Farbe gehabt, wie die Blüten der Tanne. Seither nannte er die Tannen die Bäume der Toten, aber davon musste niemand erfahren.

Die Dämmerung brach schon über dem Land herein, als Bruder Leberecht die Kutsche vorm Haus seiner Schwester anhielt: „Brrrr, Pony, brrrr, bist weit genug gelaufen für heute."

Mit schmerzenden Muskeln und steifen Gelenken von der langen Fahrt kletterten die beiden Mönche von der Kutsche hinunter. Ungelenk ging Auberlin zu ihrem Zugpferd vor und kraulte dessen Hals.

„Gleich, mein Bester, gleich kriegst du zu fressen", lobte er den Fuchs und sah sich aufmerksam um, während er begann, die Schnallen des Geschirrs zu lockern.

Die unbefestigten Straßen mit ihren engen Gassen sahen aus wie überall, wie in jedem Dorf. Außer ihnen war auf der schmalen Straße niemand mehr unterwegs, aber dafür kam aus jedem der Kamine schwarzer Rauch.

Auberlin sah dem prächtigen Haus, vor dem Leberecht angehalten hatte, gleich an, dass es wohlhabenden Leuten gehörte. Die untere Hälfte des rechteckigen Gebäudes war ganz aus Stein gemauert, seine obere Hälfte war aus dicken Holzbohlen gezimmert. Seine Fenster waren zum Schutz vor der Kälte mit Pergament bespannt, durch das heimeliges, warmes Licht nach draußen fiel. Ehe sich Auberlin weiter umschauen konnte, klopfte Leberecht kräftig an die Tür.

Sogleich rief eine männliche Stimme von drinnen: „Wer da?"

„Ich bin's, Leberecht, der Bruder deines Weibes, Claus", scholl die Antwort zurück. Noch ehe Leberecht fertig gesprochen hatte, öffnete sich die Tür: „Sieh an, Leberecht, wenn das keine Überraschung ist! Tritt ein, Mönch und Ordensbruder!" Zweifellos freute sich der Herr des Hauses über den unerwarteten Besuch.

Im Türrahmen stand ein mittelgroßer, gepflegt aussehender Mann in den besten Jahren. Er trug ein grünes Wams über einer schwarzen Hose, seine Füße steckten in kniehohen Stiefeln. Das Gesicht des Mannes war fast gänzlich von einem gepflegten, braunen Bart bedeckt.

„Komm schnell her, Engelin, dein Bruder steht vor der Tür."

Mit diesen Worten rief der Schwager Leberechts seine Frau herbei. Engelin, mit einem schlichten, dunkelblauen Gewand bekleidet, passte hervorragend zu dem Bild, das sich Auberlin von der Familie gemacht hatte: Wie ihr Bruder Leberecht hatte sie ihre Jugend schon hinter sich, aber sie sah beileibe nicht aus wie eine alte Frau.

Ihr Kleid, mochte der Schnitt auch noch so einfach gehalten sein, war aus feinem Tuch geschneidert, die Ärmel wurden von kleinen Stickereien verziert.

Vor Freude, ihren Bruder zu sehen, klatschte sie aufgeregt in die Hände: „Mein Bruder, wie freue ich mich, dich zu sehen!" Ohne auf die Schicklichkeit zu achten, fiel sie ihrem Bruder um den Hals. „Du wirst mit jedem Besuch dicker, mein Bruder, mir scheint, ich muss mir keine Sorgen machen, ob du im Kloster reichlich zu Essen hast!", neckte sie ihn.

Statt einer Antwort schob Bruder Leberecht seinen jungen Begleiter in das Licht: „Siehst du, teure Schwester, wir sehen nicht alle so aus! Darf ich vorstellen? Das ist Bruder Auberlin, er ist zurzeit Gast bei uns im Kloster. Um ihm ein wenig von der Welt zu zeigen, dachte ich, ich nehme ihn mit nach Würzburg."

„Seid gegrüßt, Herrin", begrüßte Auberlin Engelin und wandte sich dann ihrem Mann zu, um auch ihm seinen Gruß zu erbieten.

„Nun kommt erst einmal herein", bat Claus die beiden Mönche hinein ins Warme und bedeutete ihnen, nahe des offenen Herdfeuers Platz zu nehmen, um sich erst einmal aufzuwärmen und sich von der anstrengenden Fahrt zu erholen.

Engelin wies eine der Mägde an, ein kräftiges Abendmahl für ihre Gäste zu richten. „Oder habt ihr schon in Ochsenfurt gegessen? So wie ich dich kenne, Bruderherz, hast du doch sicher in einer der vielen Schenken Rast gemacht?", lachte Engelin verschmitzt.

Bruder Leberecht streckte verdrießlich knurrend die Beine aus. „Nirgendwo haben wir gerastet. Lange vor Ochsenfurt sind wir überfallen worden."

Claus trat erschrocken heran. Er stützte seine Hände auf die Rückenlehne des Stuhles, in dem Leberecht saß. „Was sagst du da? Ein Überfall?" Als freier Kaufmann war er ehrlich besorgt um die Missstände auf den Straßen.

„Ach, zwei verlauste, pockengesichtige Gestalten haben es sich zum Ziel gemacht, uns um unsere Wegzehrung zu erleichtern."

Ob er den Überfall herunterspielt, um seine Schwester nicht zu beunruhigen?

überlegte Auberlin im Stillen. *Ganz so harmlos war es schließlich nicht!*

„Nach unserem Geld haben sie nicht einmal gefragt", erzählte Bruder Leberecht munter weiter.

„Trotzdem gefällt mir die Sache nicht. Diese Wegelagerei muss endlich aufhören." Claus machte ein böses Gesicht.

„Vielleicht finde ich bei der Kirchenversammlung jemand, der ein offenes Ohr für die Nöte der Ärmsten hat ...", schlug Leberecht gerade vor, als das Gespräch der Männer von einer Magd unterbrochen wurde.

Lautlos trat sie ein, auf dem Arm trug sie eine Platte mit köstlich duftendem Speck, würzigem Käse und frischem Brot.

„Dank dir, Anna, heute brauche ich dich nicht mehr." Mit diesen Worten entließ die Hausherrin ihre junge Bedienstete, die knickste und sich lächelnd zurückzog.

Hungrig machten sie sich über das Essen her. Nebenbei erzählte Leberecht seinen Anverwandten von seinem Unglück, statt seines Abtes an der großen Bischofssynode teilnehmen zu müssen.

„Zur Synode wollt ihr?", Claus schien hocherfreut. „Wenn das kein glücklicher Zufall ist! Wenn ihr wollt, können wir das letzte Stück zusammen reisen!"

Bruder Leberecht wirkte erstaunt: „Du bist auch eingeladen?"

Claus schüttelte feixend den Kopf. „Die weisen Kirchenmänner bedürfen der Meinung eines Kaufmannes nicht", mutmaßte er, „aber die Gelegenheit, gute Geschäfte zu machen, will ich mir nicht entgehen lassen."

Auberlin war bestürzt über den leisen Spott in Claus' Stimme. Genau wie bei Leberecht zielte die leise Häme auf die Kirche. Um der Gastfreundschaft willen ließ er sich nichts von seinem Unmut anmerken.

Engelin, die sich bis dahin schweigend ihrer Stickarbeit gewidmet hatte, wandte sich an Auberlin: „Bist du auch eingeladen? Zur Versammlung, meine ich?"

„Aber nein, Herrin, ich bin nur ein einfacher Mönch", antwortete er bescheiden.

Ich mime den Schreiber nur, damit ich Würzburg besuchen kann, fügte er in Gedanken hinzu.

Etwas bedrückte den jungen Mönch, spürte die kluge Engelin. Später, wenn der Wein die Zungen gelockert hatte, würde immer noch Zeit sein, ihn danach zu fragen, nahm sie sich vor.

Die kluge Hausfrau sollte Recht behalten. Nachdem ihr junger Gast ein paar Becher geleert hatte, lenkte sie das Gespräch geschickt auf ihn und seinen Aufenthalt im Casteller Land. Als es dann so weit war und Auberlin seine Geschichte erzählte, wurden die Augen des Ehepaares mit jeder Einzelheit größer, die ihnen der jetzt so redselige Buchmaler vortrug.

Nachdem er fertig war mit seiner Geschichte, blickten acht Augen schweigend ins Feuer.

Engelin war die Erste, die ihre Sprache wiederfand: „Für mich liegt der Fall ganz klar auf der Hand. Die Geldsorgen des Grafen zu Castell sind weit über die Landesgrenzen hinaus bekannt. Auch hier habe ich schon Leute sich das Maul über die immensen Ausgaben der Gräfin zerreißen hören."

Ihr Ehemann warf ihr einen zweifelnden Blick zu: „Was willst du uns damit sagen, liebste Angetraute? Du versteigst dich doch nicht etwa dazu, den alten Edelmann für einen Mörder zu halten?"

Leberechts Schwester starrte grimmig zu ihrem Claus hinüber: „Oh doch, das passt alles vortrefflich zusammen. Wilhelm räumte sein Weib aus dem Weg, um die Grafschaft vor dem Niedergang zu bewahren. Leonhard dagegen wurde von Engelhart zur Strecke gebracht, damit Engelhart als Veronicas Bräutigam der nächste Graf hätte werden können.

Bruder Leberecht erhob sich und trat nahe an das offene Feuer, das im Kamin loderte. „Und wo ist unser Engelhart abgeblieben, nachdem er so kurz vor seinem Ziel war?"

Engelin musste sich die Antwort auf die Frage ihres Bruders nicht lange überlegen: „Na, vielleicht hat die schöne Richildis ein Verhältnis mit dem feschen Ritter gehabt?"

An dieser Stelle wurde es ihrem Mann zu viel. Claus sprang auf und rang die Hände: „Nun ist es aber genug, meine Liebe! Du weißt nicht, was du redest!"

Die Gescholtene zeigte sich nicht im Mindesten peinlich berührt. Sie lachte nur und zuckte die Schultern. „Meinetwegen, Claus, uns muss diese Geschichte sowieso nicht berühren. Aber Recht habe ich bestimmt trotzdem."

Falls der Ehemann dachte, seine Frau gehe zu weit mit ihren Verdächtigungen, so verlor er darüber kein Wort.

Leberecht wunderte sich erst über den duldsamen Gatten, aber dann erinnerte er sich an ihre Kindheit zurück. Schon als Kind hatte Engelin ihre großen und kleinen Geschwister mühelos im Zaum gehalten. Niemand hatte dem resoluten Mädchen zu widersprechen gewagt. *Manche Dinge ändern sich eben nie*, schmunzelte Leberecht in sich hinein und trank von seinem Becher.

Auberlin dagegen hing wie gebannt an Engelins Lippen.

Bruder Leberecht seufzte, als er sah, wie fieberhaft es hinter Auberlins Stirn arbeitete. Für heute war er der unseligen Geschichte längst überdrüssig.

Zu seiner Freude erhob sich Engelin schon bald darauf und wünschte ihnen eine angenehme Nacht. Ihr Ehemann schloss sich ihr an und folgte seinem Weib in das eheliche Schlafgemach.

Für Auberlin war an Schlaf nicht zu denken. „Engelhart soll Leonhard getötet haben? Der Gedanke ist mir noch gar nicht gekommen!"

„Ich bitte dich, Bruder Auberlin, lass vorerst die Toten ruhen! Konzentriere dich auf Würzburg! Vielleicht gibt es längst wieder neue Erkenntnisse, wenn wir erst zurück in der Grafschaft sind."

Schweren Herzens musste Auberlin einsehen, dass der Kellermeister Recht hatte. Er sollte sich tatsächlich ein paar unbeschwerte Tage gönnen.

Bald darauf wankten sie müde zu der ihnen zugedachten Schlafkammer. Dankbar streckten sie sich auf den behaglichen Strohsäcken aus, die sich anfühlten, als wären sie eben erst mit frischem Stroh ausgestopft worden.

Flüsternd unterhielten sie sich noch eine Weile über das große Glück, dass auch Claus nach Würzburg gehen würde. Gewiss wusste er, wie sie am schnellsten und ohne Umwege zu ihrer Unterkunft, dem Kloster St. Stephan, gelangen konnten.

26

Indigoblau

Nach einem ausgiebigen Frühmahl brach die buntgewürfelte Reisegesellschaft am nächsten Morgen zeitig auf. Zwei bewaffnete Reiter auf schweren Gäulen führten die Gruppe an, dicht gefolgt von der Kutsche des Kaufmanns, auf der auch Auberlin und der Cellerarius Platz gefunden hatten. Die Kutsche wurde von vier Männern auf braunen Maultieren flankiert, die die kostbare Ladung bewachten. Dem Gefährt folgten noch einmal zwei Bedienstete des Kaufmanns, die schwer bewaffnet und finster dreinblickend auf ihren Pferden saßen.

Selbst das Wetter meinte es an diesem Tag gut mit den Reisenden. Die Sonne zeigte sich zwar nur ab und zu, aber dafür regnete oder gar schneite es nicht. Sandte Gott ihnen damit ein Zeichen seines Wohlwollens für ihr Vorhaben? Auberlin verzichtete darauf, seinen Begleiter nach seiner Meinung zu fragen, musste er doch fürchten, von Bruder Leberecht nur Häme zu ernten.

Die Kutsche hatte sich eben erst in Bewegung gesetzt, als Auberlin, nur einen Steinwurf weit von Engelins Haus entfernt, einen prächtigen Bau erblickte, der gut und gerne für eine Klosteranlage gehalten werden konnte.

Auberlin beugte sich ein Stück nach vorne und tippte Bruder Leberecht, der vor ihm neben dem Kaufmann auf dem Kutschbock saß, auf die Schulter. „Ist das ein Kloster da drüben, Bruder Leberecht?"

Der Cellerarius nickte und wandte sich zu Auberlin um. „Ja, das ist die Kartause von Tückelhausen."

„Hier gibt es Kartäusermönche?" Auberlin reckte neugierig seinen Hals. Er hatte zwar schon von diesem Orden, dessen Mitglieder ein arbeits- und entbehrungsreiches Leben führten, reden hören, aber ihre Wege hatten sich noch nie gekreuzt. Er stand sogar halb auf und hielt sich an Leberechts Rückenlehne fest, um einen Blick auf die Parzellen der Mönche zu werfen. Die Mönche lebten nicht wie die Benediktiner alle gemeinsam in einem Gebäude, sondern jeder von ihnen bewohnte ein eigenes, winziges Häuschen mit einem kleinen Garten davor. Die Mönche lebten sehr einsam, fast wie Einsiedler und sahen sich nur zu den festgelegten Gebetszeiten.

Erst als die Kartause aus seinem Blickfeld verschwunden war, setzte er sich wieder auf die harte Bank hinter dem Kutschbock. Weil er die vergangene Nacht einmal mehr grübelnd wachgelegen hatte, schuldete er seinem Körper noch Schlaf.

So gut es ging, machte er es sich auf der ungepolsterten Bank bequem und versuchte zu dösen. Engelins Worte kamen ihm wieder in den Sinn. Er sah sie in ihrem blauen Kleid vor sich, wie sie unbekümmert ihrem Ehemann widersprochen hatte, als ob das nichts Besonderes für sie wäre. Das Spiel des Kerzenlichts auf ihrem Ärmel erschien vor seinem inneren Auge. Die tanzenden Schatten spielten mit den Falten ihres Kleides und entwickelten sich zu Kornblumen, deren Blüten im Wind wogten.

Strahlend blau leuchteten die Blütenblätter in der Sonne, bis sich der Himmel in Auberlins Gedankenwelt verdunkelte. Wind kam auf und trocknete die Blüten aus. Hauchdünn wie Schmetterlingsflügel schienen sie und leuchteten längst nicht mehr so wunderschön. Zerknittert, staubtrocken, zerbröselten sie zu etwas, das wie pulverisierter Azurit aussah ...

„Schau hinauf, Auberlin, den Anblick wirst du so schnell nicht wieder vergessen." Bruder Leberecht wies mit dem Kinn nach oben. Auberlin blinzelte die Müdigkeit weg und drehte den Kopf in die angegebene Richtung. Von der Sonne geblendet, kniff er die Augen zusammen.

„Das muss Würzburg sein!", rief er aufgeregt, als sich seine Augen an die neuen Lichtverhältnisse gewöhnt hatten. Bruder Leberechts gebrummte Zustimmung hörte er schon gar nicht mehr. Der Anblick, der sich ihm jetzt bot, ließ ihn ergriffen schweigen.

279

Eine gewaltige Festung thronte majestätisch vor ihnen auf dem Marienberg.

Vom Volk wurde sie ‚Unser Frauen Berg' genannt. Das Bollwerk diente den regierenden Bischöfen und Fürstbischöfen der Stadt seit Generationen schon als Wohnsitz, politische Zentrale und würdiger Rahmen für die deren große und kleine Feste und Gelage. Die wurden natürlich auf Kosten der Bürger abgehalten.

Auberlin kam aus dem Staunen gar nicht mehr heraus.

Wir haben mindestens noch eine Wegstunde vor uns, und trotzdem kann ich die gewaltigen Ausmaße des Bauwerks schon erkennen!

Tatsächlich erreichte der Tross des Kaufmanns bald die von steinernen Brückenpfeilern gestützte Mainbrücke, die sie über den Fluss bringen sollte. Auberlin beäugte misstrauisch die schadhaften Stellen der Brücke. Steine waren herausgebrochen, einzelne Balken fehlten ganz, andere schienen morsch oder verfault. Trotz der unzähligen Menschen, die sich vor ihnen auf der Brücke befanden, traute er der Standfestigkeit des Bauwerks nicht. In großer Anzahl strebten die Menschen zu Fuß, mit Ochsenkarren oder Pferdefuhrwerken unterwegs, über die Brücke. Niemand von ihnen schien an der Belastbarkeit der Brücke zu zweifeln.

Wegen des Andrangs musste auch die Kutsche aus Tückelhausen lange warten, ehe Claus samt seinen Begleitern und seinem Gefolge passieren konnte. Die jungen Rösser begannen ungeduldig zu schnauben. Sie tänzelten auf der Stelle und rollten bedrohlich mit ihren Augen, bis der Kaufmann schließlich Bruder Leberecht die Leinen in die Hand drückte und vom Bock kletterte. Claus konnte gut mit Pferden, er liebte sie seit seiner Kindheit. Seelenruhig marschierte er vor zu ihren Köpfen und packte eines von ihnen am Nasenrücken. Seine Hand ruhte auf dem seidigen Fell des Tieres, während er bestimmt, aber gleichzeitig beruhigend auf das Tier einredete. Die gleiche Prozedur wendete er auch bei dem zweiten Pferd an, und zwar so lange, bis sie bei den beiden Braunen die gewünschte Wirkung zeigte.

Zufrieden reckte und streckte sich der Kaufmann, und schob sich dann an ihrem Vordermann vorbei, um einen ersten Blick auf die Zöllner der Stadt zu erhaschen. Jeder Korb, jeder Sack, jeder Karren und jedes Fuhrwerk wurde von ihnen genau untersucht, um die Abgaben für die eingeführten Waren festlegen zu können. Der erfahrene Kaufmann schaute den Männern eine ganze Weile bei ihrer Arbeit zu, um sich grinsend auf den Weg zu seiner Kutsche zurückzumachen. Frohgelaunt berichtete er seinem Gefolge, dass sie mit den Zöllnern ein leichtes Spiel haben würden.

Als es endlich weiterging, führte Claus die Leinen wieder selbst. Keiner seiner Mitfahrer beneidete ihn um diese Aufgabe, weil die noch jungen Rösser das bunte Treiben in der lebhaften Stadt noch nicht kannten und immerzu scheuten. Voller Sehnsucht dachte Auberlin an den braven Fuchs, der jetzt im Stall von Leberechts Schwester stand und vermutlich genau in diesem Moment begierig goldglänzendes Heu fraß.

Bruder Leberecht unterhielt sich leise mit seinem Schwager. Auberlin konnte wegen des Lärms um sie herum nicht verstehen, um was sich das Gespräch der Männer drehte und so nutzte er die Wartezeit, um sich einen ersten Überblick von seiner Umgebung zu verschaffen. Neugierig und erstaunt betrachtete er die Menschenmenge, die darauf wartete, den Main überqueren zu können.

Direkt hinter ihnen muhte einer der Ochsen eines Salzhändlers.

Sein Pritschenwagen war mit drei Salzkübeln beladen. Mehr Platz bot der kleine Karren nicht, so dass die Frau des Händlers noch einen Beutel mit Salz auf ihren Rücken geschnürt hatte und so bepackt neben dem Gespann herlief.

Dahinter mühte sich ein junger Gänsehirte, sein schnatterndes Federvieh mithilfe von Stock und Hund zusammenzuhalten. Ob die Gänse so aufgeregt waren, weil sie ahnten, dass keine von ihnen die Kirchenversammlung überleben würden?

Auberlin streckte sich, um noch mehr von dem sehen zu können, was um ihn herum passierte.

In einiger Entfernung zu dem Fuhrwerk des Kaufmanns parkte ein außergewöhnliches Gefährt, wie Auberlin noch nie eines gesehen hatte: Es handelte sich um ein kleines Gespann, das von zwei gescheckten Eseln gezogen wurde.

Eine farbenfrohe Plane überspannte die Ladefläche des Wägelchens und schützte die Passagiere vor neugierigen Blicken.

Obwohl die Plane schon an einigen Stellen durchlöchert war und sich die Malereien auf ihr lösten, strahlte das ganze Gespann doch etwas Magisches, Geheimnisvolles aus, das Auberlin aber nicht näher zu benennen vermochte.

Dunkelblau flatterte die Plane im Wind, unzählige Bilder von Sternen und Planeten waren aufgemalt. Die Esel wurden von der ältesten Frau gelenkt, die Auberlin je zu Gesicht bekommen hatte. Zumindest nahm er das an, denn ihre dunkle Haut war übersät von bräunlichen Altersflecken und so runzelig wie die Rinde mancher Bäume. Sie schien ganz allein unterwegs zu sein. Gerade versuchte sie mit gekrümmten Rücken, ihre Tiere zum Stehenbleiben zu bewegen. Der kleinere Esel stampfte ungeduldig mit einem seiner Vorderhufe auf das glatte Pflaster.

„Maria, wirst du wohl stillhalten!", kreischte die Alte zornig.

Statt einer Antwort brüllte jetzt der größere Esel wie am Spieß.

„Josef, halt's Maul, dummes Vieh!", schallte es von der Kutsche her. Die Greisin ließ die Spitze ihrer Peitsche drohend über den Rücken der beiden Langohren kreisen, eine Geste, mit der sie sich mächtig Eindruck verschaffte.

Die störrischen Tiere standen vollkommen still. Auberlin musste grinsen, was ihm aber gleich wieder verging, als er einen wütenden Pfarrer entdeckte, der die Alte mit einem bösen Blick bedachte. Der ungehaltene Geistliche griff in die Zügel der Esel. Er hätte allerdings nicht einmal ‚Amen' sagen können, so schnell sprang ein großer, schwarzer Köter unter der Wagenplane hervor und knurrte laut.

Als die Alte auch noch ihre Peitsche auf den Mann richtete, ließ er, lästerlich fluchend, die Zügel los.

„Was fällt dir ein, dich an meinen Tieren zu vergreifen?", schrie die Eselbesitzerin mit schriller Stimme.

„Dein Vieh interessiert mich nicht!", blaffte der Pfarrer zurück. Dann verzieh dich, Pfaffe!", zeterte die Zahnlose.

„Wie kannst du deine Esel nach den Heiligen zu benennen, du gottlose Alte?" Der Pfarrer schüttelte sich. „Josef und Maria, das sind doch keine Namen für irgendwelches Viehzeug!", setzte er erbost hinzu.

Da breitete sich ein gedehntes Lächeln über dem faltigen Gesicht der Greisin aus: „Ich habe die Tiere nacheinander gekauft. Ihren Namen hatten sie da schon." Einen Augenblick später verfinsterte sich ihr Gesicht wieder: „Und wenn du mir das Gegenteil nicht beweisen kannst, dann scher dich fort, in Gottes Namen."

Der Pfarrer sah wohl ein, dass er sich nicht gegen die Alte durchsetzen konnte, und trat zurück. Schimpfend und schändend trat er den Rückzug an.

„War nicht sogar ein Esel dabei, als Gottes Sohn in einem alten Stall geboren wurde?", rief ihm das rüstige Weib triumphierend nach. Die Umstehenden kicherten leise, als sich der Geistliche zornesrot aus dem Staub machte und dabei noch in die Hinterlassenschaften der beiden Schecken trat.

Was für eine Stadt, dachte Auberlin bei sich. Mit einem Mal wurde ihm bewusst, was für ein beschauliches, ja langweiliges Leben er bisher geführt hatte. Er hatte nichts vermisst während der ganzen Jahre, die er im Kloster aufgewachsen war. Aber jetzt, umhüllt von unzähligen, neuen Eindrücken und allerlei fremden Gerüchen, die ihm von überallher in die Nase wehten, war er nicht sicher, ob das Dasein eines Mönchs alles war, was er sich vom Leben erwünschte. Doch ehe er noch weiter über diese Frage nachdenken konnte, setzte sich ihre Kutsche wieder rumpelnd in Bewegung. Ein paar Schritte nur, aber sie brachten Auberlin weit genug an die Brücke heran, damit er einem der städtischen Kornmesser bei der Arbeit zuschauen konnte.

Der vereidigte Bedienstete der Stadt schaufelte ein kleines, geeichtes Fass mit dem Getreide eines Kornhändlers voll, um es sorgfältig abwiegen zu können. Das bis zu einer Markierung gefüllte Gefäß durfte das festgelegte Gewicht nicht unterschreiten. So ermittelte der Kornmesser das Schüttgewicht des Weizens. Mit dieser Methode sollte der Versuch mancher Händler, alte und ausgedörrte Körner unterzumischen, von vornherein vereitelt werden. Erst nachdem der Mann wohlwollend nickte, durfte sich der Händler auf den Weg machen.

Nun dauerte es nicht mehr lange, bis die Kutsche des Kaufmanns an der Reihe war. Gleich, nachdem Claus vor den Stadtwachen angehalten hatte, stieg er von seiner Kutsche und wies seine mitgereisten Gehilfen an, die kostbaren Tücher und Stoffe, die er an die oberen Geistlichen zu verkaufen hoffte, unter ein paar schweren Pferdedecken zu verstecken. Sie schafften es mit knapper Not, bis der Schätzer an die Kutsche herangetreten war, um seine Arbeit zu tun. Der Schätzer legte den Wert der Ware und damit die anfallenden Gebühren für den Händler fest. Mit viel Geschick schaffte es der erfahrene Kaufmann, den jungen Schätzer zu übertölpeln. Sobald der junge Mann sich nämlich der Ware von Claus genähert hatte, fing der an, wie ein Wasserfall auf ihn einzureden. Ohne auch nur einmal Luft zu holen, freute sich Claus wortreich über das Wetter, lobte die Stadtoberen über die vortreffliche Organisation des gewaltigen Menschenauflaufs und bemitleidete den Schätzer wegen der zusätzlichen Arbeit, die der und seine Kumpane wegen der Kirchenversammlung hatten. Der Schätzer fühlte sich von dem Wortschwall dermaßen überrumpelt, dass er gerne bereit war zu glauben, die ganze Ladung des Kaufmanns würde nur aus Pferdedecken bestehen, die eigens für die Pferde der Geistlichen eingeführt werden sollten. Nachdem er drei Pferdedecken angeschaut hatte, die ihm einer von Claus' Männern unter die Nase gehalten hatte, hatte der Schätzer genug gesehen und winkte ab. Claus redete immer noch ohne Unterlass auf den Mann ein, bis der die zu zahlende Gebühr ausgerechnet hatte. Claus schwieg immer noch nicht, als er dem Schätzer den Obolus in die Hand zählte. So gelang es ihm, nur einen Packen Pferdedecken versteuern zu müssen. Der junge Schätzer sackte die Münzen ein und suchte schleunigst das Weite.

„Glaubt der, ich komme hierher, um Pferdedecken zu verkaufen?", murmelte er verächtlich, nachdem er den von ihm selbst gesenkten Betrag geleistet hatte.

Auberlin und Bruder Leberecht grinsten. „Selbst schuld, wenn den Stadtherren an so einem Tag die erfahrenen Schätzer ausgehen!", meinte Leberecht hinter vorgehaltener Hand.

Der Kaufmann war bester Laune, als er fröhlich mit der Zunge schnalzte, worauf sich seine beiden Rösser wieder in Bewegung setzten.

Auf den rutschigen Pflastersteinen kam das Gefährt noch immer nur langsam voran, was Auberlin sehr genoss. So viel Interessantes gab es zu entdecken!

Staunend betrachtete er die hohen Stadthäuser der Bürger mit ihren spitzen Dächern.

Auf ihrem Weg durch die Stadt wechselten breiten Straßen und enge Gassen einander ab. Größere und kleinere Häuser, allesamt aus Stein und Holz erbaut, zum Teil mit Stroh gedeckt, standen dicht an dicht beieinander. Selbst im größten Sturm würden sie keinen Platz zum Umfallen finden. Augenscheinlich die Wohnstätten der reicheren Bürger, der Handwerker und Kaufleute, wechselten sich mit den krummen und buckeligen Häuschen der ärmeren Würzburger ab. Das Gespann des Kaufmanns passierte allerlei dunkle Ecken und verborgene Winkel, in denen es vor Mäusen und Ratten nur so wimmelte.

Gottlob reisen wir noch bei Tageslicht, dachte Auberlin.

Ein paar Straßenzüge später war es dann so weit.

„Brrrrrr", bremste Claus die Pferde und brachte sie zum Stehen. „Hier sind wir! Ihr seid am Ziel eurer Fahrt!" Der Kaufmann streckte sich und rollte die Schultern. „Und ich habe auch nicht mehr weit bis zu meiner bevorzugten Herberge." Claus sah aus, als ob er einen Becher heißen Würzweines vertragen könnte.

„Du bleibst wirklich nicht hier bei uns?" Bruder Leberecht klang enttäuscht, er hatte die Gespräche mit dem klugen Kaufmann während der langen Kutschfahrt sichtlich genossen.

Claus lächelte verschmitzt: „Nein, ich glaube, meine kostbare Ware ist nirgendwo besser aufgehoben, als beim ‚Alten Bären‘. Der und seine Männer sind spezialisiert auf Gäste mit teurer Ware. Anders als deine betenden Brüder ...“

Dem wusste Leberecht nichts entgegenzusetzen und so gab er sich geschlagen. Bei dem ‚Bären‘ handelte es sich um einen rabiaten Wirt, der wegen seiner Brutalität gegenüber Räubern und anderem Gesindel, sowie seiner Verschwiegenheit, das Tun und Lassen seiner Gäste betreffend, weit über die Stadtgrenzen hinaus bekannt war.

Die meisten der Kaufleute, die die Stadt besuchten, bezogen bei ihm Quartier. Die Gerüchte besagten, der ‚Bär‘, dessen richtigen Namen niemand kannte, sei der jüngste Bruder des Henkers. Aber etwas Genaues wusste niemand und der ‚Bär‘ sah nicht aus wie jemand, den man nach seiner Familiengeschichte fragen sollte.

Am Ende blieb den beiden Mönchen nichts anderes übrig, als sich von Claus zu verabschieden, nachdem sie festgelegt hatten, wann und wo sie wieder aufeinandertreffen würden.

Von nun an auf sich allein gestellt, traten die Mönche auf ein kleines, steinernes Wachhaus zu, in dem zwei Männer in Ordenstracht in ein Würfelspiel vertieft waren.

Kaum merklich schüttelte Leberecht seinen Kopf, ehe er gegen das zwar kleine, aber sehr saubere Butzenglasfenster klopfte.

Der kleinere der beiden Wachposten sprang von seinem Stuhl auf, als hätte der Teufel persönlich ans Fenster geklopft.

Siehe da, wenigstens einen der beiden plagt noch das schlechte Gewissen, lachte Leberecht in sich hinein.

„Seid gegrüßt, ehrwürdige Brüder. Seid ihr auf der Durchreise oder wegen der Kirchensynode da?“ Der ältere, der anscheinend das Amt des Portarius innehatte, hielt sich nicht lange mit Höflichkeiten auf.

Bruder Leberecht zog einen Brief unter seiner Kutte hervor, bei dem es sich um die Einladung des Fürstbischofs zu seiner Synode handelte.

„Euer ehrwürdiger Abt, Berthold Gunther, erwartet uns gewiss schon." Leberecht zwang sich noch zu einem kurzen Lächeln.

Der Portarius entfaltete den Brief, las und nickte: „Alles in Ordnung. Und wer ist das?" Mit seiner Kinnspitze wies er auf Auberlin, den er bis jetzt ignoriert hatte.

„Das ist mein Schreiber, Auberlin", antwortete Leberecht für seinen Begleiter.

„So, Euer Abt schickt Euch als seine Vertretung, wie ich seinem Brief entnommen habe, und Ihr bringt noch einen eigenen Schreiber mit. Ihr müsst Euch ja mächtig viel von der Versammlung versprechen".

Dem Bruder Pförtner war deutlich anzusehen, wie sehr ihm die Unterbrechung seines beschaulichen Klosterlebens durch die vielen Gäste in diesen Tagen missfiel.

Bruder Leberecht nahm auf die Empfindlichkeiten des Mannes keinerlei Rücksicht, stattdessen nötigte er ihn, ihnen mit ihrem Gepäck zu helfen.

Missmutig tat der Mönch seine Pflicht. Nachdem die beiden Gäste samt ihren Sachen aber innerhalb der Klostermauer standen und er die Pforte von drinnen zugeschlagen hatte, schlurfte er grußlos zu seinem Wachhäuschen zurück.

Nur einen Augenblick später trat der jüngere, aus der Tür und bedeutete den Gästen, ihm zu folgen.

Zu Auberlins Verwunderung wurden sie an dem großen, einladenden Gästehaus des Klosters vorbeigeführt.

Bruder Leberecht bemerkte Auberlins Erstaunen und flüsterte: „Als Gäste des Abtes müssen wir nicht, wie gewöhnliche Reisende, im Gästehaus der Abtei nächtigen. Das Gästehaus steht für jedermann offen. Uns steht ein besseres Lager zu."

Auberlin war enttäuscht, hatte er sich doch schon so auf die Geschichten der Reisenden aus aller Herren Länder gefreut.

Plötzlich stellte sich ihnen eine kleine, schmale Gestalt in den Weg: „He da, was gibt es hier zu flüstern?", blaffte der geradezu winzige Mann den fremden Besuchern entgegen.

„Schschsch, Bruder Theodus, beruhige dich! Ich habe hier die beiden Gesandten von den Benediktinern aus der Grafschaft Castell. "

Bruder Theodus war scheinbar nicht zufrieden mit der Auskunft seines Mitbruders.

Obwohl ihm offensichtlich jeder Schritt Schwierigkeiten bereitete, tippelte er geradewegs auf Auberlin zu, fasste ihn kurzerhand am Kragen und zog ihn zu sich hinunter, um ihn genauer in Augenschein nehmen zu können.

Hätte der Atem des alten Mönches nicht gestunken wie verdorbener Fisch, Auberlin hätte gelacht, als er sich Auge in Auge mit dem Winzigen wiederfand.

„Nun ist es aber gut, Bruder Theodus. Sei so gut, und lass ihn los, wir müssen weiter." Theodus hielt sich tatsächlich an die Worte des jungen Mönches und ließ Auberlin los.

Dann hielt er seine Nase in die Luft, als wollte er den Geruch der beiden einsaugen, um ihn später wieder zu erkennen. Als er damit fertig war, beroch er noch seine knotigen Finger, mit denen er Auberlins Tunika festgehalten hatte.

Bruder Leberechts Gesichtsausdruck sprach Bände. *Der Alte ist nicht ganz richtig im Kopf*, dachte er offensichtlich.

Nachdem sich der alte Mönch außer Sichtweite befand, entschuldigte sich ihr Begleiter für seinen Mitbruder. „Bruder Theodus hatte früher das Amt des Zirkators inne. Diese Aufgabe hat er zeit seines Lebens sehr ernst genommen. Zu ernst vielleicht sogar ..."

Als er Auberlins fragenden Blick bemerkte, fuhr er zynisch fort: „Immer nur aufpassen, dass die Regeln eingehalten werden, sich allerorts unbeliebt machen, das kann nicht gut für den Kopf sein."

Ein paar Schritte weiter erreichten Auberlin und Bruder Leberecht ein geräumiges Steinhaus, in dessen unterstem Stock ein geräumiger Gesellschaftssaal für die Gäste des Klosters eingerichtet war. Im Kamin brannte ein behagliches Feuer und an den Wänden waren Kerzen angebracht, die flackernde

Schatten über die lange Holztafel warfen. An dieser Tafel, die den Raum einmal durch seine Länge teilte, hatte ungefähr ein Dutzend Menschen Platz genommen, nur Geistliche, wie Leberecht entsetzt feststellte. Er legte keinen Wert darauf, die Bekanntschaft der anderen Teilnehmer an der Versammlung des Bischofs zu machen. Deshalb grüßte er kurz in Runde und bat dann den jungen Mönch gleich, sie zu ihren Zimmern zu geleiten. Doch für sie hatte man sogar eine kleine Wohnung vorgesehen, die sie sich teilen sollten. Sie bestand aus drei quadratischen Zimmern: Der erste Raum, den sie betraten, war als eine Art Empfangs- und Schreibzimmer gedacht. Von ihm führten zwei weitere Türen ab, eine links und eine rechts, hinter denen zwei Schlafkammern auf die Reisenden warteten.

Auberlin hatte selten zuvor in einer so gepflegten, sauberen Kammer geschlafen. Außerdem war es für ihn eine der wenigen Gelegenheiten, in denen er sein Schlafgemach nicht mit jeder Menge anderer, schnarchender und furzender Mönche teilen musste. Zum ersten Mal seit langem war er vollkommen zufrieden mit sich und der Welt um sich herum. Hier in Würzburg erinnerte ihn nichts an Friedrich und die Morde, hier lockte die große Stadt mit all ihren Verführungen und Verlockungen.

27

Erdbraun

Die beiden Mönche waren es nicht gewohnt, zu so später Stunde zu essen. Der Abt von St. Stephan, Berold Gunther, hatte sich zwar nicht blicken lassen, wahrscheinlich bereitete er sich schon auf die beiden kommenden Versammlungstage vor, aber seine Grüße durch die ausgezeichnete Klosterküche ließen auf einen freigiebigen und gastfreundlichen Kirchenmann schließen. Den anwesenden Klerikern und ihren Begleitern waren verschiedene Sorten Braten, mehrere Gemüse sowie eine Vielzahl an Früchten aufgetischt worden. Erlesener Wein, der von den steil abfallenden Weinbergen der Benediktiner stammte, lief wie Öl und Samt zugleich durch die durstigen Kehlen.

Auberlin schickte sich an, Bruder Leberechts Becher zum zweiten Male zu füllen, doch der bedeckte das gläserne Gefäß mit seiner flachen Hand. Dankend lehnte er ab und wünschte eine gute Nacht. Den jungen Buchmaler dagegen drängte es noch einmal hinaus in den Klosterhof, um frische Luft zu schnappen.

„Wie wunderschön die Sterne funkeln", wisperte Auberlin ergriffen, als er vor die Tür ihres Gästehauses getreten war, und dankbar die frische, kühle Nachtluft durch seine Lungen strömen fühlte.

„He da, was gibt es hier zu flüstern?", schnarrte eine bekannte Stimme in Auberlins Ohr.

„Keine Sorge, Bruder Theodus. Ich habe nur mit mir selbst gesprochen", versuchte Auberlin den greisen Mönch zu beruhigen.

„Mit dir selbst, he?" Theodus schien ihm kein Wort zu glauben. Er stellte sich auf die Zehenspitzen und spähte über den dunklen Klosterhof. Erst, als er sicher zu sein schien, dass außer ihm selbst und Auberlin niemand in der Nähe war, ließ er sich wieder auf seine Fußsohlen sinken: „Heißt es nicht, Selbstgespräche sind ein Zeichen von Wahnsinn, he?"

Auberlin konnte nicht anders als den alten Zirkator ungläubig anzustarren. Dieser alte Mönch, der nicht mehr Herr seines Verstandes zu sein schien, dieser Mönch betrachtete ihn als Wahnsinnigen?

„Oder ist's ein Dämon, der aus dir spricht, he?" Ängstlich trat Bruder Theodus einen Schritt zurück.

„Bruder Theodus, ich habe nur die Sterne angeschaut. Schau doch, wie schön sie sind", versuchte Auberlin eine Ablenkung.

Tatsächlich schnellte Theodus' Kopf nach oben. „Wie viele es sind, so viele, zu viele, was, wenn sie fallen?"

Auberlin erkannte die Sinnlosigkeit seines Vorhabens, mit dem Alten ein vernünftiges Gespräch zu führen und zuckte ratlos mit den Schultern. Er wusste auch nicht, was zu tun sei, wenn die Sterne auf die Erde fallen würden.

„Dann verstecken wir uns. Wir verstecken uns in der Kirche, wenn es soweit ist", schlug er vor, um den senilen Mönch nicht vor den Kopf zu stoßen.

Theodus gab ein unbestimmtes Geräusch von sich, er schien über die Sache nachzudenken. „Nicht dumm, fremder Bruder. Keine schlechte Idee. Woher kommst du denn? Hast den Dicken begleitet, he?"

Auberlin freute sich über den klaren Gedanken, der den Nebel in Theodus' marodem Gehirn überwunden hatte: „Der Dicke heißt Leberecht, Bruder Theodus. Der ehrwürdige Bruder ist der Kellermeister unserer Benediktinerabtei, die auf dem Land der Casteller Grafen gebaut ist. Ich bin sein Schreiber."

Theodus Gesicht wurde plötzlich von steilen Falten durchzogen. „Benediktiner in Castell?" Er schien die bekannte Klosteranlage seiner Glaubensbrüder nicht zuordnen zu können.

Um dem ehemaligen Zirkator auf die Sprünge zu helfen, erzählte Auberlin das Wenige, was er über die Abtei und die Grafschaft wusste. Theodus zupfte derweil scheinbar gelangweilt an seinen Fingernägeln herum, bis Auberlin das Wort ‚Castell' in den Mund nahm.

„Teufel und Weihrauch!", stieß der Alte hervor, ehe er Schutz suchend hinter einen Baum sprang. „Ave Maria und Höllenfürst! Die goldenen Gäule der bösen Hexe galoppieren dort übers Land." Die Rede Theodus' wurde immer wirrer.

„Wovon, bei allen Heiligen, redest du?" Auberlin wollte unbedingt erfahren, was in Theodus vor sich ging.

„Badadum, Badadum", machte Theodus, anscheinend den Galoppsprung eines Pferdes imitierend.

Auberlin konnte es kaum fassen: Der alte Zirkator hüpfte vor ihm herum wie ein Pferd. Dann blieb er stehen und hob ein Bein, um das Ausschlagen eines Pferdes nachzumachen. Schließlich fing er wieder an, wie von Sinnen, herumzuhüpfen.

Seinem verblüfften Zuschauer wurde es ein wenig mulmig, denn er hatte bisher keinerlei Erfahrungen mit den Erkrankungen des Geistes gemacht. Auberlin überlegte fieberhaft, ob er den Alten zurück in das Konvent bringen oder sich wortlos aus dem Staub machen sollte.

„Golden das Pferd, fett die Erd. Grün der Wald, die Kunde hallt, der Jagden Lohn, der tote Sohn, der Bräutigam eilte herbei, keine Zeit mehr für einen Schrei", begann Theodus hinter seiner Bank zu singen. Tatsächlich erinnerten seine Töne eher an das Krächzen eines Raben als an den Gesang eines Menschen.

Es dauerte eine ganze Weile, bis Auberlin begriff, was er eben gehört hatte. „Was hast du da gesungen? Sing es noch einmal", flüsterte er eindringlich.

Doch: „He da, was gibt es hier zu flüstern?", war der einzige Satz, den Auberlin dem verwirrten Bruder noch entlocken konnte.

Verflucht, dachte Auberlin, *warum habe ich nur geflüstert?* Er hatte doch schon zweimal erlebt, wie Theodus darauf reagierte.

Wie benommen ging Auberlin zurück zum Gästehaus, dessen Fenster alle hell erleuchtet waren, doch weil er wusste, er würde sobald keinen Schlaf finden, beschloss er, noch einen kleinen Spaziergang innerhalb der dicken Klostermauern zu machen, die das Kloster und seine Bewohner vor ihren Feinden beschützten.

Sein Weg führte ihn an zahlreichen größeren und kleineren

Gebäuden vorbei. Bei dem flachen Bau zu seiner Rechten handelte es sich wohl um die Stallungen, was ihm das leise Blöken der Schafe und das verärgerte Gemecker einer Ziege, die er wohl geweckt hatte, verriet.

Er sah Wirtschaftsgebäude, Geräteschuppen und einzelne kleine Häuschen, deren Bestimmung er in der Dunkelheit nicht benennen konnte. Trotz der offensichtlichen Schönheit der Klosteranlage gelang es ihm nicht, den Gedanken an Theodus und seinen merkwürdigen Reim loszuwerden.

Konnte Theodus tatsächlich von Leonhards Sturz gesprochen oder vielmehr gesungen haben? Warum sonst wären ihm die schlechtgereimten Verse in den Sinn gekommen, genau in dem Moment, als Auberlin von Castell erzählt hatte? Irgendwo musste Bruder Theodus dieses Lied aufgeschnappt haben, doch wo?

Auberlin hätte einiges darum gegeben, zu erfahren, wann und wo das gewesen war. Zu gerne hätte er gewusst, ob Theodus das ganze Lied gesungen hatte, oder ob es noch weiterging.

Gähnend setzte er sich auf die glatten, kalten Stufen, die zu einer kleinen Kapelle hinaufführten.

Sollte er versuchen, schnellstens zu vergessen, was er gerade gehört hatte? Immerhin war er nach Würzburg gekommen, um nicht an die Verbrechen in Castell zu denken.

Auf keinen Fall! Wenn er jetzt nicht versuchte, irgendwie zu erfahren, ob Theodus noch mehr mit angehört hatte, würde er sich sein Versäumnis nie verzeihen. Die Augen fielen ihm fast zu, als er aufstand, um endlich schlafen zu gehen.

Die Klinke zum Gästehaus hatte er schon in der Hand, da fiel ihm ein, dass es vielleicht gar nicht so schwierig war, wie er zuerst gedacht hatte, mehr über das Lied des Zirkators zu erfahren. Bei dem offensichtlichen Geisteszustand des Bruders würden die anderen Brüder gewiss dafür Sorge tragen, dass ihr ehemaliger Zirkator die Klosteranlage nicht mehr verließ. Daraus folgend musste Theodus die Reime innerhalb der Klostermauern aufgeschnappt haben.

Nur wo konnte er sie gehört haben? Und, vor allem, wer hatte dieses Lied zum Besten gegeben?

28

Karminrot

„Pst, Bruder Leberecht, erinnerst du dich noch an den alten Mann von gestern? Den Zirkator ...?"

Bruder Leberecht zuckte gelangweilt die Schultern. Wahrscheinlich wollte er sich noch gar nicht erinnern, denn er war kein Morgenmensch. Der fade Getreidebrei, den die Brüder von St. Stephan ihren Gästen zum Frühmahl serviert hatten, leistete außerdem noch zusätzlich seinen Beitrag zu Leberechts schlechter Laune. Auberlin dagegen war es völlig egal, was er aß und trank, denn er sprühte aus dreierlei Gründen nur so vor Tatendrang. Erstens zog ihn das Rätsel um das Lied des Theodus vollkommen in seinen Bann. Er musste einfach mehr über den geheimnisvollen Reim erfahren.

Zum Zweiten war er mächtig gespannt auf die Feierlichkeiten, die zum Beginn der Synode angesetzt waren.

Und zum Dritten erzählte ihm der Cellerarius wie beiläufig, dass das Kloster von St. Stephan eine der fortschrittlichsten Schreibstuben im ganzen Land unterhielt. Von da an brachte Auberlin kaum mehr einen Bissen hinunter. Als Leberecht schließlich von dem Gezappel seines Schützlings genug hatte, versprach er, sich um eine Führung durch das Skriptorium zu kümmern. Um endlich wieder Ruhe zu haben, tat er das sofort. Gott allein weiß, welche Hebel der Cellerarius in Bewegung setzte, denn es dauerte gar nicht lange, bis er mit einem exotisch aussehenden Mönch zurückkam. Er stellte Auberlin den Mann als Bruder Abbaladuk vor, seines Zeichens verantwortlich für die Arbeit in der Schreibstube.

Auberlin sprang begeistert auf und begrüßte den älteren Schreiberkollegen erfreut. Nach dem sich die beiden Mönche miteinander bekannt gemacht hatten, verschwanden sie grußlos aus dem Speisesaal. Kopfschüttelnd sah ihnen Bruder Leberecht nach, bis er versöhnlich in seinen Brei flüsterte: „Selbst Schuld, ich habe ihm den Floh erst ins Ohr gesetzt."

Auberlin bekam davon nichts mehr mit; zu sehr war er damit beschäftigt, dem dunkelhäutigen Bruder Abbaladuk bereits auf dem Weg in dessen Skriptorium Löcher in den Bauch zu fragen. Verwendeten sie noch Pergament oder schon Papier? Benutzten sie Gänse- oder Entenfedern? Kopierten sie die Schriften nur für den eigenen Bedarf? Oder nahmen sie Aufträge von außen an? Zählte vielleicht sogar der Fürstbischof selbst zu ihren Kunden?

Abbaladuk lächelte milde. Geduldig beantwortete er Frage um Frage. Als alle Fragen erschöpfend beantwortet waren, erkundigte sich Auberlin höflich nach der Person des Mannes. Das Lächeln des Fremdländers wurde noch breiter und er gab mit einer Engelsgeduld Auskunft. Erst als sie hintereinander in das Skriptorium eintraten, brachte er Auberlin mit einer Geste zum Schweigen.

Auberlin machte große Augen. Der luftige, aber dennoch nicht kalte Raum, war für die Jahreszeit ungewöhnlich hell. Etliche Öl- und Wachslichter erhellten ihn nach einem ausgeklügelten System, das für ein gleichmäßiges Licht, das niemanden blendete, sorgte. Wenigstens zwölf der achtzehn Schreibpulte waren besetzt.

Außer dem gleichförmigen Kratzen der Federn und einem angestrengten Ausatmen hier und da war es vollkommen still. So still, dass man hier und da die Tinte in die kleinen Rinderhörner zurücktropfen hören konnte, wenn die Schreiber ihre Feder am Rand des Horns abstreiften. Bis ihm Abbaladuk mit einer Bewegung seines Kinns bedeutete, ihm zu folgen, beobachtete Auberlin einen Mönch, der in vollkommener Gleichmäßigkeit eine kunstvolle Initiale mit Karmin ausmalte.

Mit einer Bewegung seines Kinns bedeutete Abbaladuk Auberlin, ihm zu folgen. Auf leisen Sohlen strichen sie an den Pulten entlang. Nur mit seinen Augen lobte und tadelte Abbaladuk die Arbeiten der Mönche. Mit einem Fingerzeig mahnte er zu mehr Sorgfalt und mit einem Nicken drückte er

Zufriedenheit aus. Auberlin war fasziniert von der konzentrierten Ruhe, mit der die Schreiber und Maler arbeiteten.

Am Ende der Pultreihe angekommen, bemerkte er eine Verbindungstür, die in einen angrenzenden Raum führte. Abbaladuk schlüpfte hindurch, Auberlin folgte ihm und fand sich in einem Raum wieder, der genauso eingerichtet war wie der erste, nur hier war alles kleiner.

Zehn Schüler, zum Teil waren sie die Novizen des Klosters, zum Teil waren sie Kinder reicher Bürger, senkten ehrfürchtig ihre Köpfe, als sie Abbaladuk erkannten.

Der Kopf eines Jungen aus der ersten Reihe schnellte aber gleich wieder hoch und der Bub grinste schadenfroh und zeigte auf ihren Lehrer, der mit dem Rücken zu Auberlin und Abbaladuk an seinem Pult saß. Obwohl der Mann nicht sprach und sich nicht bewegte, hatte er das Eintreten der beiden nicht bemerkt. Mit gerunzelter Stirn stellte sich Abbaladuk vor den Lehrer, so dass er dessen Gesicht sehen konnte.

Auberlin tat es ihm gleich, weil er wissen wollte, was mit dem Mann los war.

Der Lehrer schlief. Sein vorspringendes Kinn auf die Hände gestützt, saß er da und schlief den Schlaf der Gerechten. Auberlin staunte und schaute neugierig zu Abbaladuk hinüber. Der drehte sich gerade zu den Schülern um und breitete ungläubig und hilflos die Arme aus. Dann lächelte er und legte sich einen Finger an die Lippen. Jetzt lächelte er verschwörerisch und winkte die Kinder zu sich.

Wortlos führte er sie durch das Skriptorium hinaus in einen zugigen Gang.

Von dort aus scheuchte er sie mit einer Armbewegung ins Freie. Die Schüler, dankbar für die unvorhergesehene Pause, stürmten hinaus.

„Was glaubst du, Bruder Auberlin, was Bruder Anton für Augen macht, wenn er aufwacht und seine Schäfchen über alle Berge sind?" Abbaladuk gluckste vergnügt, aber er wurde sofort wieder ernst, als er Auberlins befremdete Miene sah.

„Ich weiß, ich müsste ihn wegen seines Alters längst austauschen, aber er hat so vielen Kindern das Schreiben gelehrt, dass ich es einfach nicht über mich bringe."

Ratlos zuckte der Dunkelhäutige die Schultern und machte ein verlegenes Gesicht.

„Aber das soll natürlich nicht deine Sorge sein, Bruder Auberlin. Komme nun mit in meine bescheidene Schreibstube, ich sehe dir an, du brennst schier darauf, mich mit weiteren Fragen zu quälen."

Nur war Auberlin an der Reihe, verlegen dreinzuschauen.

Abbaladuk aber wiegelte ab: „Ich freue mich über jeden Gast, der so wissensdurstig ist wie du. Beim Gang durch das Skriptorium konnte ich spüren, wie schwer es dir fiel, dich an das Schweigegebot zu halten. Allerdings muss ich in den Arbeitsräumen unbedingt darauf bestehen, sonst schleichen sich Fehler ein, verstehst du?"

Auberlin nickte.

„Aber jetzt darfst du", lud ihn Abbaladuk ein und lotste seinen Gast in den eingewinterten, verlassen Kräutergarten der Abtei. Dort schlenderten sie plaudernd und diskutierend über die kunstvoll verschlungenen Pfade zwischen den Beeten umher. Sie sprachen über die Zunahme der Lesekundigen im Land und den damit einhergehenden steigenden Bedarf an Büchern, der den Fortbestand von ihrer ‚Zunft' sicherte. Nicht einig waren sie in der Frage, ob die Gründung von weltlichen Schreibstuben zu begrüßen war. Auberlin sah es gern, wenn das Wissen über die Klostermauern hinaus getragen wurde und sich so weit wie möglich verbreitete, doch Bruder Abbaladuk bremste ihn in seinem Enthusiasmus: „Sei vorsichtig! Seit ich Kunde aus Mainz habe, nach der ein gewisser Gutenberg an einer Erfindung tüftelt, mit deren Hilfe das geschriebene Wort kinderleicht und in Windeseile jedermann zugänglich gemacht werden kann, bin ich skeptisch!"

„Aber wie soll das gehen?", warf Auberlin verständnislos ein.

„Genau weiß es noch niemand, außer Johannes Gutenberg selbst, möchte ich meinen. Mit einer Maschine, ähnlich einer

Weinpresse, sollen Buchstaben zuhauf auf Pergament oder Papier gebracht werden, munkelt man. Und allem Anschein nach ist Gutenberg fast fertig ..."

Auberlin staunte. Er konnte sich nicht vorstellen, was dieser Erfinder plante. Technisch völlig unbegabt konnte er mit Abbaladuks Ausführungen nichts anfangen. Das sorgenvolle Gesicht des Mönches aber ließ ihn nichts Gutes ahnen.

Gerne hätte er noch mehr über diese bahnbrechende Erfindung erfahren, aber er musste langsam zurück zu Leberecht. Der würde nicht ewig bei fadem Getreidebrei auf ihn warten. Er bedankte sich für die Zeit Abbaladuks und nahm ihm gleichzeitig das Versprechen ab, ihr Gespräch fortzuführen, falls sich erneut die Gelegenheit ergäbe.

Im Speisesaal hatte sich Bruder Leberecht längst schon einen Humpen Dünnbier bringen lassen, der ihm zwar nicht schmeckte, aber seine Wirkung trotzdem nicht verfehlte. Seine Laune hatte sich merklich gebessert, seit Auberlin ins Skriptorium aufgebrochen war. Der Cellerarius ließ sich eine kurze Zusammenfassung geben und nickte anerkennend, als der Name Gutenbergs fiel. Allerdings wollte er dem jungen Buchmaler keine Gelegenheit geben, sich auszumalen, was mit dem Beruf des Schriftenmalers passieren würde, wenn die Erfindung gelang. Deshalb lenkte er das Gespräch wieder auf den Zirkator zurück: „Wann erzählst du mir eigentlich von dem alten Zirkator? Heute Morgen schien es nichts Wichtigeres zu geben ..."

Mainz war vergessen.

Auberlin seufzte tief, ehe er so leise wie möglich von seiner Begegnung mit dem alten Theodus zu erzählen begann. Silbe für Silbe rezitierte er das kurze Lied, das anscheinend Leonhards Tod behandelte.

„Mir scheint, du gibst zu viel auf den Gesang des wunderlichen Alten ...", brummte Bruder Leberecht und schaufelte dabei seinen Haferbrei von einer Seite der Schüssel auf die andere. Erst als Auberlin den Bräutigam erwähnte, änderte er plötzlich seine

Meinung: „Hm, vielleicht hast du doch Recht! Es wäre durchaus interessant zu erfahren, woher Theodus diesen Text kennt." Des Kellermeisters verdrießliches Gesicht war mit einem Mal verflogen: „Und ich habe dich extra mit hier hergeschleppt, damit du mal auf andere Gedanken kommst, Auberlin." Er schien halb belustigt und halb verzweifelt über die neuerlichen Entdeckungen seines jungen Begleiters zu sein. „Es scheint wirklich dein Schicksal zu sein, diese Rätsel zu lösen", fügte er noch hinzu und schob seine halbleere Schüssel weit von sich.

Den Mann am Nebentisch, dem bei Auberlins Worten um ein Haar der Löffel aus der goldberingten Hand gefallen wäre, übersahen die Mönche voll und ganz. Die Ohren des Lauschers wurden immer größer und er beugte sich schon so tief über sein Frühmahl, dass sein bestickter Kragen fast in dem bräunlichen Brei gehangen wäre.

„Nun, mit ein wenig Glück läuft dir später in der Stadt jemand über den Weg, der noch mehr von diesen Reimen zu erzählen weiß", mutmaßte Bruder Leberecht. „Gerne würde ich dich begleiten, anstatt mir dieses endlose Geschwätz der humorlosen Kleriker anzuhören", fügte er flüsternd hinzu.
Auf ihrer Fahrt nach Würzburg hatte der Kellermeister Auberlin erklärt, wie die anstehende Kirchenversammlung vermutlich ablaufen würde: Die letzte Synode war von Bischof Gottfried gerade einmal vor einem Jahr einberufen worden, dabei hatte er fast ausschließlich auf ältere, bereits bestehende Statuten hingewiesen und ihre Gültigkeit festgestellt und verlängert. Die eingeladenen Teilnehmer, egal ob weltlich oder geistlich, hatten sich deshalb für dieses Mal auf einige Neuerungen eingestellt. Ob es gute oder schlechte Reformen sein würden, blieb abzuwarten.
Während sich die beiden Mönche noch darüber berieten, ob Auberlin dem ehemaligen Zirkator von St. Stephan Genaueres über die Reime entlocken konnte, leerte sich der Saal fast vollständig.

Jetzt erhob sich auch der fremde Zuhörer neben ihnen und ging leise davon. Der Fremde machte sich auf in den Vorhof des Klosters. Dort suchte er nach einem Platz, an dem er ganz unauffällig auf den Mönch warten konnte, der sich für die gleichen Dinge interessierte wie er selbst.

Am Ende musste Bruder Leberecht einsehen, dass es keinen Sinn hatte, noch länger herumzutrödeln. Langsam wurde es Zeit für ihn, sich den anderen Kirchenvertretern anzuschließen, damit sie sich gemeinsam auf den Weg zum Kiliansdom, ihrem Versammlungsort, machen konnten.

Fast ein wenig neidisch verabschiedete sich Leberecht von Auberlin, der nach Herzenslust in der Stadt herumstreunen konnte, während er selbst die Gaukler erst sehen würde, wenn sie den Versammlungsort, den Kiliansdom, erreicht hatten.

Auberlin sprang leichten Fußes davon. Bis jetzt hatte er von der Welt noch nicht viel gesehen, und deshalb sehnte er sich nach allem Fremden.

Am Beginn seines Weges war er sich noch nicht sicher, wohin er sich wenden sollte, denn er kannte sich in Würzburg nicht aus. So beschloss er, sich in der Menge treiben zu lassen. Sicher war alles und jedes, was Beine hatte, unterwegs zur Mitte der Stadt, dorthin, wo die Menschen das große Schauspiel erwarteten.

Ihm bot sich ein gänzliches anderes Bild von Würzburg als noch am Vortag. Wo es gestern nur dunkle Ecken und schwarze Schatten zu sehen gab, zeigte sich die Stadt heute von ihrer strahlenden Seite. Wo sich finstere Gestalten um die Hausmauern gedrückt hatten, standen die Menschen heute in Gruppen beisammen und schwatzen fröhlich miteinander. Über allem lachte die Frühlingssonne, die endlich genug Kräfte gesammelt hatte, um den Winter zu vertreiben.

Weit kam Auberlin nicht. Schon nach wenigen Schritten blieb er zum ersten Mal stehen und schnupperte verzückt: Seine Nase suchte die Quelle des köstlichen Dufts, der sie betörte.

Er musste nicht lange suchen, da sah er eine junge, stämmige Frau, die einen geflochtenen Korb in ihren Händen hielt. Wie sie da stand, das Haar züchtig unter einer Haube verborgen,

Lippen und Wangen rotglänzend, die Hände sorgfältig gewaschen, ihre süßen Strauben feilbietend, bot sie einen Anblick, der Auberlin das Wasser im Mund zusammenlaufen ließ.

Das liegt nur an ihrem süßen Backwerk, versicherte Auberlin sich selbst.

Auberlins süße Sehnsucht zerplatzte schon im nächsten Moment, als eine kleine, schmutzige Straßenkinderhand nach den Strauben griff: „Pack dich, du zerlumptes, dreckiges Hurenbalg!", kreischte die Frau los und gab dem hungrigen Kind eine Kopfnuss.

Angesichts ihrer derben Aussprache verging ihm der Appetit auf ihr frisches Schmalzgebäck.

Schon im nächsten Moment schob ihn die Menge rücksichtslos weiter.

Inmitten der Menschenmasse bog Auberlin um die nächste Ecke und abermals zog ihm ein herrlicher Geruch durch die Nase. Diesmal strömten die Düfte aus drei oder vier kleinen Holzbuden, allem Anschein nach in aller Eile gezimmert, um als Verkaufsstände zu dienen. Auberlin drängte sich so nahe wie möglich an die Buden heran. Er wollte unbedingt sehen, was von den Händlern dort feilgeboten wurde. Auberlin witterte Fisch. Ein Blick auf die Ware eines dicken Garbräters genügte ihm. Er täuschte sich nicht. Der Mann holte gerade herrlich kross gebratene Fische von einem Spieß herunter und verkaufte sie in Windeseile an die wartende Kundschaft.

Am Verkaufsstand neben ihm bot ein älterer, schmieriger Händler gesottenen Schweinskopf an. Drei der Tierköpfe kochten noch in ihrem Sud aus Wein und Gewürzen, einer lag schon halb zerlegt auf dem Tisch vor dem Händler. Für jeden hungrigen Kunden säbelte der Mann eine Portion mit seinem fettig glänzenden Messer ab. Zu Füßen des Mannes kauerte ein knochiger Straßenhund, der den Fleischverkäufer anstarrte, als wäre er Gott selbst. Auberlin fürchtete, der Hund würde über kurz oder lang das Schicksal des Straßenjungen teilen, der eine Straube erbetteln wollte.

Neben dem Schweinemann, wie ihn Auberlin heimlich getauft hatte, stand eine Frau, die würzigen, gelben Käse aus Kuhmilch in großen und kleinen Stücken direkt von ihrem Handkarren herunter verkaufte.

Ihr machte ein fahrender Händler Konkurrenz, der Käse aus der Milch verschiedener Tiere anbot. Seine Käsereien sollten aus der Milch von Ziegen und Schafen stammen, versprach er. Sein Nachbar versuchte, allerlei Backwerk an das Würzburger Volk zu bringen. Auberlin sah Krapfen und in Fett gebackenes Obst, kleine Küchlein und in Honig gebackene Nüsse. Schnell ging er weiter, weil er den zahlreichen Verlockungen widerstehen wollte. Seine Schritte wurden aber beim Anblick eines buntgekleideten Jongleurs gebremst.

Ein kleines Mädchen, das Auberlin für die Tochter des Spielmanns hielt, begleitete den Auftritt. Mit einem Körbchen in der Hand ging sie unter den Zuschauern herum und bettelte um Geld.

Viele Münzen waren es noch nicht, die in ihrem Korb in der Sonne glänzten.

Auberlin wühlte in seinem Umhang, bis er einen kleinen Lederbeutel in den Händen hielt. Daraus fischte er eine kleine Münze und legte sie dem Mädchen hinein.

Das Kind bedankte sich artig mit einem Knicks und senkte dabei ehrerbietig den Kopf. Auberlin sah den aufgekratzten Schorf, der beinah ihre ganze Kopfhaut überzog. Winzige, weiße Kügelchen, die fast aussahen wie Schuppen, durchzogen ihre struppigen, schwarzen Haare.

Sie hat Läuse, dachte Auberlin und trat vorsichtshalber einen Schritt zurück.

Er sah dem Jongleur noch ein paar Augenblicke zu, wie er seine Bälle hoch in die Luft schleuderte, um sie dann, scheinbar mühelos wieder aufzufangen, dann schlenderte er gemächlich weiter. Währenddessen glaubte Auberlin, eines Schattens gewahr zu werden, der sich an seine Fersen geheftet hatte. Doch jedes Mal, wenn er sich umdrehen und nachsehen wollte, lenkte etwas anderes seine Aufmerksamkeit ab und er vergaß seine Ahnung wieder.

„Kommt heran, liebe Leute, was es hier zu bestaunen gibt, seht ihr sobald nicht wieder!", lockte eine weibliche Stimme. Magisch von dem seltsamen Singsang angezogen, trat er näher. Die Frau war viel jünger, als ihre Stimme klang.

Sein Blick fiel auf ein Tier, das er noch nie zuvor gesehen hatte. Das neugierige Publikum aber offensichtlich auch nicht. Keiner der Umstehenden wagte sich nur einen Deut näher als fünf Schritte an das braune, pelzige Ding heran.

Zum ersten Mal sah Auberlin einen lebendigen Bären, ein Geschöpf, das er zuvor nur als Zeichnung dargestellt kannte. Dieses Exemplar trug allerdings einen braunen, zotteligen Pelz, der aussah, als würde eine ganze Mäusefamilie darin wohnen. Das imposante Tier mochte in etwa so viel wiegen wie eine Kuh, schätzte Auberlin.

Durch die Nase des Bären hatte jemand einen Ring gezogen, an dem eine Kette befestigt war. Die Kette war fest an einen Holzpfahl befestigt, der tief in die Erde gepflockt war.

Erst als er sah, wie massiv die Kette war und wie tief der Pflock in die Erde geschlagen worden war, wagte sich Auberlin einen Schritt näher an das Tier heran, das genau in diesem Moment sein Maul aufriss und dabei seine gelben, fleckigen Zähne zeigte. Das Brullen, das der Bär von sich gab, glich allerdings eher einem Gähnen. Daraufhin trat ein Mann in den Vordergrund, dessen Kleider dem Pelz des Bären glichen. Der zerlumpte Kerl trat auf das Tier zu, um ihm beherzt einen Stock in die Flanke zu stoßen, damit sich der Bär überhaupt regte und immerhin ein unmutiges Brummen von sich gab.

Trotzdem wichen die Menschen ängstlich zurück, als sich der Bär bewegte, zu viele Schauergeschichten über seine Art waren im Umlauf.

„Armes Tier", bedauerte Auberlin das geknechtete Raubtier. „Ausgestellt und vorgeführt, dabei ist er doch auch eine Kreatur Gottes." Für den Augenblick hatte Auberlin genug von dem bunten Treiben um ihn herum.

Er wollte sich gerade in eine Seitengasse zurückziehen, um ein wenig zu verschnaufen, da stieg wenige Schritte vor ihm eine beachtliche Flamme auf, die von erstaunten „Ahs" und „Ohs" der Zuschauer begleitet wurde.

Auberlin drängte sich nach vorne durch, er wollte wissen, woher das Feuer kam. Bis er die erste Reihe erreichte, waren schon wieder ein paar Flammen, kleinere diesmal, hoch in den Himmel gestiegen.

„Seht und fürchtet Feos Werk." Die junge Frauenstimme klang noch verführerischer als die der ersten Frau, die zu dem Bären gehört hatte.

„Feo, Herr über das Feuer, er allein kann es bezähmen", gurrte sie jetzt. Obwohl Auberlin mit ihren Worten nicht einverstanden war, schließlich herrschte Gott allein über die Elemente, konnte sich Auberlin dem Anblick des Feuerschluckers doch nicht entziehen:

Dieser Feo, wie er genannt wurde, war ein großer, drahtiger Mann, der scheinbar mühelos Feuer aus seinem Mund spuckte. Auberlin konnte sich nicht erklären, warum sich der Mann nicht dabei verbrannte, und wie das Feuer in seinen Mund kam. Dann beobachtete er, wie sich der Spielmann etwas, ein Pulver vielleicht, in den Mund steckte und damit nach der Fackel in seiner Hand spuckte. So entstand die kurze und grelle Stichflamme, die die Menschen ringsum in Begeisterung versetzte.

Der Gaukler selbst war in den Farben seiner Kunst gekleidet: Rot und Gelb waren alle seine Kleidungsstücke, die er am Leib trug. Rot leuchtete sein Umhang, eine gelbe Kordel hielt ihn an seinem Platz, ein Beinling rot, der andere gelb, sogar die spitzen Schuhe des Gauklers trugen zweierlei Farben.

Kunstvoll war auch das Gesicht des Mannes angemalt: Ein gerader, schwarzer Strich nach unten teilte sein Gesicht von der Mitte seiner Stirn an in zwei Hälften. Eine zweite Linie von Ohr zu Ohr erweckte den Eindruck, das Gesicht sei in vier Teile geteilt. Je zwei Viertel waren grellrot, die anderen beiden sonnengelb ausgemalt.

Falls es ein Adelsgeschlecht gäbe, dessen Name etwas mit Feuer zu tun hat, so und nicht anders würde der Wappen aussehen, dachte Auberlin. Jedes sichtbare Stück seiner Haut leuchtete in den Farben des Feuers. Sein Hals leuchtete kräftig rot und war von orangefarbenen Streifen durchzogen. Das Bemerkenswerteste aber an der Bemalung des Spielmanns waren dessen Finger: Alle zehn waren sie abwechselnd rot und gelb geschminkt, wobei der zugehörige Fingernagel aber in der jeweils anderen Farbe angemalt war.

Rot und gelb wirbelte der Mann, mühelos und leicht wie ein Vogel, durch die Luft und spuckte dabei Feuer. Kaum dass er gelandet war, wandte er sich von seinem Publikum ab, um den Mund erneut mit seinem Feuerpulver zu füllen. Ehe es sich die gebannten Zuschauer versahen, sprang er schon wieder hoch in die Lüfte, und eine Stichflamme erschien gefährlich nahe über ihren Köpfen.

Irgendwo in der Nähe fing jemand im nächsten Moment an, eine Trommel zu schlagen. Es dauerte nicht lange, und die Zuschauer klatschten eifrig mit. Auberlins Zehenspitzen begannen, wie von Zauberhand im Takt der Trommel zu wippen.

Er wagte einen Blick auf die Umstehenden und bekam fast überall sich zur Musik wiegende Leiber und im Takt stampfende Füße zu sehen. Als er sich der betörenden Wirkung der Musik bewusst wurde, begann er zu verstehen, warum so mancher Kirchenmann die Kunst der Spielleute für eine Kunst des Teufels hielt.

Länger konnte er allerdings nicht mehr über den zweifelhaften Ruf der Gaukler nachdenken, denn im nächsten Augenblick teilte sich das Publikum im Tanz vor ihm auf und er erhaschte einen Blick auf eine Frau, die eben zu singen anfing. Sie sang und tanzte auf eine Weise, die auf ihn zugleich unschuldig und verführerisch wirkte. Schlangengleich bewegte sie sich vor dem staunenden Publikum, ihr junger Körper schien so biegsam wie die Äste einer Weide. Auberlin war so fasziniert von ihren Bewegungen, dass er ihren Gesang nicht mehr so recht wahrnahm. Eine Frau, die so spielerisch mit ihren Reizen zu locken verstand, hatte er noch nie gesehen.

Trotzdem nahm er ihre körperlichen Vorzüge ab dem Zeitpunkt nicht mehr wahr, als sein Blick zum ersten Mal auf ihrem Oberteil ruhte, das sie in einen Gürtel gesteckt über ihrem kurzen Rock trug.

Es war aus rotem Samt geschneidert und Auberlin kannte den Stoff. *Die Farbe gleicht der von den dunklen Schwestern der Himbeere,* dachte er verwirrt. Das Wort Brombeeren wollte ihm nicht einfallen. *Nein, wie die süßen Himbeeren leuchtet es in der Sonne,* korrigierte er sich selbst. *Und jetzt, da sie ein Rad schlägt, schimmert ihr Gewand dunkler. Wie Pflaumen.*

Auberlin überlegte fieberhaft, woher er die Farbe kannte. Er durchforstete sein Gehirn nach einer Antwort, die ihm aber nicht einfallen wollte.

„Sieh hin, Mechthild, der Mönch da drüben merkt gerade, dass es zweierlei Geschlechter gibt", flüsterte eine Marktfrau hinter vorgehaltener Hand ihrer Freundin zu, die neben ihr stand.

Den gleichen Eindruck hatte wohl auch jener Mann, den Auberlin vorhin schon halb wahrgenommen, dann aber wieder vergessen hatte. „Beim Anblick der schönen Gauklerin kann einem schon das Herz höher schlagen, nicht wahr?", flüsterte eine kultiviert klingende Stimme in Auberlins Ohr.

Auberlin fuhr herum wie der Blitz. Er hatte alles um sich herum vergessen, so sehr beschäftigen ihn seine Grübeleien. Den Mann, der nahe genug war, um ihm mühelos ins Ohr flüstern zu können, hatte er nicht einmal bemerkt.

Weil er nicht wusste, wie er sich verhalten sollte, nickte Auberlin, was dem Wohlgekleideten ein Grinsen entlockte. „Seid vorsichtig, junger Herr, so manche Tochter Salomes hat ihren Bewunderern schon das Selbige herausgerissen."

Auberlin war noch ganz und gar vom Anblick des Stoffes gefangen. Ihm blieb nichts anderes übrig, außer dümmlich nachzufragen: „Das Selbige? Und wer ist Salome?"

„Ich habe Euch für einen gelehrten Mönch gehalten, nach dem Ihr Eurem Begleiter am heutigen Morgen schon so ein poetisches Gedicht vorgetragen habt ...“, meinte der Fremde gedehnt.

„Wer seid Ihr? Und wovon sprecht Ihr?“ Auberlin konnte sich zwar denken, von welchem Reim der andere sprach, aber er konnte sich beim besten Willen nicht daran erinnern, den Mann schon einmal gesehen zu haben.

„Ich gebe zu, ich habe Euer Gespräch beim Frühmahl belauscht, das war unhöflich von mir, aber doch sehr aufschlussreich ...“

Auberlin wusste nicht, was er von einem Mann halten sollte, der sich anscheinend nicht einmal vorstellen wollte.

„Ich entnahm dem Gespräch, dass Ihr Euch sehr für das Liedgut des alten Theodus zu interessieren scheint. Und außerdem scheint Ihr zu wissen, wovon das Lied erzählte.“ Mit diesen Worten verschränkte der Fremde die Arme vor der breiten Brust.

Auberlin hätte gerne gewusst, mit wem er es zu tun hatte, aber da sich der Mann offensichtlich nicht zu erkennen geben wollte, zog er es vor, keine Fragen zu stellen, um den Mann nicht zu brüskieren.

Was hatte dieser Mann mit der ganzen Angelegenheit zu schaffen?

Er schwieg eine ganze Weile, bis der Fremde es schließlich nicht mehr aushielt und das Gespräch von sich aus weiterführte.

Auberlin traute seinen Ohren kaum.

„Der junge Leonhard war ein zu guter Reiter, um grundlos vom Pferd zu fallen. Noch dazu von seiner Lucinda, die beiden waren ein prächtiges Gespann.“

Der Mann wusste, welches Pferd Leonhard an seinem Todestag geritten hatte? Dafür gab es nur eine Erklärung: Der Mann war dabei gewesen, als Leonhard starb.

„Leonhard und der alte Graf führten die Jagd an, an jenem Tag, so, wie es die Herren von Castell immer taten. Stolz ritten sie vor der Jagdgesellschaft her.“

Er war dabei gewesen, ohne Zweifel. Vergessen war das rote Gewand der Gauklerin. „Direkt hinter den beiden ritt der nichtsnutzige, verschlagene Ritter Engelhart. Gott allein weiß, woher seine Familie stammt." Der fremde Mann redete sich mehr und mehr in Rage: „Er tat, als wäre er ein Mitglied der Grafenfamilie, dieser Emporkömmling! Ich wüsste nur zu gern, warum Graf Wilhelm stets seine Hand über diesen Schurken hielt!"

„Was hat Euch der Ritter denn getan, dass Ihr so schlecht von ihm sprecht?", hakte Auberlin ein.

„Mir? Die Braut hat er mir gestohlen!", ereiferte sich der Mann. „Mir, dem Freiherr von Reizenstein!"

Veronica sollte einst diesem Mann versprochen gewesen sein? Eine andere Erklärung fiel Auberlin nicht ein.

„Von Kindesbeinen an war mir die störrische Veronica versprochen, damit sich unsere Familien vereinigen würden! Ich wusste, dass sie nur die Pferde liebt, aber das wäre mir gleich gewesen! Jeden Gaul, den sie sich gewünscht hätte, hätte ich ihr gekauft! Aber dazu sollte es nicht kommen ..." Traurig senkte der betrogene Bräutigam sein Haupt. „In letzter Minute bat mich Graf Wilhelm auf die Burg." Er lachte freudlos. „ Ein Narr, der ich bin, dachte noch, wir würden die Hochzeitsfeierlichkeiten besprechen wollen, da entband mich der Graf von meinem Eheversprechen." Der Freiherr von Reizenstein schüttelte bedauernd den Kopf. „Das Schlimmste aber sollte erst noch kommen! Graf Wilhelm eröffnete mir, Veronicas Hand würde diesem Engelhart gehören!"

So sehr der Freiherr auch gedrängt hatte, die Gründe dafür sollte er nicht erfahren.

Auberlin rieb sich nachdenklich das Kinn und knetete lange seine Finger. „Hm, wenn ihr denkt, die Umstände, unter denen Leonhard stürzte, seien seltsam gewesen, was glaubt ihr dann, was passiert sei?"

Der Freiherr hob beide Hände, um seine Ratlosigkeit zu unterstreichen. „Ich kann es mir nicht erklären. Vielleicht hat jemand Leonhards Stute geblendet? Oder sie zum Scheuen gebracht?" Weil auch Auberlin keine bessere Idee zu haben schien, erzählte Georg von Reizenstein weiter.

„Nachdem Lucinda alleine aus dem Unterholz zurückkam, suchten wir alle nach Leonhard. Sein Vater fand ihn schnell, aber er war schon tot. Er hatte keine Gelegenheit mehr, zu sagen, was geschehen war."

Auberlin überlegte, ob er dem Freiherrn von der merkwürdigen Begebenheit mit Leonhards Sattel erzählen sollte, als ihn Veronicas Bräutigam aus seinen Gedanken riss: „Warte bitte hier auf mich und rühre dich nicht von der Stelle. Aber jedes Mal, wenn ich an diese dunkle Stunde zurückdenke, gelüstet es mich nach einem Becher Wein."

Nachdem Auberlins Verfolger in der Menge verschwunden war, überlegte Auberlin hin und her, ob er Brigitta ins Spiel bringen sollte, vielleicht wusste der entlobte Bräutigam sogar mehr von ihr. Unentschlossen rieb und bearbeitete Auberlin immer noch seine Finger, als der Freiherr zurückkam. „Ihr brecht Euch noch die Finger, wenn Ihr sie weiter so durchwalkt", bemerkte er gutmütig.

„Eine dumme Angewohnheit von mir", gestand Auberlin und verschränkte seine Hände vorsichtshalber hinter seinem Rücken.

„Habt Dank!", bedankte sich Auberlin für den Becher mit Wein, den ihm der Fremde mitgebracht hatte. „Aber wer würde denn von Leonhards Tod am meisten profitieren", probierte es Auberlin und tat unwissend.

„Ihr müsst Euch nicht dummstellen, es sei denn, Ihr seid es wirklich", gab Freiherr von Reizenstein zurück. „Außer dem Ritter Engelhart wird es da niemanden geben, wie ich meine. Nur seinen Bruder Friedrich, der aber an dem Tag noch im Kloster weilte." Der Freiherr spuckte aus. „Ich bin mir sicher, dass Engelhart den Grafensohn auf dem Gewissen hat. Ich weiß nur nicht, wie er das angestellt hat."

Um vollends das Vertrauen des Mannes zu gewinnen, berichtete Auberlin davon, wie er den Sattel gefunden hatte.

Die Augen des Freiherrn weiteten sich: „Zu so einer schamlosen und ehrlosen Tat fähig zu sein ... pfui, pfui, pfui!"

Georg von Reizenstein war ehrlich entrüstet. „Aber wo zum Teufel ist dieser Hund von einem Elend denn nun abgeblieben? Nie werde ich seine Miene vergessen, als der Graf von der Unglücksstelle zurückkam und den Tod seines Sohnes verkündete. Es hätte nicht viel gefehlt, und der Elende hätte gelacht!" Er schüttelte die geballte Faust in der Luft.

„Ich denke, Engelhart ist auch umgekommen. Nur weiß ich noch nicht, wie."

„Ich würde es ihm gönnen", lautete die schlichte Erwiderung. Georg von Reizenstein schien keine Sekunde daran zu denken, dass er als möglicher Täter durchaus selbst infrage kam. Natürlich konnte Auberlin den Freiherren nicht frei heraus fragen, ob er etwas mit den Taten zu hatte, schließlich war es nur ein haltloser Einfall gewesen. Außerdem, so überlegte er, welchen Grund sollte der entlobte Mann gehabt haben, die Gräfin zu töten? Graf Wilhelm war es gewesen, der ihm die Verlobung aufgekündigt hatte. All seine Überlegungen brachten ihn nicht weiter und deshalb wechselte er das Thema: „Wisst Ihr, wo Theodus das Lied aufgeschnappt haben könnte?" Eine weitere Frage, auf die es noch keine Antwort gab.

Sein schmales Mönchsgesicht erhellte sich, als von Reizenstein nickte.

„Da kann ich Euch helfen. Ein Trupp Gaukler hatte sein Lager in einem leeren Stalltrakt von St. Stephan aufgeschlagen. Die Wachposten dachten wohl, zur Kirchenversammlung könnten sie eine Ausnahme machen und die Spielleute innerhalb der Klostermauern lagern lassen. Sie hatten die Rechnung aber ohne ihren Abt Berthold Gunther gemacht ..."

Der Freiherr berichtete Auberlin, wie der Abt selbst die Gaukler aus seinem Kloster gejagt hatte. Alle Spielleute stünden mit dem Teufel persönlich im Bunde, verkündete er jedem, der es hören wollte. Nur ein einziger Auftritt war ihnen in St. Stephan vergönnt gewesen. Ziemlich am Ende ihres Auftritts gab einer von ihnen dieses Lied zum Besten.

Ein Spielmann? Was für ein Pech! Zu diesen Tagen musste es Hunderte von ihnen in der Stadt gegeben haben.

Georg von Reizenstein schien zu ahnen, was Auberlin durch den Kopf ging. Er blickte ihm unverwandt in die Augen und blinzelte verschwörerisch: „Ich meine, dieser Spielmann hat sich Veritas genannt ..."

29

Kunterbunt

Von überall her strömten die Menschen auf die Mainbrücke zu, weil man von dort den besten Blick auf den Einzug der Spielleute haben würde. Auberlin und der Freiherr waren mitten unter ihnen.

Doch in der Menschenmenge, in der jeder drängte, schob und stieß, um sich einen der begehrten Plätze ganz vorne am Mainufer zu sichern, verloren sich Auberlin und Georg von Reizenstein binnen weniger Minuten aus den Augen. Nur zu gerne hätte Auberlin die Unterhaltung mit dem redseligen Adeligen noch fortgeführt, aber das war ihm anscheinend nicht gegönnt.

Zumindest hatte der ihm noch erklärt, woran er den Gaukler erkennen konnte: Der knochige Kerl wurde ständig von Heerscharen von Singvögeln umschwirrt.

Veritas schwor Stein und Bein darauf, dass ihm diese Vögelchen all die Neuigkeiten und Geschichten zutragen würden, die er zum Besten gab. Dank dieser Behauptung war es ihm schon öfter gelungen, seinen Kopf aus der Schlinge zu ziehen, wenn ihn eine hochgestellte Person wegen allzu unverschämter Behauptungen angezeigt hatte. Veritas wusste, dass niemand einen alten Spielmann ernst nahm, der im Notfall dazu bereit war, auf die heilige Bibel zu schwören, dass er mit Vögeln sprechen konnte.

Sein Gewand war aus blauen und grauen Flicken zusammengenäht, gehalten wurde es von einem breiten, braunen Ledergürtel, an dem verschiedene Vogelpfeifen hingen. Das Gesicht des Spielmanns zierte ein langer, grauer Bart, dessen geflochtene Spitze schneckenförmig aufgerollt war. Um den Hals trug er ein langes Seil, dessen Enden mit einer Holzstange verknotet waren, die als Sitzgelegenheit für seine Vögel diente.

Das Auffallendste an Veritas' ungewöhnlicher Aufmachung aber war sein überdimensionaler Hut, der aus trockenem Gras, dürren Ästen und braunem Moos bestand. Kurz: Der Mann trug ein Vogelnest auf seinem Kopf.

Auberlin brannte darauf, herauszufinden, was für ein Mensch hinter dieser höchst seltsamen Aufmachung stecken würde. Doch dazu musste er ihn erst einmal ausfindig machen. Auberlin hoffte, es würde nicht so schwierig sein, die ungewöhnliche Erscheinung zu finden.

Zumindest hatte er schon einmal Glück, was seinen Platz in der Menge betraf. Zusammen mit einer Gruppe Seifensiederinnen, die herrlich rochen, stand er neben dem letzten Brückenpfeiler, den die Einziehenden auf ihrem Weg zum Dom passieren würden. Nichts und niemand versperrte ihm die Sicht. Obwohl sein Geist träge vom Wein war, dachte er nun wieder an das Gewand der Gauklerin. Er hatte es früher schon gesehen, dessen war er sicher. Er kam nur noch nicht darauf, wo das gewesen war.

Bald riss ihn ein Fanfarenstoß aus seinen Gedanken.

Weiter vorne begannen die Menschen zu applaudieren und es dauerte nicht mehr lange, bis auch Auberlin sah, warum: Vier pechschwarze Rösser, die von bewaffneten Reitern gelenkt wurden, bildeten die Vorhut des Bischofs.

Das Kirchenoberhaupt selbst ritt einen riesigen Schimmel, dessen Mähne und Schweif silbern in der Sonne glänzten.

Bischof Gottfried Schenk von Limpurg zog in seine Stadt ein und winkte den Bürgern huldvoll zu.

Beifallsrufe wurden laut. Der Bischof sah geradezu fürstlich aus, wie er daherritt auf seinem Pferd, den Rücken kerzengerade aufgerichtet, die Fäuste fest um die Zügel geschlossen. Er trug Reitstiefel mit langen Schäften aus feinstem Leder, die in schweren Steigbügeln steckten.

Das Gewand des Bischofs war kunstvoll bestickt und über und über mit Borten und Paspeln verziert. Um seine Schultern trug das Kirchenoberhaupt einen Kragen aus weichem Hermelinpelz, der sich bis zu seinem Hals hochzog. Der markanteste Punkt in

Gottfrieds Gesicht war seine gerade Nase, die majestätisch zwischen zwei tiefliegenden, dunklen Augen hervorstach, fand Auberlin.

Die Würzburger Bürger hatten jahrelang unter mehreren Bischöfen gelitten, die vornehmlich in die eigene Tasche gewirtschaftet hatten. Obwohl auch er üppig gekleidet war und ein prächtiges Pferd ritt, war es diesem Kirchenmann hier gelungen, die Finanzen der Stadt zu retten.

Ein Bischof, der sich Fürst nennt, flüsterte eine bekannte Stimme gehässig in seinem Kopf. *Natürlich,* dachte Auberlin, *Leberecht hat mir von dem Unmut des Adels erzählt. Den hohen Herren schmeckt es gar nicht, dass Bischof Gottfried sich auch Fürst nennt.*

Die Nachhut des Bischofs bildeten einige bewaffnete Soldaten, an deren Hüften glänzende Schwerter baumelten.

Ihnen folgten die Kirchenmänner, die der Einladung des Bischofs gefolgt waren, an der Synode teilzunehmen.

Auberlin entdeckte recht bald seinen Freund Leberecht in der Menge, dessen griesgrämiges Gesicht wieder einmal Bände sprach. Bruder Leberecht schien sich keine Mühe zu geben, seinen Unmut über sein Hiersein zu verbergen.

Er würde sich bestimmt auch lieber unter das einfache Volk mischen, als mit todernster Miene unter all den Würdenträgern zu marschieren, überlegte Auberlin. Plötzlich aber war der Cellerar vergessen, denn mit einem Mal verbreite sich Brandgeruch in der Luft und es knisterte leise. Erschrocken reckten die Menschen die Hälse, um zu sehen, woher das Feuer kam. Erst als das Weib neben Auberlin den Ursprung des Geruchs erkannte, lachte sie erleichtert auf. Er stammte von zwei qualmenden Pechfackeln, die sich in den Händen von den Spielleuten befanden, die deren Zug anführten.

Die Spitze des bunten Volkes bildete ein kleiner Trupp von Akrobaten, die ihre Kunststücke zeigten. Junge Männer mit Schellen an Händen und Füßen schlugen Räder, sprangen hoch in die Luft und vollführten gewagte Saltos, vorwärts und rückwärts. Die Akrobaten zwinkerten den Seifensiederinnen zu und machten dabei obszöne Gesten, was die jungen Frauen verschämt kichern ließ. Sie blieben mit hochroten Köpfen zurück, während die gelenkigen Burschen weiterzogen und ihre Wirkung auf das weibliche Geschlecht schon ein paar Schritte weiter an ein paar braven Bürgerstöchtern versuchten.

Die nächste Attraktion, die die Gaukler für ihre Zuschauer bereithielten, konnten die Menschen schon lange riechen, bevor sie diese zu sehen bekamen. Nachdem die Gaukler mit ihren stinkenden Pechfackeln weitergezogen waren, zog der herrliche Duft von gebratenem Fleisch durch die Nasen der Menschen. Sehr bald aber musste das köstliche Bratenaroma einem strengen, tierischen Geruch weichen.

Angewidert verzogen die Umstehenden ihre Gesichter.

Es dauerte gar nicht lange, bis ein Karren, von zwei mächtigen Ochsen gezogen, vor ihren Gesichtern auftauchte. Der Karren war mit einem schweren Käfig beladen. In dem Käfig, hinter dicken Eisenstäben, saß ein großer Affe, der, wie Auberlin fand, äußerst ängstlich wirkte. Von Zeit zu Zeit brüllte das Tier furchterregend und zeigte dabei seine großen, weißen Zähne, was die Menschen verschüchtert zurückschrecken ließ.

Ein Blick in die begeisterten Gesichter der Zuschauer um ihn herum reichte Auberlin, um Folgendes zu erkennen: Er war der Einzige, dem der Besitzer des Affen, der das Tier alle paar Schritte mit einer langen Nadel quälte, aufgefallen war. Auberlin fühlte Mitleid mit dem wilden Geschöpf, für das es keine Chance gab, seinem Schicksal zu entrinnen. Den Umstehenden war es egal, was mit der Kreatur im Käfig geschah, solange sie nur ihren Spaß hatten.

Nach und nach zogen die Spielleute an ihrem Publikum vorbei. Sänger wechselten sich mit Flötenspielern ab, auf Schauspieler folgten Messerwerfer, dazwischen spielte jemand mehr schlecht als recht eine Laute. Zauberkünstler zogen bunte Bänder aus ihren Ohren, Kartenspieler versuchten ihre Tricks an dem staunenden Publikum.

Doch von Veritas war keine Spur zu entdecken.

Bald schon waren die letzten Akkorde der Musikinstrumente der Spielleute verklungen und auch die ausdauerndsten unter den Zuschauern hörten auf zu klatschen. Langsam löste sich die gutgelaunte Menschenmenge auf, fast alle von ihnen drängten sich nun in die städtischen Schenken, um sich dort den einen oder anderen Becher Wein zu genehmigen.

Die Straßen und Gassen leerten sich langsam, nur ein paar Männer und Frauen, die auf dem Markt noch ihre Einkäufe erledigen wollten, blieben zurück.

Als die zahlreichen Glocken Würzburgs zur zwölften Stunde läuteten, eröffnete Bischof Gottfried im Kiliansdom seine Kirchensynode.

Auberlin streifte noch lange allein durch die Stadt, um nach Veritas Ausschau zu halten. Sollte es ihm nicht gegönnt sein den Geschichtenerzähler und Dichter zu finden, so hoffte er wenigstens, Georg von Reizenstein wiederzutreffen. Doch beides wollte ihm nicht gelingen.

So leistete er sich einen Becher Honigwein in einer Schenke. Die Gespräche um ihn herum drehten sich hauptsächlich um bekannte und wichtige Bürger der Stadt und interessierten ihn deshalb nicht besonders. Auberlin wusste schließlich nichts mehr mit seiner Zeit anzufangen und beschloss, sich auf den Weg zurück nach St. Stephan zu machen, wo er auf Bruder Leberecht warten wollte.

An dessen beständig schlechter Laune hatte sich nichts geändert, als er am späten Abend zu ihrem Quartier zurückkehrte. Auberlin hoffte, der mürrische Gesichtsausdruck des Cellerarius würde von selbst wieder verschwinden, sobald die Kirchenversammlung vorüber war. Immerhin schien die Verpflegung der Kirchenmänner im Dom zu seiner Zufriedenheit gewesen zu sein, weil er kein Wort darüber verlor und nichts mehr essen wollte.

Nur wenige Männer vertrieben sich ihre Zeit noch im Gesellschaftsraum, als Bruder Leberecht zurückkam, deshalb begab er sich direkt auf das Zimmer, das er und Auberlin sich teilten.

„Nun erzähl schon, Bruder Auberlin. Dir brennt doch etwas unter deinen Nägeln ..." Bruder Leberecht lächelte bei diesen Worten wohl zum ersten Mal an diesem Tag. Auberlin aber schüttelte energisch den Kopf, obwohl er dem älteren Mönch unbedingt von seinem Tag und den Neuigkeiten, die der mit sich gebracht hatte, erzählen wollte. „Du zuerst! Ihr müsst doch allerhand wichtige Dinge besprochen haben, so lange wie du weg warst!"

Jetzt grinste Leberecht: „Wenn du es für wichtig erachtest, dass uns der Bischof stundenlang alte und ältere Beschlüsse vorgelesen hat, die in der Vergangenheit verfasst worden sind, dann war heute ein wichtiger Tag. Ansonsten musst du dich bis morgen gedulden, Auberlin, morgen erfahren wir vielleicht, was sich Bischof Gottfried Neues hat einfallen lassen."

Auberlin war wieder einmal entsetzt über die Respektlosigkeit, mit der Leberecht über das Kirchenoberhaupt seiner Diözese sprach. In dem Moment würde es nichts bringen, den Cellerarius noch weiter zu befragen, und deshalb begann er, zu berichten:

Jede Einzelheit, jedes noch kleine Detail von seiner Begegnung mit dem Freiherrn von Reizenstein teilte er dem Kellermeister mit. Besonders genau schilderte Auberlin, was es mit dem Spielmann auf sich hatte, den es nun zu finden galt. Leberecht konnte mit dem Namen des Edelmanns nichts anfangen. Er hatte auch noch nie von einem Spielmann namens Veritas gehört, gab er gegenüber dem enttäuschten Auberlin zu.

„Hast du dich im Lager der Spielleute nach diesem Mann erkundigt?", fragte er Auberlin.

„Nein, ich weiß doch gar nicht, wo das liegt", antwortete Auberlin.

Bruder Leberecht hob die Brauen: „Am Sandertor haben sie ihre Zelte aufgeschlagen. Von dort ist es nicht weit bis zum Haus des Henkers, der ihnen Schutz verspricht, Meister Spurensucher."

Auberlin schüttelte den Kopf über seine eigene Dummheit. „An diese Möglichkeit habe ich noch gar nicht gedacht ...", gestand er ein.

Warum nur war er ziellos in der Stadt umhergestreift, anstatt das Nächstliegende zu tun, nämlich jemand nach den Gauklern zu fragen?

Früh am nächsten Morgen schlich sich Auberlin zur Pforte von St. Stephan hinaus. Während die Gäste des Klosters noch fast alle schliefen, herrschte in den Wirtschaftsgebäuden schon reges Treiben. Vor dem Tor warteten die Händler und Kleinkrämer, um ihre Waren an den Bruder Speisemeister loszuwerden. Der Speisemeister, noch jung an Jahren, wirkte verhärmt und griesgrämig wie ein alter Mann, dem im Leben nichts geglückt war. Auberlin war froh, nicht an der Stelle des Fischhändlers zu sein, dem der Speisemeister gerade seine frischen Fische schlecht zu reden versuchte.

„Fangfrisch, dass ich nicht lache", zischte er gehässig.

Der Fischhändler war so eine Behandlung wohl gewohnt, denn er seufzte nur und beharrte auf den geforderten Preis.

„Vergiften soll man den Kerl ...", flüsterte eine zahnlose Alte gerade, als Auberlin an ihr vorbeihastete. Sie selbst war schon so manches Mal damit gescheitert, dem Speisemeister die Backwaren ihres Sohnes zu verkaufen. Stets behauptete der unverschämte Mönch, die Brote seien alt und steinhart, um den Preis zu drücken.

Zum Glück hatte er sich den Weg zum Haus des Henkers am Abend zuvor genau beschreiben zu lassen, denn in den frühen Morgenstunden war es immer noch empfindlich kalt. Auf jeden noch so kleinen Umweg konnte Auberlin deshalb gut und gerne verzichten.

In den Gärten der Bürgerhäuser blühten die Schneeglöckchen und Auberlin musste an Barbara denken. ‚Schneetropfen', hatte sie die kleinen Blümchen genannt und ihm eine wunderbare Geschichte über sie erzählt. Was sie jetzt wohl tat? Hatte sie schon einen Weg gefunden, die Wut des Grafen auf sie zu besänftigen? Auberlin hätte es nur zu gerne geglaubt.

„Herr im Himmel", fluchte er plötzlich, weil er in eine tiefe Pfütze getreten war. Einen Moment hatte er nicht aufgepasst, so tief war Auberlin in seine Gedanken versunken gewesen und schon war es passiert. Wohl oder übel musste er jetzt mit einem nassen und kalten Fuß weitermarschieren.

Leise grummelnd legte er das letzte Stück seines Weges zurück. Bruder Leberecht hatte ihm erklärt, er könne sein Ziel gar nicht verfehlen, weil der Henker am äußersten Rand der Stadt, direkt neben der Stadtmauer wohnte.

Der Cellerarius sollte wieder einmal Recht behalten.

Schon bald tauchten mehrere Karren und Wagen vor Auberlins Augen auf, die einen Kreis um eine große Feuerstelle bildeten. Im Inneren des Kreises grasten ein paar Ziegen und drei oder vier Schafe. Hunde in allen Größen schliefen unter den Wagen oder nah an der Feuerstelle. Auberlin zählte insgesamt sechs Esel und vier Ochsen, die wohl als Zugtiere mit den Spielleuten reisten. Bei dem ganzen Getier waren keine Pferde dabei, bemerkt er sofort. Das fand er sehr seltsam, waren doch gestern einige wenige der Gaukler bei ihrem Einzug hoch zu Ross gewesen. Während er sich noch suchend umschaute, drang ein schrilles Wiehern, das ganz aus der Nähe kam, in sein Ohr. Als Auberlin in die Richtung blickte, aus der das Geräusch gekommen war, fiel sein Blick auf ein behelfsmäßig aufgebautes Zelt. Er verstand: Die Spielleute schützen ihre wertvollen Tiere so vor dem Wetter und wahrscheinlich auch vor etwaigen Dieben.

Die Kirchensynode lockte bestimmt nicht wenige Beutelschneider, Betrüger und anderes Gesindel in die Stadt, vermutete Auberlin ganz richtig. Das geifernde und wütende Gebell eines schwarzen Hundes, der auf ihn zusprang, bestätigte ihn in seiner Meinung. In diesem Tagen gab es für die Menschen noch mehr Gründe als sonst, ihr Hab und Gut zu schützen. Das sabbernde Tier vor ihm sah überhaupt nicht so zutraulich aus wie der freundliche Fleck. Er war froh, als der Köter nur einen Lidschlag später von einer strengen Frauenstimme zurückbefohlen wurde.

Der Hund gehorchte sofort. Er wandte sich von Auberlin ab, bedachte ihn noch mit einem abschätzigen Blick, um sogleich gemächlich zu seiner Herrin hin zu trotten. Die alte Frau mit der scharfen Stimme kraulte das Tier hinter den Ohren, worauf der ihr begeistert die Hand leckte.

„Wer bist du und was willst du?", blaffte sie Auberlin an, der sich gerade von seinem Schreck über den vermeintlichen Hundeangriff erholte. Ihre Arme stemmte sie in die knochigen Hüften, ihre Ellbogen stachen spitz in die Luft.

„Ach, Mutter, verschreckst du wieder unsere Besucher?", kam eine weibliche Stimme irgendwo aus dem Hintergrund.

Auberlin wusste sofort, dass er diese Stimme schon einmal gehört hatte, aber beim besten Willen hätte nicht mehr sagen können, wann und wo das gewesen war.

„Hmpf", lautete die ganze Antwort der Alten. Als das misstrauische Weib einen Schritt nach vorne trat, um mit dem langen Stock in ihren Händen das Feuer erneut zu schüren, gab sie den Blick auf die bis dahin unsichtbare Sprecherin frei.

Mit wiegenden Hüften und geschmeidigen Bewegungen bewegte sich ein junges, leicht bekleidetes Mädchen mit langem, schwarzem Haar auf Auberlin zu. Goldene Ringe glänzten an ihren Ohren, an ihren Handgelenken und an ihren Füßen.

„Wen haben wir denn da am frühen Morgen?", gurrte sie und kam dabei auf Auberlin zu geschlendert.

Natürlich, dachte Auberlin, *die Stimme gehört dem Mädchen, das gestern mit dem Bärenbändiger und dem Feuerkünstler aufgetreten ist.*

Bis jetzt hatte Auberlin nur schemenhaft wahrgenommen, dass sie außer einem kurzen Röckchen und einer Art Mieder nicht viel an ihrem schlanken Leib trug. Genauer wagte er gar nicht, hinzuschauen.

„Guten Morgen, ich heiße Auberlin und bin auf der Suche nach einem eurer Leute", begann er freundlich.

Die Schwarzhaarige sah ihn interessiert an und strich sich eine schwarze Strähne ihres Haares hinter ihr linkes Ohr. Die Spitzen ihres Haares fielen auf die nackte Haut über ihrem Schlüsselbein und berührten dabei den Saum ihres Mieders.

Direkt unter ihrem Schlüsselbein befand sich ein sternförmiges Muttermal, das so perfekt geformt war, dass Auberlin einfach hinsehen musste. Als Nächstes saugte sich sein Blick an der Farbe ihres Mieders fest.

Irgendetwas in seinem Inneren begann zu rumoren, sein Herz schlug schneller und Auberlin spürte, wie sein Puls zu rasen begann, aber er hätte um keinen Preis sagen können, worin die Ursache für seine Unruhe lag. Sein Mund wurde trocken und er brachte keinen Ton heraus. Die junge Frau leckte sich langsam über ihre vollen Lippen. In ihrem Blick konnte Auberlin lesen, was sie dachte. Sie glaubte, ihr Anblick sei es, der den Mönch so erregte.

Auberlin kam allerdings vorerst nicht dazu, dieses Missverständnis zu korrigieren, denn in dem Moment, als er weitersprechen wollte, ertönte erneut die Stimme der Alten: „Wen auch immer du suchst, woher weißt du, dass es einer von uns ist?

Und wenn es so ist, warum sollten wir dir helfen?"

Auberlin würde sich später mit dem Gewand befassen müssen. Die kreischende Stimme schmerzte in seinen Ohren und schien keinen Aufschub einer Antwort zu dulden.

„Der, den ich suche, nennt sich Veritas. Ich will ihn nur etwas fragen. Schau, gute Frau, ich bin ein Mönch. Was soll ich Böses im Schilde führen!"

Die Alte lachte meckernd: „Warum sollten Mönche nichts Böses im Schilde führen? Kannst du mir dafür einen vernünftigen Grund nennen?" Sie stützte sich auf ihren Stock und schaute Auberlin abwartend an.

Bis der sich eine gute Antwort überlegt hatte, kam dieses Weib einen Schritt auf ihn zu und zeigte mit ihrem Stock auf ihn: „Wer den närrischen Vogelmann sucht, der kann nicht ganz bei Trost sein. Alle anderen schauen, dass sie Land gewinnen, wenn sich der nach Vogelscheiße stinkende Alte blicken lässt. Was meinst du, Luzia?"

Luzia zuckte gelangweilt die Schultern. „Du übertreibst wieder, Mutter, Veritas ist ein guter Mensch. Ein armer Tropf. Ein wenig seltsam, aber was will man von einem Mann erwarten, der mit den Vögeln sprechen kann?" Sie lachte kehlig, verschränkte die Arme vor ihrer Brust und schlug dann blitzschnell einen Salto rückwärts, sprang nach der Landung noch einmal mit beiden Beinen hoch in die Luft und kam dann neben der Feuerstelle zum Stehen. Sie lächelte verführerisch und erkundigte sich scheinbar arglos: „Was springt für uns heraus, wenn wir dir helfen, Auberlin?"

Statt zu antworten tauchten vor seinem inneren Auge aber in diesem Augenblick mehrere Bilder gleichzeitig auf, um sofort wieder zu verschwinden.

Er sah sich als Kind, wie er von einem Pferd gehoben wurde. Er sah einen Mönch, der freundlich lächelnd die Arme nach ihm ausstreckte. Er sah ein rotes Kleid, dessen Rock weich über einen Damensattel fiel. Er sah seinen Vater. Er sah die Pforte des Klosters, in dem er aufgewachsen war. Er sah das Gesicht seiner Mutter, musste feststellen, wie blass es war. Seine Augen richteten sich auf ihr Kleid.

Auberlin blinzelte ein paar Mal. Ungläubig. Ratlos.

Konnte er seiner Gabe vertrauen? Hatte er das nicht immer gekonnt? Auch wenn sich Auberlin noch keinen Reim darauf machen konnte, war eines für ihn klar: Die junge Gauklerin trug einen Teil des Kleides, das einst seine Mutter an dem Tag getragen hatte, als sie ihn verlassen musste.

Er stolperte einige Schritte zurück und strauchelte, so sehr erschreckte ihn diese unglaubliche Erkenntnis.

„Hast du einen Geist gesehen? Du musst keine Angst vor mir haben, fremder Mönch, ich verlange nichts für meine Auskunft, was du nicht bezahlen kannst!" Luzia lachte gutmütig.

Sie dachte wohl, er hätte Angst vor dem Preis, den ihre Information kosten würde.

Woher hätte sie auch wissen sollen, was wirklich in Auberlin gefahren war. Der riss sich zusammen und nahm sich vor, behutsam vorzugehen. Die Spielleute waren ein vorsichtiges Volk und daran taten sie gut, in einer Zeit, in der das fahrende Volk keine Rechte genoss und niemandes Schutz unterstand.

„Nein, davor habe ich keine Angst. Ich kann für dich beten, wenn du willst und wenn du Geld willst, habe ich ein paar Münzen dabei." Er lächelte entwaffnend.

Sogar die mürrische Alte kicherte. „Lieber die Münzen, junger Mann."

Luzia nickte. „Wobei ... wir verdienen gut dieser Tage, ich glaube, wir können dir gerne ohne Bezahlung helfen. Bete ruhig für uns."

„Hmpf", lautete erneut die Antwort der Mutter, die sich nach dieser Aussage umdrehte und kopfschüttelnd davonmachte, ohne sich noch einmal umzudrehen.

Auberlin war stolz auf sich. Trotz des Aufruhrs in seinem Inneren war er nach außen hin die Ruhe in Person geblieben. Er fingerte an seinem Gürtel herum und streckte der Frau ein paar Münzen hin. „Hier, nimm. Als Schreiber eines großen Kirchenmannes werde ich gut bezahlt", schwindelte er. Auberlin mochte sich gar nicht vorstellen, was Bruder Leberecht davon halten würde, würde ihn jemand als großen Kirchenmann bezeichnen.

Blitzschnell verschwanden die Münzen in Luzias Mieder. „Na, wenn das so ist", meinte sie unbekümmert. „Ich glaube, ich will gar nicht wissen, warum du auf der Suche nach Veritas bist, aber ich sehe dir an, dass du ihm nichts Böses willst." Sie schien Auberlins fragenden Blick zu bemerken. „Glaub mir, hier bei uns ist nichts so wichtig wie eine gute Menschenkenntnis."

Auberlin lächelte nur.

„Der alte Veritas hat nichts verbrochen, das weiß ich genau. Ich denke, du willst nur mit ihm über eines seiner Gedichte sprechen. Wird sich wieder mal einer der hohen Herren oder Damen beleidigt gefühlt haben. Wäre nicht das erste Mal, aber Veritas weiß morgen eh nicht mehr, was er heute dichtet. Weißt du, sein Kopf macht nicht mehr so mit." Bei dem letzten Satz hatte sich Luzias Stimme vertraulich gesenkt. „Von mir hast du das aber nicht, wenn du mit ihm redest, klar?"

Auberlin hob die Hand. „Ich schwöre." Insgeheim bat er Gott und alle Heiligen, der alte Veritas möge sich wenigstens noch an dieses eine erinnern, das für Auberlin so wichtig war.

Luzia war zufrieden. Sie erklärte Auberlin, in welchem der Wagen er den Spielmann finden konnte. Nämlich in dem, der hinter einem Baum stand, so weit wie möglich weg von allen anderen Wagen, ganz nahe an der Stadtmauer. Wegen des Gestanks.

Auberlin bedankte sich bei ihr und wandte sich in die gezeigte Richtung, doch bevor er den ersten Schritt tun konnte, zupfte Luzia an seinem Ärmel.

„Jetzt kannst du noch nicht zu ihm gehen. Veritas geht niemals nüchtern schlafen und deshalb verschläft er den größten Teil des Tages. Erst am Abend ist er wieder ansprechbar."

Auberlin zog missbilligend eine Augenbraue hoch, zuckte aber dann gleichgültig die Schultern. Schließlich ging es ihn nichts an, was der Alte mit seinem Leben anstellte. Auf die wenigen Stunden bis dahin kam es jetzt auch nicht mehr an.

Außerdem hatte er noch etwas anderes auf dem Herzen: „Das Kleid, das du trägst, es steht dir sehr gut, Luzia."

Sie schaffte es tatsächlich, ein wenig rot zu werden, bei dem kleinen Kompliment. „Dankeschön", murmelte sie mit ihrer schönsten Mädchenstimme.

„Ich meine, ich habe es schon einmal gesehen ... irgendwo", seine Stimme klang ein wenig rau, wie von weit weg, als er diese Worte aussprach.

„Wie meinst du das?", antwortete sie, ehrlich überrascht.

„Ich meine, ich kenne das ganze Kleid, aus dem dein Mieder gemacht worden ist. Vielleicht, um das einstige Kleid unkenntlich zu machen." Er sah ihr direkt in die Augen.

„Willst du andeuten, ich hätte es gestohlen? Was fällt dir ein?" Die kleine, zierliche Frau baute sich vor Auberlin auf. „Von meiner ältesten Schwester, Gott hab sie selig, habe ich es geerbt! Nichts habe ich gestohlen!" Sie spuckte ihm vor die Füße. „Seit ihrem Tode halte ich es in Ehren! Ich weiß nicht, wie oft ich es schon geflickt habe, sieh her." Zum Beweis streckte sie ihm ihre Ärmel entgegen, die an mehreren Stellen grobe Nähte aufwiesen.

Auberlin tat es leid, ihr etwas vorspielen zu müssen, aber erklären konnte er sich erst, wenn er erfahren hatte, was er wissen wollte.

„Meine Schwester hat es von einer Frau bekommen, der sie das Leben gerettet hat. Aus einem Fluss hat sie die Frau gefischt, die wohl von hohem Stand war und ..."

„Wie hat sich das zugetragen?", fiel ihr Auberlin ins Wort.

„Soweit ich weiß, wurden die Frau und ihr Gatte verfolgt. Von wem weiß ich nicht. Als der Mann schon gefangengenommen worden war, rettete sich die Frau mit einem beherzten Sprung in den Fluss, um ihren Verfolgern zu entkommen, die auch ihr nach dem Leben trachteten. Einer der Männer kletterte schon die Böschung hinunter, um sie aus dem Wasser zu holen, als unsere Truppe zufällig vorbeikam. Beim Anblick unserer Männer ergriffen ihre Häscher die Flucht. Meine Schwester hatte Mitleid mit ihr. Wie ein Eiszapfen saß sie am Flussufer, als meine Schwester sie aus dem Wasser geholt hatte. Nichts war der Frau mehr geblieben, außer dem, was sie am Leib getragen hat."

Luzia machte eine kurze Pause, ehe sie weitererzählte: „Die vornehme Dame blieb bei uns und erwies sich schon bald als gute Geschichtenerzählerin und Sängerin, außerdem konnte sie die Laute spielen. Es dauerte nicht lange, bis sie sich ihren Lebensunterhalt selbst verdiente und sogar noch ein wenig mehr."

„Ist sie denn lange mit euch gereist?", fragte Auberlin neugierig, doch Luzia zuckte nur die Schultern.

„Damals war ich noch ganz klein. Wie lange sie bei uns war, kann ich dir nicht sagen. Irgendwo bei Straßburg hat sie die Truppe schließlich verlassen, um dort ein Kloster aufzusuchen."

Auberlin mühte sich, seine Aufregung zu verbergen. „Und wie seid ihr dann zu dem Kleid gekommen?"

„Das ist schnell erzählt. Zum Zeichen tiefer Verbundenheit hatte sie das teure, rote Kleid, mit dem sie in das Wasser gefallen war, in zwei Teile geteilt. Den Rock hatte sie behalten, das

Oberteil aber schenkte sie meiner Schwester." An dieser Stelle verstummte Luzia vorerst. Doch dann fiel ihr noch etwas ein: „Bevor sie sich endgültig verabschiedete, vertraute sie meiner Schwester noch etwas Wichtiges an. Sie sagte, in jenem Kloster würde ihr Sohn aufwachsen, den sie vor langer Zeit dort zurückgelassen hatte."

Der Boden begann sich unter Auberlins Füßen zu drehen und seine Welt stand für einen Moment still, als er die Tragweite von Luzias Worten begriff. Bei dieser Frau musste es sich um seine Mutter gehandelt haben.

Er schnappte ein paarmal nach Luft wie ein Fisch auf dem Trockenen, weil er nicht wusste, was er sagen sollte. Er wollte sich bei Luzia bedanken, aber er brachte keinen Ton heraus. Am liebsten hätte er die junge Gauklerin in den Arm genommen und hätte sie vor lauter Freude hoch in die Luft geworfen, aber er traute sich nicht.

Stattdessen erwog er, sich mit einer Ausrede von ihr zu verabschieden, um nach ... ja, wohin sollte er jetzt gehen? Wem sollte, oder konnte er von dieser unglaublichen Wendung in seinem Leben erzählen?

„Ich wusste es! Ich wusste es! Ich habe es immer geahnt", mit diesen Worten trat er auf die verblüffte Luzia zu und hielt sie an beiden Händen fest. Er strahlte über das ganze Gesicht.

Die schaute ihn an, als ob sie sich ernsthaft Sorgen um ihn machen würde. „Was weißt du? Dass ich keine Diebin bin? Das hätte ich dir auch ohne diese Geschichte sagen können. Ich würde bloß gerne wissen, was dich daran so freut?" Luzia beobachtete ihn mit schiefgelegtem Kopf.

„Meine liebe Luzia", begann er dem verwunderten Mädchen zu erklären, „deine Geschichte, sie ist so wundervoll, ich glaube, nein, ich weiß, ich habe noch nie so wunderbare Nachrichten erhalten." Dümmlich strahlte er sie an. „Ich weiß gar nicht, wie ich dir danken soll. Wie ich dich jemals für deine Hilfe entlohnen kann."

An dieser Stelle hatte die junge Frau endgültig genug von Auberlins Gefasel, das für sie keinerlei Sinn ergab. Sie stellte sich dicht vor ihn und packte ihn am Kragen und zwang ihn so, ihr direkt in die Augen zu schauen.

„Wovon sprichst du? Ich habe dir doch gar nicht geholfen!"

Bevor er antwortete, holte Auberlin tief Luft. Er weihte sie in die Geschichte seiner Kindheit, seiner Vergangenheit, in die seiner Mutter ein. Als Beweis zog er schließlich sein Messer hervor, um dessen Griff noch immer der rote Faden gewickelt war.

30

Kobaltblau

Als Auberlin mit seiner Geschichte fertig war, spiegelten sich Tränen der Rührung in Luzias großen Augen. Sie wurde nicht müde, wieder und wieder zu betonen, wie glücklich es sie machte, ihm eine so große Freude bereitet zu haben. Und noch dazu unwissentlich! Längst hatte sie vergessen, als Diebin bezichtigt worden zu sein.

Darüber war Auberlins Erleichterung groß, war ihm doch nichts anderes übrig geblieben, als diese List zu benutzen. Er hatte sie dazu bringen müssen, über ihr Gewand zu sprechen. Nie hatte er die junge Frau für eine Diebin gehalten. Auberlin dachte nur ganz selten, wenn überhaupt einmal, schlecht von jemandem, wenn es dafür keinen triftigen Grund gab. Als er sich für dieses kleine Schauspiel bei ihr entschuldigen wollte, winkte sie nur ab.

„Ich wurde schon so oft von jemandem getäuscht; und meistens ging das nicht so harmlos ab wie heute", wiegelte sie ab; doch Auberlin beharrte auf eine Entschuldigung.

„Darf ich dich wenigstens zum Dank einladen? Du und ich, wir wollen uns in einer Schänke ein Festmahl gönnen!"

Sie überlegte zwar einen Moment, lehnte aber dann ab. „Das ist keine gute Idee, fürchte ich", flüsterte sie verschämt.

„Aber warum denn nicht?", fragte Auberlin erstaunt.

„Man sieht uns besser nicht miteinander. Ein Mönch und eine Gauklerin, das geht nicht gut zusammen", erklärte sie sanft.

Auberlin aber wollte davon nichts wissen. „Du hast mir so sehr geholfen, liebe Luzia, mir ist es einerlei, wenn uns jemand sieht."

„Verstehst du denn nicht? Es geht gar nicht so sehr um dich. Du bist ein Mönch. Was bin ich schon? Die Leute würden mich doch für deine Hure halten. Das würde mir noch fehlen ..."

Auberlin peinlich berührtes Gesicht ließ sie schon wieder lachen. Grinsend verdrehte sie die Augen zum Himmel.

Am Ende gelang es Auberlin aber schließlich doch, ihr die Erlaubnis abzuringen, sie später zur Sext, noch einmal aufsuchen zu dürfen. Dann würde er etwas zu Essen mitbringen. Bevor er sich zum Gehen wandte, flüsterte sie ihm noch schelmisch lächelnd etwas ins Ohr. „Bis dahin dürfte Veritas von der Nacht zuvor wieder ausgenüchtert sein."

Auberlin verbrachte die nächsten Stunden damit, nichts zu tun, was ihm schwerfiel. Er hatte keinen Geist mehr dafür, sich die herrliche Stadt noch näher anzuschauen. Seine Gedanken gehörten einzig und allein seiner Mutter.

Nicht einmal für die Morde, um die sich in der letzten Zeit alles gedreht hatte, war Platz in seinem Kopf.

Leberecht wird staunen, wenn er erfährt, welch glücklicher Zufall mir in die Hände gespielt hat, dachte Auberlin voller Vorfreude an sein Wiedersehen mit dem Cellerarius.

Ziellos wanderte er durch die Gassen Würzburgs. An einem Stand kaufte er sich ein Stück Honigkuchen und aß es auf der Stelle, obwohl er keinen Hunger verspürte. Aus Langeweile, weil es noch dauern würde, bis die Glocken zur Sext läuteten, spülte er den Kuchen mit einem Humpen Honigwein hinunter.

Der Kuchen und der süße Wein ließen seinen Magen protestieren und er fühlte sich, als hätte er pures Zuckerwasser getrunken.

Einige Stunden verstrichen, bis er sich endlich auf die Suche nach einer Schänke machen konnte. Schon bald zogen hier und da ein paar Geruchsfetzen von gebratenem Fleisch und gekochtem Gemüse durch die Luft. Die Düfte führten ihn geradewegs in eine offene Schänke, die recht ordentlich und sauber aussah. Dort erstand er ein paar gebratene Fleischstücke, bestellte einen Brotlaib und kaufte ein kleines Fass des besten Weines.

Während er den Weg zurück zum Henkershaus lief, bat er inständig darum, der Tag möge weiterhin so gut verlaufen, wie er begonnen hatte. Als er schwer bepackt am Lagerplatz ankam, starrten ihn ungefähr zwanzig fremde Augenpaare an, manche abschätzend, andere einschätzend, ein paar misstrauisch, wenige feindselig, die meisten aber gleichgültig.

Luzia schien ihn schon von weitem gesehen zu haben. Fröhlich kam sie herangelaufen, kaum dass er den offenen Platz, der von den bunten Wagen flankiert wurde, betreten hatte.

Sie winkte ihm zur Begrüßung zu, nahm ihn ganz ungezwungen an der Hand und zog ihn mit sich. Auberlin musste sich anstrengen, um nichts von seinen mitgebrachten Köstlichkeiten fallen zu lassen.

„Komm, Auberlin, ich möchte dich Feo, unserem Anführer, vorstellen."

Ohne seine Antwort abzuwarten, schleifte sie ihn zu dem hell lodernden Lagerfeuer hin, das in der Mitte des Platzes brannte. Selbst von hinten konnte Auberlin erkennen, wie sehr sich Luzia bemühte, ihren Gang besonders geschmeidig aussehen zu lassen. Als sie die beiden Männer einander vorstellte, lächelte sie verführerisch. Sie war verliebt in den Feuerkünstler, das stand für Auberlin fest. Feo aber war mindestens fünfzehn Jahre älter als Luzia, und falls er von Luzias Verliebtheit wusste, sah man ihm davon nichts an.

Aufgeregt erzählte Luzia dem Mann von Auberlins Mutter. Feo brauchte eine Weile, bis er sich an sie erinnerte, doch dann nickte er.

„Jetzt fällt es mir wieder ein! Ja, ich denke in der Tat gerne an die Frau zurück. Überall, wo helfende Hände gebraucht wurden, hatte sie wortlos mit angepackt. Für jeden von uns hatte sie ein freundliches Wort übrig und zu jederzeit hatte sie ein offenes Ohr für die großen und kleinen Sorgen und Nöte der Truppe gehabt.

Sie hatte sich sogar die Mühe gemacht, jedem, der es wollte, die Grundbegriffe des Rechnens und des Schreibens beizubringen."

Auberlin wurde bei Feos lobenden Worten warm ums Herz. Lächelnd fragte er: „Wie lange war sie denn bei euch?"

Diesmal musste Feo nicht lange nachdenken: „Gut zwei, längstens drei Jahre, schätze ich."

„Und was hat sie in dieser Zeit gemacht?"

„Obwohl es keiner von ihr verlangt hatte, bestand sie darauf, sich ein wenig Geld durch Singen und Geschichtenerzählen zu verdienen." Feos Gesicht wurde seltsam mild für einen unerschrockenen, raubeinigen Feuerschlucker. „Jeder konnte aber an ihrer Nasenspitze erkennen, dass sie nicht für ein Leben zwischen Gauklern geboren war."

„Hat sie denn niemals erzählt, wer die Häscher ihres Ehemanns gewesen sind?", unterbrach Auberlin Feos Erzählungen.

Zwischen dessen Augen bildete sich eine steile Falte, als er angestrengt nachdachte. Nach einer Weile schüttelte er verwundert den Kopf: „Nein, nie. Von ihrem Sohn hingegen hatte sie gerne und oft erzählt. Als die anderen Frauen nach dem Verbleib des Kindes fragten, gab sie an, ihren Sohn in sicheren Händen zu wissen. Eines Tages, so sagte sie, werde sie ihn wieder zu sich holen."

Bei diesen Worten strahlte Auberlin über das ganze Gesicht. Einen Augenblick später wurde er aber wieder ernst.

„Haben die Frauen denn nicht versucht, noch mehr zu erfahren? Es kommt ja nicht alle Tage vor, dass eine Mutter ihr Kind irgendwo zurücklassen muss!"

Feo aber schüttelte den Kopf: „Viele der Spielleute tragen Geschichten mit sich herum, die sie mit niemandem teilen können. Es würde ihnen nie in den Sinn kommen, nachzubohren.

Eines Tages erklärte sie, der Ort, an dem ihr Sohn lebte, sei nun ganz nah und die Zeit sei gekommen, zu ihm zu gehen. Zu unserem Bedauern verließ sie unsere Truppe auf der Stelle und niemand hat je mehr etwas von ihr gesehen oder gehört."

Auberlin mochte gar nicht darüber nachdenken, warum sie nicht im Kloster aufgetaucht war. *War ihr etwas zugestoßen? Möglich. Hatte sie es sich in der letzten Sekunde anders überlegt? Wohl kaum. Hatten die Mönche von Straßburg sie abgewiesen, weil sie ihre Identität nicht beweisen konnte?*

Ein kalter Schauder lief über seine Arme, streifte die Schulter und löste sich erst auf seiner Brust wieder auf. *So abwegig war diese Möglichkeit leider nicht*, dachte er erschrocken. Der Mönch, dem er als Kleinkind in die Hand gedrückt worden war, war nicht lange danach verstorben.

Mehr erfuhr Auberlin von Feo nicht über seine Eltern.

Trotzdem bestand noch Hoffnung auf ein Wiedersehen mit seiner Mutter. Zumindest konnte sie durchaus noch am Leben sein.

Trotzdem musste er jetzt mit Veritas sprechen. Nachdem sich Auberlin bei Feo für die Auskünfte bedankt hatte, bat er Luzia, ihn zu Veritas' Wagen zu bringen.

Als sie die Karre erreicht hatten, die sich am Ende des Lagers befand, hämmerte Luzia mit ihrer Faust an die wurmstichigen Planken des Gefährts.

Eine beachtliche Menge größerer und kleinerer Vögel flog daraufhin unter der notdürftig geflickten Plane hervor und suchte in einem nahegelegenen Baum Schutz.

„Veritas schläft wohl immer noch seinen Rausch aus", meinte sie lachend.

Erst nachdem Luzia noch ein paar Mal geklopft und laut seinen Namen gerufen hatte, bewegte sich etwas im Inneren des Wagens. Nicht lange darauf streckte ein verschlafener alter Mann sein faltiges Gesicht aus dem Wagen. Das spärliche graue Haar, das der Mann noch besaß, stand wirr von seinem Kopf ab. Sein Bart war geflochten, wie Georg von Reizenstein ihn beschrieben hatte, aber die Zöpfe waren nicht hochgedreht.

„Ich grüße dich, Veritas!", rief Luzia. Die Antwort war ein unverständliches Grummeln. „Ich habe dir jemanden mitgebracht, der dich gerne kennenlernen möchte."

Der alte Veritas sah nicht so aus, als ob er Wert auf Auberlins Bekanntschaft legen würde.

„... Gesicht sagt mir nichts", murmelte Veritas und blickte gleichmütig in Auberlins Richtung.

Auberlin trat einen Schritt vor und erklärte dem Spielmann, warum er hier war.

„... lauter sprechen", nuschelte der bloß.

Fast schreiend wiederholte Auberlin sein Anliegen.

„... Castell? Wo ist das denn? Nie gehört!"

Auberlin würde seine Taktik ändern müssen, denn so kam er mit dem alten Mann nicht weiter. Er versuchte, dem Erinnerungsvermögen des Spielmannes nachzuhelfen, indem er Theodus' Gedicht rezitierte.

Dieser Versuch brachte den gewünschten Erfolg.

Mochten die Augen von Veritas auch vom Alter getrübt sein, jetzt leuchteten sie auf, als er sein eigenes Lied erkannte. Hatte er vorhin nur in halben Sätzen gesprochen, sobald Auberlin ihm erzählt hatte, warum er nach gerade diesem Lied gefragt hatte, änderte Veritas seine Haltung. Sein Blick wurde klar und er richtete sich auf, streckte sich und kletterte über den Kutschbock von seinem Wagen herunter.

So schnell es ihm seine alten Knochen noch erlaubten, umrundete er seinen Wagen und winkte Auberlin aufgeregt mit sich.

Fragend schaute Auberlin Luzia an, die nur ratlos mit den Schultern zuckte. „Ich glaube, ich lasse dich mal alleine mit Veritas. Scheint so, als wolle er etwas sagen, was nur dich angeht."

Auberlin folgte dem alten Mann.

Veritas wartete hinter seinem Wagen auf Auberlin. In aller Ruhe spielte er an seinen Vogelpfeifen herum, wählte eine aus, hielt sie sich an den Mund und entlockte ihr einen seltsamen Ton. Gleich darauf kam ein kobaltblaues Vögelchen angeflogen und nahm auf seinem Zeigefinger Platz, um sich dort mit dem winzigen Schnabel die Federn zu putzen.

So etwas hatte Auberlin noch nie gesehen. Zu seiner Überraschung holte der Spielmann noch eine andere, kleine Flöte aus seinem Umhang hervor und spielte eine kurze Melodie.

Noch mehr Vögelchen kamen geflogen, um sich auf dem alten Spielmann niederzulassen. Aus den vielen Häufchen, die dabei naturgemäß auf sein Gewand fielen, machte sich der Mann scheinbar nichts.

Plötzlich begann er leise zu singen: „Golden das Pferd, fett die Erd", lautete die erste Zeile und Auberlin spitzte die Ohren. Vers für Vers intonierte er das Lied und Auberlins Herz klopfte immer schneller. Endlich begann die zweite Strophe, die Auberlin noch nicht kannte.

„Doch manches Mal, der Schein, er trügt,
erst am Ende sich alles fügt,
wer den Ritter verdächtigt, lügt.
Der allein verdient den Tod,
doch nicht umsonst er sie bedroht.
Zu spät erkannten sie alle das Gebot.
Die Wahrheit kennt einer, der nicht sprechen kann,
sinnlos zu grübeln, ist kein Mann,
der Hinweis glänzt verräterisch, dann und wann."

An dieser Stelle endete das Lied des Spielmannes.

Auberlin wusste nun zwar mehr, aber er wurde auch aus dieser Strophe nicht schlau. Mit Engelszungen bemühte er sich, noch mehr aus dem alten Spielmann herauszubringen, der offensichtlich mehr über die Vorgänge in Castell wusste als er selbst. Doch vergebens. Es half alles nichts. Die Lippen des Sängers blieben fortan versiegelt, wenn es um die Geschehnisse in Castell ging.

Stattdessen wollte er dem jungen Mönch unbedingt zeigen und erklären, wie man Vögel dressierte. Der sonst so wissbegierige Auberlin hatte aber an diesem Tag schon mehr als genug Neues erfahren. Nur weil er den alten Spielmann, der ihm einen großen Dienst erwiesen hatte, nicht vor den Kopf stoßen wollte, blieb er noch eine Weile bei ihm stehen und schaute ihm bei seiner Arbeit mit den possierlichen Vögeln zu.

Später, als er sich von den Spielleuten verabschiedet hatte, dachte er auf seinem Heimweg noch lange über das fahrende Volk nach. Wie schwer sie es hatten im Leben. Von den anderen Menschen geliebt und gehasst zugleich, immer auf Reisen, ohne ein Zuhause, ohne ein festes Dach über dem Kopf. Einige von ihnen mochten ihr Dasein frei gewählt haben, aber Auberlin war sicher, das traf nicht auf alle zu. Die Gaukler waren ihm ausnahmslos als freundliche, offene und hilfsbereite Menschen begegnet, obwohl so viel Schlechtes über ihren Stand erzählt wurde.

Veritas, Luzia und Feo hatten getan, was sie konnten, um einem Fremden zu helfen, ohne eine Gegenleistung dafür zu verlangen.

31

Kastanienrot

Gleich, nachdem der Fürstbischof selbst seine Kirchenversammlung für geschlossen erklärt hatte, zerstreuten sich die Besucher der Stadt in alle Richtungen.

Die Kirchenmänner reisten samt ihren zahlreichen Bediensteten ab. Überall in der Stadt verpackten Händler und Krämer die Reste ihrer Ware, die sie nicht verkauft hatten. Als es nichts mehr zu sehen gab in der Stadt, verschlossen auch die Wirte ihre Türen, um die Knochen und die anderen Essensreste ihrer Kunden unter den Tischen hervor zu fegen. Schließlich trollten sich auch die hartnäckigsten Schaulustigen und die Trunkenbolde.

Endlich kehrte wieder Ruhe ein in Würzburg und das Leben versprach seinen Bürgern schon am nächsten Tag, wieder seinen gewohnten Gang zu gehen.

All die Beschlüsse, welche die hohen Herren im Kiliansdom gefasst hatten, hatten ohnehin nicht viel mit ihnen zu tun. Selbst wenn doch, gab es nichts, was sie dagegen hätten unternehmen können. Im Großen und Ganzen vertrauten sie ihrem Kirchenoberhaupt aber, und deshalb machten sie sich nicht allzu viele Sorgen.

Auch Auberlin und Bruder Leberecht traten zusammen mit Claus die Heimreise an. Die Männer aus Claus' Gefolge spannten schon die Pferde an, als Auberlin immer noch auf dem Klostergelände umherlief und nach Theodus suchte.

Dem alten Zirkator aber war der Rummel in seinem Kloster an diesem Tag zu viel. Seit den Morgenstunden verschanzte er sich schon in der kleinen Schreibstube des Bruders Gärtner. Der Gärtner von St. Stephan hatte Jahre an seinem Herbarium gearbeitet. Jede Minute, die er nicht im Gebet zugebracht hatte, hatte er damit verbracht, alle möglichen Kräuter für sein Kräuterbuch zu sammeln und zu trocknen.

Doch nun vertrieb sich Theodus die Zeit damit, all die getrockneten und gepressten Pflanzen hervorzuholen, die ihr lichtloses Dasein zwischen schweren Buchdeckeln fristeten. Jede der filigranen Blumen und jedes der feingliedrigen Gräser besah er sich in aller Ruhe, nachdem er sie befreit hatte. Mit einem verträumten Lächeln auf den Lippen zerbröselte er sie dann zwischen seinen Fingern zu feinem Staub. Er fand sichtlich Gefallen an den kleinen Staubwolken, die in die Luft stiegen, wenn er sich das feine Pulver, das noch geblieben war, vom Finger blies.

Theodus wollte die Pflanzen nur zu ihrem Schöpfer zurückschicken, es steckte keinerlei böse Absicht hinter seinem Tun.

Nachdem das gesamte Werk des Gärtners vernichtet war, stand er auf und sah nach draußen. Er wollte wissen, ob all die fremden Menschen endlich weg waren.

Zornig kniff er die Augen zusammen, als er Auberlin erkannte. Die vielen Runzeln ließen sein Gesicht aussehen wie ein vertrocknetes Stück Käse.

Theodus wünschte den jungen Mönch, der ihn nach seinem unsinnigen Lied gefragt hatte, weit weg. Ein Lied, das er selbst gesungen haben sollte. Als ob er, der allseits respektierte und gefürchtete Zirkator Zeit finden würde, Lieder zu singen. Schnell zog er den Kopf ein und duckte sich, ehe er entdeckt würde.

Auberlin dagegen hätte den alten Theodus nur zu gerne noch einmal gesprochen. Aber es half nichts, schließlich waren die Pferde angespannt und das Gepäck auf der Kutsche verstaut.

Bruder Leberecht freute sich mit seinem Schwager darüber, dass die mitgebrachte Handelsware des Kaufmanns merklich geschrumpft war.

Der Kellermeister schien auch recht zufrieden mit dem Verlauf der Synode zu sein, zumindest redete er nicht viel davon und erzählte nichts, was sich ereignet hatte.

Wenig später befand sich die Gruppe um Claus wieder auf der Mainbrücke, auf der sie schon bei ihrer Ankunft lange gewartet hatten, bis sie sie passieren konnten.

Wieder herrschte lebhaftes Treiben auf der Brücke, nur drängten die Menschen diesmal in die entgegengesetzte Richtung. Jeder wollte die Brücke so schnell wie möglich hinter sich lassen, um noch vor Anbruch der Dunkelheit sein Ziel zu erreichen.

Auch die beiden Braunen wollten anscheinend zurück in den heimischen Stall, sie tänzelten auf der Brücke herum und gelangten dabei mit ihren Vorderhufen nicht nur einmal gefährlich in die Nähe des Brückengeländers.

Auberlin atmete auf, als ihre Kutsche die Brücke hinter sich gelassen hatte. Gleich darauf aber blieben die Pferde stehen und rammten ihre Hufe erschrocken in die Brückenbohlen. Vor ihnen war ein Kind vom Wagen gefallen, direkt vor die eisenbeschlagenen Hufe der Pferde. Das Kind weinte entsetzlich, doch, noch ehe Claus vom Wagen gesprungen war, um zu helfen, war schon die Mutter zur Stelle und riss ihr Kind hoch. Sie bedankte sich mit einem Winken bei Claus für seinen Versuch, ihrem Kind beizustehen.

Es dauerte eine Weile, bis sich die Familie mit dem Kind von seinem Schrecken erholt hatte und ihr schwarzes Pferd, das ihren Wagen zog, mit einem Schnalzen antrieb.

Auberlin nutzte den Moment, um sich umzudrehen, damit er einen letzten Blick auf Würzburg und die wunderbare, beeindruckende Festung auf dem Marienberg werfen konnte. Doch was er im warmen Licht der untergehenden Aprilsonne sah, war etwas völlig anderes als die Stadt und ihr berühmtestes Bauwerk.

Auf der anderen Seite der Brücke warteten alte Bekannte darauf, ihre farbenfrohen Karren und Wagen über die Brücke zu lenken. Die Spielleute machten sich ebenfalls auf, Würzburg zu verlassen, nachdem dort vorerst keine größeren Festlichkeiten mehr geplant waren.

Auberlins Blick fiel auf Feo, der gerade sein kastanienrotes Pferd mit einem Zug an beiden Zügeln zum Steigen brachte, vielleicht um den ringsum stehenden Frauen zu imponieren.

Die Vorderbeine des Tieres wirbelten durch die Luft, als einer der letzten Sonnenstrahlen dieses Tages auf die Flanken des Pferdes fiel. Den rechten Oberschenkel der Stute entstellte eine hässliche Narbe. Davon abgesehen aber glänzte ihr rotbraunes Fell golden, so, als ob jemand Goldstaub auf sie gestreut hätte. Auberlin schluckte schwer. Er erinnerte sich sofort, wo er diesen Goldglanz schon einmal gesehen hatte.

Er sah einen kleinen Holzrahmen vor sich.

Tausend Gedanken schossen gleichzeitig durch seinen Kopf.

Eine dunkle Ahnung stieg in ihm hoch und er fühlte sich genauso verloren wie an dem Morgen, an dem er zur Casteller Burg hinauf gewandert war, um Friedrich in der Stunde des Todes seiner Mutter beizustehen.

Wieder griffen eisige, krallenbewehrte Klauen nach seinem Herzen. Natürlich hatte er das Rätsel um die Morde lösen wollen, aber was er jetzt erkennen musste, wollte ihm gar nicht gefallen. Trotzdem zwang er sich, die Augen nicht abzuwenden und wieder zu Feo und seiner temperamentvollen Stute zu sehen.

Die Kastanienrote trug einen Zaum aus feinstem Leder, der nur eines Ritters würdig war. Ihr Sattel war über und über mit Silber beschlagen.

Der Sattel eines Adeligen.

Der Sattel eines Ritters, der gerne ein Grafensohn sein wollte.

32

Gedankenschwarz

An ihre Heimreise erinnerte Auberlin sich später nicht mehr. Sein Kopf war während der ganzen Fahrt so voll mit verwirrenden und schmerzenden Gedanken gewesen, die ihm keine Zeit dazu gelassen hatten, sich auf die Fahrt zu konzentrieren.

Die kleine Truppe war natürlich wieder über Tückelhausen gefahren, dort hatten sie noch eine Nacht bei Leberechts Familie verbracht und den kleinen Fuchs wieder abgeholt und angespannt. Das Pony hatte freudig gebrummelt, als es Auberlin erkannt hatte.

Trotz seiner schrecklichen Ahnung, wer für die Morde verantwortlich war, freute er sich über die Begrüßung des Pferdes. Er überlegte sogar, es zu kaufen, wenn er die Grafschaft wieder verlassen würde.

Die ganze Fahrt bis Castell jedoch dachte er darüber nach, ob er mit seiner Vermutung, wer für die Morde verantwortlich war, wirklich richtig lag.

Aber es war mehr als ein Verdacht, Auberlin hegte fast die Gewissheit, den Mörder gefunden zu haben.

Der Cellerarius schien die angespannte Stimmung Auberlins zu spüren, denn er ließ ihn vollkommen in Ruhe. Auberlin würde früher oder später von selbst darüber sprechen, was ihn so sehr bewegte.

Auberlin schmiedete bereits Pläne, wie er den Täter überführen würde, ihn dazu bringen könnte, zu gestehen.

Nur über das, was dann geschehen sollte, wenn er dessen Geständnis hatte, darüber mochte er lieber nicht nachdenken.

33

Knochengrün

Zurück in Castell führte ihn sein erster Weg den steilen Hügel hinauf.

Wehmütig lächelnd betrachtete er auf der Kuppe die letzten, schmutzigen Schneefetzen des Winters. Die Abdrücke der Katzenpfoten schmolzen mit ihnen dahin.

Kurze Zeit später, nachdem sie einige Höflichkeiten ausgetauscht hatten, bat ihn die Hausherrin auf einen Becher in ihr Haus. Wieder stieg Auberlin die engen Treppen hoch, nur diesmal tat er es mit klopfendem Herzen. Er fühlte sich, als hätte er etwas Schlimmes verbrochen, nicht sie. Während sie sich entfernte, um den Wein einzuschenken, durchmaß er mit vier oder fünf Schritten den düsteren Raum und nahm einen kleinen Holzrahmen vom Regal herunter.

Dann setzte sich Auberlin und stellte den Rahmen, in den ein Stück braunes Fell gespannt war, vor sich auf den Tisch. Er hatte ihn schon bei seinem ersten Besuch bei Barbara entdeckt, doch er hatte das Fellstück für ein Andenken an ihre verschwundenen Eltern gehalten.

Als sie an den Tisch kam, sah er ihre Narben an den Händen deutlich unter dem Gewicht der irdenen Becher hervortreten. Ihre Augenbraue, die sie fast unmerklich nach oben gezogen hatte, ließ er unkommentiert. Auch ihren fragenden Blick, als sie sich zu ihm setzte, ignorierte er mit bemerkenswerter Ruhe.

„Barbara, ich komme gerade aus Würzburg zurück. Ich habe dort alte Bekannte von dir getroffen, von denen ich dich schön grüßen soll."

„So?", lautete ihre knappe Frage.

Auberlin nickte und beugte sich vor, um ihr tief in die Augen sehen zu können.

Sie hielt seinem Blick stand.

„Ja, ich habe eine Gaukler-Truppe kennengelernt. Ihr

Anführer heißt Feo und er nennt ein ziemlich prächtiges Pferd sein Eigen. Eine kastanienbraune Stute."

Barbara schloss die Augen. Als sie sie wieder öffnete, spiegelten sich Erstaunen und Entsetzen, aber auch Trauer und Wut in ihnen. Sie hob eine Hand, um ihn zum Schweigen zu bringen, doch nachdem sie einen Schluck getrunken hatte, schien sie zu ahnen, dass die Zeit für ein Geständnis reif war.

„An jenem Tag, als ich endlich erfuhr, was mit Alena geschehen war, war ich beim ersten Tageslicht hinaus in den Wald gegangen, um Holz zu sammeln. Ich erwartete keine Patienten, und deshalb lief ich unverhüllt herum. Plötzlich erklang in der Nähe wildes Hufgetrappel. Das konnte nichts Gutes bedeuten, denn die gräflichen Jäger durchstreiften den Wald nur langsam, um ihre Beute nicht aufzuschrecken. Ich schlich mich langsam zum Turm zurück und lauschte.

Mit einem Mal war es völlig still. Dann hörte ich das leise Sirren eines Pfeiles; gefolgt von einem grausigen Schrei, der nicht von einem Menschen kommen konnte.

Eine furchtbare Ahnung beschlich mich und ich sprang aus meinem Versteck.

Ich sah mich um, und zu meinem Entsetzen sah ich Ylvi, die älteste meiner Katzen, in ihrem Blut liegen. Ein Pfeil hatte sie regelrecht am Boden festgenagelt. Ylvi war taub und fast blind. Sie hatte die Morgensonne genutzt, um ihre alten Knochen aufzuwärmen. Nun war sie tot." Barbaras Miene nach zu urteilen, hatte sie den Tod des Tieres noch nicht verwunden. Nach einem weiteren Schluck sprach sie weiter: „Ihr feiger Mörder war in der Zwischenzeit vom Pferd gesprungen und kam schwankend auf mich zu. Weil mich die Morgensonne blendete, konnte ich die Gestalt erst an dem schäbigen, bösen Lachen erkennen.

Der Engelhart war es, der mich lallend begrüßte, nachdem er meine alte Freundin getötet hatte. Obwohl der niederträchtige Hund offensichtlich sternhagelvoll war, beleidigte ich ihn mit allen Schimpfwörtern, die mir einfielen. Engelhart aber hielt sich an seinem Pferd fest, weil er selber nicht mehr stehen konnte.

Speichel tropfte ihm vom Kinn, als er mich fragte, warum ich mich so aufregen würde. Ich, die ich seinen Worten nach sogar kaltherzig genug gewesen war, an den Ort zurückzukehren, an dem ihr Kind verbrannt war wie eine Ratte. Das war zu viel für mich und ich sagte ihm auf den Kopf zu, dass er meine Tochter entführt und im Turm Feuer gelegt hatte, damit ich den Tod in Flammen finden sollte, und um seine Spuren zu verwischen. Zu verlieren hatte ich ja nichts." Nach diesen Worten lächelte Barbara gequält, ehe sie fortfuhr: „Doch als ich in Engelharts Gesicht sah, schwante mir, dass ich einen Fehler gemacht hatte, denn sein Rausch war verschwunden. Trotzdem behauptete ich, gesehen zu haben, wie er Alena fortbrachte. Dann änderte sich seine Miene von jetzt auf gleich wieder. Heiterkeit und Hochmut legten sich auf seine Züge. Er gab die Entführung zu; behauptete aber, dass mir niemand glauben würde. Immerhin würde er der nächste Graf zu Castell werden, während ich hier draußen immer noch vor mich hin faulen würde."

Auberlin schüttelte angewidert den Kopf. Er konnte nicht glauben, wie grob der Ritter mit der Hebamme umgesprungen war.

„Weil ich unbedingt wissen wollte, wohin er meine Tochter gebracht hatte, tat ich so, als wäre ich tief beeindruckt von seinem Aufstieg. Ich bot ihm einen Becher Wein im Turm an und der Esel folgte mir bereitwillig. Bei einem Becher guten Roten gelang es mir, ihn zu überreden, mir zu verraten, was sich in der Brandnacht zugetragen hatte."

Bevor Auberlin erfahren konnte, was tatsächlich mit dem Kind passiert war, stand Barbara auf und holte eine schwere Karaffe an den Tisch. Sie schenkte sich und dem jungen Mönch erneut die Becher voll.

„Weinselig streckte er sich schließlich am Feuer aus. Die durchzechte Nacht, von der er sich auf dem Heimweg befand, hatte ihm ordentlich zugesetzt, doch er war endlich bereit, mir zu berichten, was er Alena angetan hatte. Die Gräfin fing er an, hatte in einem alten Buch einen Zauberspruch entdeckt, der ihr ewige Schönheit und Jugend versprach."

Barbara erinnerte sich, wie kalt ihr bei diesen Worten geworden war, als sie geahnt hatte, worauf Engelhart hinauswollte. Der Zauberspruch verlangte ein weibliches Kind als Opfer, um seine Wirkung zu tun. Richildis' Wahl war auf die kleine Alena gefallen, weil sie und ihre Mutter allein im Wald lebten. Schon in der nächsten Vollmondnacht sollte der Ritter zum Turm reiten, um das Kind zu holen.

An der Stelle traten Tränen in Barbaras Augen, doch Auberlin brachte es nicht über sich, sie zu trösten.

„In der besagten Nacht, so berichtete Engelhart, hatte Brigitta noch versucht, ihn aufzuhalten. An der Brücke habe sie gestanden, und mit Engelszungen auf ihn eingeredet. Er aber war bereit, alles für die Gräfin zu tun. Als er mir dann erzählte, wie leicht es gewesen sei, die kleine Schlafwandlerin aus dem Haus zu holen, weil der Riegel ja nur von außen vorgeschoben war, beschloss ich, ihn zu töten."

„Ich kann dich verstehen", gab Auberlin zu.

„Engelhart band sie auf dem Sattel fest, ging zum Turm zurück und legte Feuer. Dann lieferte er meine Tochter bei Richildis ab, die schon sehnsüchtig darauf gewartet hatte. Anschließend sei er ins Dorf geritten, um sich zu betrinken. Am nächsten Morgen hatte er eine hässliche Wunde an Ominecas Hinterhand entdeckt. Er wusste nicht mehr, wo sich die Stute die Verletzung zugezogen hatte.

Der Zufall wollte es, dass sich das Pferd hier an den Dornen verletzt hat, und ich ihr Fell gefunden habe", sagte Barbara und zeigte auf den Rahmen, der zwischen ihr und Auberlin stand.

„Engelhart war am Ende seiner Geschichte angekommen. Die Ahnung war zu einer traurigen Gewissheit geworden. Alena war tot. Entführt von Engelhart, wahrscheinlich gestorben durch die Hand der Gräfin. Ohne es zu ahnen, hatte Engelhart mit seiner Geschichte ihrer beider Tod besiegelt. Die Gräfin würde ihren verdienten Tod durch die unscheinbare Skopolina, das schlafmachende Bilsenkraut finden. Gekonnt dosiert, macht es erst blind, bevor es tötet. Aus meiner Hand hätte Richildis alles genommen, sogar diese bitter schmeckende Pflanze.

Doch zurück: Ich stand auf und holte den Rahmen aus dem Regal, so wie du es heute getan hast, Auberlin. Ich sagte ihm, ich hätte das Stück Fell unten am Bachlauf in den dürren Brombeeren gefunden. So hatte ich gleich angenommen, dass das Feuer kein Unglück gewesen sein konnte.

„Wie reagierte denn der Ritter auf diese Feststellung?", fragte Auberlin nach.

„Dazu hatte er nicht mehr viel Zeit, denn ich war schon hinter ihn getreten und nahm den Schürhaken von der Wand. Er muss geahnt haben, was ich vorhatte, aber seine Beine versagten ihm den Dienst, als er aufstehen wollte.

Ich hatte bereits zum Schlag angesetzt, als er sich zu mir umdrehte. Seine Augen weiteten sich ungläubig, als könnte er nicht begreifen, was da passierte. Ich hoffe aber aus ganzem Herzen, dass er den Schlag, der ihm den Kopf zertrümmert hat, noch gespürt hat. Es hatte fürchterlich geknackt, als sein Schädel brach."

Seltsam zufrieden schaute sie Auberlin ins Gesicht und sprach dann weiter:

„Ich kann mich nicht genau erinnern, was dann passiert ist. Ich saß am Tisch und weinte. Die Katzen kamen von überall her, weil sie das Blut gerochen hatten. Sie strichen um meine Beine, weil sie Futter vermuteten. Die Schreie ihrer Ahnen, die in der Brandnacht gestorben waren, hallten in meinem Kopf wieder. Sie wollten gar nicht mehr aufhören. Ich bin darüber fast verrückt geworden. Als ich wieder klar im Kopf war, habe ich die Leiche zum Bach geschleift, dort entkleidet und zerteilt.

Meine Katzen taten sich an den mundgerechten Stücken gütlich. Seit ich die fressenden Katzen gesehen habe, sind ihre Schreie in meinem Kopf verstummt.

Auberlin musste würgen. Er konnte nicht glauben, wozu die Hebamme fähig gewesen war. „Du hast Engelharts Leiche samt den Knochen an deine Katzen verfüttert?"

„Natürlich nicht", antwortete sie kühl. „Ich habe das Fleisch vorher von den Knochen gelöst. Die blanken Gebeine habe ich tief ins Unterholz geworfen, auf dass sie von samtigen Moos überzogen würden und dann verrotten."

Viel fehlte nicht und Auberlin hätte sich übergeben müssen, während Barbara ungerührt weiter erzählte:

„Das Pferd des Elenden habe ich später in meinen kleinen Stall hinter dem Turm gebracht und versorgt. Die Stute konnte ja nichts für ihren Herrn. Behalten konnte ich sie aber auf keinen Fall, denn dann hätte ich erklären müssen, woher ich sie hatte. Ich hatte Angst, dass meine Tat auffliegen würde, wenn jemand das Pferd bei mir fände, aber dann kam mir der Zufall zu Hilfe. Meine Freunde, die Spielleute kamen auf ihrem Weg nach Bamberg hier vorbei. Ich schenkte ihnen die Stute samt Sattel und seinem Zaumzeug, zum Dank, dass sie mir vor vielen Jahren das Leben gerettet hatten. Sie banden es an einen ihrer Karren und stellten keine Fragen ..."

„Barbara, du willst mir doch wohl nicht weismachen, dass du noch ruhig schlafen konntest. Du hast zwei Menschenleben auf deinem Gewissen." Auberlins Augen weiteten sich ungläubig.

Sie aber nickte. „Kurze Zeit schien alles gut zu gehen. Die Mörder meiner Tochter waren endlich tot und ich konnte sehr wohl wieder ruhig schlafen. Bis du kamst, Auberlin. Mit Sorge habe ich dein Tun betrachtet. Erst wollte ich dich auch ausschalten, aber ich habe es nicht fertiggebracht. Ich hatte sogar ein schlechtes Gewissen, als du mich gebeten hast, diese Botschaft in Brigittas Kammer zu bringen. Ich wusste ja, dass sich der Mörder nicht daran stören würde. Nichts wollte mir einfallen, wie ich dich auf eine falsche Fährte locken könnte. Nur mein Kunstgriff an Leonhards Sattel, der ist mir geglückt. Ich habe den Gurt angeschnitten, damit es so aussehen würde, als sei er manipuliert worden. Leonhards Tod war wirklich nur ein schrecklicher Unfall gewesen.

Schließlich habe ich den Sattel noch von einem der Knechte ins Kloster schaffen lassen. Weißt du, ich habe überall jemanden, der mir noch etwas schuldig ist."

Auberlin und Barbara schwiegen eine ganze Weile.

Barbara schien froh darüber zu sein, ihre schreckliche Geschichte mit jemandem teilen zu können.

346

Auberlin knetete seine Finger und versuchte, das Gehörte zu verarbeiten.

Barbaras dunkle Stimme drang schon nicht mehr richtig in sein Gehirn, als sie ihm auch noch den entsetzlichen Mord an Brigitta gestand. Der Zufall hatte ihr an jenem Morgen in die Hände gespielt. Nur ein paar Kräuter hatte sie sammeln wollen, die oben auf dem Galgenberg wuchsen. Dabei sei ihr die Zofe begegnet und sie habe ihre Chance genutzt, sie zu beseitigen. Schließlich hatte Brigitta vom Vorhaben der Gräfin gewusst.

Auberlins Gehirn weigerte sich, noch mehr Schrecklichkeiten aufzunehmen.

Plötzlich richtete sie ihre großen, dunkelbraunen Augen auf ihn: „Dabei habe ich mir eingebildet, an alles gedacht zu haben! Hätte ich das Fell des Pferdes nur nicht aufbewahrt! Muss der Graf unbedingt die Rösser mit dem Goldglanz im Fell züchten? Und hätte dich Bruder Leberecht bloß nicht mit nach Würzburg geschleppt. Und warum in aller Welt musste Veritas, der alte Trottel, seine Verse aus der Geschichte schmieden, die ich ihnen bei ihrem letzten Besuch hier erzählt habe?" Ungläubig gegenüber den widrigen Umständen, die sich anscheinend gegen sie verschworen hatten, rang sie die vernarbten Hände. Dann trat sie einen Schritt näher: „Trotzdem wäre nichts passiert, wenn du nicht Engelharts Pferd gefunden hättest, das jetzt von Feo geritten wird! Warum müssen sie nur diese vermaledeiten Gäule reiten, die es sonst nirgendwo gibt? Nie wärst du mir auf die Schliche gekommen!"

Auberlin wusste nicht, wie er auf ihren Monolog reagieren sollte. Abscheu, Zorn und Mitleid brannten heiß in seinem Magen.

„Skopolina, das Bilsenkraut, schmeckt zwar widerlich, aber aus einem trockenen Wein, wie diesem hier", sagte sie und zeigte mit ihrem verschorften Finger auf seinen Becher, „kann man es unmöglich herausschmecken."

Dichtung und Wahrheit

Historischer Hintergrund:

(Entnommen und zusammengefasst aus: August Sperl: Castell – Bilder aus der Vergangenheit eines deutschen Dynastengeschlechts; Kapitel 3; Des Hauses Verfall; 1426-1498)

Der vermeintliche Untergang des Hauses beginnt ungefähr im Jahre 1434.

Zu diesem Zeitpunkt gilt Graf Wilhelm II noch als wohlhabender Mann.

Im Laufe der nächsten zwei Jahrzehnte aber verkaufen er und seine Gemahlin Anna beträchtliche Teile der Güter und Besitzungen der Grafschaft.

Doch ist der Graf nicht nur der Verschwender, als der er bei seinen Nachkommen gilt, sondern es nahmen auch äußere Umstände Einfluss auf sein Handeln:

Die Alleinherrschaft des Grundbesitzes galt nicht mehr, Kapital wurde immer wichtiger.

Die Grafschaft verfügte zwar über Grund und Boden, Äcker und Dörfer, nicht aber über Geld. Um Geld in die gräfliche Schatulle zu bekommen, sah sich Wilhelm II wohl zu seinem Tun gezwungen.

Die schlechte Finanzlage seines Hauses war aber nicht das einzige Problem des Grafen: Leonhard, der ältere der beiden Söhne, fiel im Jahre 1452 bei der Sauhatz vom Pferd und brach sich das Genick.

Friedrich, sein jüngerer Bruder, war 1447 in das Straßburger Domstift eingetreten.

Nach Leonhards Tod kam Friedrich zurück, um der nächste Graf zu werden.

Schließlich setzte sich Bischof Gottfried IV. für die Rettung des Hauses ein.

Die beiden Parteien schlossen einen Vertrag, der dem Grafen eine jährliche Rentenzahlung versprach. Im Ausgleich dafür gingen die Besitztümer des Hauses in das Lehn des Bischofs über. Sie durften also nicht verpfändet oder verkauft werden.

Dichtung – was geändert wurde:

Die Gräfin Anna wurde durch die prunksüchtige Gräfin Richildis ersetzt, die sich mit ihrer Verschwendungssucht und ihren Zauberritualen viele Feinde macht. Begraben wurden die Gräfin Anna und ihr Mann Graf Wilhelm II aber nicht auf dem Schlossberg in Castell, sondern in Birklingen.

Der Ritter Engelhart kommt in der Chronik von August Sperl gar nicht vor, der Name ist frei erfunden.

Die Grafentochter Veronica taucht in AugustSperls Chronik ebenfalls nicht auf.

Allerdings findet sich in der „Chronik der Grafen Castell" von Paulus Papius (um 1600) ein Hinweis auf sogar zwei Töchter: Veronica und Amalia. Über das Leben der Töchter findet sich dort keine weitere Beschreibung.

Den Freiherren Georg von Reizenstein habe ich auch, in Anlehnung an Friedrichs spätere Ehefrau, Elisabeth von Reizenstein erfunden.

In der Grafschaft ging also kein Mörder um. Wahr sind lediglich die Geldsorgen von Graf Wilhelm II., Leonhards Tod durch einen Unfall und Friedrichs Gang ins Kloster und seine Rückkehr. Alle anderen Personen und ihre Beziehungen zueinander sind von mir frei erfunden.

Tatsächlich stattgefunden hat auch die Synode des Bischofs in Würzburg im Jahre 1453.

Die „turkmenischen Pferde", die in meiner Geschichte von Graf Wilhelm II. gezüchtet wurden, sind an eine Pferderasse angelehnt, die aus dem russischen und persisch-arabischen Gebiet stammt: Die „Achal Tekkiner". Ihr Markenzeichen ist ein ganz besonderer Goldglanz im Fell.

Wann sie allerdings nach Europa kamen, ist nicht belegt. Namentlich gesichert ist erst die Aufstallung eines Hengstes in Neustadt/Dosse im Jahr 1791.

Barbara, die Hebamme, ließ ich in den Treppenturm des alten Casteller Schlosses auf dem Schlossberg einziehen, der heute noch erhalten ist. Dort wurde das Coverbild aufgenommen. Um eine gewisse Distanz zwischen Barbara und die das gräfliche Schloss zu schaffen, habe ich den Turm kurzerhand auf den „Trudberg" verpflanzt.

Dort befand sich damals tatsächlich die gräfliche Schäferei. Heute spricht man vom Trautberg.

Die beschriebene Euleneiche, in der Auberlin das kleine Behältnis findet, mit dem Brigitta die Eulen fütterte, existiert tatsächlich. Allerdings steht sie nicht in Castell, sondern in einem Waldstück in der Nähe von Düllstadt. Dort lädt sie gar manchen Spaziergänger unter ihren ausladenden Ästen zum Verweilen ein.

Der grausige Brauch, Eulen als „Glücksbringer" lebend an Scheunentore zu nageln, entspringt leider auch nicht meiner Fantasie.

Die Wirkung der ‚Skopolina atropoides` habe ich ungeprüft einem Buch über tödliche Pflanzengifte entnommen. Eine realistische Darstellung der Figuren, der Ereignisse und der Zeit war mir während des Schreibens sehr wichtig, aber man muss auch einmal etwas gut sein lassen können ...

Danksagung

Ich danke allen, die mir dabei geholfen haben, Auberlin und seiner Welt Leben einzuhauchen.
Ganz besonders dankbar bin ich:

- dem Fürstlich Castell'schen Archiv unter Leitung von Jesko Graf zu Dohna M.A., der sich reichlich Zeit für meine Fragen genommen hat
- Frau Sabine Töpfer-Gebert, die mir bei der Recherche über die Achal Tekkiner eine große Hilfe war
- Frau Franziska Fröhlich vom Stadtarchiv Würzburg, die mir bei Fragen zur Geschichte Würzburg geholfen hat
- meinen Testleser (-innen). Danke, Mädels, da musstet ihr eben durch.

Ein dickes Dankeschön gilt natürlich Irene Hohe, die das Buch erst lektoriert und dann trotzdem herausgebracht hat und natürlich Frank A., der meine Launen ertragen musste, wenn ich mal nicht weiterkam.

Die Autorin:

Kerstin Waas, geboren 1977, arbeitet als Disponentin und hat sich mit dem vorliegenden Buch ein Lebenstraum erfüllt.

Als echte Leseratte verschlingt sie seit ihrer Kindheit Buch um Buch; was irgendwann den Wunsch nach einem eigenen Roman zu Leben erweckte.

Sie lebt mit Mann, einem Pferd, zwei Hunden und drei Katzen in der Nähe von Kitzingen.

Weitere Bücher
aus dem Tierbuchverlag Irene Hohe:

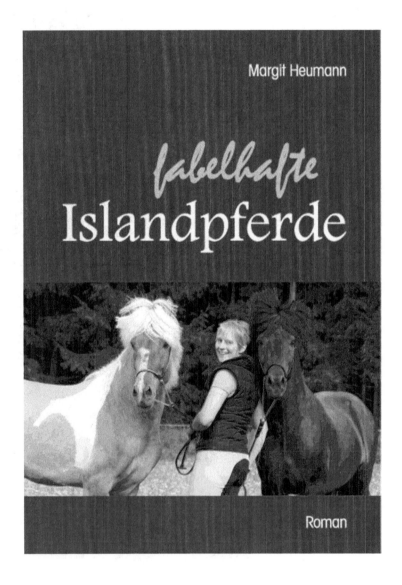

John Käferlein

Der
3/11
Mops

Irene Hohe

Islandfieber

Besuchen Sie mich auf meiner Homepage
www.tierbuchverlag.de